Newton Compton Editores

Título original: *The Little Teashop in Tokyo*

© 2020, Julie Caplin. Publicado por primera vez en Gran Bretaña en formato *ebook* por HarperCollins*Publishers*.
© 2024, de la traducción por Silvia Guillén Macías
© 2024, de esta edición por Antonio Vallardi Editore S.u.r.l., Milán

Todos los derechos reservados

Primera edición: septiembre de 2024

Newton Compton Editores es un sello de Antonio Vallardi Editore S.u.r.l.
Pl. Urquinaona, 11, 3.º 1.ª izq. Barcelona, 08010 (España)
www.newtoncomptoneditores.com

Gruppo editoriale Mauri Spagnol S.p.A.
www.maurispagnol.it

ISBN: 978-84-10080-54-6
Código IBIC: FA
DL: B 8.171-2024

Diseño de interiores:
David Pablo

Composición:
Javier Sánchez Meco

Impreso en septiembre de 2024 en Puntoweb s.r.l., Ariccia (Roma), en Italia.

Julie Caplin

La pequeña tetería de Tokio

Traducción de Silvia Guillén Macías

Newton Compton Editores

Barcelona, 2024

Para Nick, Ellie y Matt,
que, por suerte, saben perfectamente
cómo valerse por sí mismos.

Capítulo 1

Aeropuerto internacional de Haneda, Tokio

«Pasa desapercibida, Fiona. Pasa desapercibida». Para ella ese era un mantra que le resultaba bastante familiar y que ahora se repetía a sí misma mientras se frotaba la parte posterior de la pantorrilla, como si fuera una cigüeña torpe, y jugueteaba con la larga trenza rubia que se había hecho. Lo que era de lo más absurdo, teniendo en cuenta que estaba rodeada de mujeres bajitas que se movían de un lado a otro como si fueran hormiguitas trabajadoras. Al lado de esas chicas menudas y elegantes, dotadas de rasgos delicados y un pelo denso y brillante, ella se sentía como un mamut lanudo que, sin saber cómo, había acabado colándose en una pasarela de París. Por un momento, sintió que volvía a revivir la terrible sensación de estar en el instituto, rodeada de chicas populares que la menospreciaban.

Cogió aire con el objetivo de calmarse, pero en su lugar, le salió un suspiro lleno de angustia. A su alrededor, la gente se saludaba y había hombres delgados vestidos con trajes inmaculados que recibían a los recién llegados con carteles pequeños en los que aparecían escritos sus nombres. Estaba empezando a recordar cómo se sentía cuando nunca nadie la elegía en Educación Física; la niña torpe que ningún compañero quería tener en su equipo.

En un intento de disimular lo inquieta que se sentía, volvió a echarles un vistazo a los carteles blancos con la esperanza de encontrar su nombre escrito en alguno. Notaba un zumbido en los oídos por el eco que había en el aeropuerto y un hormigueo en la columna vertebral que no hacía más que incrementarle esa sensación de estar fuera de lugar. Su vuelo había aterrizado hacía una hora y, tras un claro ejemplo de eficacia japonesa, ya había recogido su equipaje. Sin embargo, seguía allí esperando. Estuvo a punto de comprobar el documento con todos los detalles que tenía guardado en el bolso, pero volver a sacarlo le haría parecer aún más desesperada y nerviosa. «Confía en ese trozo de papel y en las promesas que hay escritas, Fiona», se dijo a sí misma. Estaba en Japón. Estaba siendo valiente. Y también estaba, sin lugar a duda, en terreno desconocido, pero lo iba a hacer. A pesar de las dudas que había mostrado su madre, esta era una experiencia única que nunca pensó que tendría la oportunidad de vivir.

Ganar un viaje a Japón con todos los gastos pagados en colaboración con la Facultad de Bellas Artes de la Universidad Politécnica de Tokio ya era alucinante, pero la posibilidad de exponer sus fotografías en el Japan Centre, el pequeño universo japonés en Londres, fue la guinda del pastel. Estaba contentísima de haberse apuntado al curso de tarde que ofrecía una de las universidades de Londres.

Al meter la mano en el bolsillo, rozó con los dedos el suave marfil del *netsuke*, una pequeña figura tallada que se usaba como parte de la vestimenta tradicional japonesa. Se llevaba el pequeño accesorio con forma de conejo a todas partes; era lo único que le quedaba de su padre, que falleció cuando ella todavía era un bebé. La figura le había despertado cierto interés por Japón, así que cuando se anunció el concurso, le entraron ganas de participar. De hecho, no hizo falta que su amiga mandona Avril insistiera, aunque sí que fue ella la que consiguió convertir ese deseo en realidad.

Y ahora, estaría en Japón durante dos semanas. Dos semanas en las que disfrutaría de todo lo que el país tenía para ofrecerle, además de un programa de mentoría con uno de los mejores fotógrafos del mundo, Yutaka Araki. Había puesto todo su empeño en la solicitud y, lo creyera o no, merecía estar allí.

Una vez más, sintió la necesidad de leer el papel que guardaba cuidadosamente doblado en el bolso para tranquilizarse. «No sigas –pensó–, sabes perfectamente que pone que te recogerán en el Aeropuerto Internacional de Haneda. En cualquier momento, llegará alguien con uno de esos cartelitos y llevará tu nombre. Puede que incluso ese alguien sea el mismísimo Yutaka Araki». Tocó con los dedos el móvil que tenía en el bolsillo de su abrigo de mohair, justo en el mismo sitio en el que guardaba la pequeña figura del conejo. No, no iba a sacar el teléfono ni iba a mirar si tenía notificaciones. Seguro que se encontraría algún mensaje de su madre en el que le haría saber cómo tenía la tensión esa mañana. Sobre todo, solía recibirlos cuando Fiona hacía algo con lo que su madre no estaba del todo de acuerdo.

Observó la alborotada y amplia zona de llegadas en la que se encontraba e intentó averiguar qué era lo que la hacía tan diferente. Por suerte, algunas señales estaban escritas en inglés, junto con la increíble pero a la vez enigmática caligrafía japonesa. Una de las mayores preocupaciones que tenía era no ser capaz de entender la información básica, además de que nunca había llegado a dominar el uso de los palillos y que nunca había probado el *sushi* porque, en realidad, no le atraía la idea de comer pescado crudo. ¿De qué demonios se iba a alimentar entonces?

Tragó saliva con fuerza. ¿Y si no venía nadie a recogerla? ¿Qué haría? Se empezó a sentir cada vez más desesperada. Suspiró y cambió el peso del cuerpo de un pie a otro mientras miraba con esperanza a los recién llegados que se iban acercando. Todo era nuevo para ella y eso hizo que se sintiera incómoda. Aunque sí que podía reconocer el logo de Coca-Cola en la enorme máquina expendedora que tenía enfrente, le era completamente imposible adivinar los sabores del resto de las latas de colores brillantes que había.

Se le iluminaron los ojos al ver cómo alguien se aproximaba a ella a paso ligero, con el abrigo que llevaba puesto moviéndose al compás. Cuando lo tuvo lo suficientemente cerca, lo miró con los ojos entrecerrados. Era imposible. Serían imaginaciones suyas.

«Tiene que ser una maldita broma», pensó.

Pues no lo era.

Estuvo a punto de frotarse los ojos de forma cómica y exagerada para ver si estaba soñando, pero definitivamente no era así. Al darse cuenta de que sin duda era él, se refugió dentro del abrigo como una tortuga que buscaba protección en su caparazón.

Ahí estaba Gabriel Burnett: uno de los mejores fotógrafos británicos y el ganador de miles de millones de premios por sus impresionantes retratos. El hombre tenía un talento innato, por no hablar de todo el encanto, la belleza y el carisma que desprendía y de que, en su día, había sido una de las estrellas que ocupaban los medios de comunicación.

¿Qué hacía allí? No. Ella no era la razón por la que él estaba allí. Tenía que ser una mera coincidencia. Sin embargo, fue atando cabos. Ella había ganado un concurso de fotografía. Él era fotógrafo. Alguien tenía que venir a recogerla. Él estaba en la zona de llegadas.

¡Él no estaba allí por ella!

A pesar de haberse negado rotundamente a sentir cualquier cosa, se le paró en seco el corazón durante al menos diez segundos antes de volver a la realidad y sentir el latido como si fuese un tren que salía de un túnel a mil pulsaciones por minuto. Y ahí estaba Gabe Burnett. Dirigiéndose directamente hacia ella. Pasándose la mano por el pelo oscuro que le caía sobre la frente con esos movimientos rápidos y bruscos que de repente ella recordó a la perfección.

Si hubiese podido darse la vuelta y salir corriendo, lo habría hecho, pero sus pies parecían haberse convertido en una gran masa de arcilla y ella no sabía qué hacer con ellos. Gabe se acercó a la barrera y sacó una hoja de papel con una serie de garabatos en negrita. FIONA H. Las letras parecían escritas a toda prisa y como si no le hubiese dado tiempo a escribir el apellido, aunque al menos se había preocupado de añadir una «H», por si cabía la posibilidad de que hubiese otra Fiona. ¿Le sonaría el nombre? Habían pasado diez años. ¿La reconocería? Muy improbable. Debía de haber dado clases a cientos de estudiantes desde entonces. En aquella época, Fiona era más extravagante y se sentía más segura de sí misma. Se vestía con petos y jerséis anchos de colores llamativos y se recogía el pelo con pañuelos de cachemira. Recordaba el momento exacto en que su confianza se había ido consumiendo como lo hacía una nuez vieja y rancia. Y el causante era el hombre que ahora estaba de pie a tres metros de ella, sosteniendo el trozo de papel con su nombre y observando con aire despreocupado la terminal abarrotada. Encima, lo hacía con el estilo y la soltura de quien tiene la facilidad de sentirse cómodo en cualquier parte.

—Soy yo —dijo Fiona a la vez que levantaba la mano como en el colegio y asentía mientras miraba el trozo de papel—. Fiona. Fiona Hanning.

—Genial. ¿Llevas mucho tiempo esperando? —Se metió el cartel improvisado en el bolsillo y, para sorpresa de Fiona, inclinó la cabeza y la parte superior del cuerpo de forma rápida y fluida para saludarla.

Ella se quedó mirándolo, apartó la mano que le había tendido sin saber qué hacer y torció ligeramente la boca al ver que Gabe no le pedía perdón. Había llegado media hora tarde. Pero, claro, las personas como él no se disculpaban con simples mortales. No les hacía falta.

—Soy Gabriel Burnett. La mayoría de la gente me llama Gabe. Encantado de conocerte. —Volvió a inclinarse, pero esta vez le tendió la mano, y ella tuvo que sacar la suya del bolsillo—. Los japoneses se saludan haciendo una reverencia.

Ella ya lo sabía porque había estado investigando antes de venir. Simplemente le sorprendió que él lo hiciera.

—Te acostumbrarás rápido. También les encanta dar tarjetas de visitas. Si te ofrecen una, asegúrate de cogerla con las dos manos y de tratarla como un objeto de veneración. Hagas lo

11

que hagas, no te la metas en el bolsillo. Guárdala con cuidado en el bolso, la cartera o donde sea. Hay que tratarla con respeto. En Japón son muy respetuosos.

—Vale —dijo Fiona, abrumada por el aluvión de información.

Lo recordaba como un hombre reservado de pocas palabras, aunque se explayaba cuando hablaba de su trabajo. Pero, claro, hacía diez años que no lo veía. Ella para nada seguía siendo la misma de antes. De repente, sonrió y recordó las últimas palabras que Avril le había dicho antes de despedirse en el aeropuerto: «Deja de ser una mera espectadora. Nadie te conoce, sé la protagonista que quieras ser». Lo que en teoría era fácil, sobre todo para una reportera que trabajaba en un programa de televisión por las mañanas, supersegura de sí misma, casada con el amor de su vida y con un niño monísimo de dos años. Desde el viaje de prensa a Copenhague en el que coincidieron, Avril se había convertido en una de las mejores amigas de Fiona.

—¿Este es tu equipaje? —le preguntó Gabe, sacándola de sus pensamientos.

Fiona asintió y alzó ligeramente la barbilla. Ya no tenía dieciocho años.

—Vas ligera. —Enarcó la ceja, dudoso—. ¿No traes nada más?

—No —contestó ella.

—Así será más fácil en el monorraíl.

Y tras decir eso, cogió lo que a ella le parecía una maleta enorme y comenzó a caminar.

Hacer las maletas para permanecer dos semanas en un lugar en el que Fiona nunca había estado no había sido para nada un camino de rosas, aunque Avril y su benevolente arrogancia habían conseguido ponérselo todo más fácil. Si Fiona se hubiese ceñido a su idea inicial de llevar vaqueros y camisetas, le habría bastado con una maleta la mitad de grande que esa.

Mientras intentaba acostumbrarse a todas esas vistas y sonidos desconocidos, Fiona no tuvo más remedio que concentrarse para poder seguirle el ritmo a Gabe y abrirse paso entre la multitud. Y solo cuando estaban esperando a que llegase el monorraíl, de pie en las líneas pintadas que estaban trazadas en el andén para hacer la cola, pudo por fin respirar tranquila.

–Esto... Muchas gracias por venir a recogerme.

A Gabe se le desencajó un poco la cara y bajó la voz para que solo ella pudiera oírlo:

–Ah, sí. Ha habido un pequeño cambio de planes. Por desgracia, Yutaka Araki ha sufrido la pérdida de un familiar y ha tenido que volver a su casa en Niseko. Así que... tendrás que conformarte conmigo –le explicó él. Después, torció la boca con aire de superioridad y añadió–: Aunque estoy perfectamente cualificado.

A Fiona se le empezó a acelerar el pulso y eso la irritó, al igual que lo hizo el tono arrogante que había utilizado Gabe al hablar. Así que lo fulminó con la mirada, se inclinó hacia él para que pudiese oírla mejor y le dijo:

–Sé perfectamente quién es usted, señor Burnett.

–Señor Burnett. Vaya. Qué manera de ponerme en mi lugar y hacerme sentir como si tuviera unos ciento tres años. –Se rio en voz baja.

Fiona apretó los dientes para evitar que se le escapara que sabía exactamente cuántos años tenía.

–En fin. Lo siento por lo de Yutaka, pero no había otra alternativa. La universidad se puso en contacto conmigo. Antes daba clases allí..., así que me preguntaron si podía echarles una mano. Conozco al señor Kobashi, el profesor que dirige el programa de mentoría en Tokio, y a su mujer; de hecho, son mis caseros. Me están alquilando un piso y un estudio. Pero, bueno, si estás desesperada por conocer a Yutaka, te diré que puede que vuelva justo antes de que te vayas.

–Estoy segura de que lo harás estupendamente –comentó Fiona, y se sorprendió al escuchar que esas palabras salían de su boca–. Como tú mismo has dicho, estás perfectamente cualificado –añadió con el tono de voz más bajo que pudo.

En lugar de sentirse ofendido, Gabe le sonrió y le dijo:

–No hay nada como que alguien te ponga en tu lugar; dos veces en un mismo día.

–Supongo que es algo que no te pasa muy a menudo. –Fiona habló con sequedad, sin poder evitar que las palabras escaparan de sus labios.

¿Se estaba burlando de Gabe Burnett?

Con una sonrisa irónica, Gabe la miró y examinó su rostro como si fuera la primera vez que se fijaba bien en ella. Era imposible esconderse o salir huyendo, sobre todo, cuando lo tenía justo al lado.

–¿Sabes qué? No soy tan insoportable como dicen. No deberías creerte todo lo que lees en la prensa –añadió él, estudiándola con la mirada.

Por un momento, Fiona pensó que detrás de esas palabras había algo más. Hubo una época en la que las fotografías que hacía Gabe aparecían en la prensa con la misma frecuencia que lo hacían las fotos en las que salía él. Le iban las modelos jóvenes.

–No suelo leer lo que dice la prensa. Mi amiga Kate trabajaba como relaciones públicas y dice que la mayoría de las cosas se las inventan, y mi amiga Avril trabaja en la televisión y, por lo general, conoce la verdad oculta detrás de los cotilleos.

–Pues haces bien –añadió él–. ¿Por qué elegiste Japón?

Puede que fuera la mirada de aprobación que Gabe le dirigió o el hecho de que sin duda no se acordaba de ella lo que hizo que Fiona acabara sacando el pequeño *netsuke* de marfil que guardaba en el bolsillo.

–Por esto.

Enseguida, Gabe acercó el dedo a la suave figura para acariciarla y le preguntó:

–¿Puedo?

Ella se lo dio.

–Era de mi padre. Murió cuando yo era un bebé y lo encontré cuando tenía seis años. No tenía ni idea de lo que era hasta que mi abuela me lo explicó. Es un *netsuke*. Lo compró en una

14

tienda de antigüedades cuando era un niño y, desde aquel día, quiso visitar Japón, pero al final nunca pudo hacerlo. Así que cuando me enteré de lo del concurso... —le contó Fiona, y se encogió de hombros.

Gabe le devolvió la figura y ella la guardó de nuevo en su sitio. Tras un pequeño ruido sordo, sintió tranquilidad al ver cómo se le formaba un pequeño bulto en el bolsillo.

—Un poco ñoño, pero está bien. En Tokio conocerás de primera mano cómo es Japón en realidad. —Durante unos instantes, la sonrisa que esbozó Gabe fue melancólica—. Es un país de contrastes: llamativo, moderno, innovador, repleto de neones y tecnología; pero también lleno de un gran aprecio y respeto por el arte, la cultura y la tradición. Nunca había vivido en un lugar así.

—¿Vives aquí?

—Entre aquí y Londres. —Hizo una pausa—. Te quedarás con la familia Kobashi. —Volvió a torcer el gesto—. La mujer del señor Kobashi, Haruka, es encantadora y de lo más interesante. Es una maestra del té.

Fiona se enderezó con repentino interés.

—Me encanta el té. Una de las cosas que me gustaría hacer aquí es ir a una ceremonia del té, aunque realmente no tengo ni idea de en qué consiste.

—En ese caso, te hospedas en el sitio ideal. Es una experta. Su hija y ella tienen una tetería donde llevan a cabo la ceremonia. Su casa está justo encima.

—¿En serio? —preguntó ella, y le brillaron los ojos.

Uno de los objetos más preciados de Fiona era una pequeña tetera de cerámica que tenía la boquilla estrecha y el asa de bambú. Le encantaba lo delicado y sencillo que era el diseño porque, además de lo bonita que era, era fácil de usar.

Inmediatamente, bajó la guardia y se olvidó de que ya se conocían de antes, y le dedicó una sonrisa sincera, mirándole directamente a los ojos azules. Seguía siendo el hombre atractivo que recordaba.

–Ajá –dijo Gabe, tenso, y giró la cabeza hacia otro lado como si Fiona se hubiese acercado demasiado. Después, apretó la mandíbula y paseó la mirada por el andén repleto de gente.

Ella se metió la mano en el bolsillo y, con un dedo, acarició el *netsuke*. Gabe se había alejado de forma sutil, pero aun así ella se había dado cuenta. Sintió que se le hacía un nudo en la garganta como si se acabara de tragar de golpe un trozo entero de pan integral. Las chicas altas y torpes como ella no eran el tipo de Gabe, pero al menos podría haber disimulado un poco. Sabía perfectamente que a él le gustaban más las morenas atractivas, elegantes y bajitas que emanaban seguridad por cada poro de la piel. Justo antes de que Gabe se mudara a Japón, la prensa se había encargado de publicar toda su vida amorosa.

–Si te van ese tipo de cosas... –dijo él con desdén mientras se miraba el reloj que llevaba en la muñeca–. Deja de tener gracia cuando ya lo has visto. Es algo típico para turistas.

–Bueno, ahora yo también soy una turista –soltó Fiona, molesta por su actitud.

–Ahora que dices eso, ¿tienes el Japan Rail Pass?

–Sí –respondió ella.

En lo poco que había leído Fiona antes de venir, le recomendaban comprar con antelación ese pase de tren especial para turistas, y el suyo se lo habían enviado junto con los billetes de avión.

Gabe no dijo nada más mientras el monorraíl avanzaba hacia la estación en la que se encontraban. Cuando se subieron, Fiona se giró para decirle algo, pero incluso antes de que este se llevase el dedo a los labios, ella ya se había percatado del silencio que reinaba en el vagón. Miró a su alrededor. Al parecer en Japón la gente no hablaba en los trenes. Gabe sacó el móvil y se puso a revisar algo, así que Fiona lo imitó y pasaron el resto del viaje en un silencio la mar de cómodo.

Se bajaron del monorraíl y se mezclaron con el barullo de gente; Gabe iba al frente marcando el camino que los llevaría hasta un andén, donde cambiarían a una línea de metro.

—Esta es la línea Yamanote. Acabarás usándola mucho, así que es mejor que te vayas familiarizando con ella. Es una línea circular y hace paradas en las principales estaciones de la ciudad. Ahora nos dirigimos a Nippori. El señor Kobashi vive en una encantadora zona de estilo tradicional que se llama Yanaka.

Casi una hora después, tras otro viaje concurrido, pero tranquilo, salieron y se encontraron con la tenue luz del sol del atardecer. La emoción que había sentido Fiona al principio al estar en Japón había desaparecido y había dado paso a un cansancio que se le extendió por todo el cuerpo. Así que le dio trabajo poner un pie delante del otro mientras Gabe avanzaba a paso ligero por la calle sin ni siquiera comprobar si ella lo seguía. Al menos se había encargado de llevar su maleta y tiraba de ella como si tuviera un objetivo claro. El objetivo de deshacerse de ella o eso fue lo que supuso Fiona al ver sus hombros anchos mientras caminaba algunos pasos por delante. Sin duda, daba la impresión de que no le apetecía nada estar allí.

Intentó seguirle el paso y detestó sentir cómo esa sensación de desorientación aumentaba cada vez más porque no tenía ni la más remota idea de si se había alejado demasiado o no de la ciudad de Tokio. Al ver que había perdido el control, le entró un miedo que la hizo sentirse nerviosa e incómoda. Estaba muy lejos de su hogar. Las dieciséis horas de vuelo apretujada en el asiento habían hecho que se olvidara de la distancia que estaba recorriendo. Sin embargo, en ese momento, mientras contemplaba la peculiar arquitectura de los edificios, las extrañas señales de tráfico, la gran cantidad de cables que había, pero que no se veían desde dentro de las casas, y las farolas que parecían más bien casitas decoradas para pájaros, se dio de bruces con la realidad. No se parecía a ningún sitio en el que hubiera estado antes. Aunque la calle era ancha, las casas llegaban casi hasta el borde de la calzada y tenían macetas en las puertas, como si intentaran disimular la ausencia de un jardín delantero. Parecía que todo estaba hecho de madera, salvo

17

los tejados de color verde oscuro que tenían una inclinación pronunciada que daba como resultado un pequeño saliente en el borde.

Cuando Fiona se paró a observar las persianas de bambú que cubrían las ventanas, Gabe se detuvo, esperando a que ella lo alcanzara, y dijo:

—Es una zona bastante tradicional. Estas casas tienen cientos de años de antigüedad.

—Me encanta que todo esté hecho de madera —confesó ella, fascinada, aunque esas casas significaban que estaba muy lejos de su hogar.

—*Sugi*. El cedro japonés —respondió él mientras reanudaba la marcha, todavía unos pasos por delante de ella.

Fiona se fijó en su espalda y aceleró el paso para seguirle justo cuando él giraba a la derecha y entraba en otra calle todavía más estrecha. Gabe se detuvo a esperarla delante de una tienda.

Al llegar, Fiona esbozó una sonrisa y se quedó mirando el enorme escaparate cuadrado de la tienda. Tenía un marco hecho de madera, era una mezcla entre una ventana mirador de una casa y un balcón. Estaba decorada con jazmines y, desde fuera, se podía ver un sencillo, pero a la vez elegante surtido de teteras con boquillas finas y tazas tradicionales que contaban con una decoración preciosa. Debajo de la ventana había varias macetas grandes con camelias llenas de capullos de un color rosa intenso que estaban a punto de florecer.

—¡Qué maravilla! —exclamó Fiona, y, en ese instante, deseó tener la cámara a mano.

—Acostúmbrate. Esta es la tetería de Haruka. El señor Kobashi y ella viven arriba, que es donde tú te alojarás.

Fiona dio una palmada, encantada.

—¡Es preciosa! —volvió a exclamar, y se tomó un momento para contemplar el bajo tejado de brillantes tejas verdes que se curvaba en los bordes, como los zapatos de un sultán, y sobresalía por encima del escaparate.

En la entrada, había un tramo de escaleras a la derecha que

llevaba hasta la tetería y a la izquierda había un porche más amplio. Gabe inmediatamente se quitó los zapatos y alzó la voz para decir algo en japonés. Fiona solo logró captar las palabras «Haruka-san».

–¿Hablas japonés? –indagó ella.

Gabe sacudió la cabeza.

–Sé saludar y alguna que otra palabra más, pero eso es todo. Tienes que quitarte los zapatos. Esas zapatillas de ahí son para ti –le explicó, tras haber metido los pies en unas más grandes que las que había para ella.

La puerta, que parecía hecha de papel y madera, se abrió y apareció una mujer japonesa bajita, con el pelo oscuro peinado hacia atrás y recogido en un moño elegante, que la hacía parecer por lo menos cinco centímetros más alta.

–Gabriel-san –exclamó encantadísima, inclinó la cabeza para saludarlo y a continuación le dio un beso en las mejillas.

Los ojos oscuros y redondos le brillaban mientras le seguía soltando en voz baja un montón de palabras en japonés y le acariciaba los brazos.

Fiona analizó la calurosa bienvenida con curiosidad. Pensaba que los japoneses eran más formales y reservados. Aquí, sin duda, no había ni rastro de eso.

–Haruka-san, esta es Fiona.

Se acercó más a Fiona y juntó las manos antes de asentir e inclinarse levemente en señal de respeto.

–Bienvenida, Fiona. Es un placer conocerte. –La mujer esbozó una sonrisa amable, aunque no fue tan efusiva como la que le había dedicado a Gabe. Sin duda, parecía que lo conocían muy bien en esa familia–. Pasad, pasad –los animó finalmente, y, con pasitos cuidadosos, subió el tramo de escalera que se curvaba sobre sí misma situada en un pequeño rellano.

Una vez arriba, Fiona supuso que en ese momento se encontraban encima de la tetería. Estaba deseando entrar en la tetería, aunque le picaba la curiosidad por ver cómo era el interior de una casa japonesa.

La mujer los llevó a una gran sala de estar. Era un espacio minimalista que contaba con poquísimos muebles y con un suelo de madera con esteras grandes que cubrían toda la parte central de la sala. Había unas cuantas sillas muy bajas con respaldos altos y una mesa extraña que parecía tener su propio futón incorporado. Aparte de algunos objetos de cerámica que había en un mueble bajo de madera y un par de pergaminos con trazos colgados de las paredes, Fiona se dio cuenta de que no había demasiada decoración. Todo lo contrario al desorden que reinaba en casa de su madre. Sonrió. Le gustaban bastante las líneas limpias y el orden de la habitación.

Su anfitriona abrió algunas puertas correderas más y después los llevó por otra escalera de madera que daba a una serie de habitaciones; todas ellas divididas con las mismas puertas de papel y madera que había visto antes. Gabe subió la maleta de Fiona y, al final, llegaron a una pequeña habitación cuadrada con un futón en el suelo. Haruka levantó las persianas de bambú para revelar un balcón que ocupaba toda la parte trasera de la casa, con vistas a un bonito jardín de estilo zen.

—Madre mía —exclamó Fiona juntando las manos, encantada, lo que hizo que se ganara una cálida sonrisa de la japonesa.

—Después te lo enseño. ¿Queréis tomar algo?

—No puedo quedarme. Tengo que irme —se apresuró a decir Gabe. Luego, se volvió hacia Fiona y añadió—: Igual podría enseñarte Tokio durante estos primeros días. Así te irás integrando y después ya podrás empezar a pensar en el enfoque que le quieres dar a tu exposición.

Fiona asintió, contenta de que él la ayudara. Ya le estaba empezando a causar todo bastante ansiedad. Aunque la idea de un viaje a Japón le había llamado la atención al principio, en realidad, el mejor premio era la posibilidad de que la dejaran exponer sus fotografías en el Japan Centre de Kensington, en Londres, dos semanas después de su vuelta a casa. Sería una gran oportunidad para conseguir cierto reconocimiento y quizá podría acabar vendiendo alguna que otra obra. Se moría de ganas por trabajar con Yukata Araki –reconocido por sus increíbles fotografías de paisajes– y por aprender mucho de él, además de por pedirle consejo para el tema de la exposición.

Pero ahora estaba atrapada con Gabe. No tenía muy claro que él fuera la persona indicada para ayudarla. Para empezar, Gabe se dedicaba a hacer retratos.

–Sí, me parece una buena idea –murmuró Fiona, que empezaba a sentirse mareada por el *jet lag*.

Al final, acabó tambaleándose y Gabe tuvo que agarrarla del brazo. Sus miradas se encontraron y Fiona sintió que le faltaba el aire al notar una pequeña chispa que acabó desapareciendo cuando él se apresuró a soltarle el brazo. Se puso derecha y se obligó a concentrarse. Gabe no tenía de qué preocuparse. No era la primera vez que se hacía ilusiones con él y quedaba en ridículo. Pero ya no le iba a pasar eso, por muy irresistible que lo encontrara.

Capítulo 2

–Pero ¿por qué me pasa esto a mí? ¿Por qué? –se preguntó Gabe, mirándose al espejo mientras se pasaba la cuchilla de afeitar por la barbilla llena de espuma.

Tener que ir hasta Tokio había sido una pesadilla, pero tener que cargar con una chica torpe de ojos enormes –le recordaba a Bambi con esas piernas tan largas– le pareció una auténtica tortura.

No habían sido las súplicas del señor Kobashi las que habían conseguido que se ofreciera voluntario para sustituir a Yutaka Araki como mentor; por supuesto que no, habían sido las lágrimas de angustia de Haruka ante la posible humillación de su marido al ver que el plan tan minucioso que había trazado se estaba viniendo abajo. Sin duda, a los japoneses no les gustaba fracasar, y cancelar el viaje sería una auténtica vergüenza para el señor Kobashi. Además, Gabe se acordaba perfectamente de la deuda que tenía con Haruka, aunque ahora empezaba a arrepentirse de la decisión que había tomado. Se miró el reloj; había programado todo a conciencia para evitar viajar en hora punta: algo que odiaba y que era muy común en Tokio, sobre todo, para sus ocho millones de viajeros. Además, gracias a esta estrategia premeditada, tendría que hacer menos horas de canguro.

Con un suspiro exagerado, se echó un último vistazo en el espejo y se acercó más para revisarse la piel recién afeitada y, sin entender del todo por qué lo hacía, se aseguró de que no le había quedado ninguna zona sin rasurar. Evitaba afeitarse a toda costa; era algo que para él no tenía sentido y que encima le daba pereza hacer. Como la mayoría de las cosas hoy en día. El próximo mes, tenía un par de encargos programados para algunas revistas japonesas –las típicas promociones que los publicistas les obligaban a hacer a las estrellas de cine para conseguir que las reacciones fueran positivas–, pero tampoco tenía mucho más que hacer; a menos que recibiera una llamada de última hora, algo que ocurría muy a menudo.

Cogió el móvil que había dejado en el lavamanos y leyó por tercera vez el mensaje que le había enviado Yumi:

> Meiko se ha vuelto a marchar. Solo tú
> sabes por lo que estoy pasando. Me
> siento tan sola. Llévame a cenar.

En el Shinkansen, el tren bala de Japón, el viaje a Osaka duraba tan solo una hora y, si no fuera porque tenía que hacer de niñero, habría ido sin pensárselo dos veces. Pero, por desgracia, tenía obligaciones, aunque eran un auténtico lastre del que no quería hacerse cargo. Definitivamente Haruka no le perdonaría que no las cumpliera.

A regañadientes, respondió al mensaje de Yumi:

> Lo siento. Hoy trabajo. Tal vez mañana.

Nunca le mandaba un beso. Al menos ya no. Ahora era una mujer casada. Se le empezó a extender por todo el cuerpo una sensación de desesperación que ya conocía a la perfección. Esperó un rato, con una mano apoyada en el lavabo, que aún seguía húmedo, pero no recibió ninguna respuesta y se imaginó la cara que habría puesto Yumi al leer el mensaje. Soltó una risa amarga. ¿Imaginarse su cara? Conocía a la perfección cada línea y cada ángulo de ese hermoso rostro, además de sus delicados rasgos y las sombras que se le formaban gracias a su elegante estructura ósea.

Se imaginó su labio inferior, con gesto de mal genio, y el ceño triste por la decepción. La pobre Yumi; se sentía sumamente sola y fuera de lugar en Osaka. Necesitaba un amigo. Su marido pasaba de ella, pero a su vez le concedía todos sus deseos y caprichos gracias a la fortuna que tenía.

Se libró de esos pensamientos llenos de melancolía. Haruka siempre le decía que Yumi estaba recogiendo lo que había sembrado o, bueno, el equivalente a esa expresión en japonés. Gabe se guardó el móvil en el bolsillo trasero y salió de su casa.

Cuando llegó a casa de Haruka, Fiona ya estaba preparada y lo esperaba dando saltitos; según él, esa era la única forma posible de describir la situación. Era la viva imagen del entusiasmo y él casi se vio dando un paso atrás, como si pudiera ser contagioso.

—¡Buenos días! —exclamó Fiona, quitándose las zapatillas y metiendo los pies en un par de botines sin cordones que le llegaban hasta el tobillo.

—Vaya, cuánta energía. Supongo que habrás dormido a pierna suelta.

—Pues sí. Es que hay algo... Igual es el olor de los tatamis. Es como si estuvieras durmiendo al aire libre.

Perplejo, Gabe enarcó una ceja. Con el paso de los años, se había ido acostumbrando a ese olor a hierbas tan característico.

—Veo que has hecho los deberes.

—Bueno, le pregunté a Haruka por los tatamis —confesó ella y, después, añadió con entusiasmo—: Y también por las puertas correderas. ¿Sabes que están hechas de papel y madera? Son monísimas.

—Divisores *shoji*. —También se había acostumbrado a eso, pero recordaba que, en su día, a él también le habían parecido toda una novedad—. Originalmente, las diseñaban para maximizar el espacio, de manera que los samuráis no tuvieran problemas para blandir su espada. —Vale, puede que también se hubiese quedado con algo de información a lo largo de los años y que no le disgustara del todo la idea de intentar impresionarla un poquito.

—Eso mismo me contó Haruka.

Gabe sonrió.

—Los japoneses saben cómo mantener vivas sus tradiciones y,

al mismo tiempo, ser una de las sociedades más innovadoras y avanzadas tecnológicamente. Dicho esto, si estás lista, será mejor que cojamos el tren lo antes posible para así poder llegar al metro que es menos caótico a esta hora del día.

Fiona se agachó para coger la funda acolchada en la que guardaba la cámara.

—No hace falta que te la lleves hoy —le aclaró Gabe.

—¿Me lo dices en serio? —preguntó ella, agarrando el asa como si cupiera la posibilidad de que él se la quitara de las manos.

—Hoy solo vas a observar, ver las cosas, sentir el ambiente. Disfrutar del momento. Hay muchísimos fotógrafos que se esconden detrás de la cámara y al final lo único que consiguen es sacar fotos vacías. Un profesional siempre deja ver las capas que hay detrás de un disparo.

Fiona parpadeó.

Y no era para menos. ¿Por qué demonios había dicho eso? Era la típica tontería que le soltaban a uno cuando estaba empezando. Igual en su día creyó que había algo de verdad detrás de esas palabras, pero ahora... Ahora no quería que ella le hiciera perder el tiempo y que acabara sacándole fotos a todo lo que viera. Eso haría aún más insoportable una mañana ya de por sí tediosa.

Hoy había que superar el día de la mejor manera posible. Ya tenía la estrategia planeada, aunque no pudo evitar pensar que ahora mismo preferiría estar en un tren en dirección a Osaka.

Cuando salieron de la estación, fue un milagro que Fiona no se rompiera el cuello; miraba de un lado a otro para no perderse nada. Rascacielos, luces de neón que no paraban de parpadear y, ocupando casi todo el espacio disponible, muchísima gente. Nunca había visto tantas personas juntas en un mismo sitio. Gabe casi ni le había dirigido la palabra en el metro, aunque se dio cuenta de que seguramente estaba respetando el protocolo.

—Pues ya hemos llegado —soltó él.

Sin embargo, ella ya había visto la señal desde lejos y había acelerado el paso presa del entusiasmo. Durante el largo vuelo, se había dedicado a estudiar como una loca lo que ponía en la guía y había acabado poniendo ese lugar en la lista de los principales sitios que quería visitar. Vio el cartel y esbozó una sonrisa. El Museo Metropolitano de Fotografía de Tokio.

—¡Es perfecto! —Ella le sonrió—. ¿Cómo lo sabías?

—¿Saber el qué?

A Fiona casi se le escapó una risa al ver la cara de horror e incertidumbre de Gabe y la forma en que dio un paso atrás como si ella acabara de lanzarle una granada y estuviera a punto de explotar.

—¡Que quería venir aquí! De hecho, era lo primero que quería hacer al llegar.

—¿Pues porque eres fotógrafa? —Gabe extendió los brazos y esbozó una sonrisa de todo menos sincera.

—Pero no soy una fotógrafa profesional. Todavía estoy aprendiendo. En realidad, tengo un blog y soy *instagrammer*. Nunca me había considerado una fotógrafa como tal hasta que gané el concurso. ¡Y ahora estoy superemocionada! Quiero ver las fotos, aunque seguramente acabe con los ánimos por los suelos. Observar todo ese talento... ¿Te pasa lo mismo cuando las ves o te hace sentir que tienes que salir ahí y dar lo mejor de ti?

Gabe arrugó la frente y, en ese momento, Fiona recordó que él no sabía nada de ella. Ni siquiera se había molestado en conocerla y, sin embargo, en el aeropuerto se había comportado como un auténtico creído al suponer que ella sí que sabía quién era él. Pensarlo la hizo sentirse absurda y, por un segundo, se sintió pequeña, pero, de inmediato, una ligera sensación de furia le recorrió el cuerpo, como lo hacen las llamas en un incendio. Había volado hasta allí, se había arriesgado, estaba dispuesta a salir de su zona de confort y, aun así, él ni se había esforzado lo más mínimo en conocerla. ¿Se había tomado al menos la molestia de leer su solicitud para el concurso o de abrir el archivo de fotos que había enviado? Estaba orgullosa del trabajo que había hecho y, aunque le costara admitirlo, quería tener su aprobación. Porque era un profesional y ansiaba eso de él, pero esta vez era diferente; ya no estaba desesperada por que él se fijara en ella, al menos no de la misma forma en que lo había estado cuando tenía dieciocho años. Ahora, con veintiocho años y más experiencia, lo que sentía era ira. Gabe tendría que haberle echado una ojeada a su solicitud, al menos por respeto a la persona a la que estaba sustituyendo y a ella. ¿Qué sentido tenía hacer el trabajo a medias? ¿Era en realidad tan egoísta que le daba absolutamente igual?

–¿Le has echado un vistazo a mi trabajo? –se lanzó a preguntar Fiona con sarcasmo–. ¿Y a mi solicitud?

–Lo siento. No, no lo he hecho. –Gabe levantó las manos.

Era de admirar que no intentara mentir para evitar meterse en líos y que afrontara las consecuencias, pero aun así...

–Vaya, qué sorpresa. Ya sabía yo que tenía que andarme con ojo contigo.

Uy, eso no era exactamente lo que ella quería que saliera de su boca y, a juzgar por la cara de ofendido de Gabe, no debería de haberlo dicho en voz alta. Se le daba bien meterse en ese tipo de fregados.

–¿Perdón? ¿Andarte con ojo? ¿Por qué demonios piensas eso? Ni siquiera me conoces.

–Ya. –Aunque ella sí que lo conocía–. Pero eres el típico que hace siempre lo que le da la gana.

Fiona sabía cómo era por el aire de superioridad que había mostrado él cuando iba a sus clases. La mayoría de los alumnos se habían quedado demasiado embobados al tener delante a una auténtica celebridad como para darse cuenta y, a decir verdad, a ella también le había pasado. Pero eso se acabó. Estaba allí para aprender. Tan solo tenía dos semanas para solucionar el tema de la exposición que acabaría abriéndole las puertas de una industria de lo más competitiva.

–Vale, entonces, ¿cómo te engañaron para que aceptaras ser el sustituto de Araki? –añadió ella.

–Nadie engañó a nadie. –Gabe la miró, cabreado–. Ahora,

si no quieres perder el tiempo, te sugiero que entres cuanto antes. Nos vemos aquí dentro de tres horas.

Antes de que ella pudiera contestar, le dio la espalda y se alejó, dejándola de pie con la boca abierta como si fuera un pez de colores.

¿La... la... la había dejado sola? ¿Qué clase de programa de mentoría era ese? Malhumorada, Fiona se dio la vuelta y entró en el museo, y se sintió aliviada al ver que todas las indicaciones estaban también escritas en inglés. Lo tenía claro, le iría mejor sin él.

Y así fue. El museo tenía cinco pisos, había tantas cosas que ver y se sintió la mar de cómoda caminando a su propio ritmo, saltándose todo aquello que no le interesaba y deteniéndose en lo que sí. Había llegado a la conclusión de que la vida era demasiado corta como para perder el tiempo en cosas que no le apetecía hacer, como terminar de leer un libro que no la enganchaba, ver el final de una película que no le estaba gustando o examinar cada una de las obras de una exposición. Disfrutando de la tranquilidad que se respiraba, llena de murmullos y pisadas silenciosas, dobló la esquina y entró en una nueva sección donde se encontró cara a cara con un Gabriel Burnett. Fue realmente la foto lo primero que le llamó la atención, incluso más que su nombre. En ella se veía a una mujer japonesa deslumbrante, cubierta de pétalos de flores de cerezo. Tenía el cuerpo colocado minuciosamente: un brazo extendido con delicadeza en un gesto de súplica, como si intentara hacerse con uno de los delicados pétalos rosas ligeramente desenfocados. Al principio, cuando Fiona examinó la imagen, admiró la técnica, la iluminación y la forma en que se difuminaban los bordes de la flor, pero, a medida que estudiaba la fotografía, se iba percatando de más detalles que le generaron una leve pero notoria sensación de inquietud.

Las cejas perfiladas enmarcaban los ojos almendrados de la mujer y la cámara había conseguido resaltar una piel perfecta de tono claro, pero, cuando volvió a fijarse por segunda vez en aquellos hermosos labios que tenían forma de arco, se dio cuenta de que la sonrisa encerraba una pizca deliberada de provocación. Aunque la composición de la imagen era dulce e inocente –una chica guapa entre flores–, al mirarla con más detenimiento, se descubrían indicios de secretos y sexualidad, de misterio y deseo reprimido. Nada era lo que parecía. Fiona casi podía imaginarse a la serpiente contoneándose entre las flores. Eva, la tentadora.

En la cartela que había al lado ponía: «*Mujer floreciendo* de Gabriel Burnett, 2016». Además de eso, había una breve biografía de Gabe en la que decía que la modelo de la foto, Yumi Mimura, fue su musa durante mucho tiempo y el sujeto principal de sus fotografías.

Fiona siguió caminando y encontró otra de sus obras. Esta vez, el escenario era una fiesta y Yumi llevaba un vestido de cóctel de satén azul oscuro que caía suelto, pero ceñido a la cintura. Aparecía detrás de dos hombres sobrios vestidos con un traje gris de espaldas a la cámara. Con una copa de martini en la mano, Yumi desprendía la elegancia de un icono de moda de la época dorada. Sin embargo, tenía unos rasgos élficos y parecía que estuviera planeando alguna travesura; algo que no llegaba a encajar del todo con ese glamur. Fiona sonrió; esta vez la composición desprendía encanto por todas partes y era completamente diferente a la fotografía anterior.

Intrigada por el tema y por el indiscutible talento de Gabe, siguió centrándose en las fotos que había ido tomando de Yumi Mimura a lo largo de los años. En algunas, vestía prendas de ropa típicas occidentales; en otras, kimonos japoneses. También había fotos en las que salía desnuda sin pudor alguno, aunque sin llegar a enseñar nada. Sin embargo, en todas ellas siempre había una profundidad sutil que transmitía una historia desconocida o una emoción. Además, en todas las fotografías destacaba el gran talento de Gabe. Al llegar por fin a la última, Fiona la estudió. En ella, Yumi llevaba un sofisticado vestido de seda blanca con una caída que le quedaba espectacular. La iluminación que habían utilizado acentuaba su belleza angelical. Pero, entonces, Fiona se detuvo de repente y reprimió una mueca de dolor. «Triunfo». Eso fue lo que le transmitió la fotografía. Una mujer con una confianza inquebrantable y muy segura de sí misma. Consciente de la belleza que desprendía y de su papel en el mundo. Justo el tipo de persona que hacía que Fiona fuese verdaderamente consciente de sus propios defectos.

Estaba claro que Gabe era un genio. Con el mismo talento y fama que el propio Yutaka Araki. ¿En qué estaba pensando antes? ¿Por qué lo había provocado a conciencia? Se había ganado la arrogancia. Ahora ella se sentía insignificante. ¿Quién era ella para ponerlo en duda? Podría aprender mucho de él si cerraba el pico. Para ser honestos, se estaba dejando llevar por una rabieta de niña pequeña que ya debería de haber superado hacía tiempo. ¿Cuándo iba a madurar y olvidar esa estúpida clase? Estaba claro que él ya lo había hecho. Además, ahora, en retrospectiva, comprendió que seguramente aquel episodio no significó nada para él. Ni siquiera recordaba su nombre.

Todavía faltaba media hora para volver a encontrarse con Gabe en la entrada, así que Fiona pensó que podría almorzar en el restaurante del museo. Sin embargo, se echó para atrás enseguida cuando vio que no entendía el menú y que no conocía muchos de los ingredientes que estaban escritos, además de ser incapaz de utilizar los palillos. Iba a tener que pedirle ayuda a Haruka, que había tenido la consideración de no reírse al ver las dificultades de Fiona para manejarlos en la cena de la noche anterior. De lo contrario, iba a tener que acostumbrarse lo antes posible a comer comida fría.

Se tomó su tiempo para bajar las escaleras e ir al encuentro de Gabe en la planta baja. Después de haber visto sus fotografías, se sentía tímida e insegura…, pero también le habían servido para inspirarse y estaba deseando empezar a trabajar. Por primera vez se percató de que, cuando había asistido a una de sus clases hacía muchos años, como cualquier otro alumno, se había sentido más cautivada por su fama que por su talento.

Al salir, vio a Gabe examinando uno de los enormes cuadros que estaban colgados fuera del museo. Era una estampa de París; qué irónico.

—Me encanta esta foto —dijo Gabe distraído mientras ella se acercaba a él, sin mirarla siquiera—. Capta a la perfección ese *je ne sais quoi* de los franceses. ¿Has terminado?

—Sí.

—¿Te ha gustado?

—Sí. —Espero a ver si él le hacía más preguntas o si mostraba interés por saber su opinión sobre lo que había visto.

—Estupendo. —Se dio la vuelta y comenzó a caminar a paso ligero, sin dar pie a seguir hablando.

Fiona entendió que Gabe no tenía intención de esperarla, así que intentó seguirle el ritmo con el objetivo de seguir manteniendo una conversación con él. Había disfrutado de tres horas sin ella. Se suponía que él era su mentor; era lo mínimo que debería hacer por ella.

—No sé si esto me ha servido para inspirarme o para desmotivarme. Nunca tendré ese talento.

—Pues seguramente no —soltó Gabe tan tranquilo.

Fiona tardó un momento en asimilar lo que él le había dicho sin pelos en la lengua.

—Vaya, gracias por los ánimos.

—De nada sirve mentir. Nadie saldría del Louvre pensando que va a ser tan bueno como en su día lo fueron Monet o Van Gogh. Porque es imposible estar a su altura. Eran los genios de su época. Y lo que has visto hoy, es el trabajo de personas con talento que están entre lo mejor de los mejores.

—Supongo que tienes razón —dijo ella.

—Si te sirve de consuelo, por lo que he visto, eres buena.

—No hace falta que me regales los oídos por lástima. —Fiona lo miró, un poco decaída.

–No lo hago. Intento animarte, pero desde la sinceridad. Cualquier idiota podría acabar haciendo una buena foto por pura suerte. Pero solo alguien con verdadero talento puede buscar la composición perfecta, conseguir captarla, reconocerla cuando la ve y, al final, tomar la foto.

Fiona entendió lo que quería decir, pero, aun así, le dolió un poco.

–Estás aquí para conseguir eso..., con mi ayuda, claro –añadió él, ladeando la cabeza–. ¿Ya has comido?

–No, iba a...

Por suerte, él la interrumpió antes de que acabara confesando que se había echado atrás en el último momento.

–Genial. Conozco un restaurante especializado en tempura. No está muy lejos de aquí. Podemos comer allí.

¿Tempura? ¿Qué era eso? No quería hacerle esas preguntas, pero le rugía el estómago como si tuviera un león dentro, así que, en ese momento, estaba dispuesta a comerse cualquier cosa.

Gabe era consciente de que se había comportado como un capullo. Solo hacía falta mirar el gesto de decepción de Fiona que también se reflejaba en sus ojos azules. Esa chica era un libro abierto, pero él no se sentía capaz de hablar de fotografía ni de las impresionantes imágenes, muchas de ellas desgarradoras, que había en esa increíble colección. Apretó los labios con fuerza al ver cómo se le hundían los hombros a Fiona. Pensó que debía disculparse; ella se merecía más que eso, pero... no pudo. Sintió que se le hacía un nudo cada vez más fuerte en el estómago. Quería hablar con él de las fotos; de hecho, se le notaba en la cara todo ese entusiasmo contenido. Quería hablar de las técnicas, de lo que había visto, de lo que la había dejado fascinada, pero él... él no se veía capaz de soportarlo.

¿Cuándo fue la última vez que había hecho una foto decente, una que de verdad fuera buena? A ver, sin suponerle demasiado esfuerzo, sí que podía conseguir una que a la gente le gustara, pero ¿y esa capacidad para encontrar y capturar lo que hay más allá de todas esas capas? La había perdido. Del todo, y se sentía como si le faltara una parte del cuerpo. Hubo un tiempo en el que se convirtió en algo natural; se activaba en su visión periférica; era como un sexto sentido al que podía recurrir en cualquier momento. Una vieja gloria, así llamaban a la gente como él.

–Si te apetece dar un paseo, podemos ir primero al restaurante y después al cruce de Shibuya –le sugirió Gabe a la vez que la cogía del brazo y la guiaba por el camino.

Si comían rápido, podrían coger el metro allí y aun así tener tiempo de sobra para evitar la hora punta.

–¿Qué cruce es ese? –preguntó ella con cautela, como un cachorrito al que acaban de darle una patada.

Gabe se sintió aún peor al oír el tono de voz de Fiona. Sin embargo, notó un cosquilleo de anticipación al pensar que sería él quien le enseñaría uno de los lugares más emblemáticos de Tokio.

–Espera y verás –le dijo con una ligera sonrisa.

–Qué cruel –exclamó ella, poniendo los ojos en blanco.

A Gabe le dio un vuelco el corazón al oír esa respuesta. Un punto a su favor. Parecía que Fiona ya no le guardaba rencor.

–Lo sé. –Movió las cejas con la intención de hacerla reír–. Pero quiero ver qué cara pones al llegar –añadió, y tocó con los dedos la pequeña cámara Lumix que por costumbre se guardaba siempre en el bolsillo, aunque ya no quedaba ni rastro del deseo constante de llevársela a todos lados por si aparecía una buena oportunidad para usarla.

De repente, le vino un vago recuerdo a la mente y frunció el ceño. Hubo un momento, mientras ella se reía, que pensó que le resultaba familiar.

–¿Crees que me gustará? –le preguntó ella.

–Pues..., no estoy seguro de que «gustar» sea la palabra correcta, pero sin duda es algo que hay que ver una vez en la vida. Hay muchísimas cosas que ver en Tokio. ¿Hay algo en concreto que te apetezca mucho visitar?

—Me gustaría ver las flores de cerezo, ir al monte Fuji, aunque sé que nos queda lejos, y a algún que otro santuario. —Fiona levantó los hombros—. Antes de venir estaba liadísima, así que no pude investigar todo lo que me hubiera gustado.

—Me habías dicho que tenías un blog, ¿no? —Antes, mientras la esperaba en una cafetería, había leído su solicitud y había visto sus fotos y su blog. No esperaba quedarse impresionado, pero así fue—. ¿Cómo es tener uno? Le he echado un vistazo. Pareces un culo inquieto.

Fiona sintió calor en las mejillas, pero soltó una pequeña carcajada.

—El blog creció… de la noche a la mañana. Empecé escribiendo sobre los lugares a los que quería ir y publicando las fotos que hacía cuando los visitaba, pero luego la gente comenzó a seguirme. Y las empresas de relaciones públicas empezaron a invitarme a viajes; incluso una vez fui de viaje de prensa a Copenhague. Ahora creo más contenido porque me piden que haga cosas nuevas. Digamos que mi blog es más bien como la página web de una revista. A veces les pido a mis seguidores que voten qué es lo siguiente que debería hacer. Fue idea de Avril, pero es verdad que así siento que ellos también forman parte de esto. —Su boca se curvó en una sonrisa—. A veces pienso que me odian…, pero, no sé, me animan a hacer cosas que, si no fuese por ellos, estoy segura de que nunca hubiera hecho. El mes pasado hice rapel en la torre de una iglesia para recaudar dinero para una obra benéfica y el mes anterior acabé conduciendo un Ferrari por el circuito de Silverstone, y al final no me pareció tan aterrador como me había imaginado; de hecho, fue divertido. Luego, en las últimas semanas, he estado tejiendo cestas y visité el castillo de Howard en Inglaterra. Ah, y aprendí a hacer pan de masa madre.

Gabe asintió.

—¿Y quién es Avril? ¿Tu hermana?

Fiona soltó un bufido.

–¿Qué? ¡No! Sería un insulto para ella. Es una presentadora de televisión de lo más glamurosa que conocí en ese viaje de prensa que hice a Copenhague y, por alguna razón que se me escapa, decidió que ella se encargaría de impulsar mi carrera. Tiene las ideas muy claras y tengo que reunirme con ella al menos una vez al mes. De hecho, en parte es culpa de ella que yo esté aquí. Si hubiera un premio a la más insistente, ella se lo llevaría sin tener que mover un dedo. –Se puso seria, y añadió–: Ella, ese viaje y mis amigas Kate y Eva son… Bueno, me ayudaron.

–¿Cómo?

Había una historia detrás y quería saber más sobre ella, así que siguió caminando a paso ligero, pero miraba de vez en cuando en su dirección para no acabar asustándola.

La risa de Fiona estaba llena de nerviosismo.

–Antes de ese viaje, yo… yo me aislaba, no quería saber nada del mundo real. Me refugiaba en las redes sociales en lugar de socializar con la gente cara a cara.

Gabe no dijo nada, quería que ella siguiera llenando el silencio de manera natural como lo hacía la mayoría. Esa técnica le había funcionado a lo largo de los años, sobre todo, cuando le hacía fotografías a alguien y quería conseguir captar su esencia; ese instante en el que uno baja la guardia y se abre. Si podía disparar justo en el momento exacto, esa fotografía se convertía en oro puro. Por suerte, gozaba de buenos reflejos.

A diferencia de la mayoría, Fiona no quiso dar más detalles. De hecho, se encerró en sí misma, como si contar aquella historia le hubiese hecho revivir momentos que no eran para nada felices.

–Lo siento, sé que no es asunto mío, pero es una técnica que utilizo para que las personas a las que fotografío se abran conmigo.

–A mí no me vas a hacer un retrato –le dijo ella con voz aguda–. De hecho, no me interesa lo más mínimo.

«Le gusta nadar a contracorriente», pensó Gabe, fascinado

por la forma en que Fiona se había encogido en su abrigo –una cosa horrible y peluda que debería estar en un contenedor– y había hundido los hombros. Aunque en ese momento deseó poder sacarle una foto, no lo hizo.

–Pues menuda novedad –comentó él, quitándole importancia–. Casi todos se mueren por que les saque una foto; de hecho, la mayoría de las veces, gratis. Y otros fantasean con convertirse en mi musa.

Al parecer, los fotógrafos también corren el riesgo de que se les acerque una grupi.

Fiona se enderezó un poco y sonrió de medio lado antes de decir:

–Yo no haría eso. Tiene que ser molesto.

–Un poco. Ya nadie quiere pagar por nada hoy en día: música, libros, arte, cine... Nada.

–Una de las desventajas que tiene internet, pero, en mi caso, me ha sido de mucha ayuda.

–Creo que no es solo eso lo que te ha hecho destacar. Hay miles de personas con blogs, así que tienes que ser verdaderamente buena en lo que haces. –A Gabe le molestó que ella respondiera con una mueca–. No hay nada peor que fingir modestia –le reprochó, y le irritó aún más que Fiona lo mirara fijamente–. ¿Qué? Sé lo que valgo y tú también deberías saberlo. Sobre todo, cuando estamos hablando de la forma en que uno se gana la vida.

–No finjo modestia ni quiero ser falsa ni nada de eso –replicó ella–. Hago lo que hago. Y tengo la suerte de que a la gente le guste y acabe siguiéndome porque quiere formar parte de ello.

–Pero tiene que haber algo en la manera en que escribes o en las publicaciones que haces que despierte el interés de los demás. –Sus palabras hicieron que Fiona se volviera a encoger de hombros–. Tienes que confiar más en ti.

–Claro, como si fuera algo que uno coge de la estantería. –Se le quebró la voz–. ¡Anda, mira! Voy a coger un poquito de fe, una pizca de arrogancia y que no se me olvide una ración de seguridad. Así de sencillo... –Las últimas palabras las dijo en un tono más bajo, como si se le hubieran escapado, y, una vez más, Gabe se sintió culpable.

El restaurante estaba lleno, pero Gabe avanzó, abriéndose paso entre la multitud para ocupar los dos últimos taburetes que quedaban frente a la cocina donde trabajaban un par de chefs.

–¿Has probado la tempura alguna vez? –preguntó él mientras Fiona se quitaba el abrigo y cogía un menú.

–No –dijo ella, paseando la mirada por el restaurante abarrotado y lleno de ruido.

Por encima del murmullo de la gente, Fiona oía el sonido del aceite calentándose y el tintineo de los utensilios que iban raspando el metal a medida que los cocineros lo preparaban todo a un ritmo vertiginoso.

–Entonces estás de suerte, aunque acabarás queriendo quedarte aquí para siempre.

–Ni siquiera sé lo que es la temp... temp... Bueno, como se llame eso.

–La tempura –la corrigió Gabe–. Básicamente es comida que se reboza y luego se fríe, pero la masa que utilizan no se parece en nada a la que uno hace en casa. Ya verás.

Fiona miró el menú, con la mente un poco aturdida. Todo estaba escrito en japonés y, por tanto, era incapaz de entenderlo. En la cocina, uno de los chefs estaba bañando algo crudo y casi translúcido en lo que supuso que debía ser esa masa blanca de la que hablaba Gabe.

–No te preocupes. –Gabe extendió la mano e hizo que Fiona dejara el menú en la mesa–. ¿Te gusta el marisco?

Ella asintió.

–Entonces déjame elegir a mí. La gastronomía japonesa se centra en la frescura y la sencillez de los ingredientes. Suelen hacer la compra a diario, para así asegurarse de que los productos estén lo más frescos posible –le explicó él.

Después, Gabe pidió algo en japonés y, en tan solo unos segundos, les sirvieron dos tazas humeantes de té verde.

—Madre mía, lo necesitaba —exclamó ella tras darle un sorbo al líquido un tanto indecisa.

El sabor refrescante y ligero del té, junto con la sensación de calor que le recorrió la garganta, consiguieron levantarle el ánimo a Fiona. De inmediato, se sintió renovada y, al mismo tiempo, a gusto, sobre todo, cuando puso las manos alrededor de la taza de cerámica de la misma forma que lo estaba haciendo Gabe.

El chef se detuvo frente a ellos y les mostró un plato tejido con bambú en el que había dos gambas crudas, vieiras, filetes de pescado pequeños y calamares; además de un poco de maíz dulce tierno, una rodaja de una verdura de aspecto extraño, berenjena y lo que Fiona supuso que eran champiñones.

Ella asintió y le sonrió al chef sin saber muy bien si debía o no coger el plato. Se le revolvió un poco el estómago al pensar en todo ese marisco crudo, pero antes de que pudiese hacer algo, Gabe habló en japonés y el hombre se llevó el plato.

—Vaya cara has puesto —bromeó Gabe mientras una camarera les traía un juego de pequeños platos de cerámica, cada uno de ellos con diferentes salsas y condimentos.

—Pensé que había que cogerlo.

—No, solo nos estaba mostrando la calidad del producto. ¿Te has dado cuenta de que no olía a pescado?

—Sí. —Ahora que lo había dicho, sí que se notaba la ausencia de olor.

—Eso quiere decir que el pescado es fresco. Y ahora nos lo va a cocinar. Fíjate en la masa que hay en ese recipiente. No es espesa y es casi translúcida.

Fiona observó cómo bañaba las vieiras en la masa y luego las echaba en una olla llena de aceite que estaba tan caliente que hasta salía humo. Con movimientos rápidos y ágiles, el chef sacó las vieiras doradas y crujientes, y, con una habilidad envidiable, les quitó el exceso de aceite con una especie de canasta.

Después, con un simple movimiento de muñeca, las dejó en unos pequeños platos ovalados que colocó justo delante de ellos. Más recién hecho, imposible.

Fiona tomó una buena bocanada de aire; veía perfectamente el fino brillo de aceite que aún burbujeaba por encima. Olía increíble y ya se le estaba haciendo la boca agua.

—Ahora tienes que echarles algo de esto —le aclaró Gabe, señalando una sal marina aromatizada con hierbas que parecían cristales blancos gruesos mezclados con trocitos verdes muy pequeñitos, además de otros condimentos—. Esto es sal sazonada, normalmente con hojas de bambú, y esto es *daikon* rallado. Es una especie de rábano que se mezcla con la salsa de soja para crear otra salsa. Pruébalo.

Fiona, en un intento fallido de utilizar los palillos, casi hizo que la pequeña vieira saliese volando.

—No son mi punto fuerte —confesó.

—Se necesita un poco de práctica —dijo Gabe, sonriendo—. No, así no. Deja que te ayude.

Le quitó los palillos y le rozó la piel sensible de la palma de la mano con el pulgar.

Fue algo íntimo e inesperado que hizo que Fiona sintiera una oleada de calor. Evitó mirarlo a toda costa y mantuvo la mirada fija en sus dedos.

—Relájate —dijo él con un tono de voz tranquilo.

Ella hizo de todo menos relajarse. Solo era piel sensible. Un cosquilleo de nada. Enderezó la espalda y se concentró en lo que él le estaba diciendo.

—Vale —pronunció él, y, con una mano cubriendo la de ella, volvió a colocarle el palillo superior entre el pulgar y los dedos índice y corazón—. Sujétalo como un bolígrafo, pero no pongas los dedos tan abajo, sino dos tercios más arriba. Ahora, sujeta el otro palillo con el dedo anular.

Fiona estaba desesperada por que Gabe le soltara la mano; quería dejar de sentir ese ridículo cosquilleo que le estaba recorriendo todo el cuerpo, así que movió los dedos y, al instante, se le cayó el palillo inferior. Se sonrojó. Tan torpe como de costumbre...

—Inténtalo otra vez. Se necesita tiempo para aprender a usarlos, pero, por suerte, disfrutar de la comida forma parte de la cultura japonesa, así que no se preocupan demasiado por los modales en la mesa.

Le dedicó una sonrisa para animarla, pero eso no hizo que Fiona dejara de sentirse avergonzada por ser tan patosa.

—Pues menos mal porque, si no, me moriría de hambre.

—No cuando estés conmigo.

Con un movimiento rápido y ágil, Gabe cogió una de las vieiras y se la acercó a Fiona a los labios.

Obediente, ella abrió la boca y dio un pequeño bocado que le supo a gloria.

—Madre del amor hermoso, esto está riquísimo. —La explosión de sabores hizo que se olvidara de que Gabe la había hecho sentir incómoda. Un gesto demasiado íntimo y personal. Por fuera, la masa estaba muy crujiente y fina, mientras que, por dentro, la vieira estaba tierna y jugosa, lo que le daba un sabor exquisito con un ligero toque dulce—. De las mejores cosas que he probado en mi vida. No pensé que me fueran a gustar las vieiras. ¿No son a veces difíciles de masticar?

Mientras tanto, Gabe ya había cogido una para él.

—No si están bien hechas, como estas. Ahora prueba una con el *daikon* rallado y la salsa de soja. Mezcla las dos cosas y luego mójalas.

Fiona consiguió coger una vieira después de perseguirla por todo el plato. Descubrió que el ansia por comer era un gran incentivo para mejorar las habilidades de una persona. Al pegarle un bocado, la mezcla de la salsa salada junto con el fresco ácido del rábano le crearon una increíble explosión de sabores en la boca y se le escapó un gemido involuntario.

En ese momento, el chef les sirvió un pequeño plato de gambas. Estaban muy jugosas y tiernas y, sin duda, eran las mejores gambas que Fiona había probado en su vida. A esto le siguió el filete de pescado recubierto con una capa fina y crujiente que hacía que las texturas se complementaran a la perfección. Durante los siguientes quince minutos, probaron verduras que tenían el punto justo de crujiente, calamares que se derretían en la boca y varios tipos de champiñones muy tiernos.

—Estaba todo buenísimo —suspiró Fiona después de llevarse a los labios el último bocado de lo que había resultado ser raíz de loto. Sintió que se había quedado con la barriga llena, pero no como si estuviese a punto de reventar, sino como si hubiera comido exactamente la cantidad justa—. Pensé que solo habría *sushi*.

—Es lo que suelen pensar muchos. En realidad, el *sushi* se consume más en ocasiones especiales. Es como la carne asada para los británicos. Además, el *sushi* es mucho más que esas bandejas de plástico que uno se encuentra en la sección de comidas preparadas del supermercado.

Mientras Gabe hablaba, Fiona ya estaba dándole vueltas a la entrada que escribiría en su blog para contar cómo había sido su experiencia al probar la comida japonesa por primera vez.

Salieron del restaurante y Gabe la guio por la calle. A medida que se acercaban al centro de Shibuya y al famoso cruce, se notaba cada vez más la cantidad de gente que había.

—¡Vaya! —exclamó Fiona, y a Gabe se le escapó una sonrisa.

Era uno de los símbolos más míticos de Tokio. El enorme cruce conectaba las carreteras de doble sentido entre sí gracias a una serie de pasos de peatones. Además, estaba rodeado de unas inmensas vallas publicitarias de neón que se iluminaban con anuncios y nombres de marcas. Era una estampa con colores chillones, vibrantes y vivos que no dejaban para nada indiferente, aunque ya se hubiera visto cien veces antes. Al ver la cara de asombro de Fiona mientras miraba las pantallas, a Gabe le entraron ganas de coger la Lumix que llevaba en el bolsillo.

—Me siento como si estuviera en la película de *Blade Runner*.

–Fiona le dedicó a Gabe una pequeña mirada de frustración–. Ojalá hubiese traído mi cámara. Es perfecto para el blog. –En su lugar, sacó el móvil y se dedicó a tomar un montón de fotos–. Sin duda tengo que subirlo a Instagram.

Junto a ellos, había otros muchos turistas cautivados que también intentaban capturar las imágenes de colores brillantes que se transmitían a través de las pantallas gigantes colocadas en todas las superficies disponibles de los edificios situados alrededor de la concurrida intersección. Por experiencia, Gabe sabía que, sin el equipo adecuado, las fotos no saldrían bien. Sin embargo, dejó que Fiona las hiciera y observó la expresividad de su rostro: pensativo y absorto a medida que se iba moviendo.

Por primera vez en mucho tiempo, Gabe sintió ese gusanillo creativo, y eso lo intrigó y lo desconcertó a partes iguales. Quería sacarle una foto a Fiona para conseguir capturar todo ese entusiasmo sincero que desprendía.

–Vamos, no tenemos mucho tiempo. Deberíamos volver ya –le recordó él.

Gabe dio unos pasos hacia delante mientras ella se detenía para tomar una última foto con el móvil y, de repente, el semáforo cambió de color y una oleada de peatones cruzó la carretera, como una avalancha que se desplazaba a gran velocidad en dirección contraria. En un abrir y cerrar de ojos, Fiona, que estaba a su lado, desapareció entre la gente.

Arrastrada por la multitud, Fiona de repente se dio cuenta de lo abarrotado que estaba el cruce. Era peor que estar en Oxford Street en Nochebuena. A pesar de que era un poco más alta que la mayoría de las personas de por allí, no lograba ver nada por encima de la masa de gente. ¿Dónde estaba Gabe? Lo había perdido. No podía detenerse y buscarlo, era imposible; la empujaban de un lado a otro como si fuera un desecho flotando en el mar. Abriéndose paso entre la multitud, se esforzó por volver al lugar donde había visto a Gabe por última vez, pero no lograba encontrarlo y encima estaba desorientada. Además, con el cambio constante de imágenes en la pantalla, no estaba segura de si se encontraba en la calle en la que habían estado antes. Había varias posibilidades en esa intersección abarrotada.

Estar rodeada de tantas personas le resultó asfixiante y se le hizo un nudo en la garganta. «No pasa nada –se tranquilizó a sí misma–, lo vas a encontrar». Pero cuando lo empezó a buscar entre la gente, se le revolvió el estómago. No había ni rastro de Gabe y no se habían intercambiado el número de teléfono, aunque eso en realidad era culpa de ella; no había querido pedírselo. No quería nada que le hiciera recordar lo que había pasado. «Menuda idiota», pensó. De todos modos, él ni se acordaba de quién era ella.

Unas pequeñas gotas de sudor le recorrieron la espalda. Entre toda esa gente, se estaba muriendo de calor y tuvo que desabrocharse el abrigo. ¿Sabía siquiera cómo volver a casa de Haruka? Tenía que llegar a Nippon, Nipple, algo así. A pesar de que Gabe le había dicho cómo se llamaba la estación en la que habían estado el día antes, no le salía aquel nombre nuevo. Ni tampoco el de la línea de metro en la que se habían montado. ¿Era Yamaha? Yama algo. ¿Sería capaz de dar con ella?

Era peor que aquella vez que, estando de vacaciones con su madre en Yorkshire, se había perdido en la playa de Scarborough. Al menos, allí sabía hablar el idioma y la simpática señora que la había encontrado había llamado a la policía. Había sentido un miedo horroroso, pero al menos, en esa ocasión, había sabido qué hacer. Intentó apartarse de la multitud y se apoyó en un escaparate, con la respiración entrecortada. Se le llenaron los ojos de lágrimas. Quería volver a su casa, a un entorno seguro que le resultara familiar. Japón era el lugar más extraño y diferente en el que había estado. Por un instante, deseó no haber venido y, sin saber qué hacer, se metió las manos en los bolsillos, refugiándose en su abrigo. Tocó con los dedos su pase de tren y el pequeño *netsuke*. Frotó la superficie lisa para tratar de tranquilizarse. Su padre no había llegado a su edad –había muerto de una enfermedad cardíaca no diagnosticada– y pensar en eso hizo que recordara que se suponía que esto iba a ser una gran oportunidad para ella. Un viaje que solo haría una vez en la vida. Tenía que calmarse y pedir ayuda.

Nadie se fijaba en ella. Todos caminaban a paso apresurado, con la cabeza gacha y un objetivo claro. Había bastantes turistas occidentales, pero no le serviría de nada preguntarles a ellos si ni siquiera sabía a qué estación tenía que dirigirse. De repente, recordó que Gabe le había dicho que era una línea circular. Además, sabía que el nombre empezaba por «Yama». Algo era algo. Con las piernas temblorosas, cruzó la calle hacia la estación, zarandeada por la creciente marea de trabajadores que regresaban a sus casas.

Por encima de las barreras donde había que presentar el billete había una gran cantidad de señales, líneas de colores y números. Y entonces la vio. Verde. Yamanote. Así se llamaba. La invadió una sensación de alivio y pasó por la barrera correcta con su pase de tren en la mano. No tenía ni idea de a qué andén debía dirigirse, pero, dado que la línea era circular, se quedaría quieta hasta que, con suerte, le sonara el nombre de alguna parada. Apretó los dientes y tomó una decisión, a la vez que se arrepentía por centésima vez de haber ido a Japón.

En el andén que eligió ya había bastantes personas esperando, todas ellas apretujadas unas contra otras en una fila ordenada. El silencio que reinaba le resultaba violento, como si todos se estuviesen preparando para entrar en combate en cuanto llegara el metro. Apenas habían pasado treinta segundos cuando el vehículo entró en la estación con gran estruendo y, antes de que se detuviera, todos se lanzaron hacia delante con un ansia que parecía desafiar la muerte.

Cuando se abrieron las puertas, Fiona apenas tocó el suelo con los pies, como cuando los músicos se lanzaban sobre el público, y se puso nerviosa. Aunque hubiera querido, le habría resultado imposible cambiar de dirección. De alguna manera, la arrastraron hacia delante y quedó atrapada entre varias personas que la mantenían en pie. Al borde de las lágrimas, otra vez, miró con los ojos vidriosos el mapa que había en la pared del vagón e intentó distinguir los nombres que le resultaban impronunciables. «Shinjuku», «Takadanobaba», «Ikebukuro». Todos le sonaban como si fueran lugares de una galaxia muy, pero que muy lejana. «Nishi, Nippori. Nippori», recordó. Así se llamaba. De repente, se le aceleró el corazón por la emoción. Nippori. Menos mal. El alivio que sintió hizo que se tranquilizara a pesar de estar completamente apretujada.

Cuando llegó a Nippori, ya ni le importaba si era o no la parada correcta, solo quería salir de entre la sofocante multitud. Cansada, bajó del vagón con dificultad y con el deseo de coger el siguiente vuelo que la llevase de regreso a su casa. Ese lugar era extraño, inhóspito y claustrofóbico, y ahora, para colmo, llovía a cántaros. Lo único positivo que pudo sacar de todo eso era que al menos reconocía el pequeño desfile de quioscos que había enfrente de la estación y sabía adónde tenía que ir. O al menos eso esperaba.

Capítulo 3

Ahí estaba. A través de la lluvia torrencial, la lámpara encendida en la ventana de la pequeña tetería le pareció un faro mágico, y Fiona casi se desmayó de alivio. Lo había conseguido.

Recordó que Gabe le había dicho que los japoneses nunca cerraban las puertas con llave, así que entró en la casa y tembló un poco al sentir el repentino calor que la invadió. Se quitó los zapatos que estaban empapados y deslizó los pies dentro de las zapatillas secas.

Haruka se acercó con rapidez a la puerta, con la preocupación grabada en el rostro, y le dijo:

—Entra, entra. Pero ¿qué ha pasado?

—Perdí a Gabe —murmuró Fiona, agotada por el cúmulo de emociones, pero también con una ligera sensación de triunfo: a pesar de todos sus miedos y del terrible viaje, había sido capaz de encontrar el camino de regreso a casa de Haruka.

En cuestión de minutos, le pusieron una manta por encima y la llevaron a una sala donde había otras dos mujeres sentadas en aquella peculiar mesa que contaba con su propio futón.

—Ven, siéntate aquí –le dijo la mujer mayor, animándola a sentarse en una de las sillas bajas con el respaldo alto y acolchado.

A pesar de que la silla estaba muy cerca del suelo, cuando Fiona metió las piernas debajo de la mesa, notó de inmediato un calor que la reconfortó. Y, poco a poco, el frío que sentía en los huesos fue desapareciendo.

Se hundió en la silla, demasiado agotada para pronunciar palabra, mientras Haruka llamaba a Gabe para hacerle saber que estaba sana y salva. Al parecer, todavía seguía en Shibuya buscándola. Fiona no pudo evitar sonreír al imaginárselo allí.

Con el paso de los minutos y gracias al calor de la maravillosa mesa, comenzó a sentirse mejor.

–Esto... –habló por fin, y empezó a recuperar el tacto de los dedos de los pies que se le habían quedado dormidos por el frío–. Se está muy a gusto aquí. ¿Gabe está bien?

–Estaba preocupado, pero... Yo sabía que eras una chica sensata. –Haruka esbozó una sonrisa–. Fiona-san, esta es mi hija Setsuko y esta, mi nieta Mayu.

–Hola –las saludó Fiona, y asintió con timidez, un poco nerviosa al verse forzada a estar tan cerca de dos completas desconocidas. Sin embargo, tenía la piel de gallina, así que no estaba en sus planes abandonar la increíble comodidad de lo que se había convertido en su mueble favorito–. ¿Qué es esto? –preguntó, tras pensar que igual sería de mala educación levantar la tela gruesa y pesada para mirar lo que había debajo.

–Es un *kotatsu* –le explicó Haruka.

–Lleva un calentador eléctrico debajo –añadió Mayu en un inglés impecable–. No encontrarás nada igual en Inglaterra.

A Fiona se le escapó una sonrisa al escuchar el tono fanfarrón con el que dijo esas palabras y añadió:

–No, la verdad es que no. ¿Has estado en Inglaterra?

–Pasé seis meses allí en una escuela de idiomas de Winchester, justo donde está enterrada Jane Austen.

–¿Y te gustó?

–Me encantó. Ahora puedo practicar hablando inglés contigo.

–Me parece bien.

–Mi padre es estadounidense. Es piloto de Japan Airlines.

Ahora todo cobraba sentido.

–¿Quieres un poco de té? –preguntó Haruka mientras se inclinaba hacia el centro de la mesa para coger una tetera de cerámica. Luego, vertió el té en unas tacitas de porcelana y las repartió con una pequeña reverencia.

Fiona inhaló el aroma del brebaje y se le escapó una sonrisa. Después de aquel viaje infernal, ya se sentía como si estuviera en otro mundo: era como estar en un refugio encantador y acogedor, como volver a la orilla después de haber estado a la deriva en medio de una tormenta.

–Té verde, una de mis recetas especiales –le dijo Haruka–. Tienes que venir a la tetería. Te la enseñaré por dentro.

–Te encantará –le aseguró Setsuko con una suave sonrisa–. A mi *haha* se le da genial hacer té. A menos que seas una adicta al café.

–No. Bebo café, pero prefiero el té –contestó Fiona, y después miró a Haruka y añadió–: Gabe me ha dicho que eres una maestra del té.

–Lo es –afirmó Setsuko con orgullo–. Y en la tetería encontrarás muchas, muchísimas mezclas de té. Las vendemos. Y ahí es donde también celebramos las ceremonias del té. Deberías venir a alguna –añadió, mirando a su madre, que parecía no tener ningún problema en entender el inglés de su hija.

–Sí, deberías venir –coincidió la mujer mayor.

–Sí, por favor. Me encantaría –respondió Fiona a la vez que le daba un pequeño sorbo al té, con las dos manos ahuecadas alrededor de la taza caliente de porcelana–. Mmm. Está muy bueno.

Haruka asintió con aprobación y le dio un sorbo a su taza antes de preguntar:

–Sin contar el viaje de vuelta a casa, ¿te lo has pasado bien?

–Sí, ha sido un día de lo más interesante –contestó Fiona, asintiendo con la cabeza.

Después, procedió a contarles dónde habían estado. A medida que la agradable sensación de calor se iba colando por sus huesos congelados, se fue olvidando de la angustia que había vivido y les habló a las tres mujeres del restaurante y de los maravillosos platos japoneses que había probado con Gabe.

–Es un buen hombre –observó Haruka.

–Es un fotógrafo buenísimo. Vi algunas de sus fotos en el museo. Unas en las que salía una mujer que se llamaba Yumi.

–¡Bah! –soltó la mujer mayor, apartándose de la mesa y soltando una retahíla de palabras en japonés por lo bajini. A Fiona no le hizo falta un traductor para darse cuenta de que Yumi no era de su agrado–. Ella no es una buena mujer.

Setsuko le dio un golpecito en la mano a su madre como reprimenda mientras que su hija Mayu ponía los ojos en blanco, un gesto propio de adolescentes.

–*Okasaan*, no digas esas cosas.

–Yumi es superfamosa y guapísima –intervino Mayu con sinceridad–. Pero a *jiji* no le gusta.

Haruka dijo algo más en japonés y Setsuko negó con la cabeza, agachándola un poco para ocultar la sonrisa que se le había escapado.

–¿Qué ha dicho? –quiso saber Fiona.

–Es una expresión que usamos –le explicó Setsuko con los ojos centelleando, aunque intentaba mantener el semblante serio–. La traducción literal es: «*Gyozas* antes que flores». Significa que uno tiene que darle más importancia a las cosas prácticas, como las *gyozas* de las que nos podemos alimentar, que a las cosas superficiales. Es lo que uno diría cuando ve algo bonito por fuera, pero carente de esencia por dentro. –Sonrió mientras Haruka asentía con entusiasmo–. Y Yumi puede que sea guapa, pero no tiene esencia. O eso es lo que cree mi madre. –El tono de voz suave de Setsuko restó toda connotación negativa a sus palabras.

–Pero eso contradice las otras creencias de *jiji*, como que debemos encontrar y respetar toda la belleza que hay en la naturaleza –añadió Mayu, negando con la cabeza.

Setsuko frunció el ceño, pero esta vez, Haruka la interrumpió antes de que pudiera decir nada más:

–Eso es diferente –se defendió la mujer mayor–. *Wabi-sabi*. No sé. Los jóvenes de hoy en día no comprenden esa manera de ver el mundo.

–Debe ser eso, *jiji* –le respondió Mayu con un tono burlón y resignado en la voz. Pero, aun así, se inclinó y le dio un abrazo a su abuela, mientras le guiñaba un ojo a Fiona.

–Pero creen que sí –añadió Haruka.

Fiona tuvo que tomar un buen sorbo de té y hacer todo lo posible para que no se le escapara la risa cuando, por encima de la cabeza de Mayu, Haruka también le guiñó un ojo. Setsuko, que lo vio todo, puso los ojos en blanco y le dedicó a Fiona una cálida sonrisa.

—Todas hablan muy bien inglés —dijo Fiona en un intento de evitar una disputa familiar, aunque, mirándolo bien, parecía haber tanta calidez y afecto entre las tres generaciones, que pensó que tal vez su esfuerzo había sido en vano.

—El trabajo de mi marido nos hizo mudarnos a Estados Unidos. Vivimos allí durante quince años, así que Setsuko creció allí.

—Sí, me llevó bastante tiempo aprender a hablar japonés —admitió Setsuko—. Crecí en Estados Unidos, así que quería encajar allí. No siempre quise mantener las viejas costumbres. Pero ahora que soy mayor, me alegro muchísimo de que mi madre siga manteniendo vivas las tradiciones, así que siento que soy un buen reflejo de lo oriental y lo occidental.

—Ella también se está formando para ser una maestra del té —anunció Haruka, dedicándole a su hija una mirada cargada de orgullo.

—Sí, es genial —dijo Mayu con una sonrisa pícara—. Sobre todo, cuando se pone toda esa vestimenta.

—¿El qué? ¿Un kimono? No estaba segura de si acabaría viendo a alguien con uno, aunque tenía la esperanza —confesó Fiona. Tal vez fuera culpa del calor que desprendía el *kotatsu*, la calma con la que las tres mujeres la aceptaron o la felicidad al volver a sentirse segura, pero, sorprendentemente, Fiona se sentía a gusto.

—Hoy en día, se suele utilizar más para eventos especiales, como bodas, ceremonias tradicionales del té o cuando se celebra la mayoría de edad.

—El que usa la abuela para la ceremonia es muy guay —comentó Mayu.

Haruka inclinó la cabeza y añadió:

—Era de mi *soba*, mi abuela. Es de una seda muy pesada, llena de hilos de oro. Es muy bonito.

—Me encantaría verlo algún día de estos —confesó Fiona, y de inmediato le vino a la cabeza que podría escribir una entrada interesante para el blog sobre ello—. Y también me gustaría aprender cómo se pone y todas las piezas que tiene.

Haruka dio una palmada presa de la emoción y añadió:

—Puedes probarte uno. Tengo unos cuantos; también el de mi prima. Era una mujer alta. Bueno, alta para ser japonesa.

—Eso sería maravilloso.

—Ahora. —Mayu aplaudió también—. Que se lo pruebe ahora.

—Oh, pero sigo empapada... —Fiona intentó negarse, pero la mujer mayor ya se había puesto de pie con agilidad y se abría paso entre los divisores *shoji*.

Haruka regresó a la sala en cuestión de segundos, llevando en los brazos una enorme tela de seda. La cabeza de pelo oscuro le asomaba por encima y los ojos le brillaban, como si estuviera a punto de hacer una travesura.

—¡Ay, sí! —Setsuko se levantó de un salto y aplaudió.

Mayu tiró de Fiona y la puso de pie, lo que hizo que esta comenzara a sentirse algo inquieta. Mientras se seguía tambaleando y trataba de recuperar el equilibrio, la adolescente comenzó a tirar de su ropa como un pájaro decidido a picotear una semilla.

—Quítate esto —exigió, agarrando el jersey de Fiona.

Setsuko cogió una prenda de la pila de ropa que llevaba su madre en los brazos.

—Primero, la capa inferior —le explicó con un trozo de tela de algodón blanco en forma de T en las manos—. Esto es el *hadajuban*.

Antes de que Fiona se diera cuenta, Mayu ya había conseguido quitarle el jersey y Setsuko le estaba pasando los brazos por las anchas mangas cuadradas del *hadajuban* y se las estaba ajustando por la zona baja de los brazos. Mientras tanto, Haruka observaba la escena y asentía en señal de aprobación.

Luego vino el ostentoso kimono, que no era tan endeble y ligero como parecía al principio porque la hermosa seda roja brillante estaba forrada con una tela un poco más pesada. Siguió acatando las suaves órdenes de Setsuko y volvió a extender los dos brazos. Con suma delicadeza, la japonesa se los deslizó por las voluminosas mangas del kimono mientras Mayu y Haruka miraban. Esta última con cierto orgullo en los ojos.

–Es precioso –dijo Fiona, deteniéndose un momento para poder apreciar el kimono y pasar los dedos por uno de los elaborados bordados que adornaban la tela: un pájaro de cabeza negra capturado en pleno vuelo que tenía el cuello largo, las alas blancas y las patas kilométricas, que se movían con sutileza debajo de una cola negra.

–Una grulla –le explicó Haruka.

–En la cultura japonesa se considera que dan buena suerte. Según los cuentos populares, pueden llegar a vivir mil años –le contó Setsuko mientras le alisaba la tela que le cubría el pecho. Después, cogió los bordes delanteros del kimono y se los ajustó bien al cuerpo–. Siempre de izquierda a derecha –añadió, tirando de la tela con más fuerza–. Al revés para los fallecidos.

Haruka dio un paso hacia delante con una especie de faja ancha de color crema en la mano. Fiona supuso que eso era lo que se ataba alrededor de la cintura del kimono.

–¿Cómo se llama? –preguntó a la vez que alargaba la mano para tocar la seda de color crema.

–Es un *obi* –le explicó Haruka mientras se lo entregaba a su hija con las dos manos.

Por primera vez en su vida, al ver cómo Setsuko le sonreía y le pasaba la ancha y voluminosa faja alrededor de la cintura, a Fiona no le importó ser el centro de atención. Mientras se la ataba correctamente, la japonesa le enseñó las pequeñas varillas de refuerzo que estaban colocadas en la tela y que servían para poder dar forma al gran lazo de la espalda.

Al final, como si fuera una princesa, esperó a que Setsuko le pusiera unos calcetines blancos y la ayudara a meter los pies en las *geta*, unas sandalias tradicionales de madera que tenían una suela gruesa.

—¡El pelo! —exclamó Mayu, negando con la cabeza y saliendo disparada hacia ella.

Después, la adolescente se subió a una silla, ignorando el ceño fruncido de su abuela, y le apartó a Fiona el pelo rubio cobrizo de la cara recogiendo la larga trenza que llevaba en un moño. Luego le colocó una especie de peine de bambú en el pelo con un movimiento brusco que hizo que Fiona se estremeciese al sentir el contacto del accesorio en su cuero cabelludo.

—Así mejor. Ahora sí —dijo Mayu antes de bajarse de la silla de un salto.

Las tres mujeres dieron un paso hacia atrás para admirar lo que habían hecho. Fiona intentó caminar con las sandalias, pero no era tarea fácil, así que tuvo que ir con cuidado e ir dando pasos pequeños. El *hadajuban* de algodón se sentía suave y ligero en contacto con su piel. Sin embargo, la seda pesada del kimono y el *obi* tan ajustado la hacían sentirse un poco incómoda y le limitaban los movimientos, pero dejó de pensar en ello cuando vio la expresión de alegría y satisfacción en el rostro de las tres mujeres. Haruka aplaudió y una sonrisa maternal se adueñó de su rostro sereno y elegante; Setsuko también sonrió y Mayu asintió, con la cabeza inclinada y los brazos cruzados con un gesto jovial de aprobación.

Sobre la mesa, el móvil de Fiona comenzó a sonar con una videollamada. Hizo una mueca y sacudió la cabeza cuando Mayu fue a cogerlo para poder acercárselo.

—No, ya llamaré más tarde —le dijo a la adolescente.

Luego, extendió los brazos y, sin querer que la magia que se había creado desapareciera, dio una pequeña vuelta sobre sí misma para que las mujeres la vieran bien. A pesar de que era más alta que ellas, por una vez, ser diferente no hizo que se sintiera fuera de lugar o excluida.

—¿Quieres que te haga una foto? —preguntó Setsuko.

Durante un instante, a Fiona le asaltaron las dudas; no le

gustaba mucho que le hicieran fotos. Siempre que una cámara apuntaba en su dirección, se ponía rígida y le daba vergüenza, pero en el fondo sabía que unas fotos con el kimono puesto serían perfectas para subirlas al blog y, además, quería inmortalizar ese momento tan bonito que estaba viviendo. Así también podría hacerles una foto a las tres generaciones de mujeres juntas.

—Sí, por favor. Con mi cámara. La tengo en la habitación.

—Yo la traigo —exclamó Mayu, levantándose de un salto.

La adolescente esperó en la puerta hasta que Fiona le diera permiso. Cuando lo hizo, salió disparada a buscar la cámara.

Mayu se empeñó en hacer ella las fotos y no tardó mucho en aprender a hacerlas. Inmediatamente después de que Fiona le enseñara los controles básicos de la cámara réflex, la adolescente se alejó un poco y actuó como si fuera un *paparazzi*. Eso hizo que todas estallaran en carcajadas.

—Aquí, preciosa. Sonríe, Fiona. Dámelo todo, nena. Más. Así.

Era fácil relajarse gracias al entusiasmo que desprendía Mayu, además de por las risas y las bromas que reinaban en la sala, así que Fiona se soltó al darse cuenta de que podría borrar sin problema la mayoría de las fotos. De hecho, siempre tendría la opción de recortarlas si salía fatal, con una de esas muecas de horror tan suyas.

Después de un día lleno de emociones —incluido ese momento de debilidad en el que realmente se arrepintió de haber ido a Japón—, Fiona se fue a su habitación, consciente de que las tres mujeres habían conseguido hacerla sentir como si estuviera en su casa. Tal vez, en el fondo, si uno se quedaba solo con lo que verdaderamente importaba, se percata de que Japón no era tan diferente al resto de los países. Allí, la gente también amaba, reía y se preocupaba por los demás, y esos eran valores que se podían encontrar en todos los lugares del mundo.

Capítulo 4

Cuando Fiona se fue a la cama, vio el aluvión de mensajes que su madre le había enviado quejándose, pero, tras haber disfrutado de la cálida compañía de las tres mujeres japonesas, no se sentía con fuerzas de llamarla; sobre todo, al saber que la conversación iba a ser conflictiva. En realidad, a su madre no le había hecho mucha gracia que fuera a Japón. De inmediato llegó a la conclusión de que, si la llamaba mañana a las siete de la mañana, en el Reino Unido serían las diez de la noche. Así que le mandó un mensaje escueto con la excusa de que había sido un día largo y que la llamaría más tarde.

El futón resultó ser mucho más cómodo de lo que esperaba y las gruesas fundas acolchadas, tan diferentes a lo que estaba acostumbrada, hicieron que se sintiera como un insecto acurrucado. Y, al final, a pesar de los altibajos del día, cayó en un sueño profundo y ligero en cuanto apagó la luz.

A la mañana siguiente, se despertó con el sonido del móvil y aceptó la llamada con ojos somnolientos.

—Fiona, me tenías muy pero que muy preocupada.

Suspiró. Su madre se le había adelantado antes de que ella pudiera sorprenderla con todas las cosas nuevas que estaba descubriendo en Japón, como la mesa *kotatsu*, el kimono, el delicioso pollo *katzu* rebozado que Haruka había preparado anoche para la cena o las fotografías que había visto en el museo.

—Hola a ti también. —Bostezó y se apartó el pelo de la cara—. Pero ¿por qué estás tan preocupada?

—Pues, bueno, los mensajes que me enviabas eran muy cortos. Podría haberte pasado cualquier cosa y encima no me has llamado esta mañana.

–Mamá. –Solo llevaban hablando dos segundos y a Fiona ya se le estaba agotando la paciencia–. Japón es uno de los países más seguros del mundo.

–A ver, puede que eso sea lo que digan, pero no estoy yo tan segura. No sabía nada de ti y, para colmo, me he estado sintiendo fatal.

–Te llamé en cuanto aterricé. Además, ayer por la mañana y por la noche te mandé un mensaje –se defendió Fiona, ignorando el último comentario que había soltado su madre.

Por suerte, la diferencia horaria de nueve horas significaba que su madre se habría pasado la mitad del día durmiendo, por lo que había podido evitar tener esta conversación con ella. Hasta ahora, claro.

–Tenía un mal presentimiento, ¿sabes?

La sonrisa que le dedicó Fiona no reflejaba para nada la frustración que sentía por dentro.

–¿Te estás tomando las pastillas?

–Sí –pronunció su madre, indignada–. Pues claro que me las estoy tomando. Todavía no soy una vieja chocha. Además, el doctor Smithson me soltó unas cosas muy feas la última vez que nos vimos.

–Eso no es verdad. Estaba preocupado y quería que entendieras lo importante que es que te tomes las pastillas para la hipertensión.

–Pues ahora mismo tengo la tensión por las nubes al saber que mi única hija está tan lejos y sola en otro país. Te puede pasar cualquier cosa.

Antes de que su madre le empezara a enumerar todas las cosas terribles que a lo largo de los años les había pasado a las mujeres que viajaban solas, Fiona le recordó que estaba acompañada:

–La familia con la que vivo es muy amable y todos hablan inglés perfectamente. –Ahora habría sido el momento perfecto para contarle que se había probado un kimono, pero no quería que su madre le estropeara el bonito recuerdo y la sensación de pertenencia y calidez que había sentido el día anterior. Así que, en su lugar, sin pensárselo demasiado, optó por tocar terreno seguro–. Además, estoy con Gabe durante el día. –Aunque eso en realidad significaba que la llevaba a un lugar y luego la recogía, como si estuviera cargando con un paquete no deseado, cuando en el fondo lo que quería era devolvérselo a su remitente.

–¿Gabe? ¿Quién es Gabe? Pensé que estarías con Yutaka Araki.

Lo curioso era que, cuando a su madre le interesaba algo, se le notaba.

Esta vez, Fiona sí que suspiró de verdad. Había metido la pata.

–Por desgracia, el señor Araki ha sufrido una pérdida familiar, por lo que no puede ser mi mentor –le explicó.

Su madre pareció sorprendida y, por un instante, al ver que se quedaba sin palabras durante al menos cinco segundos, Fiona pensó que el error que había cometido al contárselo tampoco había sido tan grave.

–¿Me estás diciendo que has hecho todo ese viaje para nada? Sabía que estabas cometiendo un error. ¿Acaso no te lo advertí?

–Mamá, está todo bien. Me han asignado otro mentor.

–Hombre, pero está claro que no será tan bueno como Yutaka Araki, ¿o me equivoco? –Con todo el tiempo que tenía libre, era evidente que su madre había buscado el nombre del fotógrafo en internet. Ahora, después de haberse quejado durante semanas, había decidido mostrarse fascinada por el trabajo de Araki–. Sin duda, sigo pensando que has cometido un error garrafal.

–Su sustituto también es un buen fotógrafo. Me podrá enseñar muchísimas cosas.

–¿Quién? ¿Quién es tan bueno como para reemplazarlo así de fácil? Te están tomando el pelo con alguien que nunca tendrá ni de lejos el mismo talento que Yutaka Araki. ¿Sabes que sus fotos se exponen en museos y galerías de todo el mundo? Nueva York, Boston y Tokio. –Al escucharla, Fiona puso los ojos en blanco; claro que lo sabía, el día anterior había visto varias–. Y también en Sídney, en Toronto... ¿Quién va a poder sustituir a alguien con ese talento?

Ella sopesó lo que decía su madre y la balanza cayó hacia el lado equivocado, pero, en ese caso, la honestidad era su mejor baza si quería zanjar el tema. Nunca se sabía, igual así podía distraer a su madre y hacer que no volviera a hablarle de su salud.

–Mi mentor es...

Madre mía, iba a tener que decírselo. Miró directamente a la pantalla, en concreto, a las manos de su madre, que no paraba de moverlas, y a su frágil figura. Estaba sentada en su habitual sillón de respaldo alto que era más propio de una persona mayor y dependiente que de una mujer de menos de cincuenta años.

–¿Quién es?

–Es Gabriel Burnett.

Eso sí que dejó a su madre sin palabras e hizo que se pusiera la mano en el cuello de forma melodramática.

–¿Gabriel Burnett? ¡El hombre que te arruinó la vida! –A su madre le cambió la cara–. Creo que me va a dar un patatús.

–Mamá, no estás interpretando el papel ansioso y exagerado de la señora Bennet en *Orgullo y prejuicio*. Qué patatús ni qué ocho cuartos. Además, él no me arruinó la vida. Solo hizo que cambiara un poco su rumbo.

–Gabriel Burnett. –Su madre negó con la cabeza–. ¡Gabriel Burnett! ¿Y qué te dijo cuando te vio? Espero que al menos se haya disculpado.

–No me reconoció y no tiene por qué pedir perdón.

–Pues, aun así, sigo pensando que hacer ese viaje ha sido un error.

–Es un fotógrafo con mucho talento, también podré aprender mucho de él.

–Bueno, la última vez también aprendiste mucho de él, ¿a que sí? Otra vez tropezándote con la misma piedra.

–Mamá, eso fue hace muchísimo tiempo. –Fiona desvió la

mirada hacia la ventana, donde la brillante luz del sol se colaba por los bordes de la persiana, incitándola a salir–. Tenía dieciocho años. Era una cría.

Sintió que le ardían las mejillas de vergüenza al recordarlo. Madre mía. Había sido una inmadura de pies a cabeza. Ingenua y torpe. Y sí, durante años se castigó a sí misma por lo que había pasado, además de tener que aguantar el continuo melodrama de su madre. Sin embargo, había dejado de hacerlo cuando se lo confesó todo a Avril, que se había reído a carcajadas y le había dicho que era un comportamiento de lo más normal cuando uno estaba en la edad del pavo y que dejara de comportarse como tal. Todo el mundo hacía cosas estúpidas cuando era joven. Literalmente, sus palabras habían sido: «Supéralo de una vez».

Ahora, años más tarde, Fiona pensó que, si en esa época su madre hubiera adoptado una actitud más racional e imparcial, igual podría haber tardado muchísimo menos en superar aquella tontería y habría sabido cómo gestionar el acoso escolar que sufrió después.

–Bueno, tú ten cuidado. Los hombres como él no cambian de la noche a la mañana –le advirtió su madre.

–Como te acabo de decir, ni siquiera se acuerda de mí. En fin, tengo que irme. Gabe va a venir a recogerme para ir al Tokyo Skytree.

En realidad, no iría a por ella hasta la hora del almuerzo, pero su madre no tenía por qué saberlo todo y, además, hacía un día espléndido. Le apetecía explorar un poco la casa; todavía no había podido ver el jardín ni entrar en la tetería.

–¿En serio te vas a ir con él? ¿Crees que es buena idea? No te vas a volver a enamorar de él, ¿verdad?

–No, mamá. Ya no soy una adolescente tonta y fácil de impresionar. Además, ya no me atrae lo más mínimo.

–No creas que estoy contenta con esa decisión. –Su madre se llevó la mano al pecho–. Creo que se me está acelerando demasiado el corazón.

–Mamá, no te pasará nada. Prepárate una buena taza de té. ¿Sabes que la dueña de la casa en la que me alojo es una maestra del té? Es algo que se toman muy en serio en Japón. Y encima tiene una tetería. Y celebra ceremonias. Creo que verlo sería una experiencia increíble, ¿no te parece?

Su madre sorbió por la nariz.

–Sí, suena interesante. Tal vez puedas traerme un poco de té. Al fin y al cabo, los japoneses tienen una salud de hierro.

Fiona volvió a sonreír, agradecida de haber conseguido distraer a su madre.

Hablaron de té durante los últimos minutos que duró la conversación. Antes de colgar, Fiona por fin se despidió de ella y, después, puso a cargar el móvil.

Le repateaba que su madre pensara que podría volver a enamorarse de Gabe. Tenía casi treinta años, ya no era la Fiona de dieciocho que se sorprendía con cualquier cosa. Gabe ya no le hacía sentir nada. Ahora era demasiado sensata y adulta como para caer rendida a sus pies por su aspecto o su encanto, algo que al parecer le resultaba difícil mostrar últimamente.

Completamente despierta y molesta a más no poder por el comportamiento de su madre, Fiona se levantó y se vistió rápido. El aire fresco y la luz del sol la reclamaban.

Fiona no se encontró con nadie cuando bajó las escaleras y salió por la puerta con la cámara en la mano. Dio un paso atrás hacia el otro lado de la calle y se puso a sacarle un par de fotos rápidas a la bonita estampa que tenía delante hasta que se percató de que Setsuko la miraba desde el escaparate de la tetería y le hacía señas para que entrara.

No tardó casi nada en llegar a la puerta.

–Buenos días, Fiona-san. ¿Has dormido bien?

–Pues sí..., hasta que mi madre me llamó por videollamada –admitió ella, aunque trató de disimular el regusto amargo que le había dejado la conversación con su madre.

Igual Setsuko no veía bien ese comportamiento. Las familias

japonesas solían ser muy cuidadosas con los mayores y ella parecía estar muy unida a su madre.

Setsuko estudió el rostro de Fiona con sus ojos oscuros y brillantes.

—¿Va todo bien? —le preguntó con la dulzura que la caracterizaba.

—Sí, todo bien —contestó Fiona, sintiéndose un poco culpable.

Su madre tampoco era tan ruin, solo estaba sola y aburrida, y eso hacía que centrara la mayor parte de su atención en su estado de salud y en su única hija.

Setsuko alzó una ceja, cautelosa, y dijo:

—Creo que lo que necesitas es una taza de té. Vamos, entra.

Enseguida, la japonesa se dio la vuelta y la guio hasta el interior de la tetería.

Sin detenerse a comprobar que Fiona la seguía, se apresuró a atravesar una puerta que estaba abierta. Fiona se detuvo a observar lo que tenía alrededor e inmediatamente se quedó paralizada al ver la curiosa decoración del interior de la tienda. Era como retroceder en el tiempo. Además, la tetería era pequeña, pero estaba bien organizada y transmitía una calma silenciosa.

Lo que más le llamó la atención fue que todos los materiales que había eran naturales: paredes con listones de madera, taburetes de bambú, bancos de madera oscura acolchados con algodón y cortinas de lino junto a las puertas *shoji*, con las que ya se había familiarizado. Una luz tenue se filtraba por el gran ventanal y hacía visibles las motas de polvo, que parecían volar como si fueran pequeñas hadas. Una de las paredes de la tienda estaba repleta de estanterías que iban desde el suelo hasta el techo y que contenían unos grandes botes negros —cada uno de ellos escritos con una elegante caligrafía japonesa en color dorado— que parecían esconder secretos y magia.

En el pequeño mostrador de enfrente había bolsitas de arpillera abiertas llenas de diferentes tipos de té —amontonados como si fueran orugas diminutas—, además de trozos de corteza y hierbas secas que desprendían olor a jazmín, humo y hierba. Era como estar en la sala de pociones de un mago, donde los hechizos y la magia se servían en delicadas teteras de color azul, verde y bronce pastel, y en tazas resistentes de porcelana con el tamaño perfecto para sujetarlas con las dos manos.

Al otro lado de la tienda, Setsuko estaba de pie en una cocina diminuta, casi primitiva, que contaba con un hornillo del tamaño de una sartén grande en el que se veían las llamas del fuego que calentaban una tetera de cobre. Fiona nunca había visto nada igual y no sabía cómo la japonesa podía ingeniárselas para cocinar en un espacio tan pequeño. Eso sí, le parecía que estaba muy bien organizada: cada cosa en su lugar en los estantes hechos de bambú. De hecho, no había ni un solo aparato electrónico o moderno, aparte de una vaporera de arroz y una calculadora, que se encontraba junto a un recipiente de bambú y otros utensilios de cocina hechos de madera.

Setsuko había sacado una bandeja roja y había puesto encima una tetera más pequeña de color negro mate con un asa curva de bambú y dos tazas barnizadas alrededor de los bordes con un color turquesa que perdía la intensidad y pasaba a un azul más oscuro al llegar a la parte inferior. Cogió la tetera grande y vertió el agua caliente en la tetera negra. Después, le hizo un gesto a Fiona para que la acompañara a una de las mesas que daba al otro lado del edificio y desde la que se podía ver un jardín secreto que quedaba oculto por una densa capa de arbustos verdes.

En cuanto Fiona se sentó, sintió que se le quitaba un peso de encima, además de esa sensación que la carcomía por dentro y que su madre siempre le provocaba. Estar allí era como estar en una guarida secreta, aislada del resto del mundo y de todas esas preocupaciones con las que cargaba.

—Qué maravilla. Es tan... —Le costaba expresarlo con palabras. Era romántico, como de otro mundo, tradicional.

Setsuko sirvió dos tazas de té y le ofreció una a Fiona antes de decir:

–Es un lugar para pensar y ser uno mismo. O para hablar y compartir.

Fiona estudió con atención el líquido de color verde claro; el vapor que salía de la taza olía a hierba y a pino. «Compartir». No era algo que hiciera muy a menudo.

–Es una de mis recetas –le comentó Setsuko mientras sostenía su taza con las dos manos y le dedicaba un movimiento de cabeza–. Es una mezcla de té verde *kanayamidori* y *sayamakaori*.

–Me fascinan estos… ¿Cómo se llaman?

Señaló las tazas sin asa.

–*Chawan*. O cuenco para el té matcha –contestó la japonesa, y bajó la mirada hasta su taza de té; una imagen que transmitía humildad y respeto, y que hizo que el silencio se instalara entre ellas.

La paz del lugar trajo consigo una sensación hipnotizante de calma. A Fiona se le escapó una sonrisa y dijo:

–Me dan ganas de contarte cosas.

–No tienes por qué contarme nada. Solo quería que encontraras un poco de paz.

–Pues lo has conseguido. Muchas gracias –contestó Fiona, estudiando a su prudente anfitriona.

–Sé de primera mano lo que es sentirse… inquieta.

–¿En serio? –Fiona no pudo ocultar la sorpresa. Esa mujer le parecía la serenidad en persona.

Con una ligera inclinación de cabeza, Setsuko sonrió ante la incredulidad que había mostrado Fiona antes de añadir:

–Cuando volvimos a Japón, yo era una adolescente. Una adolescente estadounidense. Odiaba a mis padres por haberme hecho dejar atrás todo lo que conocía. Japón era un lugar extraño y diferente, aunque en cierto modo también me resultaba familiar. Me ofuscaba estar aquí y, en vez de hacer un esfuerzo por aprender, me resistí. Si crees que Mayu es rebelde… –Se rio–. Ella al menos es fácil de llevar. Me costó mucho tiempo acostumbrarme a esta nueva vida. Entender que este era mi

65

hogar. Darme cuenta de que la tradición te puede traer paz y armonía. Le hice la vida imposible a mi madre.

Fiona enarcó las cejas. Parecía una mujer tranquila y discreta, así que le costaba mucho creer lo que le acababa de contar.

—Mi madre es una mujer excepcional. Y muy sabia. No me siguió el juego o, al menos, no directamente. Se reconcilió de nuevo con las tradiciones y buscó la manera de compartirlas conmigo. Nunca me obligó a hacer nada ni insistió en que siguiese las viejas costumbres. Y, poco a poco, yo sola fui descubriendo que había belleza y paz en todas ellas. Todos los años Mayu se queja de que la hacemos ir a ver el *sakura*, las flores de cerezo. Pero, en realidad, nunca la obligamos a que nos acompañe. Es una decisión que toma ella. Y siempre acaba viniendo. Nos hace creer que la familia no le parece tan importante, pero adora a su *jiji*.

—La adolescencia es una época difícil en todas las culturas —añadió Fiona tras darle un sorbo al aromático té.

—Sí, eso creo. Con esa edad no nos conocemos del todo; todavía no sabemos quiénes somos en realidad. Sin embargo, creemos que sí.

—No podrías haberlo explicado mejor.

Fiona se quedó pensativa. Le había dado tanta importancia a un error adolescente cuando en realidad se lo debería haber tomado con humor porque solo era eso: un pequeño desliz.

Se bebieron el resto del té en silencio y, en un par de ocasiones, Fiona se planteó contarle a Setsuko lo que había pasado, pero la mujer no la presionó ni parecía esperar con ansia una respuesta. De hecho, más bien se mostraba como si estuviera sumida en sus propios pensamientos, así que Fiona se recostó contra la pared del acogedor rincón en el que se encontraban, bebió un sorbo de té y dejó que los recuerdos danzaran en su mente.

Tenía dieciocho años. Su profesor de arte la había seleccionado a ella y a Evie Blundell, una amiga —no eran íntimas, pero compartían la pasión por la fotografía— para pasar la mitad del trimestre en un campamento de arte en Londres, en octubre, justo antes de los exámenes de fin de curso.

Fiona se acercó la taza a la nariz e inhaló el aroma del té mientras recordaba esa emoción juvenil desbordante que las dos habían sentido cuando subieron al tren, listas para el primer día. Hacía un día otoñal, lleno de colores rojizos y en el que la luz del sol salpicaba los árboles. La mañana parecía anunciar un día lleno de promesas.

El primer día había superado sus expectativas, ya que se respiraba un ambiente universitario en el que las trataban como jóvenes adultas y los profesores se mostraban cercanos, no como en su instituto. Fiona sonrió para sí misma. Al final de la primera semana, Evie y ella ya se sentían adultas y se les había pegado la sutileza británica gracias a los continuos desplazamientos a la capital y a la interacción con estudiantes un poco más mayores que ellas. A pesar de eso, todos los alumnos se habían quedado con la boca abierta cuando les anunciaron que la semana siguiente sería Gabriel Burnett el encargado de dar las clases.

El mismísimo Gabriel Burnett.

Hasta los más populares se habían quedado anonadados con la noticia.

Aunque hubiesen pasado años, Fiona recordaba a la perfección la primera vez que coincidieron:

Gabriel Burnett tenía los ojos más azules que había visto en su vida. Llegó un poco tarde el primer día y se disculpó con encanto y con aire despreocupado, lo que hizo que todos dejaran atrás la euforia y se tranquilizaran. Puede que estuviera acostumbrado a codearse con modelos y famosos, pero a ellos los trató como iguales.

–¿No es guapísimo? –había suspirado Fiona, mirándolo desde la penúltima fila.

–Y tanto, pero no te hagas ilusiones. –Con la mano apoyada en la barbilla, Evie lo estudió con detenimiento y acabó soltando un suspiro de felicidad.

—Qué ojos —susurró Fiona y, mientras lo hacía, Gabe levantó la vista de forma brusca y la miró con intensidad, como si la hubiera oído. Se le acabó revolviendo el estómago cuando él le sostuvo la mirada durante..., bueno, durante lo que le habían parecido siglos.

—Seguro que lleva lentillas. Tiene que ser eso —dijo Evie, rompiendo el hechizo—. Pero, oye, está en forma. Mira qué culazo.

Fiona estaba demasiado ocupada mirándole los pómulos marcados y el pelo ligeramente largo recogido con una cinta de cuero que le había parecido de lo más glamurosa y, al mismo tiempo, bohemia. El corazón le latía como una mariposa revoloteando de flor en flor.

Y encima parecía un buen chico. Tan amable. Se paraba a hablar con todo el mundo. Al principio, había pensado que podría ser un arrogante y un egocéntrico, pero nada más lejos de la realidad. Era un encanto.

El mejor momento de la semana llegó un miércoles cuando Gabe alabó una de las fotos de Fiona, inclinándose hacia ella, tan cerca que podía ver hasta los pelitos que le estaban empezando a crecer en la barba incipiente y oler el *aftershave* que se había echado. Desprendía un aroma amaderado y sofisticado que había hecho que se le cortara la respiración.

—Muy buena composición, Fiona. —Ella se había sentido como si el corazón estuviera a punto de salírsele del pecho. ¡Gabe sabía cómo se llamaba!—. Me encanta que hayas querido enfocar el fondo. —Gabe le puso la mano en el hombro mientras se inclinaba un poco más para señalarle algo en la imagen—. Y ese pequeño plano iluminado. El resultado es increíble.

Fiona tragó saliva y giró la cabeza para acabar encontrándose con los ojos de Gabe que, de repente, parecían brillar. Sintió una oleada de calor. Él también sintió lo mismo, pero se limitó a esbozar una sonrisa y a añadir:

—Gran trabajo, Fiona.

Y después, como si nada hubiera pasado, se puso derecho y

se acercó al siguiente alumno. Pero, aunque ella pensara que habían sido imaginaciones suyas, le gustaba a Gabriel Burnett.

–Fue la forma en que me miró –le dijo a Evie de camino a casa aquella tarde.

–Mira a todo el mundo así –le recordó Evie, que, sin duda, estaba celosa de que Gabe no hubiera alabado nada de su trabajo–. Si te soy sincera, creo que solo intenta quedar bien.

No estaba de acuerdo con Evie porque, cuando hablaron, sintió como si él la conociera y la entendiera de verdad.

Fiona se estremeció al recordarlo, lo que hizo que Setsuko volviera a posar sus ojos cargados de ternura en ella.

–Lo besé –soltó Fiona sin rodeos.

Confundida, Setsuko levantó una ceja con delicadeza.

–A Gabe Burnett. Cuando tenía dieciocho años. Fue mi profesor. –A Fiona se le escapó una risa nerviosa–. Como en la canción *When I Kissed the Teacher* de ABBA.

Esta vez, Setsuko alzó las dos cejas, sorprendida.

–Lo sé, lo sé. –Fiona respiró hondo, horrorizada de haberlo soltado de esa manera–. No sé por qué te lo he contado.

–Puede que necesitaras decirlo en voz alta.

–Lo besé. Lo tenía enfrente, estaba parado en el pasillo. Era mi última semana allí y sabía que tal vez no lo volvería a ver nunca más. Estaba loca por él. Y fui una ingenua al pensar que él sentía lo mismo por mí. Así que me puse de puntillas y le di un beso. En la boca.

Hizo una pausa para observar con atención la reacción de Setsuko.

–Besaste a Gabe –repitió la japonesa con una sonrisa tímida en los labios.

Ella asintió.

Setsuko empezó a reírse y le salió una carcajada que distaba mucho de la mujer sutil a la que Fiona estaba acostumbrada.

–¡Lo besaste! –Se tapó la boca con las manos y los ojos le brillaron de alegría.

Fiona, al recordarlo, se dio cuenta de inmediato de la estupidez que había hecho: ese movimiento apresurado para poder alcanzar sus labios. Le devolvió la sonrisa a Setsuko y se le escapó una risita.

—¡Sí! Cosas que pasan cuando una tiene las hormonas revolucionadas.

Mientras se relajaba y veía el lado divertido de aquello, dejó atrás la vergüenza que la había perseguido durante muchísimos años y le vino un recuerdo a la mente: las manos cálidas y firmes de Gabe sobre sus caderas, sosteniéndola. Se le aceleró el pulso. Y, con el corazón desbocado, recordó cómo sus labios se movieron bajo los suyos. ¡Él también la había besado!

Se enderezó y se puso la mano en el pecho, en un intento de controlar el ritmo frenético al que iban los latidos de su corazón. Gabe también la había besado a ella y... lo había olvidado por completo. Había pasado a un segundo plano al vivir todo lo que vino después. Eso no cambiaba nada ahora, pero al menos compensaba toda la vergüenza que había sentido. La humillación..., aunque, bueno, eso acabó llegando más tarde.

—¿Y qué pasó después? —indagó Setsuko, con los ojos almendrados muy abiertos y, por una vez, no se contuvo.

—Pues no sé quién de los dos estaba más estupefacto, si él o yo. Y después... —Se puso seria y añadió—: Mi amiga, mi supuesta amiga, Evie, dobló la esquina. Gabe no tardó mucho en apartarse. Seguro que se horrorizó al ver cómo una chica como yo se lanzaba a sus brazos. A ver, salía con modelos sofisticadas y actrices famosas. Mujeres como Yumi. Pero fue demasiado tarde porque Evie ya nos había visto. Al final acabé contándoselo todo, aunque creo que ya le había quedado bastante claro. —Fiona arrugó el rostro, le seguía doliendo igual que lo hizo aquel día.

Setsuko hizo una mueca y añadió:

—Y pasó algo malo.

—Sí, Evie le contó a todo el instituto lo que había hecho y que Gabe me había rechazado. Fue horrible. Todos se burlaron de mí. Incluso varios profesores se mostraron reacios.

Y durante varias semanas, agaché la cabeza con la esperanza de que al final se olvidaran, pero luego, al final del trimestre, en el concurso anual de talentos, Evie y un par de chicas más cantaron la canción de ABBA. Y ahí todo el mundo terminó de enterarse de lo que había pasado.

–Ay, no.

Setsuko cubrió su mano fría con la de Fiona.

–En lugar de mejorar, las chicas hicieron que la situación empeorara. Me sentía incapaz de ir al instituto. Me encontraba mal todos los días. Al final, tuve que contarle a mi madre lo que había pasado y, bueno, fue lo mejor que pude haber hecho. –Aunque en realidad no, claro que no. Su madre había hecho un drama. En realidad, acabó montando un pollo y gritando a los cuatro vientos que ninguna hija suya volvería a pisar ese instituto. Además, le aseguró que podía quedarse en casa. Y eso había sido la peor decisión que Fiona podría haber tomado. Se aisló–. No volví a pisar el instituto. No hice más exámenes. No entré después en la universidad. Empecé a pasar más tiempo en internet y me centré en mi blog. Y, no sé, al menos eso último sí que me vino bien. –Se encogió de hombros, había tardado mucho tiempo en convertir todo eso en algo bueno para ella–. Mis publicaciones de Instagram empezaron a tener cada vez más «me gusta» y eso hizo que acabara saliendo más e interactuando con gente cara a cara, en vez de hacerlo solo a través de internet. Gracias a eso, he hecho amigos que en general son bastante mandones, pero que me inspiran y me animan a hacer cosas nuevas. En realidad, fue mi amiga Avril la que me empujó a participar en el concurso que me ha hecho venir hasta aquí.

Setsuko se quedó con la boca abierta.

–¿Y no tenías ni idea de que te encontrarías con Gabe-san?

–No –respondió Fiona–. Aunque ya ni siquiera me reconoce.

–¿Y se lo vas a decir?

–¿Qué? ¡No! ¡Qué vergüenza!

–Seguro que se sentiría halagado.

–¿Me has visto? No me parezco para nada a la gente con la que se suele rodear, como Yumi.

–Pero ella carece de belleza interior –le afirmó Setsuko con una seriedad que a Fiona le sorprendió–. Tú tienes lo que nosotros llamamos *shibui*.

–¿Y eso qué es? –preguntó Fiona, inclinándose hacia delante, con ganas de aprender un poco más sobre la cultura japonesa.

–*Shibui* quiere decir sencillez, modestia, naturalidad, cotidianidad... Ser tú misma, sin intentar ser algo que no eres. Contenerse para algunas cosas, pero no en todas. –Sonrió–. Antes, cuando hablabas, te vi un destello de luz en los ojos, sobre todo, cuando mencionabas a Gabe. Eres una mujer sencilla, pero tu pelo hace que poseas una belleza sutil. Eres muy educada. Y *shibui* es todo eso.

A Fiona se le dibujó una sonrisa en la cara.

–Pues entonces me alegro de tenerlo. A mi madre le encantaría saber que tengo buenos modales.

–Por eso le gustaste a la mía desde el principio. Eres delicada. Sabes escuchar y respetar a los demás. Se nota que te interesa todo esto.

–¿Y a quién no? Este país es fascinante. Y esto es... –Hizo un gesto con la mano, señalando la tetería–. Es tan diferente a lo que pude ver ayer de Tokio.

–¡Pues esto solo ha sido el principio! –exclamó la japonesa, sonriendo tras escuchar sus palabras.

De repente, Fiona sintió que se le ensanchaba el corazón, como lo hacía una flor cuando comenzaba a crecer.

–Sí, lo sé. –Le devolvió la sonrisa a Setsuko y se dio cuenta de que quería seguir aprendiendo más y más sobre la ciudad, la cultura, el arte... Madre mía, qué de cosas le quedaban por descubrir–. Gracias. Me has hecho abrir los ojos.

Capítulo 5

Tras dejar a Setsuko en la tetería, Fiona volvió a entrar en la casa y Haruka le preparó un minucioso desayuno: platitos cuadrados llenos de verduras encurtidas y ensalada, además de un cuenco pequeño de sopa de miso calentita y otro de arroz hecho al vapor.

Fiona admiró por un instante lo bien presentados que estaban los platos de comida y se asombró con el trabajo y la atención que le había dedicado Haruka. Eso no se parecía para nada al típico «coge un cuenco con cereales para desayunar y cómetelo de pie junto al fregadero». Con todos los recipientes y platos pequeños que había encima de la bandeja lacada de color rojo, negro y dorado, podría haber pensado perfectamente que estaba en un restaurante. Era evidente que la japonesa había puesto todo su empeño en ello.

—Muchas gracias —le dijo Fiona, mordiéndose el labio, sin saber muy bien por dónde empezar.

Enseguida, como la anfitriona generosa y amable que era, Haruka la animó con unas palmaditas en el brazo y dio un paso hacia delante para sentarse enfrente de ella.

—Esto es sopa de miso. De lo mejor que hay para empezar el día con buen pie. No te hace daño en el estómago y encima te deja el cuerpo calentito. Esto de aquí es jengibre encurtido y aquí tienes una ensalada —le explicó a Fiona.

—Huele genial —contestó, un poco forzada.

Sopa para desayunar, eso sí que era nuevo, pero a Japón se la conocía por ser una nación longeva y, sin duda, todas las japonesas que había visto hasta ahora parecían cuidarse muy bien. La dieta que se seguía allí era famosa por ser saludable y equilibrada, así que ¿quién era ella para llevarle la contraria?

Imitando lo que hacía su anfitriona, cogió el cuenco y, con cuidado, bebió un sorbo de la sopa caliente. Haruka la observaba con atención, como una madre emocionada al saber que su bebé estaba a punto de dar sus primeros pasos.

—Mmm —soltó Fiona, sorprendida al comprobar lo buena que estaba—. Esto está riquísimo. —Ansiosa, volvió a darle otro sorbo a la sopa y pensó que podría llegar a acostumbrarse a desayunar así.

Más tarde, intentó comerse el arroz con los palillos y la japonesa se horrorizó al ver que se le caía la mitad sobre la mesa.

—Lo siento —se disculpó Fiona.

—Así, mira. —Una vez más, Haruka le enseñó la forma correcta de coger los palillos de madera y, con el cuenco de arroz en la mano, se los acercó a la boca.

Eso hizo que Fiona recordara aquella sensación tan rara que había sentido cuando Gabe le tocó la mano para mostrarle cómo tenía que colocar los dedos.

—Anda, pues así es mucho más fácil —exclamó ella, en un intento de sacarse a Gabe de la cabeza.

Luego probó un poco del arroz frío que tenía una textura pegajosa. La consistencia era algo diferente a la del que solía hacer en su casa, pero estaba suave y tenía un regustillo a nueces. La combinación del arroz, la sopa y el jengibre era una mezcla ligera, sabrosa y fresca, y, aunque a Fiona le resultó extraña al principio, acabó disfrutando de cada bocado. Tal vez, el té que había compartido con Setsuko había conseguido que estuviera más abierta a probar cosas nuevas.

Para terminar, Haruka trajo un plato llano lleno de fruta. La presentación era impecable y a Fiona se le hizo la boca agua. Había gajos de mandarina que tenían una pinta increíble y que había pelado con mucho cuidado, para que así no quedara ningún trocito blanco; fresas de un color rojo brillante que había cortado en rodajas con forma de corazón y que estaban demasiado bonitas como para comérselas; y melón en trozos finos y de un color casi translúcido.

–Está todo tan bonito que no quiero ni tocarlo.

–No, no. Come. Es fruta fresca.

Fiona suspiró al descubrir el sabor dulce de las fresas y el ácido de las mandarinas, y Haruka sonrió a modo de respuesta.

–Muchísimas gracias. Estaba todo buenísimo. Normalmente suelo desayunar tostadas y cereales, algo que seguramente no aprobaría.

–Nosotros no solemos comer mucho pan –le explicó Haruka–. Sé que en Occidente sí que lo hacen, pero no es nada bueno para... –Se dio unas palmaditas en el estómago.

–La verdad es que no. Este desayuno es mejor y más ligero. –De hecho, Fiona no se sentía para nada llena ni hinchada.

Mientras Haruka recogía los platos, tras dejar claro que no necesitaba ayuda, Fiona miró el reloj. Gabe pasaría a recogerla en menos de una hora. Ella ya estaba lista, con la cámara y un cuaderno en la mano. Quería crear una guía turística de Tokio y subirla al blog, así que necesitaba papel para ir escribiendo las indicaciones pertinentes para poder llegar a los principales lugares turísticos y, sobre todo, para apuntar los nombres de las estaciones porque estaba segura de que acabaría olvidándose. Hoy Gabe la iba a llevar al Tokyo Skytree, el edificio más alto de Japón y, como Mayu le había explicado con orgullo y con detalle la noche anterior, la torre más alta del mundo. Fiona había sonreído a modo de respuesta.

–¿Puedo sacarle fotos a la casa por dentro? –le pidió a Haruka–. Me encantaría subirlas a Instagram para que vean cómo es vivir en un hogar japonés. No se parece en nada a las casas británicas. Sobre todo, el baño.

No se había atrevido a preguntarles para qué servían todos esos botones y símbolos con los que se había topado en el cuarto de baño. Parecía un sistema complejo y muy moderno, pero, eso sí, se había quedado fascinada con el grifo-lavabo que estaba integrado en la parte superior de la cisterna: con él te podías lavar las manos y encima se reutilizaba esa agua para tirar de la cadena. ¡Qué ingenioso!

Más tarde, justo cuando Fiona se puso de pie, le sonó el móvil:

Me ha salido un encargo de última hora y estaré todo el día liado en el estudio. Así que me temo que tendremos que dejar el plan de hoy para otro día. ¿Mañana a la misma hora?

Fiona dejó caer el móvil en la mesa y, tras soltar un suspiro abatido, dijo:

—No me lo puedo creer. Gabe acaba de cancelar el plan que teníamos para hoy.

Haruka frunció el ceño.

—Eso es de muy mala educación. ¿O es que se encuentra mal?

—No, dice que tiene que trabajar –le explicó, y torció los labios con gesto de desilusión.

La japonesa parecía estar enfadada. Bueno, tan enfadada como le era posible a una persona con un rostro de lo más sereno.

—Pero podrías haberlo acompañado al estudio. De esa forma también se aprende. Lo siento muchísimo.

—No pasa nada. –Fiona hizo una mueca. Sí que pasaba. Deseaba con todas sus fuerzas comenzar a trabajar lo antes posible, para así ir sacando ya alguna que otra foto para su exposición.

—No, sí que pasa –le contestó la japonesa, con un enfado y una inquietud que se notaba por la forma en que parpadeaba y movía las manos sobre la mesa.

Fiona extendió el brazo para tocarle la mano y pronunció con voz suave:

—No es culpa suya.

—Estás en nuestro país como invitada. Es de mala educación y algo impropio de Gabriel. Estoy decepcionada.

—No se preocupe. Haré otra cosa. Al menos ahora sí que sé en qué trenes tengo que subirme.

Haruka hizo caso omiso de la pequeña broma de Fiona y le dio unas palmaditas en la mano antes de decir:

—Té verde. Eso es. Prepararé un poco y luego ya decidiremos qué hacer.

A Fiona casi se le escapó una sonrisa: el té y la compasión le recordaban a su hogar. La mujer mayor se subió las mangas de la blusa y volvió decidida a la cocina, con el sonido casi inaudible de sus pisadas sobre el tatami.

Fiona la siguió y Haruka le hizo un gesto para que volviera a tomar asiento. Mientras la japonesa calentaba el agua en uno de los hornillos de gas, ella se fijó en que la cocina era mucho más sobria y pequeña que la de su madre, en la que, además de tener un aspecto rústico, reinaba el desorden. En ese momento, se dio cuenta de que faltaba algo. No había horno. La única forma que tenían de cocinar era con los hornillos de gas que había en una pequeña encimera, aunque eso no parecía suponerle un problema a Haruka. Eso sí, seguía siendo mucho más moderna que la que había visto en la tetería.

En cuanto colocó una tetera ennegrecida en el fuego, la mujer mayor cogió el móvil y comenzó a darle a las teclas con furia.

—No estará mandándole un mensaje a Gabe, ¿verdad? —le preguntó Fiona, un poco preocupada.

—No —respondió tajante.

Fiona no quiso hacer más preguntas y se quedó sentada en silencio, pensando en lo que haría más tarde. Después, la mujer sirvió el té en dos tazas de porcelana y le ofreció una a Fiona con una pequeña pero firme inclinación de cabeza.

—Gracias.

Haruka no paraba de mirar su móvil.

—¿De qué conoce a Gabe? —Era una pregunta que le rondaba por la cabeza desde ayer.

—Fue profesor en la universidad durante seis meses y mi marido le ofreció quedarse con nosotros. Luego vio que conseguía muchos encargos, así que decidió quedarse en Japón. Se mudó a un apartamento que tenemos cuando quedó libre y convirtió algunas habitaciones en su estudio. —Haruka sonrió con cariño—. Era como un hijo para nosotros. —Frunció el ceño, y añadió—: Y entonces conoció a Yumi.

—No es santo de su devoción, ¿verdad?

—Esa mujer solo trae problemas —afirmó la japonesa.

Por desgracia para Fiona, Haruka no dio más detalles. Tal vez no lo hizo porque de repente le empezó a sonar el móvil con un tono de llamada estridente. La mujer lo cogió y comenzó a hablar a toda velocidad. Fiona la escuchó y le hizo gracia la expresividad y el tono que estaba usando la mujer mientras hablaba el idioma que ella seguía sin poder entender. Su anfitriona parecía un señor de la guerra enfadado que gritaba órdenes a sus subordinados.

Cuando colgó el teléfono, daba la sensación de que lo tenía todo bajo control. La general acababa de trazar su plan de batalla.

—Pasarás la mañana con Mayu y luego iremos todas juntas al parque de Ueno. Daremos un pequeño paseo. Estamos en la mejor época para el *hanami*.

—La tradición de observar cómo han crecido los cerezos —añadió Fiona, al recordar que había leído el término en una de las guías.

Claramente satisfecha, Haruka asintió con su habitual expresión de mujer sabia, y después añadió:

—Esta tarde, Setsuko y yo te llevaremos a ver el *sakura*.

—La flor de cerezo —confirmó Fiona, sintiéndose como una alumna de sobresaliente cuando Haruka le dedicó otro ligero movimiento de cabeza.

—Pero antes, Mayu te hará compañía. No tiene clase hoy, así que se encargará de llevarte a Tokio.

—Oh, no hace falta —intervino Fiona—. Estaré bien sola. No tiene por qué llevarme a ninguna parte.

—Ya está decidido. Te irás con Mayu. Después nos reuniremos todas y haremos un pícnic.

Con tan solo mirar el rostro implacable y con un deje triunfante de Haruka, Fiona llegó a la conclusión de que tendría más posibilidades de vencer al famoso Ejército Imperial Japonés que a la mujer amable y tajante que tenía delante.

—Se lo agradezco.

Fiona se quedó con la duda de si la pobre Mayu habría tenido voz y voto en todo eso. Llevar a una turista más mayor que ella por la ciudad seguramente no era algo que entrara dentro de los planes de una adolescente.

Apenas diez minutos después, Mayu –con una expresión traviesa y llena de emoción en la cara– apareció por la puerta de la cocina con una llamativa peluca azul fluorescente, unos calcetines blancos hasta las rodillas, una falda corta plisada, unas zapatillas con plataforma y una chaqueta acolchada de un color amarillo estridente.

–Fiona-san, nos vamos a Tokio. Venga, venga. ¿Estás lista? –Mayu hizo una pausa y le lanzó una mirada rápida e inocente a su abuela–. Nos lo vamos a pasar superbién.

Haruka se cruzó de brazos y estudió a su nieta con gesto severo, pero, al final, no hizo ningún comentario sobre su ropa ni su actitud.

–Voy a por el abrigo –dijo Fiona, dándose cuenta del lío en el que se había metido.

En el viaje en tren hacia el centro de la ciudad, nadie se sorprendió al ver cómo iba vestida Mayu y esta, al igual que el resto de los pasajeros, sacó el móvil e inmediatamente se quedó absorta en la pantalla. Así que, siguiendo el ejemplo, Fiona se metió en el grupo de WhatsApp que tenía con Avril, Sophie, Kate, Eva y David: los amigos que había hecho en aquel viaje a Copenhague que acabó cambiándole la vida.

¿Quién hubiera pensado que terminaría haciéndose amiga de alguien como Avril? Fiona se frotó con las manos el parche que llevaba en los vaqueros, justo por encima de la rodilla, y que ya estaba medio desgastado. La amable, pero a su vez aterradora y mandona Avril había prometido –aunque algunos lo verían más como una amenaza– darle publicidad a su exposición y sabía que su amiga era una mujer de palabra. Además, era leal y no se andaba con rodeos.

Fiona se pasó todo el trayecto pensando en posibles ideas

para la exposición. Si Avril no le hubiese dado tanto bombo al asunto y si hubiese cumplido su deseo de mantener un poco el anonimato, no tendría por qué estar preocupándose tanto. Sin embargo, su amiga había soltado la bomba por el grupo y ahora todos la estaban apoyando. De hecho, todos –menos Sophie, que vivía en Estados Unidos– le habían prometido que estarían allí para la inauguración que tendría lugar dentro de unas semanas.

Cuando el tren casi estaba llegando a su destino, como si fueran amigas de toda la vida –un concepto con el que Fiona sentía que Mayu estaba muy familiarizada–, la adolescente entrelazó un brazo con el de ella y la guio por la estación repleta de gente hasta el exterior, donde se encontró con una ciudad llena de vida, de luz, de color y de energía. A su alrededor, las luces parpadeaban sin parar, el tráfico avanzaba muy despacio y el olor a soja y fideos de un quiosco que había cerca la hizo salivar. A Fiona le gustó sentir esa sensación que te hacía saber de inmediato en qué país estabas. En pocos días, se había convertido en algo inconfundible para ella.

–¿Adónde vamos? –le preguntó a Mayu, casi corriendo para poder seguir el ritmo frenético que llevaba la adolescente.

Mayu no se parecía en nada a su madre. No tenía ese semblante sereno y tranquilo, sino que lo vivía todo con mucha intensidad. Eran como una locomotora de vapor y un tren bala.

–Es una sorpresa –exclamó ella, emocionada–. Te va a flipar. Es genial. Mucho mejor que ese rollo de los cerezos. Todos los años, *jiji* y *haha* quieren ir a verlo. –Puso los ojos en blanco, y añadió–: Un aburrimiento, pero no te preocupes, el sitio al que vamos a ir ahora es lo más.

Fiona no estaba del todo convencida y, mientras intentaba seguirle el ritmo a Mayu, le echó un vistazo al atuendo de colegiala *anime* que llevaba y se preguntó qué experiencia que era «lo más» le tenía preparada. Consiguió frenar a la adolescente lo suficiente como para que le diera tiempo a sacar algunas fotos por el camino. Trató de capturar el ajetreo de la ciudad, pero, cuando miró el resultado, se sintió decepcionada al ver que no conseguía inmortalizar esa esencia tan única que desprendía Japón. Ese «algo» que tenían las calles y que se le resistía. Una sensación de frustración se le coló bajo la piel y le recorrió todo el cuerpo. ¿Qué estaba haciendo mal? ¿Por qué no conseguía captarlo? Las fotos eran aburridas, no tenían nada de especial. Si no se ponía las pilas pronto, estaba claro que no conseguiría suficiente material para la exposición. En ese momento le habría venido bien tener al lado a un mentor; uno que realmente estuviera interesado en ayudarla.

–Ya casi estamos llegando –le hizo saber Mayu, con un tono de voz cada vez más agudo, y le pasó un brazo por encima de los hombros–. ¡El museo de arte digital TeamLab Borderless!

Fiona asintió a modo de respuesta, sin tener ni idea de lo que era un museo de arte digital.

Llegaron al vestíbulo, que estaba lleno de japoneses y de turistas occidentales, y pagaron las entradas para poder pasar.

–Es el mejor lugar del mundo –reconoció Mayu–. Primera parada obligatoria: ir a ver las mariposas. No te puedes quedar sin verlas.

Y como si de una mariposa se tratara, siguió las señales y revoloteó por un pasillo oscuro.

Fiona la siguió más despacio; no le gustaban mucho las cosas que se movían con demasiado descontrol, así que solía evitar acercarse demasiado a los pájaros, a las mariposas y a las polillas.

Al entrar en la primera sala y oír la música suave que sonaba, los miedos de Fiona quedaron en un segundo plano y, al ver el espectáculo que tenía delante, no pudo evitar abrir los ojos como platos. Estaba todo lleno de luces, de sonidos y de una serie de pantallas negras que dividían la sala en espacios más pequeños y en las que se veía cómo se transformaban y crecían las mariposas. Dondequiera que mirara, tenía ante sus ojos una escena diferente. Color y movimiento. Formas y sombras. Un auténtico espectáculo visual. Durante un instante, se quedó parada, intentando asimilarlo todo. Después, se concentró en una escena en la que cientos de mariposas alzaban el vuelo, como pequeñas motitas en un cielo infinito.

Era imposible no sonreír. No quedarse hipnotizado al ver toda esa magia y movimiento constante. Como una niña pequeña, Mayu se había alejado corriendo y había intentado perseguir a un grupo de mariposas. Embelesada, Fiona tocó una flor y, de repente, se marchitó bajo sus dedos. Sin embargo, poco después la volvió a ver brotar y florecer a unos metros de distancia. El suelo y las paredes estaban llenas de luces e imágenes que cambiaban constantemente a medida que la gente iba interactuando con ellas. Fiona nunca había visto nada igual. Pensó que le sería imposible hacer fotos allí por el continuo cambio de luces. Además, sacar la cámara supondría perderse la oportunidad de sumergirse en las escenas y en las imágenes. «Libertad»: así hubiese descrito Fiona lo que estaba sintiendo. Eras libre de deambular por ahí, de observar, de tocar y de ver los cambios que se iban produciendo todo el rato a tu alrededor. Ninguna escena se repetía y tus acciones podían cambiarlo todo. Era algo fascinante e hipnotizante. Con razón Mayu había mostrado tanta ilusión.

Además, era una buena compañía: una persona entusiasta, inteligente y con ganas de enseñarle a Fiona hasta la última galería o sección del museo que le pareciera emocionante.

—Ven aquí. Mira la cascada, es mi favorita —le dijo la adolescente.

Con el sonido del agua cayendo y los gráficos tan detallados, les fue fácil imaginarse que estaban pasando por debajo de una cascada. Cuando Fiona tocó la pared, se llevó una grata sorpresa al ver cómo una flor de cerezo comenzaba a crecer bajo sus dedos y, poco a poco, muchas más empezaron a cobrar vida.

—Es una pasada, ¿a que sí? —exclamó Mayu.

—Mucho más que eso. Es mágico —contestó Fiona al mismo tiempo que negaba con la cabeza.

El sitio era una locura llena de alegría, pero, sobre todo, de inspiración. El ritmo que transmitía era algo frenético y estimulante para el cerebro, pero a su vez, era sorprendente la manera en que hacía que uno se relajara. Era una explosión digital para la vista y el oído que te absorbía de tal manera, que no dejaba espacio para nada más. Así que, ahí dentro, a Fiona le resultó sencillo dejar de preocuparse por la fotografía. Solo había hueco para disfrutar de la magia que reinaba en la sala y de todos los elementos interactivos que tenía alrededor. Ser parte de ese magnetismo, vivir el momento. ¿No había dicho Gabe algo parecido ayer?

Era una experiencia para centrarse en el aquí y en el ahora. «La gente», pensó Fiona mientras daba un paso atrás y observaba las caras de asombro y alegría en los rostros de las personas que la rodeaban. La gente se había olvidado de lo que era vivir el momento. De disfrutar de lo que podían ver con sus propios ojos, en vez de intentar capturarlo todo con la cámara del móvil para luego mostrárselo al resto. Era como meter a una mariposa en un bote: de nada te valía, si al final se acababa muriendo. Y nadie debería olvidarse de eso.

Fiona se dio cuenta de que nunca se había parado a pensar en ello, así que esa reflexión acabó afectándola más de lo que esperaba. Quería que sus fotos transmitieran algo más, que contaran una historia, que hicieran que la gente se parara a mirar qué había más allá y que, al final, vieran más que una imagen. Algo así como lo que le había pasado a ella con las fotos de Gabe en las que salía Yumi. Fiona pensó que él la habría entendido. Mañana no se dejaría engatusar. Si tenía encargos pendientes, daba igual, iría al estudio y lo observaría. Así aprendería de él.

Pero, mientras tanto, iba a disfrutar de la compañía de Mayu y, por la tarde, vería la famosa flor de cerezo y conseguiría mucho más material para la exposición.

Capítulo 6

Los árboles estaban repletos de pétalos de color rosa que contrastaban con las ramas oscuras. Fiona no pudo evitar extender el brazo para tocar uno y sintió la suavidad aterciopelada en la punta de los dedos. El parque de Ueno resultó ser más impresionante de lo que se había imaginado.

—Esto es...

Le brillaron los ojos mientras intentaba asimilar lo que veía. Mayu la miró con incredulidad y añadió:

—Un aburrimiento, pero en el fondo no está tan mal. Mi madre y *jiji* vienen todos los años.

—¿Y tú?

—Yo también. —De repente se le dibujó una sonrisa traviesa en la cara—. No digas nada, pero la verdad es que me gusta venir. Es una tradición familiar. El fin de semana volvemos a venir, pero con papá y *ojīchan*. Pero me gusta cuando solo estamos nosotras tres... y tú, claro —añadió rápido—. Ven por aquí. Tenemos un lugar favorito.

Entrelazó el brazo con el de Fiona y la guio por el camino. Por el sendero junto al lago solo se veían árboles y una gran cantidad de gente que se había acercado al parque. Fiona estaba atónita por el ambiente festivo y la emoción que se respiraba en el aire. El murmullo de la gente hablando con entusiasmo era más fuerte que el ruido de una bandada de gansos y el parque estaba tan abarrotado que a Fiona le resultó imposible encontrar espacio para levantar los brazos y hacer fotos; hasta que Haruka y Setsuko la sacaron del sendero principal y la llevaron bajo las ramas de los árboles. Allí, pequeños grupos se sentaban en familia con mantas y disfrutaban de un pícnic, con algún que otro pétalo en el pelo que se había caído de los árboles.

–Son...

–Flores de cerezo –dijo Mayu con un bostezo intencionado, pero con un brillo juguetón en los ojos.

–Venimos todos los años –comentó Haruka–. Todos. Y cada año es diferente. Si el viento llega demasiado pronto... –Hizo un gesto con la mano para indicar que los pétalos volarían hacia el cielo–. Es el ciclo de la vida.

–Eso es lo que hace que sea especial –explicó Setsuko–. Solo podemos disfrutarlo durante poco tiempo, así que debemos aprovecharlo al máximo. Hay informes que te dicen cuál es el mejor momento para venir a ver los cerezos y te avisan de si se avecina una tormenta. En esos casos, la estampa también es preciosa, pero es una señal de que está llegando el final del *sakura*. Es naturaleza, vida, belleza y muerte.

–Es efímero –dijo Fiona, comprendiendo de inmediato a qué se refería.

–Exacto. –Setsuko le dedicó una sonrisa llena de orgullo, mientras Haruka le lanzaba a su nieta una mirada de advertencia.

–Es muy bonito, *jiji* –dijo Mayu, obediente, y le guiñó un ojo a Fiona, lo que hizo que esta recordara la imagen de la flor de cerezo del museo que se le había desvanecido en la mano.

El rostro de Haruka se suavizó, le dio unas palmaditas en el brazo a la adolescente y le dijo algo que Fiona pensó que sería algo así como: «Buena chica».

Setsuko desenrolló una manta grande de algodón que tenía bajo el brazo y, sin que nadie se lo pidiera, Mayu la cogió y la extendió debajo del cerezo que tenían más cerca. Haruka sacó una caja rectangular de bambú con dos compartimentos y con una correa de color gris, y la colocó en el centro. Después, le pidió al resto de las mujeres que se acercaran y se sentaran. Setsuko desató la correa, levantó la tapa de arriba y le ofreció lo que había dentro a Fiona:

–*Onigiri*.

En la caja había dos hileras de bolitas de arroz con forma

triangular. Fiona cogió una, le dio un mordisco y descubrió un sabor intenso y dulce que estaba para chuparse los dedos.

–Mmm, ¡qué rico! ¿De qué está hecho? –preguntó, con un dedo señalando el centro del *onigiri*.

–Ese está relleno de ciruela encurtida.

–Madre mía, me encanta.

Volvió a darle un bocado y el sabor agridulce le provocó una explosión en el paladar que se mezclaba a la perfección con el del arroz.

–Es un aperitivo tradicional en Japón. Algunos llevan salmón y otros, atún con mayonesa japonesa –le explicó Setsuko, dándole la caja a Mayu.

–*Jiji* hace los mejores *onigiris* del mundo –confesó la niña, al mismo tiempo que le dedicaba a su abuela una sonrisa afectuosa–. Siempre que los llevo a clase para el almuerzo en una caja *bento*, todo el mundo quiere probarlos.

Haruka asintió y los ojos se le llenaron de satisfacción.

–¿Los hace usted? –preguntó Fiona sin apartar la vista de la bola de arroz que tenía en la mano.

–Puedo enseñarte a hacerlos, Fiona-san.

–Me encantaría. Sería un buen tema para el blog y así podría dejar a mi amiga Sophie con la boca abierta. Es escritora culinaria.

–¡Qué afortunada! –exclamó Mayu–. Es una receta familiar superantigua. *jiji* nunca la comparte con nadie.

Haruka soltó una risita y dijo algo rápido en japonés antes de centrar su atención en Fiona:

–Te enseñaré cómo se hacen, pero la receta... se queda en familia.

–Nunca se la ha dicho a nadie. ¡Ni a mí! –se quejó Setsuko.

–Las tradiciones se mantienen mejor con aquellos que las honran –confesó la mujer mayor, haciendo un gesto lleno de misterio con la mano.

Después de comer, Setsuko y Haruka se fueron juntas a dar un paseo y Fiona se dedicó a sacarles fotos a los árboles, a las familias que disfrutaban del pícnic y a una chica bonita que llevaba un kimono de color azul claro y sostenía un paraguas tradicional japonés de seda.

Cuando volvió a la zona en la que habían comido, se encontró a Mayu enganchada a un videojuego en el móvil y pensó que, seguramente, la adolescente ni siquiera se había percatado de su ausencia. Como no le apetecía volver a sentarse, tomó un par de primeros planos de las flores de color rosa para captar los estambres del interior y los pétalos en forma de corazón. Luego, se alejó para intentar conseguir una foto de los árboles que se alzaban por el sendero junto al lago con aire romántico.

Se agachó e hizo un plano general, para así también poder captar la cantidad de gente que había en el parque. Y fue entonces cuando vio a Haruka y Setsuko cogidas del brazo, mirándose la una a la otra, y enfrascadas en una conversación. Verlas a las dos tan unidas hizo que a Fiona se le encogiera el corazón. Madre e hija. Setsuko se reía mientras su madre le acariciaba el antebrazo. Fiona levantó la cámara e hizo una foto, con una ligera sensación de arrepentimiento en el pecho. No se imaginaba paseando así con su madre. Para empezar, no caminaban al mismo ritmo: los pasos de su madre eran cortos y apresurados, y los daba con cierta furia. Además, entablar una conversación con ella no era tarea fácil; no paraba de hablar, pero siempre lo hacía sobre cosas triviales. Fiona hizo una mueca al darse cuenta de que su madre no sabía escuchar. Luego pensó que tal vez era ella la que debería esforzarse un poco más. Su madre se sentía sola y tenía miedo de que le pasara algo cuando Fiona finalmente diera el paso y se mudara. Al final, la continua necesidad que tenía de aferrarse a su hija la había vuelto hipocondríaca.

Fiona se preguntó de qué estarían hablando las dos mujeres japonesas, ambas absortas en la conversación y ajenas a la belleza del entorno que las rodeaba. Capturó otra imagen de las manos elegantes de Setsuko, que se movían mientras le describía algo a su madre, y se fijó en la forma en que las dos caminaban, cadera con cadera y al compás, con pasos meticulosos. *Armonía celestial*, así es como llamaría a la foto. El fondo de un rosa palo, casi blanco, encajaba a la perfección, ya que hacía que pareciese que las dos mujeres estaban saliendo de una nube.

–Fiona-san –dijo Haruka con una inclinación de cabeza cuando regresaron del paseo–. ¿Qué te ha parecido el *sakura*?

–Muy bonito.

–¿Has podido sacar fotos? –le preguntó Setsuko, asintiendo con la cabeza mientras miraba la cámara.

Antes de que Fiona pudiera responder, Haruka la interrumpió:

–Me encantaría tener una foto con Mayu y Setsuko. Las tres generaciones y el *sakura*. –Hizo un gesto con la cabeza hacia la manta de pícnic–. Ahí.

–Sí, mamá –dijo Setsuko mientras miraba a Fiona y esbozaba una sonrisa de disculpa.

–Por supuesto –contestó ella, devolviéndole la sonrisa y siguiendo a Haruka, que ya se les había adelantado y le estaba echando un sermón a Mayu, sin duda, acerca de estar con el móvil.

Fiona intentó no reírse cuando vio a la mujer mayor dándole órdenes a la adolescente para que posara y exigiéndole a Setsuko que se acercara y se sentara con ellas.

–Así. Haz la foto así. –Haruka hizo un gesto con la mano para hacerle saber a Fiona que esa era la pose que quería.

La situación era un poco forzada y las sonrisas también. Se notaba que a Mayu no le entusiasmaba mucho la idea y que Setsuko volvía a pedirle perdón con la mirada. Aun así, Fiona se alejó para hacer la foto y la mujer mayor asintió satisfecha. Después, les mostró el resultado. Haruka hizo un gesto de aprobación, a Mayu se le escaparon unos cuantos gruñidos y Setsuko le dio las gracias con su habitual tono de voz tranquilo y suave.

Fiona le echó un vistazo a las fotos que había sacado a lo largo del día. Tenía muchas de las flores de cerezo, algo que sin duda la gente esperaría ver en una exposición sobre Japón. «¡Qué le den a Gabe Burnett!», pensó. Había hecho bien en venir. Como le había dicho Setsuko, una tormenta nocturna podría acabar arrancando las flores de los árboles e igual esta había sido su única oportunidad. Y, además, ahora sabía que podría arreglárselas sola si él seguía sin querer ayudarla. No necesitaba a Gabe para absolutamente nada.

Capítulo 7

Gabe se despertó solo en la cama con resaca y con el sabor de la culpa en la boca. Y todo empeoró aún más cuando abrió los ojos, todavía con sueño, y vio el mensaje que Haruka le había escrito con mucha formalidad y en el que le pedía que la llamara por teléfono. Que se lo hubiese escrito así no era buena señal. La formalidad de Haruka era sinónimo de ira contenida. Desaprobación. Decepción. Era imposible que supiera que ayer la había liado. O tal vez sí que era posible. Esa mujer parecía tener un sexto sentido para esas cosas. Además, nunca le había parecido bien lo suyo con Yumi, y menos aún desde que se había casado.

Sacudió la cabeza y recogió la botella vacía y las copas de vino de la mesa del salón. Miró las vistas de la ciudad desde el balcón de la cocina; veía borroso y, como era de esperar, le dolía la cabeza. Se lo merecía. Haruka llevaba toda la razón: era mejor que empezara a ignorar los mensajes de Yumi. Y no debería haberla llamado. Y no debería haberse ofrecido a llevarla a cenar cuando se enteró de que estaba de compras por Tokio. Y, definitivamente, no debería haberla invitado a su apartamento para tomar una copa.

Cerró los ojos y se imaginó su cuerpo delgado en aquel vestido de seda verde jade que llevaba el día anterior. Recordó cómo se había acurrucado en el sofá y cómo lo había mirado por encima de la copa de vino, con esos ojos astutos rasgados, como si fuera su presa. Sin embargo, al final de la noche no se había abalanzado sobre él; un mensaje de texto la había hecho volver a la realidad. Había terminado acercándose a Gabe y, con una sonrisa de satisfacción en los labios y un provocativo movimiento de caderas, le había dado un beso en la mejilla.

Después, había bajado en el ascensor y se había metido en el taxi que la esperaba abajo. Sin mirar atrás y hablando con su marido por teléfono.

¿Por qué seguía haciendo eso? ¿Por costumbre? Cuando conoció a Yumi, fue la vulnerabilidad y el deseo constante de protegerla lo que lo había arrastrado hacia ella. Sentía que así podía convertirse en una persona mejor. En Londres, había tenido muchísimas relaciones cortas que no habían llegado a nada. Sin embargo, con Yumi fue diferente: había sentido que lo necesitaba y que él podría cuidarla. También había ayudado el hecho de que, de entre tantos pretendientes, ella había elegido quedarse con él. Al estar juntos, sus carreras habían prosperado y se habían convertido en la pareja favorita de los medios de comunicación de Londres y Tokio.

Le empezó a sonar el teléfono y lo cogió. Sentía el brazo pesado, aunque ya era algo a lo que se había acostumbrado.

—¡Haruka-san! —Trató de sonar alegre—. ¿Quería algo?

De inmediato, la mujer le empezó a soltar una cantidad preocupante de palabras en japonés y, puede que no lo entendiese todo, pero sí que captó la intención. Estaba furiosa. Estaba decepcionando a todo el mundo. Haruka le recalcó por activa y por pasiva que se suponía que tenía que ser el mentor de Fiona, y a Gabe se le encogió el corazón al darse cuenta de que, para esa familia, ya no era solo «la chica inglesa». Haruka la había convertido en su protegida. Y ahora a él no le quedaba otra que cumplir con sus obligaciones.

—Estaré allí dentro de una hora. Sí, la llevaré al estudio. Sí, Haruka. Y mañana la llevaré a Tokio.

Fiona no parecía muy contenta de verlo. Más bien, un poco avergonzada y resignada, como si supiera que era el premio de consolación. De hecho, cuando llegaron al estudio, estaba tan encorvada que casi ni se le veía el cuello. Por segunda vez, le recordó a una tortuga que se refugiaba en su caparazón.

El estudio y el apartamento de la familia Kobashi en el que

estaba de alquiler tan solo se encontraba a unas calles de la tetería. Haruka era la propietaria del edificio y se ocupaba de todo cuando él no estaba, incluso de quitar el polvo y pagar las facturas. Sin embargo, cuando él estaba allí, era raro que se entrometiera y nunca entraba si Gabe no la invitaba antes, algo que él agradecía. Ese era su espacio privado. Un lugar en el que podía pensar y refugiarse del resto del mundo.

Cuando Fiona lo siguió por las escaleras, se le pusieron un poco los pelos de punta, reacio a tener que compartir ese lugar con ella. Pero enseguida recordó la bronca que le había echado Haruka y lo importante que era para ella mantener el honor de su marido, así que se obligó a ser un poco más agradable con la pobre chica. Solo tenía que pasar un mísero día con ella. ¿Tanto le costaba?

La guio hasta la sala principal: un espacio amplio y aireado que había decorado a conciencia de forma minimalista, para que así cuando hubiera visitas, se concentraran exclusivamente en las pocas fotografías que había colgado en la pared. Cinco en total. Dos en dos paredes y la última, deslumbrando en soledad en una tercera. La última pared estaba ocupada por varias puertas *shoji* que daban a lo que a Gabe le gustaba llamar su «laboratorio de fotos».

De inmediato, Fiona centró toda su atención en el único cuadro que había en la pared del fondo y, sin decir ni una palabra, caminó para quedarse a diez pasos de distancia de la imagen. A Gabe se le puso mala cara. Había hecho esa foto hacía más de siete años. En ella salía Yumi con sus grandes ojos oscuros y sus característicos rasgos élficos. Llevaba puesta una prenda de seda vaporosa y soplaba un diente de león. La envolvía un aura de misterio, como si lo tuviera todo al alcance de sus manos. Con esa foto, Gabe había conseguido reconocimiento internacional y había recibido una gran cantidad de premios. También le había hecho ganar una fortuna y lo seguía haciendo, gracias a las numerosas copias y pósteres que se vendían en todo el mundo, pero sobre todo en Asia.

Y ahora Yumi estaba casada. Con otro hombre. Y él se sentía vacío por dentro.

—Es más grande de lo que pensaba —le comentó Fiona—. ¿Es la foto original?

—Sí, sí que lo es —respondió Gabe, arrastrando las palabras.

—Pues pensé que estaría rodeada de luces infrarrojas y de alarmas de seguridad —confesó Fiona, girando la cabeza, como si esperara encontrar algún sistema de seguridad oculto de última generación.

Gabe se encogió de hombros y se quedó mirando la brillante impresión en blanco y negro que había colocado en un sencillo marco de color negro.

—Cualquiera puede comprarla por unos doscientos yenes. No merece la pena robar la original.

Fiona le dirigió una mirada penetrante y descubrió lo que ocultaban sus ojos.

No le hacía ninguna gracia que se pudiera comprar la imagen a un precio tan bajo. Una foto que se había hecho famosa, con la que había ganado dinero. Sin embargo, era consciente de que no debería quejarse, ya que, gracias a ella, hoy en día podía hacer más o menos lo que le viniera en gana. Bueno, al menos la mayoría de las veces. Sin que Fiona se diera cuenta, miró el reloj. Solo tenía que pasar con ella un par de horas, podía hacerlo.

Fiona se giró y se tomó su tiempo para examinar el resto de las fotografías. Tenía las piernas largas y daba zancadas mientras cotilleaba la sala y estudiaba cada una de las imágenes como lo haría una alumna ejemplar. Aunque sí que es verdad que tenía que reconocer el mérito de Fiona. No le estaba haciendo la pelota ni inflándole el ego. Mientras seguía contemplándolo todo en silencio y con cautela, Gabe abrió las puertas y encendió el ordenador y los monitores que había en la otra habitación.

—Cuando termines, ven y así le echamos un vistazo a lo que tienes —le dijo a Fiona mientras encendía la cafetera—. ¿Quieres beber algo?

–Un café estaría bien –contestó ella, apareciendo en la puerta y examinando con interés el espacio y todo el equipo que Gabe tenía colocado en el fondo de la sala: un escáner, dos pantallas de veinticuatro pulgadas y una impresora de alta resolución.

–¿Revelas películas?

–Ya no, pero sí que tengo un cuarto de revelado.

Le hizo un gesto con la cabeza hacia una pequeña puerta escondida en un rincón en la que se apreciaba un cuarto con forma cuadrada que ocupaba parte del espacio en el que se encontraban.

–¿Ahí? –Fiona señaló con el dedo.

Gabe asintió y se dio cuenta de que él ya había perdido el hábito de señalar las cosas con el dedo. Ahora casi siempre lo hacía con la cabeza.

–Hacer eso es de mala educación en Japón –le explicó.

–¿El qué? ¿Señalar? –Fiona bajó el brazo.

–Sí, y sonarse la nariz en público. Es algo que a los japoneses les parece asqueroso.

–Lo tendré en cuenta. Pues menos mal que no tengo alergia al polen.

–Supongo que lo dices porque Haruka te llevó ayer a ver su adorado *sakura*.

–Sí –contestó Fiona, apretando los labios.

Gabe vio el rechazo que se escondía detrás de ese gesto. Y, para su desgracia, volvió a sentirse culpable.

–Siento haberte dejado tirada ayer, pero seguro que conseguiste hacer fotos espectaculares. Las flores de cerezo son impresionantes –le dijo, aunque él no recordaba la última vez que había hecho un verdadero esfuerzo en seguir la tradición japonesa del *hanami*.

–No te lo estaba echando en cara.

–Ni falta que hace –dijo Gabe con un tono de voz seco–. Ya Haruka se ha encargado de cantarme las cuarenta esta mañana.

El enfado de Fiona se vio reflejado en sus ojos.

–Eso no es culpa mía. Yo no le pedí que lo hiciera. Estaba

feliz de poder pasar el día con ella y su familia. Las tres son encantadoras.

Fiona esbozó una sonrisa nostálgica y Gabe pudo ver en ella que decía la verdad. Sin entender muy bien por qué, le agradó que se hubiera percatado de lo especial que era esa familia.

–Veamos lo que tienes –le dijo, esta vez con un tono de voz más suave, y alargó la mano para intentar coger la cámara de Fiona–. ¡Buena elección! En su día tuve una igual. Ahora uso una Canon. Me parece la mejor opción para hacerles fotos a objetos inanimados, pero la tuya es buena para los trabajos al aire libre. Paisajes y cosas así.

–¿No haces fotos de paisajes?

–No es mi estilo. Me parece que son fotos a las que se les acaba haciendo demasiados retoques: hacer que el cielo se vea más azul, la hierba más verde... No es auténtico. Es como hacer trampa. No es fiel a la realidad.

Fiona inclinó la cabeza y torció un poco los labios, como si estuviera analizando sus palabras. Él sintió que era capaz de ver cómo giraban los engranajes de su cabeza mientras lo asimilaba todo. Hacía mucho tiempo que nadie prestaba tanta atención a lo que decía. A lo largo de su vida, había recibido muchos gestos de aprobación y muchos síes, pero ahora que había alcanzado cierta popularidad, eran pocas las personas que de verdad lo escuchaban y le llevaban la contraria. Cuando en su día se dedicó a la docencia, los alumnos se morían por debatir y analizar sus ideas y sus puntos de vista. En aquella época, le había dado gusto estar rodeado de todo ese entusiasmo juvenil. Y, en ese momento, se dio cuenta de que Fiona era justo así, aunque tenía la suficiente madurez para pensar antes de hablar. Se sorprendió a sí mismo observándola con anticipación; quería saber cuál era su opinión al respecto.

–Creo que tienes razón. Ayer estuve con Mayu en el Borderless, el museo de arte digital.

–Ah, con la niña rebelde –dijo él con una sonrisa.

Mayu era una fuente inagotable de diversión y entretenimiento. Tenía las ideas claras y estaba segura de estar haciendo las cosas de manera diferente, desafiando al mundo. Sin embargo, en el fondo Gabe sabía que seguía siendo una adolescente como otra cualquiera.

—Es divertida.

—Sí, sí que lo es —coincidió él—. ¿Y qué te pareció el sitio?

—Fascinante y un poco hipnotizante. Me alegro de haber ido, pero en realidad no me suelen gustar esos sitios. Son demasiado ostentosos y llamativos.

Gabe enarcó una ceja.

—¿Qué? —preguntó ella, un poco a la defensiva.

—Eso es justo lo que pienso yo. Prefiero las cosas sencillas.

—Vaya. —A Fiona le cambió la cara.

—¿Ibas a decir algo más? —Por primera vez, se sintió intrigado—. Sobre el Borderless, digo.

—No, solo eso. Es que estabas hablando de paisajes retocados y me acordé de que cuando estaba en el Borderless, la gente parecía desesperada por sacarle fotos a todo en lugar de disfrutar de lo que tenían delante. Y eso me hizo pensar que la foto perfecta llega cuando uno es capaz de capturar un momento especial. —Fiona arrugó el gesto—. Igual te parece una estupidez.

—No. —Gabe dio un paso atrás, incómodo, al advertir que, a pesar de que hacía tiempo que no se paraba a pensar de verdad en ese tipo de cosas, esas palabras perfectamente podrían haber salido de él—. No, qué va. ¿Conseguiste capturar algún momento especial ayer?

Fiona suspiró con tristeza e hinchó los mofletes.

—No, al parecer no me inspiran mucho las flores de cerezo.

A Gabe se le escapó un grito ahogado y con una mano en la garganta de forma teatral, añadió:

—¡Menudo sacrilegio! Nunca digas eso delante de Haruka.

Ella le dio un golpecito en el brazo y, de repente, se relajó.

—Sí que me gustaron las flores. El parque era precioso, pero... no sé. Es verdad que hice muchas fotos, pero no me siento orgullosa de ninguna. Bueno, sí que hay una que igual... –Se encogió de hombros, frustrada.

Ahora era el turno de Gabe de inclinar la cabeza y estudiarla. Había oído a muchos estudiantes y compañeros fotógrafos afirmar con falsa modestia que su trabajo no era del todo bueno, cuando en realidad lo único que querían era que alguien les inflara el ego y les dijera que hacían unas fotos impresionantes. Sin embargo, las palabras de Fiona parecían sinceras.

–Pues, déjame echarle un vistazo a lo que tienes y así podré darte mi opinión.

Con dedos firmes y seguros, Fiona sacó la tarjeta SD de la cámara, pero cuando se la tendió a Gabe, este pudo ver la rigidez y la incomodidad en su cuerpo, como si no quisiera tocarlo.

–Vamos a verlas –la animó él, con la intención de que se le hicieran las horas menos aburridas.

–En realidad no tienen nada de especial.

Gabe miró a Fiona con los ojos entrecerrados y puso su cara de profesor enfurruñado antes de decir:

–Tal vez deberías dejar que sea yo el que las juzgue.

Ella se quedó en silencio, moviendo con nerviosismo las manos que tenía en el regazo, y, de inmediato, él se sintió como un imbécil y un déspota. No tendría por qué haberle dicho eso.

–Además, la belleza está en el ojo de quien la mira –añadió Gabe.

Les echó un vistazo a las fotos y tomó nota de los números de algunas de ellas, pero se dio cuenta de que solo eran imágenes de flores de cerezo. Estaban bien hechas, si te gustaban ese tipo de cosas, claro. Pero a él no le gustaban. No le decían nada. Absolutamente nada.

–Anota cuáles son las que más te gustan –le dijo a Fiona, con la mente en otra parte. Después, un poco más centrado, compartió la pantalla con ella y cogió un bolígrafo del bote que había encima de la mesa y se lo ofreció–. Compararemos lo que hemos apuntado. Luego seguiremos mirando el resto de los archivos y repetiremos el ejercicio.

El rostro de Fiona se tiñó de incertidumbre y se inclinó hacia la pantalla. Gabe observó su perfil mientras ella examinaba las fotos con la barbilla hacia delante, concentrada, y movía los labios constantemente como si estuviera hablando consigo misma. Era adorable.

–¿Y bien? ¿Qué opinas? –Gabe intentó sonar animado a pesar de que era consciente de que no había visto ni una sola foto que le llamara la atención.

Fiona arrugó la frente, decepcionada.

–Son un poco...

–¿Un poco qué? –indagó él, con un pequeño destello de esperanza al percatarse de que ella iba a hablar con honestidad. No quería ser cruel, pero no le gustaba hacer cumplidos si alguien no los merecía. Y ella era lo bastante inteligente para darse cuenta de lo que tenía delante.

–Aburridas. No dicen nada. Solo son fotos.

–Exacto –coincidió Gabe, reclinándose en la silla.

–Lo siento. –Fiona lo miró, sorprendida.

–Tienes toda la razón. No tienen nada de especial.

–Vaya, gracias.

–Bueno, tú lo has dicho primero.

–Ya, pero se supone que tú no deberías...

–¿Coincidir contigo? Pero ¿y si es la verdad?

–Vale, sí, pero se supone que tienes que darme indicaciones o hacerme alguna sugerencia.

–A ver, puedo ayudarte a mejorar, pero no cuando la composición no dice nada.

–Así que lo que intentas decirme es que no tengo buen ojo para conseguir una buena composición.

–No exactamente. Solo es en este caso. Cualquiera podría haber hecho estas fotos con un poco de conocimiento y una cámara tan buena como la tuya.

–Estupendo.

–A ver, mirándolo por el lado positivo, técnicamente están bien hechas. –Gabe vio cómo la frustración se hacía evidente en el rostro de Fiona. No era su intención crearle inseguridades; solo pretendía hacer que reaccionara–. Es importante saber qué es lo que quieres fotografiar.

–Todavía no lo sé. Por eso estoy aquí, para averiguarlo.

–No, no me refiero a eso. –Hizo una pausa–. ¿Qué te hizo sacar estas fotos?

Fiona lo miró fijamente y, por un momento, él se sintió expuesto mientras esos ojos azules se paseaban por su rostro, con el ceño ligeramente fruncido y una mueca de desagrado en los labios. Si hubiese podido inmortalizar la expresión de Fiona, le hubiese puesto al retrato el nombre *Asco*.

–¿Por qué le diste al botón? ¿Qué esperabas conseguir? ¿Por qué las hiciste?

Fiona enderezó la espalda, alargó la mano para coger el ratón y pasó el cursor por varias imágenes. Y, en ese momento, Gabe supo que había entendido lo que le estaba preguntando.

–Estábamos allí –soltó ella; la honestidad y la desilusión se hacían evidentes en su voz–. Me sentí obligada. El *hanami* es algo importantísimo aquí. Sobre todo, para Haruka, y pensé que era una buena idea para la exposición. Japón es famoso por el *sakura*.

–Vale, y ahora... ¿qué piensas de estas fotos?

Fiona apretó con fuerza los labios en actitud desafiante y añadió:

–Que no son muy buenas.

–Están bien. Técnicamente lo son. Podrías venderlas como fotos de archivo.

–Pero no tienen nada de especial –suspiró ella, y dejó caer los hombros.

–Creo que no diste lo mejor de ti.

Ella se quedó mirando la pantalla, pero Gabe vio perfectamente cómo tragaba saliva, así que añadió:

–No quería ofenderte.

–¿Quién ha dicho que esté ofendida? –le reprochó Fiona de manera clara y contundente.

Joder, odiaba eso de la mentoría. No estaba hecho para lidiar con mujeres sensibles, ni con hombres sensibles, dicho sea de paso. En realidad, con nada que tuviera que ver con la palabra «sensible». La vida era más sencilla cuando se respiraba un equilibrio agradable y uniforme.

–Sigamos mirando.

–¿Para qué? Ya me has dicho que... que mi técnica es buena.

Gabe se estremeció cuando Fiona se sentó erguida en la silla y se puso tensa.

–Pues porque soy tu mentor y este es mi trabajo.

–Vaaaale –refunfuñó Fiona en voz baja, alargando la palabra.

A Gabe le irritó esa respuesta. ¿No era consciente del tremendo favor que le estaba haciendo? Para él esta no era la mejor manera de pasar un sábado por la mañana. Si por él fuera, se habría llevado un café a la cama y se habría pasado allí el resto del día.

La miró, cogió el ratón y se inclinó hacia delante. La irritación que sentía aumentó todavía más cuando Fiona se apartó como si él tuviese la lepra o algo así.

–No tengo nada contagioso, ¿sabes? –Fiona lo ignoró y se concentró en la pantalla–. Y sé perfectamente cuándo no le intereso a una mujer.

La mirada que le echó ella habría destruido a cualquier hombre que se encontrara cerca. Mientras Gabe examinaba el resto de las fotos, llegó a la conclusión de que era evidente que a Fiona no le gustaba. Era raro que una mujer no intentara coquetear con él. De hecho, parecía que Fiona lo encontraba repulsivo y que era inmune a él, aunque no había pasado por alto esas miradas rápidas y llenas de curiosidad que le echaba cuando creía que no la estaba mirando; como si estuviera buscando algún tipo de respuesta. De nuevo, le vino a la mente que ya la conocía de antes. Cada vez que ella lo miraba con disimulo, a Gabe le recorría un extraño cosquilleo por la espalda.

–Haruka me pidió que les hiciera esa foto –soltó Fiona mientras él hacía clic en la imagen en la que salían las tres japonesas–. ¿Puedo hacer una copia? Me gustaría dársela.

–Sí, claro. Es bonita.

–Genial.

–Le encantará –añadió él al ver que era una foto familiar preciosa en la que aparecían las tres mujeres sentadas juntas. Se podía ver a la perfección sus similitudes, al igual que sus diferentes personalidades–. Buen trabajo. La recortaremos un poco.

Se pasaron la siguiente media hora trabajando en la imagen, mejorándola y recortándola antes de imprimirla y ponerla en uno de los marcos de fotos que Gabe tenía guardados. La tarea les llevó un buen rato y él se alegró al pensar que eso había hecho que el tiempo que tenía que pasar con ella se redujera.

Después de un segundo café, siguieron con el resto de los archivos. Gabe miró el reloj; ya eran casi las dos de la tarde. Ya podía decirle a Fiona que era suficiente por hoy. De hecho, esperaba haber pasado el tiempo suficiente con ella como para hacer que Haruka se tranquilizara.

Cansado, soltó un suspiro. Luego, volvió a mirar la pantalla y comenzó a desplazarse por los archivos otra vez. De repente, se quedó paralizado y se inclinó hacia delante. Hizo doble clic para abrir la imagen y vio cómo esta se ampliaba en el monitor. Era una foto de Haruka y Setsuko en la que compartían una sonrisa íntima mientras caminaban agarradas del brazo. Al fondo, las flores de color rosa palo creaban una especie de nube. La imagen transmitía amor. Amor incondicional entre una madre y una hija. Se le encogió el corazón al verla. Amor verdadero. Un destello de algo muy especial que Fiona había conseguido capturar en el escaso segundo que había tardado en apretar el botón. ¿Había mirado alguna vez a Yumi así? ¿Se amaban como lo hacían sus padres? La pregunta lo pilló por sorpresa. Nunca se había parado a pensarlo.

–Esta foto es... –Le echó una mirada rápida a Fiona y vio cómo su perfil se levantaba de repente, en alerta. Ella también se había dado cuenta de lo que tenían delante–. Es buena. Muy buena. De hecho, es brillante. –Tocó la pantalla con los dedos, incapaz de adivinar qué la hacía tan especial. Simplemente lo era y eso la convertía en una foto perfecta. Se volvió hacia Fiona–. Es preciosa.

A ella se le iluminó el rostro con una sonrisa y... «No puede ser», pensó Gabe al caer en la cuenta de que sí que la había visto antes.

«Joder».

«Es ella».

Capítulo 8

–Hoy vamos a ir al Tokyo Skytree –le comentó Gabe a Haruka quien, a pesar del disgusto que se había llevado por su culpa, insistió en que entrara a tomar el té antes de que se fueran.

Además, le hizo el desayuno y le preguntó si su chaqueta era lo bastante abrigada y si quería llevarse una de las bufandas de su marido.

Gabe se lo zampó todo. Después, le dio unas palmaditas en la mano a la mujer mayor y un pequeño achuchón.

–¿Qué haría yo sin usted? Y sí, me encantaría tomarme una taza de su té verde. ¿Tiene té *gyokuro*?

La mirada de la japonesa se iluminaba cada vez que posaba sus ojos en Gabe, como si este siempre supiera cómo ganársela.

–Sí, lo he hecho especialmente para ti. –Haruka se volvió hacia Fiona y añadió–: Es uno de los mejores tés verdes que hay. Gabe tiene buen gusto.

Fiona intentó no poner los ojos en blanco al percibir tanto peloteo, aunque sí que le pareció adorable ver cómo Gabe le daba un abrazo a la pequeña mujer.

–El Skytree te encantará –dijo Haruka–. Pasarás frío, pero te gustará.

Gabe asintió y miró a Fiona antes de añadir:

–El día está despejado, así que las vistas desde allí arriba se verán de maravilla. Además, así te harás una idea del tamaño y la escala real de la ciudad.

Fiona frunció el ceño al oír sus palabras. Sonaba como si estuviera repitiendo lo que ponía en una guía de viaje. No buscaba parecer una niña caprichosa, pero no quería ir a hacer turismo, quería... Ese era el problema: no sabía ni lo que quería. Necesitaba encontrar enseguida un tema para la exposición.

Empezar a sacar alguna foto que mereciera la pena. Por mucho que hubiera disfrutado del museo en compañía de Mayu y de las flores de cerezo, aparte de la foto que le había sacado a Haruka y a Setsuko –que no estaba muy segura de si la acabaría exponiendo–, no sentía que hubiera avanzado nada. Esa foto no le servía como punto de partida para la exposición.

Volvió a sentirse decepcionada y se echó la larga trenza por encima del hombro, un poco avergonzada cuando se dio cuenta de que Gabe se había quedado con la mirada fija en su pelo, pensativo. Por alguna razón, eso hizo que a Fiona le diera un vuelco el corazón y se enfadó aún más. El día anterior en el estudio había sido perfectamente consciente de lo cerca que estaban y se había quedado prendada de los pelos oscuros de la muñeca de Gabe mientras movía el ratón. Ya no tenía dieciocho años. Gabe era un hombre atractivo, las cosas como eran, pero ella ya no sentía nada por él. Nunca lo había hecho, en realidad. Las hormonas revolucionadas de aquella época le habían lavado el cerebro para que se ilusionara por algo que al final resultó ser una mera fantasía. El recuerdo hizo que se pusiera roja y tuvo que darse la vuelta y agacharse, fingiendo que se entretenía con uno de sus calcetines.

Se tomó el té con calma mientras Gabe hablaba con la japonesa y observó cómo él se relajaba poco a poco y sonreía de verdad, con los ojos llenos de diversión. En cuanto se tomaron la segunda taza de té, empezó a bromear con Haruka con tanto cariño que a Fiona le sorprendió. Si no lo hubiera visto con sus propios ojos, no habría creído que Gabe tuviera un lado dulce.

–Haruka-san, hace usted el mejor té de Japón –la halagó Gabe, levantando la tacita de porcelana, que se veía aún más pequeña en sus manos, e inclinando la cabeza.

–Y tú, Gabriel-san, solo sabes decir chorradas.

A Fiona casi se le salió el té por la nariz, y Gabe se rio a carcajadas.

La japonesa les dedicó a los dos una pequeña sonrisa y quitó una mota de polvo invisible de la mesa.

—Había olvidado que pasó mucho tiempo en Estados Unidos, Haruka-san —comentó Gabe.

La mujer juntó las manos e inclinó la cabeza con un brillo inconfundible en sus ojos oscuros.

A pesar de que daba la sensación de que Gabe había conseguido ablandarse un poco en casa de Haruka, en el momento en que atravesaron la puerta, volvió a poner la misma cara taciturna de siempre. Cuando salieron de la concurrida estación de Tokio, Gabe se fue haciendo un hueco por las calles, también abarrotadas, a toda velocidad. Mientras tanto, Fiona procuraba seguirle el ritmo para así poder hablar con él, aunque pensó que seguramente Gabe estuviese caminando así aposta.

—Hemos llegado. Aquí tienes el Skytree. Oficialmente la torre más alta del mundo, aunque no el edificio más alto. Hay una clara diferencia y los japoneses están muy orgullosos de ello. —Le entregó una entrada a Fiona—. Hice la reserva por internet. Aquí tienes. —Se sacó el reloj de debajo de la manga—. Te veo aquí dentro de dos horas. Se tarda un poco en llegar hasta arriba y estoy seguro de que querrás hacer un montón de fotos. Se verán bien las vistas.

Fiona se quedó atónita y, sin pronunciar palabra, aceptó la entrada que Gabe le había dado.

—Hasta luego —dijo él con aire despreocupado—. ¡Diviértete!

Y antes de que ella pudiera salir de su estupor, Gabe dio media vuelta y desapareció entre la gente que pasaba.

—Pero, pero... —Fiona ni siquiera pudo terminar la frase. ¿De verdad la había vuelto a dejar sola? No le había dado tiempo ni a enfadarse y menos aún a decirle cuatro cosas—. ¡Será cretino! —murmuró en voz baja, con los puños apretados.

Nunca había golpeado a nadie ni había querido hacerlo, pero Gabe tenía todas las papeletas para ser el primero. ¿Cómo se atrevía a irse así, sin más, como si ella fuera un virus horroroso que él quería evitar a toda costa? La hizo sentirse fatal.

Los recuerdos volvieron a aparecer en su mente y no era la

primera vez. La vergüenza se adueñó de su estómago. Él no parecía recordarla, no la había reconocido. Aunque seguramente no tenía nada que ver con eso. No, era porque era un imbécil, un maleducado y una persona hermética que ni siquiera se esmeraba un poco en hacer su papel de mentor.

Todavía con el cabreo encima, se vio arrastrada por la cantidad de turistas que se abrían paso hacia el ascensor para llegar al primer mirador, el Tembo Deck. A pesar de lo enfadada que estaba, le resultó imposible no dejar de admirar la tecnología y el diseño de la torre. El ascensor era moderno y estaba lleno de botones. El edificio era relativamente nuevo y lo habían construido con el objetivo de entretener y de cautivar a sus visitantes. Además, se habían asegurado de que no fuese necesario subir las escaleras para llegar a cualquiera de los cuatrocientos cincuenta niveles que tenía.

El primer mirador –en el nivel trescientos cuarenta– ofrecía una vista espectacular de la ciudad y, además, contaba con una zona que tenía el piso de cristal transparente desde el que se podía ver el suelo.

Fiona vaciló al acercarse al cristal.

–Más seguro que una casa, querida –le dijo un simpático norteamericano con una sonrisa alentadora.

«No sé yo...», pensó Fiona al acordarse de las casitas de los tres cerditos.

–Gracias –le contestó al final, y se acercó con cuidado al cristal, arrastrando los pies por la superficie brillante, que estaba repleta de gente que miraba hacia abajo.

Si hubiese tenido un taburete a mano, podría haber hecho una buena foto. Se hubiese puesto de pie, un poco más alta que el resto, mientras miraba las cabezas gachas. Así podría haber puesto una foto al lado de otra. Tal vez una del cruce de Shibuya en la que se viera a todo el mundo mirando hacia arriba.

Cuanto más lo pensaba, más le gustaba la idea. Maldito Gabe. Si hubiera estado allí con ella, podría haberle dado su opinión.

Al mirar hacia abajo, se tranquilizó al comprobar que había

un segundo marco de acero y cristal a menos de treinta centímetros, pero, aun así, le dio un poco de impresión. Sí que estaba alto, pero al menos se sentía segura y, con una sonrisa, se dio cuenta de que le recordaba a la Torre Redonda de Copenhague y al diminuto cristal circular grueso que también ofrecía una vista similar.

Toda la seguridad que había ganado se desvaneció en cuanto intentó subirse en el ascensor –que tenía las puertas transparentes– para ir al siguiente nivel y se vio arrastrada por una multitud de japoneses y turistas occidentales entusiasmados. De pie, pegada al cristal, contuvo la respiración mientras subían los siguientes cien pisos con rapidez. A su alrededor, se oían gritos de emoción y jadeos de sorpresa; también se veía algún que otro rostro sonriente, otros más aprensivos y otros con los ojos bien abiertos llenos de asombro. En ese momento, Fiona deseó que alguien la hubiera acompañado porque así podrían haber compartido esa pequeña sensación de vértigo que pone la piel de gallina por el miedo y la emoción. Ver el exterior desde el ascensor le resultó desconcertante, pero a la vez excitante y, afortunadamente, solo pasaron unos segundos antes de que se volvieran a abrir las puertas y se encontrara con el mirador Tembo Galleria, que ofrecía vistas panorámicas de la ciudad.

Al tocar uno de los enormes cristales con forma curva, Fiona se detuvo, atónita por la inmensidad de la ciudad que se expandía bajo sus pies y por el gran trabajo de ingeniería que se había llevado a cabo para poder construir una torre tan impresionantemente alta. La inteligencia del ser humano nunca dejaba de sorprenderla.

Las vistas eran alucinantes, la ciudad se extendía muy por debajo de donde se encontraba ella y se perdía en el horizonte. En ese instante, pensó que igual podría intentar hacer una serie de fotos panorámicas para así unirlas todas después y crear una vista completa de trescientos sesenta grados como si fuera una sola imagen. Podría servir, pero era un poco aburrido y técnico. La idea no la entusiasmó lo suficiente como para sacar la cámara y sentir esa adrenalina adictiva que te hacía pensar que de ahí iba a salir una buena foto.

Observó a un niño que extendía una mano, como si pudiera tocar uno de los rascacielos que se veían a lo lejos, y se quedaba con la boca abierta, asombrado. Y fue entonces cuando se le ocurrió otra idea. Podía hacer fotos de las reacciones de las personas que estaban allí arriba, con las vistas a la ciudad de fondo. En ese momento, le habría venido de perilla tener a su mentor al lado. Sin embargo, todavía faltaba más de una hora para volver a encontrarse con Gabe.

Enfadada por su ausencia, dejó atrás las vistas y volvió a coger el ascensor para bajar al nivel más bajo con la intención de ir a una cafetería.

Después de examinar la calle a fondo, por si por casualidad veía a Gabe, se le quitaron las ganas de seguir buscándolo, así que decidió que iba a ir a tomarse un café y a hacer tiempo hasta que llegara la hora de reunirse con él. Tonta de ella, todavía no le había pedido que intercambiaran los números de teléfono. Sin embargo, cuando fue a abrir la puerta de la cafetería más cercana, vio a Gabe sentado tres mesas más allá con una taza en una mano y moviendo un sobre vacío de azúcar con la otra.

Ella observó cómo jugaba con el envoltorio blanco. ¿Estaba aburrido? Genial. Merecía estarlo. Había asumido que tenía mejores cosas que hacer y que por eso no la había acompañado. Sin duda le dolía que no hiciera ni el más mínimo esfuerzo por ella. Con rostro serio, pidió un café en el mostrador como pudo –entre señas y asintiendo con la cabeza– y se dirigió a la mesa en la que se encontraba Gabe.

Sin decir absolutamente nada, Fiona le quitó la taza vacía de las manos y puso la suya con suavidad en la mesa, pero fue lo suficientemente brusca como para llamar su atención. Luego cogió una silla y se sentó justo enfrente de él.

Se alegró al comprobar que Gabe parecía sorprendido de verla y que adoptó de inmediato una actitud cautelosa.

–Buenas tardes –dijo Fiona con tono seco, pero tranquilo.

–¿Cómo te ha ido?

–Bien. –Le dio un sorbo a la taza, agradecida por el chute de energía de la cafeína.

–¿Algún problema? –indagó él, enarcando las cejas.

–No, ¡qué va! –le respondió ella con ironía.

Gabe hizo una mueca y alargó el brazo para volver a coger su taza de café, pero, al ver que estaba vacía, volvió a bajar la mano y le preguntó:

–¿Va todo bien?

–¿Por qué lo preguntas? –dijo Fiona, ocultando una sonrisa de satisfacción, y se percató de que la fachada aburrida e indiferente de Gabe se teñía de cautela.

–Pues porque pareces... –Hizo una pausa.

Ella no dijo nada. En lugar de eso, dejó la frase colgando en el aire mientras él se las ingeniaba para buscar la palabra correcta.

Ahora era el turno de Fiona de levantar las cejas.

Él se encogió de hombros y se encontró con su mirada llena de enfado, así que añadió:

–No me gustan las multitudes ni los lugares turísticos. Pensé que estarías mejor sola.

–Vale, pero ¿cuándo vas a empezar a ayudarme? ¿O tu intención durante las próximas dos semanas es dejarme tirada en las principales atracciones turísticas del país mientras tú te escondes en la cafetería que te pille más cerca?

–No me estoy escondiendo –le aseguró él, mientras se ponía derecho y la miraba con indignación.

–Ah, ¿no? Pues a mí me parece que sí. Llevo aquí cuatro días y, por ahora, no veo que me hayas ayudado mucho.

–Ayer te llevé al estudio y antes de ayer estuve liado. Trabajando.

–Y no lo niego..., pero ¿no crees que podría haber aprendido mucho si te hubiese acompañado a trabajar? Necesito irme de aquí con un porfolio para la exposición. Y se supone que eres tú el que me tiene que ayudar.

Gabe no pareció avergonzado, pero sí que frunció los labios

y dejó caer los brazos que tenía cruzados, para después volver a juguetear con el sobrecito de azúcar.

–¿Se te ha ocurrido algo? –terminó preguntando él, con la mirada perdida, como si en realidad no le interesara lo más mínimo la respuesta.

–Sí, algo –espetó Fiona–. De hecho, habría sido genial que mi mentor hubiese estado allí arriba conmigo, así podría haberle pedido su opinión.

–Bueno, pues aquí me tienes –dijo él con una sonrisa repentina que Fiona quiso borrarle de la cara con un puñetazo–. Soy todo oídos.

Esta vez fue ella la que frunció los labios. ¿Cómo había conseguido hacer eso? ¿Cómo le había dado la vuelta a la tortilla y la había hecho sentirse como una niña caprichosa que necesitaba atención? No le hizo gracia. Ni un poquito. Porque ella ya no era una cría.

–¿Sabes qué, Gabe? He recorrido más de nueve mil kilómetros para hacer este viaje porque uno de los mejores fotógrafos del mundo me iba a ayudar. –Fiona lo miró, cabreada–. Y en vez de eso, me encuentro con un sustituto que no le llega ni a la suela de los zapatos y que encima no pone nada de su parte. –Se sintió un poco cruel cuando él abrió los ojos como platos al oír la frase: «Un sustituto que no le llega ni a la suela de los zapatos». Genial, quería que se sintiera mal. Y si insultarlo funcionaba, lo volvería a hacer con mucho gusto–. Haruka se ha portado muy bien conmigo y cree que eres de lo mejorcito que existe. Y yo no tengo ni la más remota idea de por qué. Tampoco es que te esté pidiendo mucho, pero si no quieres encargarte de mí, tal vez puedas ponerme en contacto con alguien que sí quiera. O simplemente puedo pedirle al marido de Haruka que me dé una alternativa.

–No puedes hacer eso –sentenció Gabe, y ella vio que de repente sujetaba la mesa, como para evitar ponerse de pie–. Sabes que no puedes.

Fiona se sintió culpable. Es verdad, no podía. La habían

112

tratado muy bien desde que pisó esa casa y haría cualquier cosa para evitar perjudicar a Haruka, pero Gabe no tenía por qué saberlo.

—Pues creo que no me queda otra opción —le dijo ella, encogiéndose de hombros—. A ti no te interesa. Yo vine aquí a aprender. ¿Qué más te da? Te quitaría responsabilidades y así podrías pasarte todo el día deambulando de cafetería en cafetería.

Gabe la fulminó con la mirada antes de decir:

—No voy a permitir que le hagas eso a Haruka. Se ha portado muy bien conmigo. —Arrugó los labios, desafiante, y después le preguntó—: ¿Qué es lo que quieres de mí?

A Fiona se le relajaron los hombros al comprobar que estaba consiguiendo lo que quería. Sin embargo, también se sintió un poco decepcionada al ver que Gabe se había creído con tanta facilidad que ella podría acabar haciendo tal cosa. Nunca haría nada tan despiadado. Pero, claro, nunca mostró interés por conocerla; para él, solo había sido una alumna más. Y las consecuencias habían sido mucho peores para ella que para él. Las hormonas revolucionadas y la gran imaginación de Fiona habían hecho de las suyas y habían conseguido crear una conexión mágica y romántica entre ellos que, al final, solo resultó ser real en su estúpida cabeza. Volvió a sentir cómo la vergüenza se adueñaba de sus pensamientos e intentó frenarla.

—Quiero que me enseñes. Quiero que seas mi mentor. Que escuches mis ideas. ¿Tanto te costaría hacer todo eso?

—No, supongo que no —respondió Gabe en voz baja, haciendo una pausa para volver a coger el sobrecito de azúcar y apretarlo. Después, miró la ventana que estaba detrás de ella y añadió con sinceridad—: Estoy acostumbrado a hacer las cosas a mi manera. No soy profesor desde hace años y los encargos que me llegan ahora ya no son de tú a tú, son más bien comerciales. No les interesa demasiado mi opinión. —La cara que puso mostraba claramente que eso último no le hacía mucha gracia.

–¿Y eso es algo que has elegido tú? –preguntó ella con un tono de voz mucho más suave.

Gabe la miró con detenimiento y, de repente, algo hizo que abriera los ojos, ya no estaba distraído, de hecho, estaba más alerta que nunca. Se encogió de hombros y cogió otro sobre de azúcar del recipiente que había sobre la mesa y dio golpecitos en la superficie con él. En ese momento, Fiona se imaginó los granos de un reloj de arena cayendo poco a poco a causa de la gravedad. Gabe estaba intentando alargar el momento, pero ella tenía claro que no iba a rellenar el silencio. De hecho, se recostó en la silla y observó su atractivo rostro, en especial, las arrugas que se le formaban alrededor de la boca y que se le marcaban más cuando hablaba.

–Sí –afirmó Gabe, frotándose una ceja–. En los encargos comerciales no tengo mucho poder de decisión. Al final, quien paga, decide; y eso no es algo que me guste demasiado. En cuanto a la docencia... Toda esa energía y entusiasmo me agota. Siempre piensan que sus ideas son originales y no lo son. ¿Responde eso a tu pregunta?

Fiona notó la decepción en el rostro de Gabe. Él se dio cuenta de que ella se había percatado de eso, así que esbozó una sonrisa socarrona y le preguntó:

–¿Algo que añadir?

Ella negó con la cabeza. ¿Qué había cambiado? ¿Qué había pasado con el hombre que ella recordaba; ese que estaba lleno de ímpetu e ilusión y que siempre daba lo mejor de sí? Hubo un tiempo en el que se podía sentir la energía que transmitía, sobre todo, cuando no podía quedarse quieto porque estaba lleno de ideas y quería pasar enseguida a la siguiente.

El silencio acabó haciéndose pesado, ya que los dos estaban perdidos en sus propios pensamientos.

Al final, Gabe tiró el sobrecito de azúcar a un lado y dijo:

–Mañana empezaremos de nuevo. ¿Quieres ir a algún sitio en particular?

–Me encantaría ver algo un poco más tradicional –contestó

Fiona al ser consciente de que esa era la mejor oferta que él le iba a hacer.

—De acuerdo. —Asintió con la cabeza. Después, para su sorpresa, se vio haciéndole otra pregunta, como si buscara una respuesta más concreta—: ¿Por alguna razón en especial?

—Quiero centrar el foco en las reacciones de los turistas. Es decir, que, en vez de hacerles fotos a los lugares turísticos, se las haría a los turistas observándolos —contestó ella tras reflexionar la respuesta con los ojos entrecerrados.

—Continúa —dijo Gabe con cierto aburrimiento, pero, después, sus ojos se encontraron con los de ella y, a regañadientes, se puso a valorar la idea.

Fiona tuvo que apartar la mirada cuando se le empezó a acelerar el pulso. Los ojos de Gabe siempre la habían cautivado: llenos de luz y de atención enmarcados por sus pestañas oscuras. O más bien la habían cautivado en su día. En aquella época, parecía que a esos ojos nunca se les escapaba ningún detalle: Gabe siempre andaba buscando la oportunidad perfecta para sacar una foto, hasta que de repente la encontraba y su mirada se detenía. Las hormonas de la Fiona adolescente habían conseguido que ella se imaginara en muchas ocasiones los ojos de Gabe posados en su rostro, mirándola con admiración, con interés e incluso con deseo. Sin embargo, había sido solo una mera fantasía de la que no se tendría que haber fiado.

A Fiona se le secó la boca, pero se obligó a seguir hablando:

—Por ejemplo, cuando estábamos en Shibuya. Todos los turistas miraban hacia arriba. Y hoy, en la torre, todos miraban hacia abajo a través del suelo de cristal.

—Un contraste —añadió él, asintiendo con aprobación.

A Fiona se le iluminó la cara de inmediato con una sonrisa. Se alegró al ver lo rápido que Gabe había entendido lo que quería hacer. Ni siquiera había tenido que desarrollar la idea. Sin embargo, enseguida comprendió que tenía que disimular un poco su entusiasmo. «Ya te ilusionaste en su día y mira lo que pasó», se recordó a sí misma.

Después, con un tono de voz más tranquilo y profesional, se lo explicó todo a Gabe con más detalle.

–Interesante –confesó él–. Observar a los observadores. Aunque tal vez es un concepto que ya está muy trillado –añadió, encogiendo un poco los hombros, y a Fiona le molestó el gesto.

–Así que no consideras que sea buena idea –soltó ella, haciéndose cada vez más pequeñita, como un globo que se acababa de explotar.

–Yo no he dicho eso. Solo quería que supieras que no eres la primera que tiene esa idea. Y como dije antes, esa es una de las razones por las que no me gusta ser profesor. En fin, creo que ya hemos tenido suficiente por hoy. Si te apetece ver algo más, el Museo Edo-Tokyo está cerca. Puedo acompañarte hasta allí si quieres.

–No, no te preocupes –murmuró Fiona, metiéndose las manos bajo los muslos en un intento de no estrangularlo.

Era el hombre más insoportable del planeta. No había escuchado ni una palabra de lo que le había dicho y, para colmo, había hecho que su gran idea pareciera una basura. Se sentía tan impotente que hasta le entraron ganas de llorar.

–Mañana serás tú la que decida a dónde ir. –Y dicho eso, se puso de pie para hacerle saber a Fiona que se había acabado por hoy.

Capítulo 9

–¿Qué tal en el Skytree? –preguntó Setsuko con una de sus amables sonrisas cuando Fiona regresó a última hora de la tarde. Estaba sentada con elegancia y delicadeza en la mesa que había en el centro de la sala de estar, con las piernas dobladas debajo de ella–. ¿Y dónde has dejado a Gabriel-san?

–Tenía cosas que hacer –dijo Fiona con rotundidad.

Setsuko le hizo un gesto para que se sentara con ella. Ella obedeció y de inmediato se sintió agradecida al notar el calorcito que desprendía la mesa.

–Me pareció un lugar... interesante. –Había algo en la calma y la serenidad que proyectaba la japonesa que la animaba a contarle la verdad, en lugar de ofrecerle los típicos comentarios y alabanzas que haría una turista–. Y lleno de gente.

–¡Puf! –soltó Haruka, sin hacer ningún esfuerzo por ocultar su desaprobación, mientras entraba apresurada en la habitación con una bandeja grande en la mano.

Fiona no estaba muy segura de si el resoplido burlón era por la torre o por Gabe. Setsuko se levantó de un salto y trató de ayudar a su madre, quien respondió con un fuerte chasquido de lengua y unas palabras en japonés. Le dedicó a su hija una mirada de advertencia y se apartó para que no cogiera la bandeja. Finalmente, la colocó sobre la mesa *kotatsu*.

–¿Y sacaste fotos? –inquirió Setsuko mientras se volvía a sentar como si lo que acababa de pasar con su madre no hubiera ocurrido.

–Alguna que otra –respondió Fiona, y sintió que detrás de esa simple pregunta se escondía un interés real–. ¿Quieres verlas?

Al menos alguien sí que valoraba su trabajo. Apretó los dedos por debajo de la mesa; el único indicio que hizo evidente lo molesta que estaba con Gabe.

La japonesa asintió y, mientras Haruka preparaba el té a su antojo, Fiona les enseñó las imágenes que tenía hasta ahora. Después, les dio la foto enmarcada que les había sacado a las tres bajo el cerezo.

–Ese sí que es de los mejores sitios a los que uno puede ir –afirmó la mujer mayor con una sonrisa a la vez que servía el té.

Fiona había decidido que, por el momento, no les enseñaría la foto en la que salían madre e hija juntas. Esperaba que les gustara la idea de que formara parte de la exposición.

–Mi madre no es muy fanática de todos esos esperpentos modernos que hay en Tokio –dijo Setsuko, disimulando una sonrisa.

–¿Qué tiene de especial y bello esa enorme torre? ¿Y qué pasa con el *wabi-sabi*? No hay honor, no hay sencillez. Todo es hecho por el hombre. –Con cariño, Haruka puso una mano sobre la de Fiona–. Primero, bébete el té y ya luego te contaré mucho más sobre la naturaleza y la cultura japonesa.

La mujer se pasó un buen rato toqueteando las delicadas tazas de porcelana hasta que quedaron como ella quería y, luego, sirvió el té de color verde claro.

–Es *genmaicha* –le explicó Haruka a Fiona, acercándole una taza de té humeante e inclinando la cabeza hacia su hija.

–El *genmaicha* es una especie de té verde *sencha* con arroz tostado e inflado –añadió Setsuko con una pequeña sonrisa–. También se lo conoce como el «té de los campesinos», porque, en los viejos tiempos, la población humilde de Japón añadía arroz al té verde para conseguir más cantidad.

–¡Puf! –Haruka resopló–. Sabe bien y además es bueno para la salud. Te vendrá bien. –Acercó la nariz a la taza e inhaló el aroma–. Y a los extranjeros les gusta mucho. El sabor es suave y no es demasiado intenso.

Todas lo probaron y Fiona copió la forma en que las otras dos mujeres sujetaban las tazas de porcelana con las dos manos.

Se le quedó un sabor fresco en el paladar mientras el líquido caliente le bajaba por la garganta. Se hizo un silencio cómodo mientras las tres saboreaban el té. A Fiona le reconfortó notar el calor de la porcelana en las manos y, de alguna manera, también se sintió con los pies en la tierra y conectada con las otras dos mujeres.

Se quedaron sentadas en silencio durante diez minutos y Fiona dejó que el té se encargara de quitarle el mal sabor de boca con el que había acabado el día, aunque la decepción y la frustración seguían sin querer separarse de ella. Gabe no parecía entender lo importante que era esa exposición para ella.

–*Wabi-sabi* –pronunció Haruka, incorporándose bruscamente, para después levantarse de la mesa, decirle algo en japonés a su hija y desaparecer por las puertas *shoji*.

–Le gustaría enseñarte el jardín. –El rostro de Setsuko se llenó de cariño–. Está muy orgullosa de su trabajo. Cuando volvimos a Japón desde Estados Unidos, no había nada en el jardín y ella acabó arreglándolo. Creo que al principio le costó porque este es un país muy diferente, pero, aun así, se acabó adaptando bastante bien. De hecho, recuperó todo lo que había echado de menos en Norteamérica, como el té y la naturaleza.

Tras coger prestado un abrigo acolchado, Fiona siguió a Setsuko escaleras abajo y cruzando la tetería hasta una terraza de madera oscura que atravesaba toda la parte de atrás del edificio. Con la gracia de un ciervo, Setsuko rodeó con rapidez la terraza –que le explicó a Fiona que se llamaba «*engawa*»– hasta donde estaba su madre sentada en un cojín, mirando el exuberante jardín verde. A su lado, había dos cojines más alineados y preparados para ellas. A Fiona se le escapó una sonrisa al verlo; estaba claro que a la japonesa le gustaba que todo estuviese en su lugar. Después, imitó a Setsuko, que se había sentado junto a su madre, aunque tal vez no lo hizo con tanta delicadeza como ella.

Haruka ni se inmutó. De hecho, permaneció concentrada en el jardín que tenía delante, con las piernas dobladas hacia un lado y respirando de forma lenta y profunda. Setsuko no tardó en adoptar una pose similar. Se respiraba paz con el atardecer de fondo y a Fiona le llegó enseguida un olor a pino y a cedro. Comenzó a respirar como lo estaban haciendo sus anfitrionas y observó los diferentes elementos que había en el jardín que, sin duda, se notaba que estaba muy bien cuidado. Era como mirar un pequeño paisaje en el que los arbustos estaban perfectamente recortados y formaban el núcleo del jardín. Además, alrededor había varias macetas con bonsáis que le aportaban un toque llamativo y elegante al espacio. Al fondo, vislumbró unos cerezos que estaban a punto de florecer y que contaban con unas ramas largas que caían hacia el suelo, como los brazos de una bailarina. En primer plano, había un camino de grava que se abría paso entre las numerosas macetas brillantes de cobre que rodeaban un pequeño estanque en el que se reflejaba el verde intenso de los arbustos y se llenaba poco a poco de agua gracias a una vasija de barro que había al lado.

Fiona pensó que podría quedarse allí sentada durante horas, observando todos los detalles del jardín. Era una obra de arte y en ese momento se dio cuenta de que seguramente esa había sido la intención de Haruka. Le entraron ganas de coger la cámara para hacer un primer plano de un bonsái que tenía cerca. Parecía como si el viento lo hubiera azotado y lo hubiera dejado ligeramente inclinado hacia un lado con el tronco de aspecto antiguo, grueso y enrollado, y sus diminutas hojas de color verde oscuro. Se concentró en la corteza del árbol y dejó que el verde intenso de las hojas se difuminara un poco en sus ojos. Un ligero viento susurraba a través de los cerezos y pensó que el movimiento era igual al de un cuerpo de baile que se movía de manera sincronizada.

Sintió la mano de Haruka encima de la suya, un toque ligero y cuidadoso. La mujer seguía respirando profundamente, pero su rostro era la viva imagen de la paz absoluta.

Fiona volvió a mirar el jardín y tomó aire, sintiendo la mano de la japonesa como si fuera un ancla a la que podía aferrarse.

Oía las suaves gotas cayendo en el estanque –agua sobre agua–
y veía las ondas que se iban formando, como si un insecto se
hubiera posado encima. El sol intentaba abrirse paso entre los
árboles y creaba sombras en el suelo. Sintió los hombros más
ligeros, como si se hubiese quitado un peso de encima, y una
sensación mágica que parecía hacerla flotar, pero que a su vez
la mantenía con los pies en la tierra. Era tranquilidad pura.
Una calma que se le había colado en los huesos y que hacía
que se sintiera en paz. Era plenamente consciente del aroma de
los árboles, del roce de la brisa acariciándole el rostro, de los
colores y de las formas de la naturaleza. Cerró los ojos durante
un segundo y luego los abrió. Y en ese instante, le llamó la
atención la viveza de los colores verdes y la delicada belleza de
las flores de color rosa palo en contraste con la madera oscura
de la terraza. Y fue ahí cuando se alegró de no tener la cámara
encima ni sentir la obligación de hacer una foto. ¿Cuándo fue la
última vez que se había sentido tan a gusto o con esa sensación
de placer que la hacía flotar o como si sus sentidos estuviesen
más vivos que nunca?

–*Wabi-sabi* –repitió Haruka–. Es parte de la cultura japonesa. Es apreciar las cosas que no son perfectas o que no están
acabadas, y eso es lo que las hace únicas. Es darles valor a las
cosas: a una tetera vieja, a una persona mayor; y entender que
hay sabiduría en ellas, que sus ojos han visto de todo. Tienen
valor por ser lo que son. –Sacó una pequeña tetera de debajo
de su túnica azul marino y la sostuvo con las manos. Era bonita, pero se notaba que se había roto en algún momento y que
la habían intentado arreglar. Lo habían hecho con una veta
de oro que hacía aún más evidente el defecto que tenía–. Es
antigua. Era de mi tatarabuela. –Con uno de sus dedos finos
señaló la parte dorada y añadió–: Valoramos las cosas viejas,
así que intentamos repararlas, pero sin ocultar que se han roto.
Es el *kintsugi*: una técnica de reparación con la que se ensalzan
las cosas imperfectas. Se repara con oro porque la belleza se
encuentra en la propia naturaleza imperfecta. Un rostro viejo

está lleno de líneas que se traducen en años de felicidad, tristeza y logros. *Wabi-sabi*: valorar nuestros defectos porque son un reflejo de la realidad.

La mirada de Fiona trazó la línea dorada con la que se había reparado la tetera y que contrastaba con la porcelana de color azul claro. Luego, Haruka se la ofreció y ella la cogió.

—Es muy bonita.

—*Wabi-sabi* también es reconocer que nada es para siempre y que, por eso, debemos apreciar las cosas que tenemos aquí y ahora. Celebramos cuando crecen las flores de cerezo no solo por lo hermosas que son, sino también por lo rápido que desaparecen. Puede que mañana ya no estén y que solo hayamos podido disfrutar de ellas en ese momento en concreto. Por eso en Japón las estaciones son tan importantes, porque la naturaleza es impresionante, pero está en constante cambio.

Fiona asintió. Era una filosofía muy bonita y le encantó que la japonesa se la hubiese querido explicar.

Haruka extendió la mano hacia el jardín y añadió:

—Conectar con la naturaleza es fundamental. Es nuestra fuerza vital. Nos recarga las pilas y nos pone los pies en la tierra. Nos hace volver a pensar en la simplicidad de las cosas y nos aleja del estrés de la vida moderna. En Japón, el trabajo puede llegar a convertirse en algo asfixiante. La gente trabaja muchas horas y apenas tiene vacaciones, así que dedicar tiempo para encontrarse a uno mismo y apreciar la naturaleza es algo muy importante.

—Me encanta esa mentalidad —confesó Fiona con dulzura—. Y yo sí que he podido sentir la calma que desprende el jardín. Ha sido un momento muy bonito.

De hecho, la irritación y la molestia que le corría antes por las venas se había evaporado gracias a ese momento que habían compartido y a la peculiar filosofía que Haruka le había explicado.

—Me alegro. Ahora tengo que ir a preparar la cena, pero Setsuko se encargará de enseñarte bien el jardín.

Dicho eso, la mujer mayor se levantó con facilidad. En cambio, a Fiona le resultó complicado desdoblar las piernas y ponerse de pie con normalidad.

Setsuko la llevó por el caminito de grava. Acabaron parándose junto a uno de los cerezos y miraron hacia la tetería.

—Es todo tan bonito, sobre todo los bonsáis. Me parecen fascinantes. ¿Cuesta mucho trabajo cuidarlos?

—Sí, y nunca me atrevería a tocar uno. Son los bebés de mi madre —confesó Setsuko con dramatismo, lo que hizo que a Fiona se le escapara la risa—. Me metería en un buen lío si tocase una simple hoja. *Haha* diseñó y creó el jardín ella sola. Es un verdadero ejemplo de un trabajo hecho con amor. Quería el escenario perfecto para sus ceremonias del té. Esa sí que es su verdadera pasión.

—Y algo de lo que me encantaría saber más.

A Setsuko se le escapó una risita y añadió:

—No te preocupes, se muere de ganas de enseñártela, pero... tiene que ser en el momento adecuado y esas ceremonias no se celebran todos los días, pero tal vez mañana podrías pasarte por la tienda otra vez.

—Me encantaría. Aunque voy a salir con Gabe —dijo Fiona, frunciendo el ceño.

—Te está volviendo a gustar —exclamó la japonesa, dándole un empujoncito a Fiona, un gesto poco habitual en ella, y, por un momento, fue como si volvieran a ser dos chicas adolescentes.

—Bueno, yo... —Fiona se ruborizó aún más y se metió las manos en los bolsillos y se aferró al abrigo, con la esperanza de que no se le notara.

—Es un hombre muy atractivo. No te lo conté el otro día, pero yo también me enamoré perdidamente de él cuando lo conocí. —Se le escapó una risa tímida—. Creo que no fui capaz de comer nada la primera semana que se quedó con nosotros. Pero entonces mi madre me regañó por ser tan tonta. Y, cuando me acostumbré a él, me di cuenta de que solo era un hombre. Pero cuando conocí a mi Miro, lo supe... —Ahora fue Setsuko la que se sonrojó–. Ni siquiera era capaz de hablar con él. Pero, por suerte, él sintió lo mismo por mí. Fue... –Volvió a esbozar una pequeña sonrisa–. Fue la forma en que me miró la primera vez que nos vimos...

Fiona tragó saliva.

–Sí. Bueno, es verdad que Gabe es muy atractivo. Pero no es mi tipo –soltó ella con rapidez–. Además, no tenemos nada en común. Y, no sé, se le ve desmotivado. No le interesan mucho las cosas y lo de ser mentor ya ni te cuento... –añadió, frunciendo los labios al recordar la conversación que habían mantenido en la cafetería.

–Ya no es el mismo de antes –observó Setsuko con un suspiro cargado de nostalgia–. Es muy triste. Antes era... de lo más encantador. Aunque también un poquitín arrogante.

Fiona asintió. Conocía esa faceta de Gabe. Pero entonces, había conseguido llegar a lo más alto en su profesión y, al final, acabó ganándose el derecho a tener esa actitud.

Apretando los labios, Setsuko añadió:

–Pero no está pasando por su mejor momento. Mi madre dice que está tan envuelto en su melancolía que es incapaz de ver que el mundo tiene muchas más cosas que ofrecerle. Está perdido.

Fiona no llegaba a entender del todo lo que le había pasado a Gabe. Se había hartado y se había convertido en un cínico. Demasiado éxito en tan poco tiempo.

–Yumi. Solo le trajo problemas.

–¿Por qué? –preguntó Fiona por educación más que por interés.

Setsuko hizo una mueca con los labios y respondió:

–Es una modelo muy famosa en Japón y fue la musa de Gabe durante mucho tiempo. Tuvieron un romance muy apasionado que al final terminó llevándoles a la ruina. Ella era un tesoro nacional, todos la adoraban; era un icono, pero ser japonesa y estar con un extranjero... Digamos que ese tipo de relaciones no siempre se ve con buenos ojos, sobre todo, para las personas con mentalidades más tradicionales. Mi abuela se escandalizó cuando me casé con un estadounidense y eso que sus padres son japoneses. Nuestra cultura estuvo muy aislada durante muchos años. Creo que a Yumi le gustaba más la idea de dejar a la gente con la boca abierta que lo que realmente tenía con Gabe. Pero es que él sí que se enamoró hasta las trancas. —Setsuko juntó las manos por detrás de la espalda y siguió caminando por el jardín—. Cuando de repente se casó con Meiko Mitoki, todos nos quedamos a cuadros. Sobre todo, Gabe. No se lo tomó demasiado bien.

—Me lo imagino —confesó Fiona, tratando de disimular que tenía mucho interés en esa conversación.

—No es perfecto, pero tiene buen corazón.

—Mmm, no creo que él sea consciente de eso.

—Lo siente todo con mucha intensidad, pero no lo demuestra. Cuando Yumi lo dejó para casarse con Meiko, ella ni siquiera se lo contó a Gabe. Estaba enamorado de ella y no supo nada hasta después de la boda. De hecho, se enteró por la prensa. Meiko tiene mucho dinero. Es un hombre de negocios. Una larga historia...

—Vaya... —A Fiona se le encogió el corazón—. Debió de ser horrible. Sobre todo, al hacer pública la relación. No tenía ni idea.

—Estuvo fatal durante un tiempo. Bebía demasiado *whisky* y sake. Mi madre lo ayudó a salir de ahí.

Fiona negó con la cabeza.

—No comía. No se cuidaba. Al principio, mi madre dejó que se hundiera en la miseria, pero acabó haciéndolo durante mucho tiempo. Así que tuvo que intervenir. Lo obligó a comer. Más bien, a venir a casa a comer. —Se le escapó la risa—. Le subió el alquiler para que así se viera forzado a salir a trabajar. Le robaba la ropa por la noche para que no le quedara más remedio que ponerse una muda limpia. Ah, y le rellenaba las botellas de *whisky* con té.

—Qué cruel —dijo Fiona, y se echó a reír.

—Eso mismo decía Gabe. Discutieron muchas veces, pero eso no hizo que cambiara de actitud. Creo que le gusta pelear. Y entonces, un día, acompañó a mi madre al jardín. No sé qué le dijo ella, pero, después de eso, Gabe empezó a vivir de nuevo. Volvió a salir a la calle y a hacer fotos. Y dejó de beber tanto. Todo esto pasó hace tres años.

—Pero todavía sigue enamorado de Yumi.

—Él cree que sí. Es como una adicción. O eso dice mi madre. Nunca le gustó Yumi. Quiere lo mejor para él. —Setsuko esbozó una sonrisa—. Le encanta cuidar de los demás. Protegerlos. Y ahora tú eres su nueva debilidad.

—¿No te afecta? —le preguntó Fiona al darse cuenta de que su propia madre se pondría muy celosa si se enterara de eso.

Judy Hanning era muy posesiva con su hija y le gustaba pensar que tenían una relación estrecha.

—No, en absoluto. Siempre hemos tenido un vínculo especial y fuerte —suspiró—. Ojalá me pasara lo mismo con Mayu. Pero ella es tan... moderna, y no tiene pelos en la lengua. Nunca me escucha. —Hizo un gesto con las manos que denotaba desconcierto.

—Es una adolescente —dijo Fiona con una sonrisa para tranquilizarla—. Cambiará. Y es una buena chica. El otro día disfruté de su compañía y no me hizo sentir en ningún momento que su abuela la hubiera obligado a pasar el día conmigo.

—Te llevó a su lugar favorito. No creo que para ella eso supusiese un sacrificio —aclaró Setsuko, y se rio.

—Puede que no. Pero, de todos modos, me lo pasé bien con ella. Además, ¿no prefieres que acabe siendo una mujer segura e independiente?

—Supongo. Al menos mi lado americano sí lo prefiere. Pero es que todo en ella es tan llamativo. La música, la ropa, las películas... Yo no entiendo nada de eso.

—No creo que tengas que entenderlo. Las madres y los adolescentes nunca verán el mundo con los mismos ojos. Eso llega después —comentó Fiona, como si supiera de lo que hablaba.

No era la persona más indicada para dar consejos sobre las relaciones madre e hija. Con una mueca, se metió las manos en el bolsillo y cruzó los dedos. Su madre le había hecho la vida imposible en la adolescencia, incluso lo había vivido todo con más dramatismo que la propia Fiona de aquella época. No la recordaba como una madre que te guiaba y te daba consejos.

—Así que Gabe, ¿eh? Mañana. ¿Adónde te va a llevar?

—Tengo que decidirlo yo, pero no se me ocurre nada. Eso sí, quiero que sea un lugar tradicional, un sitio al que normalmente vayan los japoneses.

—Pues decidámoslo en la cena —le propuso Setsuko, y le dedicó una de sus características sonrisas.

Capítulo 10

–Hoy llevarás a Fiona al santuario Meiji –le exigió Haruka a Gabe cuando llegó a la mañana siguiente para desayunar, al mismo tiempo que le daba un abrazo–. Menuda cara traes. Bebes demasiado.

Él ignoró ese último comentario, después de todo, ya era mayorcito. En su lugar, miró a Fiona con el ceño fruncido, como si le estuviese preguntando: «¿Qué has ido contando por ahí?».

Haruka sabía perfectamente cómo ponerlo entre la espada y la pared, pero era la única persona con la que no podía ser un maleducado. Bueno, con Setsuko le pasaba lo mismo. La hija era demasiado dulce y la madre, un hueso duro de roer con el que era mejor no tener problemas. Además, esta se había convertido en su segunda casa y, a pesar de las continuas advertencias de Haruka acerca de su estilo de vida, sabía que lo hacía por su bien y que a ella le importaba.

–No he dicho ni una palabra –dijo Fiona, abriendo los ojos de par en par y levantando las manos con inocencia.

No, seguramente no había dicho nada, al menos no de forma intencionada, pero Haruka sabía cómo sacarle a uno información sin que se diera cuenta. La mujer tenía un talento natural para escuchar lo que se decía y oír lo que no.

–¿Fiona quiere ir ahí o es algo que ha decidido usted? –preguntó Gabe, sabiendo que el autoritarismo de la mujer era mucho mayor que su estatura.

A Haruka se le dibujó una sonrisa serena, segura y un poco engreída en los labios.

–Es un lugar muy bonito y tranquilo. Creo que podría gustarle mucho a Fiona-san.

–Lo estuvimos hablando anoche durante la cena y creo que será perfecto para lo que estoy buscando –soltó Fiona.

Gabe tuvo que reprimir una sonrisa al ver la rapidez con la que Fiona se había defendido a sí misma y a su anfitriona. Otra persona más que había caído en manos de Haruka.

–Vale, pues iremos al santuario Meiji si te apetece. Hace muy buen día para ir.

El frío de principios de primavera se había esfumado para dar paso al verano con un sol brillante y un cielo azul despejado.

Gabe echó los hombros hacia atrás y examinó a Fiona con detenimiento mientras esta comprobaba que lo llevaba todo en la funda de la cámara. Iba a intentar comportarse de la mejor manera posible, a pesar de que no le apetecía para nada ir al santuario. Para él ya era más de lo mismo, pero se lo debía a Haruka. Además, tras el encontronazo de ayer con Fiona, no es que se sintiese culpable, sino más bien obligado a ayudarla. En su defensa, nunca pensó que llevarla a los principales lugares turísticos sería eludir sus responsabilidades. Era parte del trato... y no era culpa suya que ya hubiese visitado todos esos sitios una docena de veces y que le resultara insoportable volver a hacerlo. A ver, dejarla allí sola había sido un poco egoísta por su parte y lo sabía; ya era lo bastante maduro como para reconocerlo.

Sin embargo, sí que había algo que le había resultado difícil de digerir. Se había pasado toda la noche pensando en la cara de desilusión que había puesto Fiona. Todo eso mientras se bebía una buena y cara botella de vino tinto. Había sido incapaz de olvidar la forma en que ella lo había mirado en la cafetería, expectante, con esperanza de ver un cambio en él.

Bueno, en ese caso, tendría que esperar sentada. Últimamente eso era lo mejor que podía ofrecerle a la gente. Pero, aun así, le habían molestado sus palabras llenas de decepción, que habían terminado calando hondo en él y que ahora no podía quitarse de la cabeza.

En ese momento, a Fiona le sonó el teléfono y el ruido que

hizo fue fuerte en comparación con el silencio de la cocina. Gabe supuso que le había llegado un mensaje. Ella posó los ojos en la pantalla del móvil y después miró el reloj con el ceño fruncido. Al final, optó por meterse el teléfono en el bolsillo trasero del pantalón.

–Bien –dijo Gabe–. Será mejor que nos vayamos ya si queremos aprovechar la luz del sol. ¿Estás lista?

–Sí –respondió ella, pasándose la mano por la trenza como la había visto hacer un par de veces antes.

Fiona tenía la mirada un poco perdida, como si tuviese la mente en otra parte, y él aprovechó ese instante para observar su peculiar color de pelo: rubio con toques cobrizos. Le llamaba mucho la atención y su ojo de fotógrafo ya se imaginaba cómo se veía con diferentes luces: de un color dorado brillante con algunas, y de un bronce oscuro con otras.

–¿Va todo bien? –indagó él.

–Esto... –Ella intentó formular una frase, pero terminó arrugando la frente–. Sí, solo... –continuó distraída, sin dejar de toquetearse la trenza–. Lo siento. Estaba pensando en la luz que hay hoy. Demasiado sol.

Gabe se creyó sus palabras, aunque en el fondo sabía que el mensaje que había recibido tenía algo que ver con su cambio de actitud, así que añadió:

–No te preocupes, hay muchos árboles. Podrás jugar con las luces y las sombras. Seguro que consigues alguna que otra foto interesante. Venga, vamos.

Antes de irse, Gabe le dio un abrazo rápido a Haruka.

–Cuídala –le advirtió la mujer mayor con un tono de voz que denotaba algo de misterio.

–Creo que no correrá peligro en un santuario –le respondió él antes de acompañar a Fiona hacia la puerta.

Cuando salieron, la luz del sol iluminó el pelo de Fiona e hizo que se viera del tono dorado exacto que Gabe había imaginado antes. Impresionado por el color, se detuvo y, por un segundo, le sorprendió sentir la necesidad de pedirle que se deshiciera la trenza y que el pelo ondulado le cayera sobre los hombros, para así poder ver mejor el efecto que se creaba. Justo en ese momento, ella lo miró por encima del hombro y la luz creó un halo dorado que hizo que pareciera una diosa ingenua. A Gabe se le revolvió el estómago. Era la primera vez en mucho tiempo que sentía la necesidad imperiosa de sacar una foto. Sería algo casi imposible de capturar, con el sol dando de lleno detrás de ella, pero, aun así, ya su cerebro estaba barajando diferentes opciones para poder conseguirlo.

—¿Gabe? —Fiona lo miró fijamente—. ¿Estás bien?

—Sí. ¿Por qué lo dices?

—Parecías un poco... —Se encogió de hombros y luego le dedicó una sonrisa descarada e inesperada—. Como en el reino de las hadas. Si es que existe tal cosa en el mundo de Gabe Burnett. Sospecho que las hadas no son lo tuyo.

«Estar lejos en el reino de las hadas era mejor que quedarse embobado», reflexionó Gabe mientras la seguía escaleras abajo. Ahora que se acordaba de ella, los recuerdos no hacían más que venirle a la mente. Como el estar fascinado por su pelo y sus ojos azul brillante, llenos de vida y de preguntas.

—¿Qué sabes sobre el santuario Meiji? —le preguntó a Fiona en un intento de deshacerse de los recuerdos que lo perseguían y que debían quedarse en el pasado.

—No mucho, pero mira lo que tengo. —Agitó la guía que llevaba en la mano—. Puedo leerla cuando estemos en el tren.

—O yo podría contarte la historia por el camino. Se tarda un poco en ir a pie hasta la puerta principal y, de hecho, hay que atravesar el parque Yoyogi. Además, hace un día estupendo y sería una pena no aprovecharlo.

Fiona puso cara de sospecha y a Gabe se le escapó la risa.

—¿Quién eres y qué has hecho con el cascarrabias de Gabe Burnett? —le preguntó.

—Digamos que la luz del sol ha hecho que mi estado de ánimo mejore y encima me ha abierto los ojos y me ha hecho percatarme de mis errores.

Fiona esbozó una sonrisa engreída que perfectamente podría haberle hecho competencia a la de Haruka.

—Además, Haruka me da miedo —añadió Gabe.

—Oh, por favor. ¡Esa mujer te adora!

—Y yo a ella. Se ha portado muy bien conmigo.

—Es encantadora.

—No sé yo, ¿eh? Creo que «encantadora» no es la mejor palabra para describirla. Es una loba con piel de cordero. Aunque ya te habrás dado cuenta.

—Sí, pero sigue siendo una persona con un corazón enorme.

—Eso sí. Además, es una mujer de negocios muy astuta. Aunque no tanto como Setsuko. Parece una flor, pero tiene espinas. Yo que tú tendría cuidado con ella.

—¿¡Con Setsuko!? —Fiona se echó a reír, incrédula.

—Luego no digas que no te avisé. Esa mujer se las arreglaría para hacerte creer que hasta la persona que más miedo da en el planeta se puede convertir en un gatito inocente —le advirtió Gabe, sabiendo que tenía pruebas de sobra para demostrarlo.

Fiona puso los ojos en blanco.

—Bueno, tú sabrás lo que haces. Ahora, ¿me vas a escuchar o no? Puedo hablarte del santuario porque hace años fui e hice una sesión de fotos que duró dos días. En realidad, era para la marca Burberry, justo en la época en que me dedicaba a hacer ese tipo de fotografías. Una chica de relaciones públicas me seguía a todos lados y no paraba de recalcarme que, si quería hacer una buena sesión, necesitaba saberlo todo acerca del santuario. Así que con algo me habré quedado. De hecho, es bastante interesante.

—Bastante interesante —bromeó Fiona—. Casi me estás convenciendo.

Gabe hizo una pausa, recordando la primera vez que había visto el santuario y lo sorprendido que se había quedado al ver el *torii*, la puerta principal hecha de madera. No solo le impresionó lo grande que era la estructura, sino también la sencillez de su belleza. Joder, había olvidado lo que era esa sensación maravillosa que uno experimenta cuando se topa con algo que nunca ha visto antes. Ahora, ese sentimiento volvía a colarse dentro de él, justo donde pensaba que ya no quedaba nada. La magia de ver a través de los ojos de un turista que está descubriendo algo por primera vez. ¿Cuándo había perdido esa ilusión?

–¿Sabes qué? Creo que será mejor que lo veas con tus propios ojos –le soltó a Fiona mientras una chispa de emoción se le instalaba en la boca del estómago.

De repente, se sintió diez años más joven, como si volviese a ser el fotógrafo que no se cansaba de buscar la oportunidad perfecta para sacar la cámara porque tenía la certeza de que acabaría encontrándola.

De inmediato se dio cuenta de que estaba pensando en la idea de Fiona: capturar las caras de los turistas que se acercaban a ver los lugares más importantes. Sin embargo, a él solo le interesaba ver la reacción de ella. Aunque le costara admitirlo, el día anterior se había quedado impresionado con su idea para la exposición. Era consciente de que seguramente ya se le habría ocurrido a alguien, pero todo dependía de la interpretación que Fiona quisiera darle. Ella, muy ilusionada, le había explicado lo que quería hacer y, en ese momento, Gabe no había podido resistirse a mirar cómo movía las manos con delicadeza, con aquellos dedos largos y finos. Fiona tenía la costumbre de levantar la barbilla, casi como si estuviera desafiando al mundo, lo que hacía que su cuello largo y terso quedara a la vista. No es que él estuviese pensando en su piel pálida o en el tono rosado que tenía sus mejillas; ese que a la luz del sol hacía que se vieran más iluminadas y suaves. Se convenció a sí mismo de que ese pensamiento simplemente le había venido a la mente porque era un fotógrafo especializado en retratos.

La volvió a mirar y enmarcó mentalmente su rostro. Si la pillaba desprevenida, podría ser un buen sujeto. Había notado cierta timidez en ella cuando la vio por primera vez en el aeropuerto. Le pareció curioso y, en aquel momento, casi había sentido la necesidad de sacar la cámara. Casi. No entraba en sus planes buscar modelos ni musas nuevas. Ya no hacía ese tipo de cosas. Hacía lo que le pedían. Ganaba dinero gracias a la reputación que tenía. Si alguien se había percatado de que últimamente se movía por inercia, estaba claro que no se había atrevido a decírselo. Ahora todo le costaba horrores.

Caminaron en silencio por el parque boscoso, acompañados por el canto de los pájaros y el fuerte aroma de los árboles. La luz del sol se colaba entre las hojas, dejando sombras por los anchos senderos.

–Qué paz –dijo Fiona, rompiendo el silencio–. Es casi espiritual.

–Pues ya verás cuando lleguemos al santuario. Lo construyeron en honor del emperador Meiji, que murió en 1912.

–Ah, pues no es tan antiguo.

–No, no lo es. Además, lo destruyeron durante la Segunda Guerra Mundial, pero lo reconstruyeron en 1958.

Deambularon por el camino entre los árboles y, antes de doblar la esquina para finalmente encontrarse con el *torii*, Gabe se detuvo y sacó su cámara.

–¡Hala! –exclamó Fiona con el rostro iluminado por el asombro.

Con solo tocar un botón, Gabe pudo capturar el brillo de sus ojos y la «O» perfecta que se le había formado en la boca mientras examinaba los enormes postes de madera que sostenían las vigas horizontales.

–El *torii* es una puerta de entrada que marca la transición de lo mundano a lo sagrado –le explicó Gabe, y observó cómo ella procesaba la información con una ligera sonrisa.

Seguía perpleja y con la boca muy abierta. Fiona miró hacia arriba, pasmada, y le costó pronunciar palabra mientras pasaban por debajo de la puerta.

–Es justo lo que estaba buscando. Aquí es donde quiero hacer las fotos de los turistas que ven la puerta por primera vez. Es perfecto.

–¿No quieres ver el resto del santuario? Igual cambias de opinión y encuentras otro sitio que te guste más.

–No, está decidido. Es impresionante. Único. Nunca había visto algo así. Es Japón en todo su esplendor. Aunque conseguir capturar la escala y el tamaño de la puerta no va a ser tarea fácil. –Echó la cabeza más hacia atrás–. También quiero que se vea el cielo. Y que salgan varias personas, todas mirando hacia arriba –añadió, y luego se agachó para poder poner las rodillas en el suelo húmedo e inclinar la cámara hacia arriba.

Gabe torció los labios en una mueca al recordar cómo era él hace unos años. También había sido de los que se ponían en ángulos imposibles; en ocasiones, incluso, se había acabado subiendo en árboles o en vallas, y todo para conseguir la mejor foto.

–No te tumbes –le advirtió a Fiona al ver cómo esta empezaba a inclinarse hacia delante–. Te vas a mojar toda.

–Pero es que... –Hizo una mueca.

Con una risa que sonó poco natural, Gabe levantó las manos y recordó lo que era sentir ese fervor antes de añadir:

–Lo sé, lo sé. Es por la foto. Pero te pasarás toda la mañana con la ropa mojada. Además, por ahora no hay mucha gente; todavía es temprano, pero la habrá.

–Pero es que quiero ir ajustando el encuadre. Ya habrá tiempo para que se seque la ropa.

Fiona seguía con la boca abierta, pero aun así se las arregló para hacer un puchero, lo que provocó que Gabe volviera a reírse.

–Ven, dame la cámara –dijo él mientras extendía la mano–. Haz el pino y apoya las piernas sobre mis hombros. Yo te agarro. Así te harás una idea de cómo quedarán las fotos... y ves si el ángulo te convence.

–¿Estás loco? –Lo miró fijamente–. No pienso hacer eso.

–Qué aburrida –la provocó Gabe–. ¿Y si esa es la foto que te hará ganar un premio?

–Me voy a caer.

–¿Qué gracia tendría entonces? Para sacar una buena foto, hay que sufrir –añadió él, encogiéndose de hombros.

Fiona levantó una de sus finas cejas rubias a modo de respuesta.

–Venga. No te atreves, ¿o qué?

–¿Cuántos años tienes?

–Soy lo suficientemente mayor como para saber que esto es una buena idea. –Él le dedicó una sonrisa que pareció ablandarla un poco.

–No –pronunció Fiona, negando con la cabeza–. Es una locura. Además, no hago el pino desde que estaba en el colegio. Probablemente acabaría dándote una patada en la cara o tirándote al suelo.

–Bueno, pero seguro que haces pilates o yoga, o algo de eso –dijo Gabe al llegar a la conclusión de que, con esas piernas largas y esa complexión atlética y delgada, tendría que estar acostumbrada a hacer ese tipo de ejercicios.

–Pero ¿tú no has visto lo torpe que soy?

–No. ¿Lo eres? Pues no me había dado cuenta.

Fiona lo miró, confundida.

–¿Qué pasa? –preguntó él.

–Nada –contestó ella, levantando los hombros–. Me siento torpe. Siempre fui la chica más alta del colegio. La que siempre se sentía fuera de lugar. Mírame aquí, parezco una torre en comparación con las japonesas.

–Ser alta no te hace torpe.

–Nunca sé qué hacer con las piernas. –Volvió a mover los hombros–. Mi... mi madre dice que soy patosa. Siempre me he sentido... un bicho raro y torpe.

En ese momento fue Gabe el que la miró a ella.

–Pues no deberías. –Las palabras le salieron un poco más contundentes de lo que él pretendía, así que, con un tono de voz más suave, añadió–: En realidad te mueves con elegancia.

Justo cuando lo dijo, se dio cuenta de que no era mentira y que era algo que inconscientemente había notado en ella: esos pasos suaves y esas piernas largas, además de la delicadeza con la que movía los brazos cuando hablaba o gesticulaba. A menudo, sus manos hablaban por ella, le daban forma a su discurso y hacían que se entendieran mejor sus ideas.

–Como diría Haruka: «Solo sabes decir chorradas» –dijo Fiona sin poder aguantarse la risa.

De repente, apareció una familia japonesa: un hombre y una mujer con una señora mayor y un niño pequeño. Este último llevaba un anorak rojo y tenía el pelo oscuro brillante por el sol. El niño aún no había visto la puerta *torii* y, cuando la foto cogió forma en la cabeza de Gabe, supo por el repentino jadeo que escuchó cerca de él que Fiona estaba pensando lo mismo que él. Sin importarle la hierba mojada, ella se tiró al suelo, se puso de lado y levantó la cámara, preparada para hacer la foto con un plano contrapicado.

Gabe oyó el sonido del disparo justo en el momento en que el niño se quedó quieto y echó la cabeza hacia atrás. Su cuerpecito parecía aún más pequeño al lado de la estructura. Sonrió.

Algo hizo que él también cogiera su cámara cuando Fiona se dio la vuelta y se sentó, sonriéndole. Tomó la decisión en una fracción de segundo e hizo la foto, enfocando su rostro lleno de suficiencia y euforia, y, después, añadió:

–¡La tienes!

Fiona asintió y extendió la mano para darle la cámara. En vez de cogerla, Gabe la agarró de la muñeca para ayudarla a ponerse de pie y chasqueó la lengua al ver las manchas de agua azul oscuro que se le habían quedado en los vaqueros.

–¡Mira! –exclamó ella, ignorándolo.

La emoción parecía brotar de ella mientras sostenía la cámara con las dos manos para enseñarle la pantalla.

Aunque la imagen digital era diminuta, la composición era perfecta. Ahí estaba; el niño pequeño –aún más pequeño al lado de uno de los postes de madera de la puerta *torii*– iluminado por un rayo de sol. Era uno de esos disparos que no se conseguían con facilidad y él... él se sintió feliz. Muy feliz. Como si hubiese sido él el que la había conseguido.

En un intento de contener esa emoción que para él era extraña, le dio un golpecito a la pantalla con el dedo índice y le dijo:

—Creo que ahí tienes todos los ingredientes que se necesitan para una buena foto. Buen trabajo, ¿eh?

Fiona giró la cabeza para mirarlo y quedó a escasos centímetros de él. Le dedicó una sonrisa traviesa y llena de emoción, como si por un momento hubiese olvidado con quién estaba y después... Gabe lo sintió: ese extraño vuelco en el pecho, como un salmón que no para de agitarse porque el mar lo ha acabado arrastrando hasta la orilla. A la luz del sol ella irradiaba felicidad y eso... eso hizo que le entraran ganas de cogerla en brazos, de abrazarla y de hacerla girar. Un impulso que para nada era propio de Gabe Burnett.

—Venga, vamos. Te vas a morir de frío —le dijo él con brusquedad.

—¿Qué eres ahora? ¿Mi madre? Porfi, ¿qué te cuesta? Creo que por la foto valdría la pena hasta coger un resfriado.

—Vaaale —accedió él—. Pero luego no te quejes.

Aunque sabía que ella no lo haría; Fiona todavía seguía en una nube con esa increíble sensación con la que uno se queda cuando sabe que lo ha clavado. No había nada como ese subidón que te hacía sentir invencible, como si no hubiera nada imposible. Él en su día supo lo que era estar en la cresta de la ola. ¿Por qué ya no notaba esas cosas? ¿Cuándo había dejado de sentir pasión por su trabajo? ¿En qué momento había perdido la emoción de saber que el próximo disparo estaba ahí fuera esperándolo?

—¡Qué ganas de pasarlas al ordenador y verlas en grande!

Gabe también deseaba hacerlo; quería llegar ya al estudio para ver las fotos que él había hecho durante la mañana.

—Ven al estudio esta noche, antes de la cena. Podemos mirarlas juntos —le sugirió, y después añadió—: ¿Seguimos?

Fiona asintió, todavía con la cámara en la mano, repasando

las fotos que le había hecho al niño. Incapaz de resistirse, Gabe cogió la suya y le hizo una foto rápida. Quería capturar la forma en que le brillaba el pelo a la luz del sol, la concentración que se le reflejaba en la cara y la curva que se le formaba en el cuello y que dejaba a la vista su piel suave.

—Pero ¿qué haces? —quiso saber Fiona tras alzar la vista de repente.

—Una ardilla —dijo Gabe, señalando los árboles que había al otro lado del sendero—. Pero creo que no me ha dado tiempo a pillarla.

Por un segundo, los ojos de Fiona se llenaron de sospecha. Luego se giró para mirar los árboles con los ojos entrecerrados.

—No la veo.

—Es que se ha movido rápido. Igual no era una ardilla. Vamos, sigamos caminando para que no pases frío.

Hacía tiempo que Gabe no pisaba un santuario ni ningún otro sitio parecido, para ser sinceros. También había dejado de jugar a ser un turista por Japón. De repente, el recuerdo lo atormentó y sintió el arrepentimiento corriéndole por las venas. Había algo en la forma en que los visitantes apreciaban el santuario que hizo que se le activaran todos los sentidos, como si hasta ahora no le hubiesen estado funcionando bien. Todos observaban en silencio y no solo había turistas, sino también japoneses que habían venido a presentar sus respetos. A los japoneses les gustaba venerar y honrar a la gente, algo que a él le había parecido digno de admirar desde la primera vez que pisó el país. Incluso a un auténtico cínico como él le era imposible no emocionarse al ver las pequeñas tablas rectangulares de madera que estaban colgadas en la pared y en las que aparecían grabadas las oraciones de los visitantes. Cuando llegó por primera vez a Japón, se quedó fascinado por el lado espiritual del país. En su día, Haruka lo había traído a ese mismo santuario y él había podido sentir la calma en comparación con el ritmo frenético de Londres, donde lo había vivido todo con demasiada intensidad. Japón le había traído paz y también se había convertido en una nueva fuente de inspiración para sus fotografías. Los recuerdos de aquellos primeros días empezaron a pasarle por la mente de forma abrumadora, pero, a su vez, trajeron consigo una pequeña sensación de felicidad.

Fiona lo estaba asimilando todo a su manera: con tranquilidad y poco a poco, estudiando cada cosa con detenimiento antes de levantar la cámara. Se detuvo enfrente de la pared de oraciones y observó cómo una joven hacía una reverencia antes de colgar una tabla en uno de los ganchos que había. Fiona inclinó la cabeza cuando sus ojos se encontraron con los de la mujer y bajó la cámara, esperando a que se alejara. Después, vaciló y acabó dando un paso atrás con el ceño fruncido, pensativa.

–¿No quieres hacer fotos aquí? –le preguntó Gabe.

–No. Después de haber visto a esa mujer, creo que sería un poco una invasión de privacidad. –Se rio de sí misma–. Aunque, claro, lo están haciendo en público. Pero no me sentiría cómoda fotografiándolos. Sería un poco irrespetuoso. Una oración es algo privado... ¿Estoy diciendo tonterías?

–No. Ha sonado muy japonés y creo que Haruka estaría muy orgullosa de ti –contestó Gabe, lo que hizo que ella sonriera–. Vaya, veo que tú también has caído en su hechizo –refunfuñó mientras la guiaba hacia la zona principal del santuario.

–Haruka tiene... tiene algo especial –confesó Fiona–. Anoche me enseñó el jardín. Es precioso –añadió, y luego torció los labios y puso los ojos en blanco al verse interrumpida por el sonido del móvil.

–¿Un pretendiente pesado? –preguntó Gabe intrigado al ver que Fiona había sacado el móvil varias veces en el camino desde la puerta *torii* hasta el santuario, pero había acabado guardándoselo en el bolsillo.

–¡Qué va! –dijo ella con el ceño fruncido–. Es mi madre.

–Pues supongo que está preocupada por ti. Es lo que hacen las madres. Además, estás bastante lejos de casa.

Con una sonrisa, Gabe pensó en sus propios padres. Menos

mal que existían las videollamadas. Era raro que no hablara con ellos al menos una vez a la semana, aunque su padre siempre se empeñara en ponerlo al día sobre los partidos de fútbol de su equipo favorito.

—Mmm, no está preocupada por mí. Cree que le está dando un infarto.

Se hizo el silencio mientras Gabe trataba de procesar la gravedad de las palabras que acababa de escuchar y la cara de indiferencia que se le había quedado a Fiona.

—¡Un infarto! —exclamó él al final al ver que parecía bastante tranquila para lo delicada que era la situación—. ¿Y no vas a llamarla? ¿No quieres asegurarte de que está bien?

El año pasado su padre había sufrido un pequeño ataque al corazón y, aunque los médicos le habían asegurado a su madre que estaba bien, Gabe había cogido un avión y había ido a verlo sin pensárselo dos veces.

Fiona se miró las manos y soltó un pequeño suspiro.

—Mi madre está bien.

—No pareces muy segura.

—Le pasa de vez en cuando... Sobre todo, cuando estoy haciendo algo que no quiere que haga.

—Ah..., pero ¿y si...?

—Ni te preocupes. No es la primera vez que le pasa.

—¿Qué? ¿Me estás diciendo que sí que ha sufrido un infarto?

—No, pero sí que le dieron en su día una especie de mareos. No se tomaba la medicación. Y es hipertensa. No creas que el médico no se lo advirtió... Así que lo único que puedo hacer es asegurarme de que se tome las pastillas. Se lo recuerdo todos los días. Lo siento, seguro que piensas que no tengo corazón. Pero es que ya estoy cansada. Encima es un poco hipocondríaca. Y sé que debería ser más empática con ella porque, al final, es una mujer que se siente abandonada y que está aburrida.

—¿Sigues viviendo con ella?

—Por el momento, sí. Hasta que pueda permitirme mudarme

a otro sitio. Cada vez que pienso en ello, me siento mal porque si me voy, estará sola.

–Mucha responsabilidad sobre tus hombros. Debe de haberte tenido bastante tarde.

–Lo peor es que solo tiene cuarenta y ocho años –soltó ella con una carcajada amarga.

Gabe levantó una ceja, sorprendido, y añadió:

–Pues sí que es joven.

–Lo sé, pero no está contenta con su vida. Mi padre murió cuando yo era un bebé. Se suponía que él se encargaría de cuidar de ella.

–Así que ahora tienes que hacerlo tú –dijo él, tras juntar las piezas del rompecabezas.

–Algo así. –Fiona se encogió de hombros.

–Siempre puedes apagar el móvil.

–¿Y si hubiera una emergencia de verdad? –Volvió a jugar con la trenza, pasándose el mechón por los dedos.

–No creo que puedas hacer mucho desde aquí –le dijo con una sonrisa para intentar tranquilizarla, pero ella ya tenía la mirada perdida–. Si puede contactar contigo, también podrá llamar a emergencias.

–¿Entramos en el santuario? –sugirió Fiona, apretando los labios y volviendo a centrarse en el rostro de Gabe.

«De un extremo al otro», pensó Gabe varias horas más tarde cuando cruzaban la calle mientras Fiona decidía con detenimiento dónde podían quedar mejor las fotos. Después de la paz y la tranquilidad del santuario, llegaron al cruce de Shibuya. La locura del tráfico y la avalancha de gente que pasaba por allí hicieron que recordara por qué amaba tanto ese país lleno de contrastes. Disfrutaba de esas diferencias.

Cuando le preguntó a Fiona adónde quería ir después, se sorprendió un poco cuando ella le respondió que quería volver a Shibuya.

Aparte de las notificaciones que le llegaban a Fiona al móvil y que ella intentaba leer con disimulo, el día iba mucho mejor de lo que él se había imaginado. Por alguna razón, le molestaba que recibiera esos mensajes, pero el repentino cambio de ritmo y de escenario habían hecho que se olvidara de todo. Ahora no podía dejar de mirar cómo Fiona caminaba de lado a lado con cara de concentración, poniendo en peligro su vida, mientras se detenía a mitad de camino entre los peatones para tratar de conseguir fotos nuevas.

En cualquier momento corría el riesgo de llevarse un golpe con algún maletín de un portátil o la mochila de un turista. Verla era cómico y aterrador a partes iguales, pero ella no mostraba ningún signo de preocupación. De hecho, parecía totalmente ajena a lo que la rodeaba, empeñada en conseguir la imagen que se había imaginado en su cabeza. Y como era de esperar, un hombre que pasaba a toda prisa se chocó con ella. Fiona se giró al sentir el golpe y su falda se movió con ella, dejando a la vista sus piernas largas y delgadas. De inmediato, Gabe cogió la cámara y capturó la escena. Sintió que el corazón se le salía del pecho y no estaba seguro de si era por ella o por la euforia de haber podido conseguir que la foto saliera bien. Fue uno de esos momentos en los que todo encaja en su sitio de forma perfecta y por pura casualidad. Justo algo en lo que él había dejado de creer.

Cuando por fin miró bien la imagen en digital que había hecho, torció el gesto al ver la falda amarilla, la trenza en movimiento y la boca abierta de Fiona. La llamaría: *Sorpresa en Shibuya*.

Cuando levantó la cabeza, Fiona ya no estaba, así que la buscó, desesperado.

«Otra vez no», pensó.

Entonces vio una cabeza de pelo rubio que destacaba entre la multitud, sobre todo, por su altura. Y, mientras se abría paso entre la calle abarrotada, se dio cuenta de que Fiona se había puesto de pie encima de uno de los carritos de los vendedores ambulantes. De hecho, su dueño le admiraba las piernas con alegría y sin disimulo mientras sostenía el carrito para que no se cayera. Varias personas se habían reunido a su alrededor para observarla. A Gabe no le sorprendió porque, al fin y al cabo, no era algo que se viera todos los días en una calle japonesa. Fiona se movía con alegría, como si todo le diera igual, mientras le gritaba alguna que otra palabra al vendedor. Gabe se detuvo en seco, un poco preocupado, pero a su vez disfrutando de la escena que tenía delante. Uno no montaba espectáculos en Japón, más bien buscaba el silencio y el respeto en público, pero es que... Él sonrió. Joder, estaba guapísima. Parecía una princesa guerrera con una misión clara. De buenas a primeras daba la sensación de que era bastante tímida y poco comunicativa, pero, en ese instante, Gabe la vio como una valquiria. Amplió el ángulo de la cámara para incluir a los espectadores en la foto y disparó un par de veces antes de cambiar al modo retrato. Sin duda, había conseguido una composición bastante peculiar.

–Eh, ¡ahí arriba! –gritó mientras se acercaba a ella, abriéndose paso entre la gente.

–¡Hola! No sabía dónde te habías metido –dijo ella mientras miraba hacia abajo, sin hacerle mucho caso, y se acercaba la cámara a los ojos con el ceño fruncido, concentrada.

Fiona siguió haciendo fotos sin parar, moviendo la boca al unísono del sonido del disparo, como si estuviese animando a sus espectadores. Gabe sacudió la cabeza al ver lo ensimismada que estaba y, antes de apoyarse en una pared cercana con los brazos cruzados para esperarla, le hizo un gesto de advertencia con la cabeza al vendedor. El dueño del carrito le dedicó una sonrisa amplia y le dijo algo rápido en japonés parecido a: «Tiene algo especial». Gabe puso los ojos en blanco, aunque estaba de acuerdo con él. Fiona era una caja de sorpresas.

Al final, se bajó del carrito y le ofreció al vendedor algo de dinero. Este lo rechazó, negando con la cabeza con brusquedad y haciéndole varias reverencias. Un par de personas que se habían parado a observarla aplaudieron y ella les sonrió.

—Dice el vendedor que ha sido todo un honor —le comentó Gabe, un poco molesto.

—Anda, qué majo.

—¿Debería preguntarte cómo has acabado ahí subida?

—Quería conseguir una foto de la gente con la cabeza hacia atrás y me di cuenta de que necesitaba estar más alta que ellos para que quedara bien. Así que encontré una caja, pero cuando me subí, se rompió. Yuto, que en su día vivió en Londres, me preguntó qué estaba haciendo y yo se lo expliqué. Y entonces me dijo que podía usar su carrito. ¿No es genial?

—Sí, genial... Seguro que esa decisión no tuvo nada que ver con el hecho de que, al subirte, tendría una vista privilegiada de tus piernas...

Fiona chasqueó la lengua en señal de desaprobación y dijo:

—Qué tontería. Me dijo que le gustaba la fotografía. De hecho, mantuvimos una charla muy interesante acerca del museo. Es un gran admirador de Araki, así que cuando le dije que se suponía que él iba a ser mi mentor, se emocionó muchísimo.

—Claro que sí...

—¿Estás enfadado conmigo?

—No, ¿por qué lo dices?

—Porque alargas las palabras, como si te aburriera lo que te estoy contando.

«Qué astuta», pensó Gabe, y se lo aclaró:

—No, no estoy enfadado. Solo estaba un poco preocupado por si acababas causando un disturbio en la calle. A Haruka le daría algo si se enterase, aunque seguro que a Mayu le encantaría saber lo que acabas de hacer.

—Fue un impulso... Yo, no sé, igual me dejé llevar un poco. Pero es que ya tenía la imagen en la cabeza y para hacer la foto tenía que conseguir altura y cuando el vendedor...

—Hey, no pasa nada. Solo te estaba tomando el pelo. ¿No te acuerdas de lo de la farola?

La preocupación desapareció de inmediato del rostro de Fiona cuando hizo memoria y lo recordó:

–¡Te detuvieron! Cómo iba a olvidarlo si ocupaste la portada de la mayoría de los periódicos.

–Eso fue porque Dolly Fitzsimmons le dio una paliza al policía que me ayudó a bajar de la farola. Fue a ella a la que detuvieron. –De hecho, si la modelo larguirucha no hubiese sido tan habilidosa con su gancho de derecha, él podría haberse ido de rositas con una simple advertencia del policía. Pero no, al final se lo acabaron llevando a él también a la comisaría más cercana.

–¿Y por qué te subiste tú a aquella farola?

–Pues, al igual que tú, yo también quería conseguir la foto perfecta y, en aquel momento, me pareció lo más lógico –contestó Gabe con una sonrisa.

Durante un instante, Fiona lo miró con curiosidad y acabó esbozando una sonrisa de complicidad antes de añadir:

–Veo que no solo me pasa a mí.

Gabe había calculado mal el tiempo, así que no les quedó más remedio que coger el tren en hora punta para así poder llegar hasta la línea principal. A pesar de la ordenada cola que se había formado en el andén, la prisa y los empujones se hicieron más que evidentes cuando el tren se detuvo en la estación y los dos se vieron arrastrados hacia delante por la avalancha de gente. Una vez en el vagón, estaban tan apretujados que casi se rozaban. De hecho, la barra a la que Fiona se agarraba era lo único que los separaba. Con el piloto automático, como de costumbre al ser un fotógrafo especializado en retratos, Gabe estudió su rostro e intentó encontrar las peculiaridades que la hacían diferente. Se dio cuenta de que tenía algunas pecas en la nariz y en los pómulos, que los pelos de la sien eran aún más claros y que tenía una ceja un poquitín más arriba que la otra. Por último, se detuvo en su boca: era ancha y cuando sonreía se le iluminaba el rostro, algo que a él lo dejaba más absorto aún.

De repente, Fiona alzó la mirada y él vio cómo se le tensaba el cuerpo en un intento de poner distancia entre ellos.

–¿Estás bien? –murmuró él.

Ella apretó los labios y asintió, aunque la tensión de su cuello transmitía todo lo contrario. Con una frialdad intencionada que Gabe no se creyó, Fiona levantó la barbilla y evitó mirarlo a toda costa.

¿Le incomodaba estar tan cerca de él por aquello que había pasado hacía años? Gabe odió pensar que fuera por eso. Agarró la barra con más fuerza y volvió a examinarle el rostro. Aquella boca le volvió a llamar la atención: las líneas pequeñitas de las comisuras y el huequecito que tenía debajo de la nariz. Fiona volvió a apretar los labios en una estrecha línea y, aunque ella se negara a reconocerlo, también levantó la barbilla un centímetro más.

Justo en ese instante, un frenazo repentino hizo que los dos vivieran el típico momento en que ella salía disparada hacia él y él le agarraba la cintura para que no se cayera. Sus rostros se rozaron y Gabe percibió un leve aroma a flores mientras intentaba sujetarla.

Fiona dio un paso atrás con brusquedad, apartando la cara y soltando un grito ahogado que a él le sentó como una patada en el estómago. Se sentía fatal. Debería haberle dicho antes que sí que la reconocía. Aunque seguía desconcertado por la manera en que reaccionaba cuando estaba cerca de él. Por lo que recordaba, ese beso había sido consensuado. De hecho, estaba seguro de que la única razón por la que él se había apartado primero era porque el deseo había dado paso a la razón, recordándole que era su profesor y que, por tanto, era algo inapropiado.

Sin embargo, un vagón lleno de gente probablemente no era el mejor lugar para tener esa conversación. Tendría que esperar hasta esa noche cuando ella fuera al estudio para ver las fotos.

Capítulo 11

Fiona no podía esperar más para ver cómo habían quedado las fotos del niño en Meiji. Gabe le había dicho que podía ir al estudio antes de la cena en casa de Haruka a la que los dos estaban invitados, así que eso fue lo que hizo. Él le había dirigido unas cuantas miradas llenas de curiosidad cuando estaban en el vagón, seguramente por la reacción exagerada que había tenido ella. Por alguna extraña razón, se había puesto nerviosa al estar tan cerca de él. Lo peor de todo era que las ganas de besarlo habían vuelto y lo habían hecho de forma alarmante. Además, la idea de que Gabe se hubiera dado cuenta de eso mientras la miraba, la había aterrado aún más. Sabía que tenía que sincerarse con él o hacer alguna broma al respecto como: «Qué gracioso que después de todo hayamos terminado trabajando juntos. Ja, ja, ja. ¡El mundo es un pañuelo!».

La luz principal del estudio estaba apagada, pero se veía el resplandor de la luz de la otra habitación. Fiona descubrió la sombra de la figura de Gabe de pie frente a la foto de Yumi. Se detuvo y, para su sorpresa, la lástima se le instaló en el pecho al ver el desconsuelo que él desprendía. Tenía un lado de la cara iluminado por el rayo de luz que entraba por las puertas, así que a ella le fue fácil ver el ceño fruncido y la melancolía en su rostro. Con los hombros tensos y las manos en los bolsillos, Gabe parecía estar un poco perdido. Y fue esa postura abatida la que hizo que Fiona se detuviera para no molestarlo. Si hubiera traído la cámara y si ese momento no hubiese sido tan íntimo, habría podido capturar una foto perfecta. La imagen de la soledad y la desesperación.

Con cuidado y en silencio, Fiona volvió a bajar las escaleras, con las palmas de las manos sudadas. Se había mentalizado para ese momento. Sin embargo, tuvo que pararse al pie de la escalera hasta que su pulso se normalizó. Después, respiró hondo. Tenía que ser valiente; ya era hora de pasar página. Habían pasado diez años y era algo que ya la había atormentado durante muchísimo tiempo. Ese beso no le había arruinado la vida, como decía su madre, pero sí que le había dejado huella. Durante un tiempo, todo eso la había desestabilizado y le había impedido hacer las cosas que debería haber estado haciendo a su edad. Sin embargo, también había sido un momento crucial para poder convertirse en la persona que era en ese momento. De hecho, estaba muy orgullosa de lo que había logrado en los últimos años. Gabe no tenía por qué enterarse del sufrimiento que le había acabado causando aquel impulso adolescente.

—¿Gabe? ¿Estás arriba? —gritó ella—. Soy Fiona —añadió mientras hacía todo el ruido posible con las zapatillas para que él supiera que estaba subiendo las escaleras.

Ella le oyó aclarándose la garganta.

—Sí, aquí estoy.

Cuando llegó arriba, él ya estaba en la sala principal, ahora completamente iluminada, y se había apoyado en el borde de la mesa de trabajo.

—Gabe, yo... —Le dedicó una sonrisa forzada, con el estómago encogido.

—Fiona —la interrumpió—. Hay algo que tendría que haberte dicho antes. Al principio no te reconocí, pero...

—Te acuerdas de mí. —Se quedó paralizada, con el rubor subiéndole hasta las orejas, y en ese momento deseó que la tierra se la tragara. Era incapaz de mirarlo a los ojos. No podía.

—Me di cuenta el otro día —confesó Gabe con un tono de voz suave, algo que ella agradeció.

—Vaya. —Fue lo único que pudo decir porque no se le ocurría nada mejor.

—Lo siento. Yo... yo igual tendría que habértelo comentado antes, pero, bueno, tú no habías dicho nada, así que no estaba seguro de si...

–Me daba un poco de vergüenza –dijo ella a la vez que encogía los hombros y agachaba la cabeza, con los dedos de los pies encogidos por el bochorno que sentía. Luego, tragó saliva y vio el ceño fruncido de Gabe, así que añadió–: No te preocupes. –Se le quebró la voz–. No lo volveré a hacer.

–Pero... –Él frunció el ceño aún más.

–Sé que te debo una disculpa. Una que llega diez años tarde, pero de verdad que lo siento. Fue una estupidez. No sé por qué lo hice. –Paró de hablar y respiró con dificultad.

–Pues menuda decepción –confesó Gabe, lo que hizo que ella levantara la cabeza y lo mirara a los ojos. Estaba sonriendo y le brillaban los ojos–. Y yo que creía que había sido por mi irresistible atractivo.

¿Estaba bromeando sobre el beso? Ahora a Fiona sí que le costaba respirar.

–¿Me estás diciendo que... que no te molestó?

–¿Molestarme? ¿Por qué me iba a molestar que una rubia guapísima y alta me besara?

–Pues... –Levantó las manos y encogió los hombros, sin saber muy bien qué decir.

–Fi, eras una niña. –El rostro de Gabe se suavizó y levantó una mano como si fuera a tocarle la cara, pero luego la dejó caer con torpeza–. Me sentí halagado. Como si fuera una estrella de *rock* o algo así.

–Bueno, en aquella época lo parecías. Todas las chicas estaban locas por ti. –Se volvió a sonrojar y se obligó a seguir hablando. Todo habría sido más sencillo si se lo hubiera dicho desde que lo vio en el aeropuerto. Así se lo habría quitado de encima antes y los nervios no la estarían carcomiendo por dentro–. Hice el ridículo, así que te pido disculpas.

Gabe se echó a reír y dijo:

–Es curioso que tengamos una perspectiva tan distinta de los hechos. Es como con las fotos. Yo recuerdo a una chica guapísima que me besó. Y que lo hizo de forma espontánea. Aprovechando la ocasión perfecta. Tomando el control. Ya desde entonces me gustaba tu actitud. Eras intrépida y muy curiosa. Y ese beso..., ¿cómo no me iba a gustar? Lo que pasa es que te llevaba seis años y encima era tu profesor. Era algo inapropiado. Pero, como acabo de decir, hiciste que me sintiera halagado.

—¿Lo dices en serio?

Fiona lo miró fijamente.

Ella no lo había vivido así. Y las cosas que acababa de decir sobre ella... No recordaba haber sido intrépida. Nunca. Y lo que pasó al final del trimestre... Todo eso hizo que la confianza que tenía en ella misma desapareciera.

—Claro que sí. No nací ayer, joder. Soy consciente de que no todos los días va a aparecer una rubia despampanante de ojos azules y piernas infinitas y me va a plantar un beso. Pero, por muy mona que fueras, yo seguía siendo tu profesor. La universidad no veía bien ese tipo de relaciones. Además, sabía que no significaba nada. Joder, tenías dieciocho años. Eras una cría. Así que no le des más vueltas. Para ser sincero, lo había olvidado por completo... hasta que dijiste algo en el estudio el otro día y... me vino a la cabeza.

Fiona seguía intentando procesar el «intrépida» y el «guapísima», por no hablar del «una rubia despampanante de ojos azules y piernas infinitas». Las palabras de Gabe hicieron que se sintiera... «guapísima» en lugar de insegura y torpe. A ver, tampoco guapísima como tal... Las chicas como Avril, con el maquillaje siempre perfecto y la ropa inmaculada, sí que eran guapísimas. Fiona, con sus prendas de segunda mano y su estilo un tanto artístico..., bueno..., nadie le había dicho nunca que era guapísima hasta ahora. Al estar un poco desconcertada, lo único que pudo hacer fue asentir, pero Gabe seguía hablando, por lo que no pareció percatarse de su estupor.

—Bueno, ahora que lo hemos aclarado todo, podemos reírnos de lo que pasó. ¡Nunca olvidaré la cara de tu amiga cuando nos pilló!

Fiona hizo una mueca.

–Espero que haber besado a un profesor te haya dado un plus de popularidad –añadió él.

–Sí, algo así... –murmuró ella con los labios apretados.

–En fin, tenemos una exposición por delante, así que será mejor que nos pongamos manos a la obra. Siento no haberte ayudado estos días. Me di cuenta hoy en Meiji y en Shibuya... Eres como yo cuando empecé. Y hoy he recordado lo que es sentir esa magia cuando descubres que la foto que acabas de sacar refleja a la perfección lo que tenías en la cabeza. –Gabe arrugó la cara–. ¿Crees que podrás perdonarme? –De repente sonrió, y añadió–: Sé que piensas que soy un capullo.

–No...

A Gabe se le escapó la risa y mientras se pasaba las manos por el pelo, dijo:

–No hace falta que mientas. Eres la persona más expresiva que he visto en mi vida. Y he estado pensando en tu idea... Creo que es muy buena, pero tendremos que visitar algunos lugares más para que funcione. Al monte Fuji hay que ir sí o sí. Es emblemático. Aunque deberíamos preguntarle a Haruka. Podemos comentárselo en la cena. ¿Estamos en paz? –Gabe le tendió la mano.

Fiona la aceptó y, haciendo caso omiso a la pequeña chispa que sintió al tocarlo, dijo:

–Estamos en paz. A menos que empieces a comportarte como un capullo otra vez. En ese caso, ya no habrá paz que valga.

Esta vez la risa de Gabe sonó más fuerte y natural, lo que hizo que ella notara algo extraño por dentro. De hecho, no pudo evitar devolverle la sonrisa, como si fuesen amigos de toda la vida.

–Te prometo que me portaré lo mejor que pueda.

–Mmm. –Fiona lo miró un poco cohibida.

–Venga, vamos a casa de Haruka a ver si nos ayuda.

–Bueno, como dices, al monte Fuji hay que ir sí o sí –dijo ella sin titubear, lo que la sorprendió–. Pero también quiero ir a alguna ceremonia del té.

—Pues si Haruka no nos ayuda con eso, vamos mal. Ahora, ya que estás aquí, ¿por qué no les echamos un vistazo rápido a esas fotos que hiciste en la puerta *torii* y vemos el resultado de esos planos arriesgados en Shibuya?

Fiona asintió con timidez y sintió que se había quitado un enorme peso de encima al ver el repentino y sorprendente cambio de actitud de Gabe. Era una sensación extraña y maravillosa al mismo tiempo. Le dio vueltas una y otra vez a todas las palabras que él había usado para describirla: piernas infinitas, guapísima, despampanante... Se alejaban tanto de la imagen que ella tenía de sí misma que era como si hubiese aparecido un hada madrina y hubiese agitado una varita mágica. Ya no quedaba rastro de la vergüenza y la humillación que la habían perseguido durante tantos años. Y, por un segundo, llegó a creerse las palabras de Gabe y le entraron ganas de buscar un espejo para poder comprobar si realmente existía una nueva versión de Fiona Hanning.

Capítulo 12

Kaito –el marido de Haruka– trabajaba bastante y era raro verlo por las noches, pero ese día estuvo presente en la cena, junto con el marido de Setsuko, Mayu y Gabe. Fue muy divertido y comieron en una sala más grande, sentados en cojines alrededor de una mesa larga con una selección muy bien presentada de platos pequeños llenos de comida. Había ensaladas coloridas, *wasabi* de un color verde brillante, salsa de soja de un marrón oscuro, salsa de chile picante de color naranja y trocitos frescos de pescado crudo, junto con diversas raciones de *sushi* cuidadosamente elaboradas. Haruka había puesto todo su empeño en la cena y en ese momento se encontraba colocándolo todo en su sitio; se notaba que estaba en su salsa.

Kaito inclinó la cabeza a modo de saludo y le preguntó a Fiona en un inglés perfecto, aunque con un ligero acento norteamericano, qué le había parecido Japón hasta ahora y cómo iba el tema de la exposición.

Ella se sintió aliviada al ver que podía responder con sinceridad mientras Haruka y Setsuko repartían unos platos de porcelana de color blanco con un pequeño borde.

–Gabe y yo hemos estado hablando sobre mi idea para la exposición. Nos encantaría que nos recomendaran sitios para ir a hacer fotos.

–Ah, eso provocará un debate familiar de lo más acalorado –confesó Kaito, y le dedicó una sonrisa ladeada a su mujer y a su hija.

–Yo te recomendaré los mejores lugares –anunció Mayu con firmeza–. Lugares interesantes, muy buenos. No aburridos y antiguos. Deberías ir a Disneyland o, mejor aún, al Robot Restaurant.

Haruka soltó un pequeño gemido cargado de angustia, pero la adolescente decidió ignorarla y añadió:

–Lo de los robots es alucinante. –Sacó el móvil y le enseñó a Fiona una imagen llena de color y un tanto rara en la que salían chicas vestidas con ropa extravagante y montadas en figuras robóticas gigantes–. Es una auténtica pasada.

Fiona estudió la imagen. No era su rollo, pero pensó que igual era un lugar que podría llamar la atención de los turistas más jóvenes. Además, le había dicho a Gabe que quería que sus fotos mostraran todas las caras de Japón.

Levantó la vista a tiempo para ver cómo Gabe le guiñaba el ojo a Mayu.

–¿Qué clase de sitios quieres visitar? –preguntó Haruka con serenidad, como si no se diera cuenta de que su nieta la estaba chinchando. Después, le ofreció a Fiona un plato largo y estrecho con láminas finas de pescado crudo–. Es *sashimi*. Es atún claro. Tienes que comértelo así. –Con una habilidad envidiable, cogió los palillos y mojó el pescado en el *wasabi*.

Fiona la imitó, aunque con un poco menos de gracia, y se metió el trozo de pescado en la boca. Joder. Al sentir la explosión del sabor picante del *wasabi* en el paladar, se le llenaron los ojos de lágrimas y, sin poder parar de parpadear, soltó un «Madre mía». Todos tuvieron la consideración de no comentar nada. Incluso la propia Mayu, que tuvo que agachar la cabeza para ocultar una sonrisa.

–Si lo mojas con un poco de soja, deja de arderte la boca –dijo Gabe con amabilidad a la vez que cogía el bote de soja Kikkoman y echaba un poco en un plato pequeño.

Haruka le hizo un gesto de aprobación a Gabe y él sonrió.

–¿Nunca habías probado el *wasabi*? –le preguntó la mujer mayor.

Fiona negó con la cabeza, todavía intentando recuperar el aliento para quitarse el sabor picante de la lengua.

–Es un poco fuerte. Es más o menos parecido a la salsa de rábano o a la mostaza –añadió Haruka.

A Fiona sí que le gustaban esas dos salsas, pero, en ese caso, sintió la necesidad de tranquilizar a su anfitriona, así que agregó:

–Está bueno, es solo que el sabor me ha parecido un poco... inesperado.

–Prueba un poco de *sushi* –intervino Setsuko–. Mójalo en la salsa de soja. Esto es *maki* y el arroz se enrolla en un *nori*, un tipo de alga marina, y tiene diferentes rellenos: gamba, aguacate y pepino. Y esto... –Empujó suavemente un plato con rodajas de algo de color rosa–. Es jengibre. Lo solemos comer entre una cosa y otra porque sirve para limpiar el paladar.

–Vale –dijo Fiona, agradecida por la explicación.

Después, con dedos temblorosos, se las arregló para coger uno de los rollitos. Eran tan delicados que parecían pequeñas obras de arte y pensó en la paciencia que se requería para elaborarlos uno a uno. Intentando que no se le cayera, lo mojó en la soja y lo probó. Estaba riquísimo: las algas le daban un sabor salado y la suavidad del arroz encajaba a la perfección con la gamba dulce y jugosa.

–¿Los ha hecho usted? –le preguntó a Haruka–. ¡Están para chuparse los dedos!

La japonesa asintió y se le dibujó una pequeña sonrisa de satisfacción en el rostro.

Fiona no quería parecer una glotona, así que esperó un momento antes de seguir comiendo. Se moría de ganas de probar el *sushi* de salmón curado. Tenía una pinta estupenda y sabía igual de bien y, al instante, se vio probando muchos más bajo la atenta mirada de aprobación de Haruka.

–Estabas hablando de los sitios que querías visitar –le recordó Kaito, sin duda con ganas de seguir escuchándola.

–Me gustaría ir a varios lugares diferentes. Lugares que rezuman la esencia de Japón, pero que sean de interés turístico tanto para los japoneses como para las personas que vienen de otro país –le explicó Fiona mientras cogía lo que Setsuko le había dicho que era *maki* relleno de arroz y pepino.

Después, mientras todos seguían comiendo, Gabe la ayudó a explicarles la idea que se le había ocurrido.

—¿Quieres hacerles fotos a los turistas?

Mayu movió sus palillos, un poco incrédula, y, por la expresión de su rostro, Fiona tuvo la impresión de que no le convencía mucho la idea.

Haruka le dedicó un gesto de desaprobación a su nieta al ver cómo agitaba los palillos. Después, empujó otro plato hacia Fiona y le dijo:

—Come, come.

—La idea es un poco... —La adolescente hizo una mueca.

—Quiero inmortalizar cómo reaccionan al ver un sitio nuevo. Qué es lo que les atrae.

—Pues yo creo que es una gran idea —intervino Gabe a la vez que cogía con una sola mano un rollito de *sushi* con trocitos de color verde y le daba un codazo a Mayu.

La adolescente le devolvió el codazo. Se comportaban como dos críos en el colegio y, aunque Haruka parecía ignorarlos, se le formó una pequeña sonrisa en la cara. No cabía duda de que lo veían como a uno más de la familia. Fiona se sobrecogió al descubrir ese lado menos serio de Gabe.

—El monte Fuji es una parada obligatoria —comentó Setsuko antes de meterse en la boca un trozo de *sushi* que había mojado en el *wasabi* picante—. Es una estampa típica de Japón y la mayoría podría reconocerlo.

—Pero también es aburrido —protestó Mayu, mirando a Gabe para que la apoyara.

—Tu madre tiene razón. Es un símbolo del país —dijo él mientras levantaba las manos en señal de rendición.

La adolescente puso los ojos en blanco.

Fiona sabía que tenían que ir a Fuji, pero seguía queriendo ver algo más típico de un hogar japonés, así que se volvió hacia Setsuko y le dijo:

—Me encantaría hacerte unas fotos sirviendo té en la tienda, si no te importa, claro.

–Sería un honor para mí. –Setsuko esbozó una pequeña sonrisa, halagada.

–Y también me gustaría mucho ir a una ceremonia del té –añadió Fiona, esta vez mirando a Haruka, sin saber muy bien si se consideraba apropiado hacer fotos durante la ceremonia. Era un acto al que le daban mucha importancia y no quería ser irrespetuosa.

–Algún día de esta semana –dijo la mujer mayor–. Vienen varios grupitos. Si te parece bien, puedes unirte a nosotros pasado mañana. Habrá un grupo por la tarde.

–Gracias.

Fiona sintió que se le había concedido un gran honor y, por la expresión solemne que tenía el rostro de Setsuko, parecía que estaba en lo cierto. Incluso Mayu parecía bastante sorprendida.

–Si vas a Fuji –intervino Kaito–, necesitarás alojamiento. ¿Cuándo queréis ir? –Inclinó la cabeza también dirigiéndose a Gabe.

–Mañana tengo que ir a Kioto. Tengo un asunto de trabajo pendiente. –Gabe asintió con la cabeza, como para recordárselo a Kaito–. Voy a hacerle fotos a Ken Akito. Pero después de eso, estoy libre –añadió, despreocupado, y volvió a posar los ojos en Fiona.

Por un momento, se hizo el silencio alrededor de la mesa mientras todos miraban atónitos a Gabe. Después, Mayu empezó a hablar en japonés de forma animada y Fiona solo pudo entender un par de «guais» que, junto con los saltitos que estaba dando en su asiento y la expresión suplicante, la llevaron a la conclusión de que ese tal Ken era alguien importante.

–Lo siento, mequetrefe. No puedes. Es trabajo. Y, sin duda, olvídate de los autógrafos; no me hace quedar como un profesional.

Mayu volvió a intentarlo, poniendo una mano en el brazo de Gabe, y, aunque estuviera hablando en japonés, Fiona pudo percibir un tono adulador en su voz.

–Lo siento, pequeña. –Gabe negó con la cabeza y le sonrió.

La adolescente hizo un puchero a modo de respuesta.

–Ken es una estrella de cine muy famosa. A Mayu le encanta y quiere acompañar a Gabe. Dice que será su asistenta. Que haría cualquier cosa por ir –le explicó Setsuko a Fiona con una sonrisa en los labios.

–¿Qué te parece... limpiar mi estudio durante un año? –le propuso Gabe, riéndose.

Al ver la impaciencia de su hija, Setsuko y su marido intercambiaron una sonrisa llena de complicidad.

–Odia hacer las tareas del hogar –le susurró la japonesa a Fiona mientras la adolescente continuaba suplicándole a Gabe.

Haruka negó con la cabeza, con sus atentos ojos negros moviéndose entre Mayu, Setsuko y Gabe, y de repente dijo:

–Fiona podría ser tu asistenta.

Todos se quedaron en silencio y se giraron para mirar a la aludida, incluso Gabe.

–Oh, no. No podría. Seguro que a Gabe no le dejan llevar a nadie con él. Estaré muy bien aquí. Puedo... Bueno, encontraré cosas que hacer.

–En realidad, ¿por qué no? –preguntó él, con el ceño fruncido, como si estuviera considerando seriamente la idea–. Sería una gran oportunidad para que vieras cómo trabajo. Para desempeñar de verdad mi papel como mentor. –Gabe dijo eso último con una pequeña sonrisa, sin rencor alguno–. Tendremos que quedarnos a dormir allí, pero volveremos a tiempo para la ceremonia del té de Haruka.

–No seas ridículo. A los de publicidad no les hará gracia que lleves un piojo pegado –comentó Fiona con las mejillas sonrojadas.

Observar a Gabe trabajando sería increíble. De repente, deseaba ir más que a cualquier otro sitio. Quería ver cómo se desenvolvía, aunque simplemente mirarlo ya era... inspirador. Esos dedos largos y fuertes manejando la cámara. Por alguna razón, pensar en ello hizo que le empezara a latir el corazón con más fuerza, como un potro cabalgando sobre el hielo.

—No puedo ir contigo —repitió Fiona.

Gabe sonrió y, de inmediato, el rostro se le iluminó con cierta travesura.

—Por favor, soy Gabe Burnett. —Levantó las cejas y los ojos le brillaron con diversión y arrogancia—. Me quieren. Soy el mejor en lo que hago. Así que soy yo el que pone las reglas.

Haruka levantó la cabeza, como si fuera la leona de una manada, y entrecerró los ojos mientras observaba a Gabe con desaprobación.

Para asombro de Fiona, él agachó la cabeza y la inclinó a modo de disculpa. Parecía que sí que le importaba la opinión de la japonesa. Ver ese gesto hizo que Fiona lo mirara con otros ojos. Durante la cena, había descubierto a un Gabe mucho menos serio y más despreocupado, como si hubiese abandonado su lado más cínico y se hubiera permitido ser uno más de la familia.

—Aun así —volvió a intervenir Fiona, haciendo todo lo posible por disimular el cosquilleo inquieto que se le estaba empezando a instalar en el estómago—, no puedo ir contigo.

—Me alojaré en el hotel Four Seasons de Kioto. Puedo pedir otra habitación sin problema.

Mayu murmuró algo en voz baja, muy disgustada. A Fiona no le costó mucho imaginarse que había dicho algo así como: «Qué injusto». Setsuko puso una mano en el antebrazo de su hija para tranquilizarla y la adolescente se quedó en silencio, malhumorada, y le dedicó a su abuela una mirada asesina.

—Tal vez puedas llevarme a ese restaurante cuando vuelva —sugirió Fiona—. Podría aprovechar para hacerte algunas fotos allí, tal vez con tu peluca azul.

—¡Síííí! Te va a flipar. Podría conseguirte un disfraz a ti también. —Mayu miró a Fiona un poco dudosa—. Mi amiga es alta, pero no tanto como tú. Tiene un vestido de princesa gótica.

Por el rabillo del ojo, Fiona vio cómo Haruka y Setsuko se estremecían a la vez al escuchar la idea de la adolescente.

—Lo de ir al restaurante me parece buena idea, pero no estoy muy segura de lo del disfraz... –confesó Fiona, preguntándose en qué demonios se había metido.

–Menos mal que yo no voy –dijo Gabe, y le sacó la lengua a Mayu, haciéndole una mueca–. Te van a sangrar los ojos.

La adolescente se limitó a poner los ojos en blanco y volvió a mirar su móvil. Empezó a escribir un mensaje con una sola mano mientras utilizaba los palillos con suma facilidad con la otra para coger un trozo de *sushi*, pero, al final, Gabe se lo arrebató con la misma agilidad.

En cuestión de segundos, Gabe empezó a provocarla de nuevo. Ella se reía y se quejaba a su madre. Haruka, por su parte, les dedicó una mirada cariñosa y satisfecha.

Capítulo 13

—Ahora sí que me siento como una auténtica asistenta de un fotógrafo —confesó Fiona, tratando de sonar alegre mientras cogía uno de los estuches negros y seguía a Gabe con su pequeño carrito hasta el andén.

Ya había recibido cuatro mensajes de su madre durante la mañana. Iba a ser un viaje largo si seguía en la misma línea, algo que tenía el horrible presentimiento de que pasaría.

—Tampoco te emociones. No necesito una asistenta. Soy de los que prefiere trabajar solo —dijo Gabe con una sonrisa, aunque había una rotundidad absoluta en sus palabras, mientras cruzaba la explanada hexagonal siguiendo las señales hacia la línea Kioto.

—No te preocupes —añadió ella, poniendo los ojos en blanco—. Sé que el gran Gabe Burnett me está concediendo un gran privilegio.

—Exacto, y más vale que no lo olvides. —La miró por encima del hombro, esta vez con un tono de voz más suave, mientras se abría paso por la estación que estaba llena de gente que intentaba llegar a la zona que le correspondía.

Avanzaron unos cuantos pasos más, y Gabe se detuvo en uno de los muchos quioscos que había.

—Será mejor que pillemos algo para almorzar en el tren. Tendremos que ir directos al hotel cuando lleguemos a Kioto. Conseguiré un par de cajas *bento*.

Fiona asintió a pesar de que él ya le había dado la espalda y estaba hablando con el joven que había detrás del mostrador.

—¿Quieres un KitKat?

—Sí —respondió ella, sorprendida al escuchar el nombre de la marca. Ya se había acostumbrado a que todo fuese muy japonés.

—¿De qué sabor? —preguntó Gabe con cierta picardía en el rostro.

—¿Perdón?

Él hizo un gesto con la cabeza hacia las chocolatinas que había en el quiosco. Fiona las miró; aunque la marca le resultaba familiar, había al menos diez paquetes diferentes de KitKat que no había visto en su vida. De hecho, lo único que reconocía era el logo. Los envoltorios de las barritas eran de diferentes colores —verde, azul claro, rosa, naranja, negro— y, además, contaban con imágenes que indicaban el sabor. Había limones, melocotones, nueces e incluso flores de cerezo.

—No sé ni de qué son —confesó finalmente Fiona.

—Pues está el KitKat Matcha que tiene sabor a té verde, el KitKat Tirol con sabor a manzana, el KitKat *Sakura* de té verde y flor de cerezo... Y luego ahí tienes el de caramelo salado, el de salsa de soja y el de *wasabi*.

—¿Soja? —Fiona puso cara de asco, incrédula—. Me estás vacilando.

—No, qué va. —Gabe cogió un paquete con un envoltorio morado y de color crema que tenía una botellita de salsa de soja en la esquina izquierda y, luego, empujó suavemente con el dedo otro de color verde brillante: el KitKat de *wasabi*.

—¡Menuda aberración! Aunque igual el de caramelo salado puede estar rico. Suena bien —dijo Fiona, un poco vacilante—. Pero no entiendo por qué estropear algo que ya de por sí está bueno.

—Es porque están acostumbrados a esos sabores, pero la verdad es que yo sigo prefiriendo el KitKat normal. Entonces, ¿quieres probar el de caramelo salado?

—Pues... —Fiona dudó por un momento.

—Venga, comete alguna locura. —A pesar de que Gabe lo estaba diciendo en broma, había cierto desafío en sus palabras.

Fiona no era de las que cometían locuras. Aunque en su día sí que lo fue. Hasta que besó a Gabe Burnett. Ahora siempre iba a lo seguro. Siempre.

–Cogeré el de caramelo salado –dijo ella de repente, ignorando la sonrisa triunfal de Gabe.

En el andén todos estaban completamente inmóviles, como si tuvieran delante a una gran bestia, que era lo que a Fiona le parecía el gran tren blanco. A lo largo de cada puerta del vagón, las líneas pintadas en el andén dejaban claro dónde había que hacer la cola. Ella se quedó absorta mirando la longitud del tren y todos los vagones mientras la larga línea blanca se extendía por todo el andén. Casi no podía creerse lo que tenía delante. Si iba a la gran velocidad que prometían, no sería para nada como montarse en el trenecito que iba desde su pueblo en Surrey hasta Londres, que todavía cruzaba por pasos a nivel.

–¿Te importa que vaya a hacer unas fotos? –le preguntó a Gabe.

–No, sin problema. Nos toca el vagón nueve. Yo me encargo de guardar el equipaje. Ven a buscarme cuando termines.

Fiona se alejó con rapidez, ya que tenía que recorrer una larga distancia, y se dedicó a estudiar las líneas suaves y aerodinámicas de los vagones. El morro del tren era largo y aplastado, muy diferente a lo que ella estaba acostumbrada –que, para ser totalmente sinceros, no era algo a lo que le soliera prestar demasiada atención–, y le recordaba a una serpiente letal y sigilosa, esperando en la hierba, preparada para atacar. Se quedó mirando el acabado blanco brillante; era como la armadura de los Soldados Imperiales de *Star Wars*. Sin duda, la forma tan peculiar le recordaba a algo. Ah, sí, a Kaa: la serpiente astuta y manipuladora de *El libro de la selva*. Le hizo gracia pensarlo y, después, levantó la cámara e hizo algunas fotos rápidas. A su alrededor había un par de turistas haciendo lo mismo, pero con sus móviles, posando y haciéndose selfis. Le volvió a sonar el teléfono que se había guardado en el bolsillo. Lo ignoró. Estaba trabajando. Se fijó en un par de aficionados a los trenes que también se esmeraban en hacer fotos, pero con cámaras buenas. A uno de ellos –un hombre de mediana edad con una gorra de béisbol y con una bandolera enorme– se le notaba la alegría en la cara.

–¿No es una preciosidad? –le susurró a Fiona, atrayendo su mirada.

Tenía acento norteamericano y se le notaba la emoción en la voz.

–Sí, supongo que sí –contestó ella.

–¿Sabes que puede alcanzar hasta los trescientos kilómetros por hora?

Ella asintió, observando cómo se le iluminaba la cara al hombre cuando contemplaba felizmente y en silencio el milagro que tenía delante.

–¿Le... le importaría que le hiciera un par de fotos con...? –preguntó Fiona, haciendo un gesto con la cabeza hacia el tren.

–¿A mí?

–Sí, haga como si nada –le animó ella, deseando que no se pusiera rígido, para que así no desapareciera la felicidad que le teñía la cara–. Será algo rápido. Siga escribiendo lo que estaba escribiendo. Y siga viendo la magia –añadió con un guiño.

–Sí que es mágico, sí. Qué de cosas puede crear el hombre. –Volvió a sonreírle–. Y estaré encantado de ayudarte, si también me haces un par de fotos con mi cámara.

–Trato hecho –dijo Fiona–. Haga como si no estuviera aquí.

Al hombre no le supuso mucho esfuerzo volver a estudiar el tren con la misma pasión que había mostrado antes. Y ahí estaba, la foto perfecta: la cabeza ladeada y con casi todo el cuerpo inclinado hacia delante, como si no pudiese evitar sentirse atraído por el tren. Fiona se agachó, con una rodilla rozando el suelo polvoriento del andén, e hizo la foto. Así de simple. El corazón le dio un vuelco. Los pantalones oscuros de chándal con rayas blancas que llevaba el hombre contrastaban a la perfección con el acabado blanco del tren. Disparó varias veces, satisfecha con la forma en que las luces del techo se reflejaban en la superficie brillante. Por un momento, se imaginó al tren asomando la cabeza y atacando a cualquier turista molesto que no fuera capaz de mantener la distancia adecuada.

—¡Gracias! ¡Gracias! —exclamó ella sin poder dejar de sonreírle—. Que tenga usted un buen viaje. ¡Y gracias otra vez!

Fiona casi iba dando saltitos mientras caminaba por el andén para encontrarse con Gabe.

—Vaya, con qué alegría vienes —soltó Gabe cuando la vio aparecer en el vagón, sentado en un asiento grande y ancho como los de un avión..., excepto por el hecho de que había mucho más espacio para estirar las piernas.

Ella todavía no podía creerse el cambio de actitud que había tenido él desde que habían hecho las paces. Era como estar con un hombre completamente nuevo.

—Es que... creo que acabo de conseguir una foto realmente buena. ¿Quieres verla? —le preguntó.

Fiona se moría de ganas de enseñársela, aunque también estaba un poco nerviosa. A Gabe le había gustado mucho la foto en la que salían Haruka y Setsuko, así que, con suerte, también vería algo especial en esa.

Fiona se sentó en el asiento que estaba a su lado y le dio la cámara. Le volvió a sonar el móvil en el bolsillo. Mientras él examinaba la imagen, revisó el mensaje que le acababa de llegar. Molesta, dejó escapar un suspiro y volvió a guardar el teléfono.

Gabe se limitó a levantar una ceja a modo de pregunta.

—Mi madre —pronunció ella, a la vez que hacía un gesto con la cabeza hacia la cámara.

Él volvió a mirar la pantalla y, después, le dedicó una mirada seria.

—Es buena. Muy buena.

Le devolvió la cámara, y Fiona intentó no parecer demasiado decepcionada. Estaba muy orgullosa de la foto que había hecho.

—Gracias —pronunció ella, intentando imitar el tono profesional que había usado Gabe—. Empiezo a pensar que podría tener todo el material que necesito para hacer una exposición.

—Pues claro. No te desanimes. Además, la mayoría de las personas que van a esas cosas no serían capaces de reconocer a un buen fotógrafo ni aunque lo tuvieran delante.

—Pero yo sí lo reconocería –le recriminó Fiona, acercándose la cámara al pecho y mirándolo con los ojos entrecerrados.

—Pues muy bien por ti. –Gabe se encogió de hombros.

—¿Por qué eres tan cínico? –le preguntó ella, echándole otro vistazo rápido a la cara que había puesto el hombre mientras contemplaba su adorado tren.

—No lo soy.

En ese momento fue Fiona la que levantó las cejas.

—Pues a mí esa respuesta me ha parecido cínica.

—Estaba siendo sincero. Hay una clara diferencia. No me gusta dorarle la píldora a nadie. Ni decirle cosas a la gente simplemente para que se sientan mejor.

—No hace falta que lo jures –añadió ella, molesta. Se había quedado muy satisfecha con la foto que le había hecho a aquel hombre.

—¿Y qué sentido tiene? Así solo se prolonga la agonía y se complican las cosas.

—Tal vez sirva para allanar el camino. Hacerle a alguien la vida un poco más fácil. La honestidad sin empatía puede llegar a hacer muchísimo daño.

Él volvió a encogerse de hombros y, justo en ese momento, el tren salió de la estación. El movimiento era tan sutil que Fiona pensó que, si cerraba los ojos, no se daría cuenta de que se estaban desplazando. Gabe se recostó en el asiento y cerró los ojos, con una mueca de resignación en los labios.

—¿Has hecho muchas veces este trayecto? –quiso saber Fiona.

—Unas cuantas. Pero, al fin y al cabo, es un tren como otro cualquiera. Lo único que va muy rápido.

Ella volvió a pensar en la foto y en su amigo norteamericano, que, sin duda, estaría disfrutando de aquel viaje como un niño. Una alegría que claramente ya no se reflejaba en algunas personas... A ella le seguía pareciendo divertido ir a las terminales de los aeropuertos. Se preguntó si el aficionado a los trenes siempre desprendía esa ilusión. Estaba muy feliz de haber podido capturar ese momento lleno de emoción.

¿Cómo era eso que decían?: «Si un hombre se ha cansado de Londres, se ha cansado de la vida». Bueno, pues Gabe parecía haberse cansado de absolutamente todo.

Tardaron poco en salir de Tokio y enseguida el tren aceleró por el campo abierto. Al Shinkansen se le llamaba tren bala por algo.

Ahora avanzaban a toda velocidad por un campo verde, lleno de arrozales con forma cuadrada, templos de techo curvo, y, a lo lejos, colinas y montañas cubiertas de árboles.

Como de costumbre, reinaba el silencio en el vagón. Con un gesto de disculpa, Gabe agitó sus auriculares para hacerle saber a Fiona que debía guardar silencio y, después, los enchufó y comenzó a escuchar algo en el móvil. Ella hizo lo mismo y se puso un pódcast de comedia de la BBC, haciendo un esfuerzo por ignorar el bombardeo de mensajes de su madre.

–¿Todavía le sigue dando un infarto? –susurró Gabe, dándole un codazo después de haberla visto intercambiando mensajes durante veinte minutos.

–No... Ahora cree que tiene una infección en las vías respiratorias –susurró Fiona.

–¿Y es grave?

–No, para mi madre eso quiere decir que tiene un resfriado común. –Fiona había hecho todo lo posible por mandarle mensajes de comprensión. Sin embargo, también había sido clara y le había intentado dar consejos que en el fondo sabía que su madre no iba a seguir–. Le he dicho que se quede en la cama hoy, que se tome un paracetamol y que intente dormir.

–Buen consejo. –Gabe frunció el ceño–. ¿Allí no es la una de la madrugada?

–Lo es, pero dice que no puede dormir. –Fiona suspiró porque, al parecer, eso también era culpa suya–. No le gusta estar sola en casa –añadió.

169

Dejó escapar otro suspiro de desesperación cuando vio cómo le aparecía otra notificación en la pantalla. A Gabe no le resultó difícil ver la primera frase del mensaje:

Me encuentro fatal. Ojalá estuvieras...

No hacía falta ser muy inteligente para adivinar qué venía después. Fiona le dio la vuelta al móvil sobre su rodilla y puso la mano encima, molesta e impotente. No podía hacer nada más por ella si estaban en países diferentes.

—Podrías apagarlo —le sugirió él en otro de esos susurros bajos e íntimos, y, de forma inesperada, puso una mano sobre la de ella.

—Sí, podría —contestó ella, consciente del cálido y ligero roce de los dedos de Gabe sobre los suyos.

Él le dedicó una mirada seria y ella sintió cómo se le sacudía el pecho y se le encogía mientras contenía la respiración. Joder, seguía siendo tan atractivo como siempre. Esos ojos. De un azul tan intenso. Respiró hondo y se castigó a sí misma: «Deja de imaginarte cosas que no son, Fiona». Después, con una sonrisa serena añadió:

—Pero los mensajes seguirán ahí cuando lo vuelva a encender. Es mejor seguir respondiendo. Si la ignoro, acabará siendo peor. Es más fácil así.

—¿Y por qué no la distraes? —Gabe torció la boca con simpatía—. Esa técnica siempre funciona —continuó, y le dio unos golpecitos en la mano con el dedo índice—. Mándale fotos de las vistas.

Fiona no quería hacer ninguna estupidez o acabar malinterpretando el contacto de Gabe, así que apartó la mano y cogió la cámara para poder hacer un par de fotos desde la ventana.

—Buena idea —dijo ella al final, aunque se olvidó de susurrar y el hombre de la fila de al lado se volvió hacia ellos y les dirigió una mirada cargada de enfado y desaprobación.

—Imagino que no querrás bloquear a tu propia madre... —Gabe se inclinó y le susurró al oído.

Incluso con ese tono de voz bajo, se percibía cierta picardía en sus palabras y Fiona sintió el calor de su respiración acariciándole la piel.

–No me tientes –murmuró ella, plenamente consciente de lo cerca que estaban el uno del otro. De hecho, desde esa distancia podía ver las pequeñas manchas oscuras alrededor del iris de los ojos casi azul marino de Gabe que en ese momento bailaban divertidos y de forma descarada, como si la desafiaran a hacerlo.

–Dile que no tienes cobertura por la velocidad a la que va el tren, así podrás desconectar durante las próximas horas. –Se le arrugaron las finas líneas que tenía alrededor de los ojos, retándola una vez más.

Fiona lo observó a regañadientes, pero con cierta admiración y, mientras sus miradas conectaban, se le volvió a encoger el estómago.

–Bien pensado –musitó ella con demasiada alegría, intentando calmar la inapropiada sensación que le recorría el cuerpo.

«No vuelvas a cometer ese error, Fiona», se recordó a sí misma. Apartó la mirada con rapidez y le envió otro mensaje a su madre. Se dio cuenta de que Gabe se volvía a poner los auriculares y cerraba los ojos. «Ves, para él no significa nada».

Gracias a ese último mensaje que le envió, pudo disfrutar del resto del viaje y, siguiendo el ejemplo de Gabe, conectó sus auriculares y volvió a escuchar al cómico Miles Jupp y a sus compañeros. De vez en cuando soltaba una risa silenciosa, pero, poco a poco, se le empezaron a cerrar los párpados. Se había levantado temprano y tenía sueño, así que apagó el móvil y se acurrucó en el asiento.

Justo cuando había empezado a quedarse dormida, el leve zumbido que le resultaba familiar, además de irritante, hizo que se incorporara de repente. Sin embargo, esta vez el sonido no provenía de su móvil sino del de Gabe. Él bajó la vista a la pantalla y vaciló, como si no estuviera seguro de si cogerlo o no. Fiona vio el nombre de Yumi en la pantalla, junto con un pequeño primer plano de su rostro perfecto. Gabe le dio la vuelta al teléfono y se dio golpecitos en el muslo con los dedos. Unos segundos después, el móvil volvió a sonar. Él apretó los dientes.

Cuando sonó por tercera vez, Fiona alzó la cabeza hacia él y le preguntó en un susurro:

—¿No vas a cogerlo? —Era consciente de que el vagón seguía en silencio y de que estaba repitiendo las palabras que le había dicho él antes—. ¿O vas a apagar el móvil?

Cuando él le dedicó una mirada distante, Fiona se arrepintió de haber dicho eso y se le revolvió el estómago de nuevo, esta vez con un revoltijo de nervios. Gabe se había convertido en una persona muy fría y difícil de descifrar. ¿Adónde se había ido el hombre cercano y bromista de antes?

Se fijó en sus dedos, dándose toquecitos sin parar en la pierna, como un lento redoble de tambor. Se sentía como si estuviera sentada al lado de un tigre; uno que podría atacarla en cualquier momento. Cada vez que él le echaba un vistazo a la pantalla, arrugaba la frente, frustrado. El teléfono volvió a sonar y esta vez sí que lo cogió. Enseguida se levantó del asiento y empezó a caminar a paso ligero por el vagón. Durante el trayecto, Fiona había visto a varias personas andando de un lado a otro y había llegado a la conclusión de que seguramente iban a hacer alguna llamada entre los vagones.

Cuando Gabe regresó, no dijo nada, pero sí que parecía distraído. De hecho, se puso los auriculares y volvió a cerrar los ojos. A Fiona le dio la impresión de que estaba sumido en sus pensamientos.

Después de media hora, durante la cual no habían hablado de absolutamente nada, llegaron a su destino. Mientras Fiona intentaba ayudarlo a bajar las maletas de los portaequipajes superiores, Gabe seguía distante y distraído. Le entraron ganas de preguntarle qué le pasaba, pero en el fondo sabía perfectamente por qué estaba así... o, mejor dicho, por quién.

Capítulo 14

Cuando llegaron al hotel –una combinación entre el diseño japonés y el occidental–, a Fiona le entró un poco de ansiedad. Se metieron en un ascensor para subir a sus respectivas habitaciones y ella aprovechó el momento para mirar de reojo el perfil serio de Gabe. Verlo así la hizo tragar saliva. Se sentía fuera de lugar y, de repente, se arrepintió de haberlo acompañado a Kioto. Pero, que le den, era él el que la había invitado. Si había cambiado de opinión, ¿por qué no le había dicho nada?

–¿Estás bien? –le preguntó ella, sorprendida por haber tenido el valor de hacerle la pregunta mientras el ascensor subía.

–Perfectamente.

–Estás muy callado –añadió ella con una mueca.

–Estoy concentrado –dijo él sin ni siquiera mirarla.

Las puertas del ascensor se abrieron en el segundo piso. Por suerte, sus habitaciones estaban en direcciones opuestas.

–Cuando estés lista, ven a la *suite* de la última planta –le comentó Gabe antes de alejarse por el pasillo.

–De acuerdo –respondió Fiona, más para sí misma que para él, ya que el suelo parecía temblar a la velocidad a la que se había alejado Gabe.

Tiró de su maleta y caminó hasta que encontró el número de su habitación y la abrió.

–Guau –suspiró mientras entraba en la habitación de lujo–. Madre mía, ahora sí.

Sabía que a su madre le encantaría presumir de que su hija se iba a quedar en un hotel de cinco estrellas, así que hizo un par de fotos rápidas y se las envió por WhatsApp.

La cama era enorme y ocupaba casi toda la habitación. Las sábanas eran de algodón blanco y tenían un bordado con forma de bambú de color verde claro. Sin duda, tenía que ser más grande que una *king-size*. ¿Acaso era posible? Parecía más una cama de emperador que de rey. Algo bastante apropiado para un país como Japón. Pasó los dedos por el edredón; la cama estaba tan bien hecha que se le quitaron las ganas de saltar encima o de tirarse sobre ella, como en la película *Pretty Woman*. Así que, en lugar de eso, se limitó a dejar el bolso sobre una de las elegantes sillas grises que tenían botones en el respaldo y patas de madera.

Después, fue hasta las puertas correderas, las abrió y notó el aire cálido de la primavera. Sintió la luz del sol y automáticamente levantó la cara hacia el cielo, con los ojos cerrados y respirando con tranquilidad. Oh, era como estar en el paraíso. Al final, abrió los ojos, se acercó al borde del balcón y disfrutó de las vistas. Debajo de ella, había un jardín muy bonito que se extendía por todo el hotel. Desde donde estaba, se veían varios arces con sus particulares hojas delicadas en diferentes tonos verdes y amarillos, además de algunos cerezos que aún no habían florecido y su favorito: el cedro rojo japonés con sus hojas de color azul verdoso. Siguió con la mirada los caminos de grava gris pálido que serpenteaban a través de los árboles y que estaban rodeados de bonsáis en macetas grandes; todas ellas esmaltadas en un tono oscuro. También le fue fácil percibir el suave borboteo del agua y siguió el sonido hasta una fuente en la que había una pequeña cascada que caía sobre las rocas y que luego fluía a través del jardín y terminaba en un pequeño estanque que había junto a un banco rojo de madera.

Respiró hondo y se concentró en uno de los cedros que tenía más cerca, justo como había hecho en el impresionante jardín de Haruka. Eso hizo que su estado de ánimo mejorara y, ahora que lo pensaba, también hizo que se le quitara la tensión de los hombros. Con una sonrisa, se relajó y siguió respirando el aire fresco mientras permanecía apoyada en la barandilla del balcón. Le llegó el aroma nítido del cedro. Olía a naturaleza y a limpio, y mientras respiraba hondo unas cuantas veces más, se le vino a la mente lo que le había dicho Haruka. Se preguntó si sería buena idea enviarle un mensaje corto a Gabe para recordarle lo importante que era pasar tiempo con la naturaleza. Pero al final decidió que, por el momento, no lo haría. Quería tomarse su tiempo para respirar, así que cogió una de las sillas del balcón y se sentó en ella. A la mierda Gabe Burnett y sus cambios de humor constantes.

Con una sensación de paz en el cuerpo, Fiona subió en el ascensor hasta el último piso y caminó por el pasillo hasta llegar a la *suite*. Estaba tan tranquila que no le afectó lo más mínimo ver a Gabe desesperado y andando de un lado a otro por la enorme habitación. Esa *suite* sí que era gigante, incluso más grande que su propia casa. De hecho, los tres sofás enormes que había no ocupaban casi nada del espacio aireado y luminoso.

Gabe examinaba la habitación como un profesional, con el ceño fruncido y parándose en cada rincón. Entrecerró los ojos al sentir la luz del sol que entraba por la ventana. De repente –sin darse cuenta de que Fiona ya había llegado–, se acercó para jugar con las persianas y arrugó la frente, pensativo. Retrocedió unos pasos y luego se dio la vuelta y empezó a mover uno de los tres sillones para colocarlo en un ángulo diferente. Fiona se quedó allí de pie, incómoda y con los brazos colgando a los lados. Y entonces, por un impulso, se acercó a él, lo agarró por los hombros y lo llevó hasta las puertas de cristal que daban al balcón.

–Sal ahí fuera y respira hondo un par de veces –le ordenó, abriendo las puertas y empujándolo hacia delante. Era evidente que lo había pillado por sorpresa porque se quedó allí totalmente perplejo durante un segundo–. Venga, respira.

Con el ceño fruncido, Gabe se acercó a la barandilla y miró el jardín.

–Relájate –le dijo ella a sus espaldas, satisfecha con su inusual confianza.

Se quedaron en silencio y ella observó cómo se apoyaba en la barandilla, con los codos rozando el metal de color negro.

Enseguida Gabe se enderezó y pronunció un breve «Gracias», y luego volvió a entrar en la habitación.

–¿Puedo hacer algo por ti? –le preguntó Fiona.

–¿Perdón? –Tardó un momento en responder, casi como si no la hubiera oído.

–Que si puedo ayudarte en algo.

Gabe arrugó la frente como si ella le acabara de lanzar una pregunta difícil de responder. Después, con una alegría repentina contestó:

–Sí, ven. Siéntate aquí.

Cuando Fiona se acercó al sofá, él le puso la mano en los hombros e intentó sentarla en la posición que quería.

–Gira la cabeza hacia la ventana. No, no tanto. –Él se alejó y luego volvió a dar un paso hacia delante. Le cogió la barbilla con las manos y le movió la cabeza un poco hacia atrás.

Ella levantó la mirada con cuidado para intentar no moverse ni estremecerse por el cosquilleo que le había producido el contacto.

–No, no me mires a mí. –Volvió a tocarle la barbilla–. Ahí. Ahora recuéstate en el sofá y coloca el brazo a lo largo del respaldo, dobla las rodillas y gira las piernas hacia la izquierda. Así. Muy bien. No te muevas.

Al principio, Fiona estaba demasiado desconcertada como para darse cuenta de lo que estaba haciendo, pero cuando lo vio con la cámara en la mano, se le tensaron todos los músculos del cuerpo. Y, a pesar de la necesidad absoluta que sintió de levantarse, estaba tan paralizada que fue incapaz de moverse.

Gabe comenzó a rebuscar algo en la funda de la cámara y ella se quedó allí sentada –justo donde daba la luz del sol que entraba por la ventana–, sufriendo por la situación. Lo observó murmurando para sí mismo y haciendo muecas mientras toqueteaba los botones. Fiona no quería que le hiciera fotos.

Finalmente, Gabe se dio la vuelta y frunció el ceño al verla.

–Relájate –le dijo a Fiona con un chasquido, sin poner él mismo en práctica lo que le estaba pidiendo–. No quiero hacerte fotos. Es solo para ajustar la luz. Además, creo que tienes la misma complexión que Ken. Así que eso nos ahorrará algo de tiempo cuando llegue. Quiero probar algunas poses.

Ella se estremeció y tragó saliva. «Será imbécil», pensó. Una cosa era ser consciente de que tenía un cuerpo escultural –por así decirlo, aunque su madre solía describirla como una persona robusta y de hombros anchos– y otra muy distinta era que Gabe se lo dijese a la cara. Ya estaba harta de escuchar ese tipo de comentarios en casa. Y ya de por sí era una mierda ver que tu madre era la mitad del tamaño de tu muslo y que iba por ahí con pulseras de oro en sus diminutas muñecas que hacían que, a su lado, los brazos de Fiona parecieran los troncos de un árbol. Ya estaba harta de sentirse mal. Además, le estaba haciendo un favor a Gabe al acompañarlo allí.

–¿Cómo narices me voy a relajar si me estás mirando así? ¿Sabes qué? No tengo necesidad de estar haciendo esto. –Fiona lo observó, enfadada. Después, movió los brazos y las piernas y volvió a recostarse en el sofá.

Ignorando completamente la rabieta de Fiona, Gabe le recorrió el cuerpo con la mirada, indiferente, como si fuera un mueble.

–Vale, piensa en la foto que hiciste esta mañana. El hombre al lado del tren.

–¿Me tomas el pelo? –le espetó ella.

La ira de Fiona dio paso a la indiferencia absoluta. Estar enfadada con él era inútil, Gabe estaba concentrado en lo suyo. Suspiró y pensó en el momento en el que había hecho la foto. De forma inconsciente, se le curvaron los labios al recordar el inmenso orgullo que había sentido al ver el resultado en la pantalla. Sin pensarlo, levantó un poco la barbilla. La foto era muy buena, pero aun así le sorprendió que Gabe sacara el tema. Cuando se la había enseñado en el tren, no la había mirado demasiado ni se había quedado impresionado. Era como un enigma, pero verlo trabajar era increíble. En realidad, sabía que, para él, ella solo era un lastre.

Clic, clic. Gabe se alejó y levantó la cámara antes de decir:

–Genial. Bien, ahora gírate y mírame. Pon los codos sobre las rodillas y apoya la barbilla en las manos. Mira directamente a la cámara. Quiero ver dónde caen las sombras.

Fiona frunció los labios con resignación y cambió la pose. Le tentaba la idea de decirle que, para cuando llegara el actor, el sol ya se habría movido, pero él estaba a lo suyo. De hecho, ya no tenía por qué sentirse cohibida, él ni siquiera le estaba prestando atención. Durante los siguientes minutos, Gabe la movió y la hizo cambiar de pose, sin decirle ninguna palabra, aparte de darle indicaciones de manera brusca.

Luego bajó la cámara y la estudió con seriedad, haciendo una mueca con los labios y centrando sus ojos de lince en ella. Fiona quería que dejara de mirarla así; era como si pudiera ver más allá de ella, pero al mismo tiempo, como si no viera nada.

Con los ojos entrecerrados y la cámara en la mano, le hizo un gesto con la cabeza hacia el extremo opuesto del sofá y le dijo:

–Quiero que te acuestes en el sofá. Con la cabeza en ese extremo.

Fiona miró el sofá con desconfianza y Gabe asintió con la cabeza, impaciente.

–Túmbate y suéltate el pelo –le ordenó.

–¿El pelo?

Gabe volvió a asentir, bajó la cámara y, antes de que ella pudiera llevarse una mano a la trenza, él ya había tirado de la goma. Después, con una sola mano, comenzó a pasarle los dedos por la trenza y se la deshizo para que el pelo le quedara suelto. De repente, dejó la cámara en el sofá junto a ella con cierta impaciencia y usó las dos manos para apartarle los mechones de la cara. Le deslizó los dedos por el cuero cabelludo y le pasó los pulgares por las mejillas. El mero contacto hizo que Fiona sintiera fuegos artificiales en el pecho y tuvo que respirar hondo para tranquilizarse. El corazón le iba tan rápido que el sonido parecía llenar el silencio que reinaba en la habitación. Gabe dejó de mover las manos, pero siguió rozándole la piel de los pómulos con el pulgar, y vio sorpresa en los ojos de Fiona.

—Tienes un pelo precioso, Fi —le dijo con voz ronca y con una pequeña sonrisa en los labios, sin dejar de mirarla.

Fiona sintió un pellizco en el corazón al escuchar sus palabras.

—Es precioso —repitió él.

Durante un momento de debilidad —debilidad porque no era la primera vez que había estado en esa situación y había acabado muy pero que muy mal por su culpa— Fiona pensó que iba a besarla. Y por estúpido que sonara, le resultó imposible no separar los labios, desesperada e insegura por la anticipación.

Y entonces Gabe, como si hubiera vuelto a la realidad, le pasó el pelo por los hombros y dio un paso atrás, de nuevo centrándose en el trabajo.

—Quiero que te tumbes con la cabeza apoyada en el brazo, para que así el pelo caiga hacia abajo. Como una cascada.

Fiona también salió de su estupor y parpadeó, tomándose un segundo para procesar lo que le estaba pidiendo.

—¿Para qué? —le preguntó.

—Para ver cómo queda —aclaró él, como si fuera obvio, aunque ella no era capaz de entenderlo.

Cuando Fiona empezó a moverse, él volvió a levantar la cámara.

—Vale —respondió ella, todavía un poco aturdida, y levantó los brazos para colocarse el pelo.

Antes de que ella se pusiera en la posición que le había pedido, Gabe ya se estaba alejando.

—Vale. Ahora túmbate.

—¿Que me tumbe?

Gabe asintió con energía, como si fuera lo más evidente del mundo, y ella terminó haciendo lo que le había pedido, a pesar de que se sentía un poco ridícula en esa posición y, sobre todo, muy desconcertada. ¿Por qué le había pedido que hiciera eso? ¿Acaso la estrella de cine tenía el pelo igual de largo que ella? ¿Se lo había dejado crecer para algún papel? Fiona dejó que la melena le cayera por el brazo y Gabe se acercó a ella para alisársela con los dedos.

—Estupendo. Ahora levanta una pierna, dóblala a la altura de la rodilla y usa el otro pie para quitarte el zapato.

Fiona levantó la cabeza en señal de protesta.

—No. No. Quédate así. Ahora cierra los ojos y sueña con algo agradable —añadió Gabe.

Estar con los ojos cerrados la hacía sentirse vulnerable y se le volvió a tensar todo el cuerpo.

—O piensa en el KitKat de *wasabi*...

—¡Eso no es agradable! —exclamó Fiona, y se echó a reír, lo que hizo que se relajara.

—Pues te ha hecho sonreír.

—Ya...

—Piensa en lo que más te haya gustado hasta ahora de Japón.

Con los párpados cerrados, le fue fácil pensar en los últimos días y le vino a la cabeza el momento que había compartido con Haruka y Setsuko en el jardín.

—Voy a tener que preguntarte en qué estás pensando. Se te ve muy feliz. No, no abras los ojos. Quédate así, da igual lo que estés pensando. Sea lo que sea, es perfecto.

—Estoy pensando en el jardín de Haruka, recordando cómo me sentí al estar rodeada de árboles... —le contó ella con una sonrisa engreída—. Sé sincero, ¿a que te sentiste mejor después de que te hiciera salir al balcón? Después de disfrutar de la naturaleza durante unos minutos.

Pensó que Gabe lo iba a negar, pero, en lugar de eso, inclinó la cabeza hacia un lado y asintió.

—Tienes razón. Gracias. Estaba un poco agobiado. Este encargo es importante. ¿Ya le has sacado fotos al jardín de Haruka?

—Pues, sorprendentemente, no —contestó ella, aunque era algo que tenía que hacer cuanto antes.

—Ahora pon una mano detrás de la cabeza y ve acariciándote el pelo como si estuvieras apreciando la suavidad.

Ocupada pensando en cómo podría hacer las fotos del jardín,

Fiona obedeció y recordó las hojas del arce moviéndose al ritmo de la brisa y el suave balanceo de las ramas de los cerezos.

–Perfecto. Ya está. Muchas gracias por ayudarme.

Fiona salió de su propio trance y se incorporó con rapidez, frunciendo el ceño. Gabe le estaba dando la espalda y toqueteaba los botones de otra cámara.

–¿De verdad le vas a pedir a Ken que se ponga así? –quiso saber ella.

Gabe se dio la vuelta y se quedó mirando la ventana con una sonrisa de lo más inocente en el rostro. Era la típica reacción de un niño al que acababan de pillar con las manos en el frasco de las galletas.

–No, lo siento. En cuanto te has tumbado, me he dado cuenta de que la luz no es buena.

–Podrías haberme dicho algo... –Fiona empezó a sentirse un poco tonta.

–Ya sabes cómo son los fotógrafos. Nos gusta lo imposible. Pensé que si cambiaba el ángulo... No sé. Pero no ha funcionado. Aunque te agradezco mucho la ayuda.

–Vas a borrar todas esas fotos..., ¿verdad? –le preguntó ella, preocupada.

–Pues claro –contestó él, intentando quitarle hierro al asunto, pero a su vez con demasiada rapidez. Después, volvió a estudiar las fotos que acababa de sacar, asintiendo y pasándose la mano por el rostro de vez en cuando, como si estuviera valorando las imágenes.

–¿Me lo prometes? –le pidió ella, aunque no sabía si estaba siendo ridícula y comportándose como una paranoica. Después de todo, ¿para qué querría Gabe guardar fotos de ella?

Cuando el actor y su gran séquito entraron por la puerta, la habitación se llenó de repente y cada uno de ellos hizo una reverencia a modo de saludo. Por suerte, todos hablaban inglés y Fiona asintió e inclinó la cabeza cuando se presentaron. Por un lado, estaba la chica de publicidad de la compañía cinematográfica: una joven que iba a la moda y que llamaba la atención por sus pantalones de pata ancha de color crema, sus mocasines de un color rojo intenso, sus calcetines por los tobillos y una camiseta ancha y corta. Por otro lado, estaba la maquilladora y su ayudante, el agente de Ken y su asistenta, y, por último, la estilista, también con su ayudante, que tiraba de un burro lleno de ropa con al menos seis trajes diferentes y una amplia selección de prendas casuales.

Fiona abrió los ojos como platos al ver a tanta gente y miró a Gabe, quien se limitó a poner los ojos en blanco y se acercó directamente al actor, ignorando al resto.

–Hola, Ken. Me alegro de verte.

–Gabriel. Un placer estar aquí.

Después de una rápida reverencia, se estrecharon las manos de manera firme y masculina, aunque con familiaridad. Estaba claro que los dos hombres se llevaban bien y se respetaban.

Ken llevaba un traje azul, ni muy claro ni muy oscuro, que tenía ese tipo de aspecto suave y fluido que te hacía pensar que era extremadamente caro. Y, justo como Gabe había predicho, no se le notaba para nada incómodo.

–Bien, será mejor que empecemos –dijo Gabe.

El séquito de Ken seguía moviéndose de un lado a otro, preparando sus cosas: la maquilladora colocando las brochas y las pinturas en la mesa que había en la entrada, la estilista echándole una ojeada a lo que había colgado en las perchas, y el agente y su asistenta susurrándose cosas.

–Me gustaría que te sentaras aquí –añadió Gabe, y guio a Ken hasta el sofá.

Una de las estilistas se plantó delante de ellos, con un traje en cada mano, y soltó un aluvión de palabras en japonés. El actor sacudió la cabeza, se pasó la mano por el traje que llevaba puesto y volvió a negar con la cabeza. El rostro de la estilista se tiñó de decepción, pero, aun así, Ken le sonrió.

El actor habló, tranquilo y sin prisas, y Fiona supuso que estaba comentándoles que así estaba bien. Con una expresión de asombro en la cara, la estilista y su ayudante volvieron a dejar los trajes en el burro.

Después, una de las maquilladoras se acercó con una brocha llena de polvos en la mano y Fiona hizo una mueca al ver el brillo severo en los ojos del actor.

—Primero vamos a hacer unas fotos de prueba —intervino Gabe con un tono apaciguador mientras levantaba la mano—. Probaremos las poses y la luz, y ya luego veremos qué hacemos —añadió, y le guiñó el ojo a Ken; gesto que Fiona no pasó por alto.

El actor asintió y habló con su equipo. Inmediatamente todos dejaron de hacer lo que estaban haciendo. Fuese lo que fuese lo que les había dicho sin duda había servido para tranquilizarlos.

—¿Sabes qué? —volvió a hablar Gabe—. ¿Por qué no se toman un descanso mientras lo preparamos todo?

Ken tradujo lo que había dicho Gabe y los acompañó hasta la puerta.

Fiona torció los labios al ver que los dos hombres habían conseguido despejar la habitación sin hacer el más mínimo esfuerzo.

—Menos mal. Así mejor —confesó Gabe—. Con tanto barullo, me estaba costando hasta pensar. Creo que podremos terminar en media hora, Ken.

—Bien. Estupendo. —Le brillaron los ojos, y preguntó—: ¿Y quién es esta señorita?

—Es mi nueva asistenta, Fiona. No causará problemas.

—Lo sé, Gabe. —El actor se volvió hacia Fiona e inclinó la cabeza con educación—. Él no permitiría que los causaras. En fin, ¿dónde me pongo?

Gabe le dio indicaciones y Ken se reclinó en el sofá, exactamente en la misma posición en la que había estado Fiona hacía solo cuarenta minutos. Y, cuando le hizo ponerse hacia delante, con los codos en las rodillas y mirando directamente a la cámara, Fiona notó la repentina emoción que desprendía Gabe, como si unas chispas creativas revolotearan a su alrededor.

Gabe puso el reflector de luz en otra posición y le pidió a

Fiona que lo sostuviera un segundo, iluminando el atractivo rostro del actor. Ken le dedicó a Fiona una sonrisa simpática y ella le devolvió una tímida. Gabe tenía razón: era de esas personas que tenían una presencia y un carisma inexplicable.

–Genial. Sigue sonriéndole a Fi. Finge que es una de tus muchas admiradoras. Aunque no tenía ni idea de quién eras. Hasta hoy, claro.

–¡Gabe! –protestó ella.

Ken se echó hacia atrás y empezó a reírse a carcajadas –natural, como si no le hubiese afectado el comentario– y, entonces, sonó el clic de la cámara y Gabe capturó la escena.

Durante los siguientes veinte minutos, Gabe provocó al actor y se mofó de él. Ken se lo tomó bien; al parecer el humor autodestructivo era parte de su personalidad. Gabe se dedicó a hacer retratos y fotos del panorama de manera rápida, pero tranquila, a la vez que movía la cámara de un lado a otro. Se agachaba, se inclinaba y se estiraba con una serie de movimientos *ninja*, como si fuera un bailarín de *ballet*, aunque su figura era más de jugador de *rugby*. Fiona fue incapaz de quitarle los ojos de encima. Con razón lo consideraban una leyenda. Era difícil describir su autocontrol y determinación. Sabía exactamente lo que estaba haciendo y rezumaba confianza.

Hubo un momento en el que Gabe se apartó el pelo de la cara; los ojos azules le brillaban por la emoción y la adrenalina. Y fue ahí cuando Fiona se quedó paralizada, como si alguien le hubiese agarrado el corazón y se lo hubiese estrujado. Su yo de dieciocho años aún no había visto nada. Gabe se agachó para hacer más fotos y a ella se le secó la boca cuando contempló el movimiento de sus caderas y sus dedos ágiles sosteniendo la cámara. «Mierda, mierda, mierda. Joder», pensó ella.

No. No quería volver a sentirse así. Ese torbellino de emociones. El calor en el pecho al observarlo. Hombros anchos. Pecho fuerte. Muslos musculosos. No quería imaginarse cómo sería estar entre sus brazos, contra su pecho. No quería estar enamorada, ilusionada o embriagada del maldito Gabe Burnett.

Ella no era su tipo. Él era demasiado sofisticado. Estaba demasiado aburrido de la vida. Era demasiado cínico. Demasiado arrogante. Y lo peor de todo: tenía demasiado talento y era demasiado atractivo. Era demasiado en todo.

Pero ya no había vuelta atrás, dijera lo que le dijera su cabeza, ese maldito órgano que se encargaba de bombearle sangre por todo el cuerpo tenía otros estúpidos planes.

Muerta de vergüenza, Fiona se puso de pie y el calor le recorrió el cuerpo de arriba abajo y le tiñó las mejillas, dejándola acalorada y muy molesta. Se acercó al balcón y apoyó una mejilla en el cristal frío. ¿Qué demonios iba a hacer ahora? No era la primera vez que babeaba por Gabe Burnett. Y estaba claro que no podía verse envuelta en eso. Otra vez.

Y como si no fuera lo suficientemente malo volver a sentirse como si un rayo la hubiese alcanzado y la hubiese dejado aturdida por segunda vez en su vida, Gabe giró la cámara hacia ella y le sacó una foto.

—Pero ¿qué haces? —chilló Fiona, sintiendo pánico.

—Perdón. Quería comprobar que el obturador funcionaba bien. Solo era una prueba. No te preocupes, ha salido desenfocada y encima estás a contraluz.

El alivio que la inundó casi hizo que se le doblaran las rodillas. A saber qué careto había puesto. Si quería que Gabe no notara lo que sentía por él, a partir de ahora tendría que ir con pies de plomo. No era amor, solo un capricho, y se le pasaría en cuanto se alejara de él. Solo tenía que aguantar una semana más. Seguramente podría arreglárselas para buscar muchas maneras de evitarlo. Pasar un día en la tetería con Setsuko, por ejemplo. Además, todavía tenía que asistir a la ceremonia del té de Haruka. Eso sí, el viaje que iban a hacer juntos al monte Fuji sería un problema, pero, con suerte, ahora que sabía perfectamente a lo que se enfrentaba, levantaría algunas barreras y mantendría la guardia alta, para así intentar dejar una distancia prudencial entre ellos.

—Fi, ¿me estás escuchando?

Ella se volvió a sonrojar al darse cuenta de que tanto Gabe como Ken la estaban mirando.

–Lo siento. Estoy un poco mareada –contestó ella; algo que en realidad no era mentira, aunque el corazón ya le empezaba a latir con normalidad.

El actor se levantó de un salto del sofá, y Gabe la cogió del codo y la guio hasta una silla. Segundos después, Ken apareció con un vaso de agua en la mano.

–Estás un poco roja. ¿Estás bien? –le preguntó Gabe mientras se agachaba a su lado y le agarraba la mano.

Ay, no. A Fiona se le formó un nudo en la garganta por la vergüenza y fue incapaz de decir nada. Así que, agradecida, cogió el vaso e intentó deshacerse de la mano de Gabe. La sensación cálida que sintió con el contacto y la preocupación con la que él la estaba mirando no le hacían ningún bien. Gabe le apretó la mano, sin soltársela, y añadió:

–Bebe un poco de agua. Así, muy bien. –Se le notaba hasta en el tono de voz lo preocupado que estaba.

–Estoy bien –consiguió decir Fiona tras darle un sorbo al vaso, aunque la vergüenza aumentó cuando se percató de que los dos hombres la estaban mirando con inquietud–. De verdad, estoy bien.

–Quédate aquí sentada un rato.

–Pero te estaba ayudando con...

–Casi hemos terminado.

–Eso es lo que más me gusta de trabajar contigo, Gabe. Eres rápido y directo. No pierdes el tiempo.

–Bueno, no siempre es así de fácil –confesó él con honestidad–. Pero agradezco tus palabras.

De repente, Fiona notó la presencia de alguien en la puerta y se giró para descubrir a una mujer guapísima y delgada, de pie con una sonrisa divertida en los labios, esperando con tranquilidad a que se dieran cuenta de que había llegado.

–A ver, son buenas personas –dijo Ken, sin percatarse de la mujer que tenían detrás–. Aunque son un poco... ¿Qué fue lo que dijiste? –añadió, y levantó las palmas de las manos hacia arriba.

–Intensos –contestó Gabe a la vez que ponía los ojos en blanco. Él tampoco había visto a la mujer.

–Pero al final están haciendo su trabajo, como tú y como yo.

La mujer entrecerró los ojos y frunció los labios. La sonrisa expectante que había esbozado al principio se le estaba empezando a borrar. Fiona notó lo disgustada que estaba al ver la forma en que la mujer se había puesto la mano en la cadera y había inclinado la cabeza con cierta arrogancia.

–Eres más simpático que yo, Ken –dijo Gabe.

–Igual ayuda tener a mucha gente detrás preparada para echarme la bronca si no lo soy –respondió el actor con una sonrisa teñida de cansancio.

–Una de las desventajas de ser famoso. –Gabe enarcó las cejas.

Vaya, ahora la mujer sí que no parecía estar muy contenta... Fiona intentó llamar la atención de Gabe, pero los dos hombres tenían la mirada clavada en la pantalla de la cámara y valoraban en susurros el resultado de la sesión.

La mujer había avanzado un par de pasos y se había quedado quieta, con la misma pose de antes. Fiona intentó sonreírle, pero fue en vano porque la ignoró. De hecho, la mujer tenía toda su atención puesta en Gabe y lo observaba con los ojos entrecerrados –de una manera un tanto inquietante y posesiva– y con los labios formando una línea fina. Su pose, que al principio parecía relajada y llena de seguridad, ahora denotaba tensión, ira e irritación.

–Eh... ¿Gabe? –dijo finalmente Fiona, inquieta en la silla y con temor a levantarse.

Al lado de esa mujer pequeña y delgada que parecía un hada, ella se sentía como una estatua gigante y, al darse cuenta de ello, tuvo la sensación de que el corazón se le desgarraba y se quedó totalmente abatida. Fiona era consciente de que ella no era para nada el tipo de chica en la que Gabe se fijaría. Pero esa mujer sí que lo era.

–¿Ajá? –preguntó el aludido, todavía absorto en la pantalla de la cámara.

–Tienes visita.

–¿Qué? –Finalmente levantó la cabeza y se encontró con el ceño fruncido de la mujer–. ¡Yumi! ¿Qué haces aquí?

–Me habías dicho que tenías una sesión con Ken. Y como terminé antes de lo que esperaba, se me ocurrió que sería buena idea pasar a saludar –contestó Yumi con simpatía.

–Ah, hola –dijo Gabe un poco desconcertado–. Ken, ella es Yumi Mimura.

–Ya nos conocemos –añadió ella, y le dedicó una sonrisa seductora cuando Ken inclinó la cabeza a modo de saludo–. Y ahora soy Yumi Mitoki. Estoy casada con Meiko Mitoki.

–Sí, discúlpame –soltó el actor con facilidad, como si ya estuviera acostumbrado a que la gente le dijera que lo conocía–. Claro que nos hemos visto antes y también conozco a tu marido.

–Coincidimos en los estudios. Hice una prueba. Para tu última película. Pero, al final, el productor y yo coincidimos en que no era el papel adecuado para alguien con una carrera como la mía. Gabe-san, iremos a cenar más temprano. Cambié la reserva al ver que había terminado más rápido de lo que pensaba.

–Eh..., bueno, todavía tengo que recoger todo esto. Y... ah, esta es Fiona. ¿Recuerdas que te hablé de ella? –dijo Gabe, frotándose la nuca.

Yumi no mostró el más mínimo interés y Fiona se dio cuenta de ello. De hecho, en lugar de eso, la mujer la miró de reojo y le dedicó un rápido movimiento de cabeza antes de dar un par de pasos y colocarse junto a Gabe, como si estuviese defendiendo lo que era suyo.

–Fiona, esta es Yumi. Ella... eh... Ella es...

Fiona sintió lástima por él así que, a pesar de la indiferencia de Yumi, intentó ayudarlo y añadió con voz alegre:

–¡Hola! He visto tus fotos. Son preciosas.

Hubo un momento en el que Yumi se mostró halagada por el

cumplido, pero, después, como si se le hubiese cruzado algo por la mente, entrecerró los ojos.

—¿Las del estudio de Gabe? —espetó ella, dirigiéndole una mirada fría al aludido.

—No, las del Museo Metropolitano de Fotografía de Tokio.

—Ah, sí. —Yumi se tranquilizó y le hizo a Fiona un gesto benévolo con la cabeza, como si fuera una reina recibiendo los cumplidos que se merecía.

Después, se volvió hacia Gabe y le puso una mano en el brazo. Sus dedos delgados y pálidos contrastaban a la perfección con la camisa cambray azul que llevaba él, y el diamante Tiffany simétricamente perfecto de su anillo de compromiso brillaba con la luz del sol como si fuera una estrella.

—Tenemos una mesa reservada en el Kikunoi, Ken. ¿Quieres acompañarnos? Estoy segura de que podrían hacerte un hueco sin problema —le dijo Yumi.

—Lo siento, tengo un compromiso, pero gracias por la invitación.

Gabe apretó los dientes y se dedicó a guardar las cámaras en las fundas acolchadas. Aprovechando que ya no le temblaban tanto las rodillas, Fiona se levantó y comenzó a doblar el reflector de luz para guardarlo en una bolsa grande de nailon.

Ken se despidió de ellos y Gabe le deseó suerte con su equipo.

—Espero que te perdonen —bromeó.

El actor sonrió e inclinó la cabeza a modo de respuesta antes de salir de la habitación.

—Vaya, pues ha salido todo bien —le dijo Gabe a Fiona—. Las fotos se publicarán en *The Sunday Times* en unas seis semanas. Les echaremos un vistazo en el estudio cuando volvamos mañana, así podrás decirme cuáles elegirías tú.

—Creo que lo tengo claro —confesó Fiona al recordar las fotos que Gabe le había hecho a Ken cuando se había empezado a reír a carcajadas.

—Ah, ¿sí? —bromeó él.

—Gabe —intervino Yumi, enlazando un brazo con el de él—.

189

Me estás ignorando –añadió con un puchero, como si fuera una niña pequeña.

–Es que sigo trabajando. –Gabe le apartó con suavidad la mano y se agachó para guardar un trípode que no habían usado–. Y te dije que ya te confirmaría lo de la cena.

Ella le dedicó una sonrisa seductora mientras él se volvía a levantar y con la cara ladeada le dijo:

–Algo tendrás que comer. ¿Qué más te queda por hacer? Meiko se ha vuelto a marchar y ahora estoy sola. Siempre lo estoy.

El rostro perfecto de Yumi se llenó de tristeza. Hasta Fiona sintió lástima por la mujer.

–Bueno... –dijo Gabe, dudoso–. Yo...

–No te preocupes por mí –aclaró Fiona al ver que se había quedado en blanco–. Puedo llamar al servicio de habitaciones. Además, el wifi de aquí funciona bastante bien. Aprovecharé para ir actualizando mi blog.

–Estoy seguro de que podrían..., eh..., podrían conseguirnos una mesa para tres –insistió él.

Fiona intentó no poner los ojos en blanco, pero no pudo. ¡Qué estupidez! ¿Por qué iba a querer acompañarlos y compararse con Yumi? ¿Y por qué iba a querer él que ella fuese con ellos, si así no podría tener para él solo a la mujer más guapa de Japón?

–No, id sin mí.

–¿Estás segura? Es un buen restaurante.

–La mesa es para dos, Gabe. No será fácil cambiar la reserva –intervino Yumi, olvidando por completo que hacía apenas diez minutos había invitado a Ken, lo que hizo que Fiona se mordiera el labio, incrédula.

–No me importa, de verdad.

Le apetecía tomar el aire y dar un paseo. Incluso igual se animaba y se atrevía a visitar algún restaurante de la zona.

–¿Ves? No le importa –repitió Yumi, encogiéndose de hombros, como si esa fuera la única solución posible para ella.

A pesar de haber rechazado la oferta de Gabe, Fiona se decepcionó un poco al ver lo rápido que había cedido él.

Capítulo 15

Fiona no podía sacarse a Gabe de la cabeza, así que para ella fue un alivio salir del hotel y respirar un poco de aire fresco. Si se hubiese quedado encerrada en su habitación, se habría vuelto aún más loca. Tenía las mismas ganas de aprovechar el tiempo que de dejar de pensar en él, así que ir a comer sola le había parecido mejor que llamar al servicio de habitaciones o ir al restaurante del hotel. Quería vivir una experiencia única, además, así podría ir escribiendo sus sensaciones en el móvil y luego publicar un artículo en el blog.

¿Por qué demonios se había vuelto a enamorar de él? Solo era atracción sexual, ¿no? Las hormonas haciendo de las suyas. O al menos eso fue lo que se dijo a sí misma. Aunque, en el fondo, sabía con seguridad que lo que sentía por Gabe iba más allá de eso. Era una sensación que para nada se podía comparar con lo que había experimentado antes porque aquello había dejado de ser un flechazo adolescente.

Joder, ¿qué había hecho? ¿Y qué iba a hacer ahora? Hizo una mueca. Tal vez debería volver a utilizar la estrategia de dar el primer paso y besarlo, pero ya no quedaba rastro de la Fiona impulsiva y valiente de aquella época.

Siguió caminando por la calle, mientras recordaba la manera en que Gabe le había tocado el pelo. Luego, en un intento de mantenerse ocupada y quitarse de la cabeza el momento en que había creído que él iba a besarla, trató de anotar los puntos de referencia que le servirían para poder regresar al hotel sin problema. «Céntrate en las calles, Fiona», se advirtió a sí misma. Después, le echó un vistazo al mapa en el que la amable recepcionista del hotel le había marcado algunos lugares para comer.

191

¿Qué diría Gabe si ella lo volviera a besar? Antes se había mostrado tan cercano... Hasta que la maldita Yumi apareció, claro. Estaba tan perdida en sus pensamientos que se había pasado la calle a la que se dirigía. Cuando se dio la vuelta para volver sobre sus pasos, se chocó con alguien. El hombre inclinó la cabeza con amabilidad y ella levantó las manos en señal de disculpa.

Madre mía, qué diferencia con la manera en que se había sentido cuando se había visto sola después de haber perdido a Gabe en Shibuya. Por no hablar de la horrible sensación que siempre la acompañaba y que la hacía sentirse perdida y fuera de lugar. Japón siempre sería un país muy diferente al suyo, pero ahora estaba empezando a disfrutar y a aceptar las diferencias. Incluso en ese momento, en el que se encontraba observando una calle que no le resultaba para nada familiar. Una de las mejores cosas del país era lo increíblemente seguro que era y, aunque la mayoría de las personas no hablaban inglés, siempre estaban dispuestos a ayudar.

Se detuvo a mirar el escaparate de un restaurante que estaba lleno de muestras de plástico de los platos que servían. Había incluso uno de sopa y fideos que parecía de verdad. No era la primera vez que se topaba con algo así, parecía algo bastante común en Japón. Además, era muy útil para los que no sabían hablar el idioma. Cuando comprobó el nombre del restaurante, se dio cuenta de que había llegado al lugar que estaba buscando. Se asomó por la puerta y vio que estaba lleno, pero no abarrotado, con una mezcla de turistas japoneses y occidentales, lo que le hizo pensar que el menú podría estar escrito también en inglés. En ese momento, deseó que Gabe estuviera allí con ella, él sí que conocía bien la comida japonesa.

La recibió un chico joven que inclinó la cabeza y que no se extrañó al verla levantando el dedo índice para pedir una mesa para uno.

—Sígame —le dijo en inglés con una sonrisa pícara, y la guio hasta la mesa.

Fiona se sentó en una esquina, donde tenía una visión perfecta del exterior y podía observar a la gente sin llamar la atención. Le dedicó una sonrisa amable al camarero y pidió una cerveza típica japonesa de la marca Asahi. El olor de la comida hizo que le rugieran las tripas. Había pasado mucho tiempo desde que se había comido el KitKat y lo que había en la caja *bento*.

Cuando le sirvieron la bebida, le dio un sorbo a la brumosa cerveza dorada y se dio cuenta de que era justo lo que necesitaba. Miró el menú y no entendió casi nada. Decidida, movió la muñeca, bajó el menú y llamó al camarero.

—Perdone, ¿qué me recomienda?

—El *tonkotsu* ramen. Está muy bueno. —Sonrió, encantado.

—¿Y qué lleva exactamente? —Fiona no quería llevarse ninguna sorpresa desagradable.

—Fideos muy finos. Los preparamos todos los días con harina de la mejor calidad y los enjuagamos cinco veces. —Ella asumió que lo hacían así para mantener el agua fresca y sin almidón—. Los fideos se sirven con un caldo de cerdo. Los huesos del cerdo se cuecen a fuego lento durante seis horas para conseguir el mejor sabor y luego se quita la grasa para que no quede nada en el caldo. Después, añadimos el *dashi*. —Al ver que Fiona fruncía el ceño, añadió—: Es una receta muy especial, solo dos personas en nuestra cocina la conocen. Es un caldo de pescado que se le añade al plato. Después se agregan los fideos, los trozos de cerdo y una salsa roja. Esta última es una especialidad de la casa: es una mezcla de treinta especias y pimiento rojo que se deja reposar durante varios días. Una receta secreta. Muy picante. Y muy rica. —El camarero terminó la explicación con una reverencia llena de orgullo.

—Suena bien. —Fiona sonrió, impresionada por el entusiasmo y el orgullo con el que el joven hablaba de la comida.

Luego, miró el resto de las mesas; parecía que la mayoría de la genta disfrutaba de sus cuencos llenos de fideos y se los comían con palillos. Era más que evidente que el *tonkotsu* ramen era la especialidad de la casa.

Antes de que le sirvieran la comida, el camarero le trajo un candelabro de cerámica con una pequeña vela dentro y lo dejó delante de ella con suma delicadeza, acompañado de otra reverencia. Inmediatamente después, le sirvió el caldo humeante y lo colocó sobre la vela con más delicadeza aún. A Fiona le dio la impresión de que era muy importante para él que ella disfrutara de la comida, ya que se inclinó una vez más y la dejó a solas.

Aunque solo era un restaurante, se sentía como una invitada de honor. Eso mejoró la experiencia e hizo que se percatara de lo importante que era valorar la comida, algo que sin duda no hubiese hecho en su casa. Antes de empezar a comer, se tomó un momento para inhalar el delicado aroma de la carne y la mezcla de especias. El cuenco de cerámica esmaltado en colores rojizos parecía hacer que la comida resultara aún más apetecible y a ella se le hizo la boca agua. Sin duda los japoneses siempre intentaban poner todo de su parte en la presentación de los platos. Se notaba el respeto que le tenían a los ingredientes y a la preparación de la comida.

Aunque le hubiese encantado que Gabe estuviera allí con ella, había algo en el plato de caldo y fideos hirviendo –o, mejor dicho, en el ramen– que hizo que se sintiera mucho mejor. Cogió los palillos, ahora con más experiencia que al principio, y probó el plato y, con más hambre que delicadeza, sorbió los fideos. Estaban blanditos, pero no se deshacían. Además, habían absorbido el sabor ligero y jugoso del caldo. Con un pequeño gemido de placer, cogió un poco más y se lo tragó. Después probó un poco del medio, justo donde estaba la salsa roja –aunque a ella le parecía más de color castaño rojizo oscuro–, y se preparó para sentir el picante. Por suerte, no le ardió la boca, así que no tuvo que hiperventilar. De hecho, sí que picaba bastante –al menos más de lo que estaba acostumbrada porque una gota de sudor le cayó por la frente–, pero era ese tipo de picante que te iba quemando poco a poco y que venía acompañado de una explosión de sabores: un toque de chili, un poco de canela, un puñado de jengibre y mucha pimienta negra. Cerró los ojos y disfrutó del delicioso sabor. Era el paraíso hecho cuenco.

Mientras se terminaba los restos del caldo e inclinaba el cuenco con timidez, justo como lo hacían los otros comensales, Fiona sintió que había algo decadente y benévolo en disfrutar de una comida a solas. Acabó con la barriga llena y con más energía, pero, sobre todo, con una sensación de orgullo en el pecho por haberse atrevido a salir sola, en vez de haberse quedado autocompadeciéndose en el hotel. Igual el ramen había sido la solución a todos sus problemas. Una tirita especial para el corazón. Si se tomaba un cuenco de esos todos los días, seguro que podría arreglárselas para lidiar con Gabe durante una semana más.

Una semana pasaba rápido, ¿a que sí?

Capítulo 16

A la mañana siguiente, Fiona se encontró con Gabe en la recepción del hotel. Ya estaban listos para volver a casa de Haruka, aunque él tenía la ropa arrugada y la cara cansada, como si no hubiese pegado ojo en toda la noche.

Por su parte, Fiona se sentía como nueva; su noche a solas le había dado el chute de confianza que necesitaba. Nunca hubiera pensado que podría ser capaz de salir a comer sola. Y no solo lo había conseguido, sino que encima había disfrutado muchísimo de la experiencia. Cuando regresó al hotel por la noche, todavía era temprano, así que aprovechó para actualizar el blog: publicó algunas fotos que había hecho y subió un artículo acerca del increíble día que había pasado en el museo de arte digital. También se le había pasado por la cabeza escribir cómo se había sentido al conocer a una de las estrellas de cine más famosas de Japón y lo natural que había sido el encuentro, pero al final había decidido no hacerlo porque no sabía si eso acabaría metiendo a Gabe en problemas.

Ahora, viendo la cara y el aspecto desaliñado que traía, se arrepintió de no haberlo hecho.

–¿Una buena noche? –le preguntó ella, con un tono un poco agrio. Se convenció a sí misma de que era normal estar molesta con la situación, aunque le resultó difícil mantener a raya los celos que le bailaban en la boca del estómago. Yumi era una mujer casada.

–La verdad es que no –contestó Gabe con una mueca.

–Estupendo –pronunció ella.

Los ojos de Gabe desprendieron un destello de sorpresa y Fiona se sintió satisfecha al notarlo. Sin embargo, él no añadió nada más y se limitó a recoger su equipaje –menos la bolsa negra del reflector de luz que a Fiona no le quedó más remedio que coger ella– antes de salir por la puerta del hotel.

Gabe se pasó la mayor parte del viaje con el móvil, poniéndose al día con los correos electrónicos. Fiona intentó escuchar un pódcast, pero no logró concentrarse porque la camisa de Gabe, la misma que el día anterior, desprendía un ligero olor al perfume de Yumi. ¿Por qué verlo despeinado y sin haberse cambiado de ropa lo hacía más atractivo? ¿Y por qué ella lo veía sexi si al final venía de la cama de otra mujer?

Mientras Fiona miraba por la ventanilla, notó un revoltijo molesto de celos en el estómago que se le acabó extendiendo por todo el cuerpo. De repente, se le escapó una lágrima traicionera y se estremeció al sentirla deslizándose por la mejilla. Enfadada, se la limpió y sorbió por la nariz. Ojalá hubiese podido sonarse, pero no lo hizo porque se acordó de que Gabe le había advertido de que en Japón ese gesto se consideraba una falta de educación.

–¿Te encuentras bien? –quiso saber él, levantando la vista del teléfono.

–Estupendamente –respondió Fiona.

Él se acercó más a ella y, por suerte, el olor de su *aftershave* era más fuerte que el de la fragancia de Yumi, pero, aun así, cuando él le murmuró al oído, nada pudo disminuir el repentino deseo que sintió y que hizo que se le acelerara el pulso.

–Siento lo de anoche. No tendría que haberme ido con ella. Sé que no estuvo bien. Pero... es que Yumi está bastante frágil en este momento. No tiene muchos amigos. Nos conocemos desde hace años, así que me resulta inevitable sentir pena por ella. Su marido está fuera de casa todo el tiempo, digamos que no le presta mucha atención. Siempre la deja sola.

–No tienes por qué darme explicaciones, Gabe –susurró ella, tajante, incapaz de ocultar lo enfadada que estaba al oír sus excusas–. No es asunto mío.

Gabe arrugó la frente al comprender lo que Fiona estaba insinuando.

—No me estoy acostando con ella —gruñó él.

—Ya eres mayorcito —añadió ella con un tono acusador. La idea de verlo con Yumi le hacía más daño de lo que pensaba—. Y, como acabo de decir, no es asunto mío.

—¡No me estoy acostando con ella!

Fiona se encogió de hombros y los ojos azules de Gabe echaron chispas.

Él le sostuvo la mirada y ella tuvo que apartarla.

Gabe se echó hacia atrás y volvió a posar la vista en el móvil. Fiona se miró el reloj que llevaba en la muñeca. Iban bien de tiempo y llegaría sin problema a la ceremonia del té. En ese momento, echó de menos la tranquilidad que le aportaba la casa de Haruka.

La concentración de Setsuko mientras la ayudaba a ponerse el kimono y su tono de voz suave la calmaron de una manera que nunca habría creído posible. El enfado con Gabe le había durado todo el camino de vuelta a casa de Haruka. ¿Era tan tonto como para no darse cuenta de que Yumi lo estaba manipulando? Apretó las manos en un puño. Sin embargo, a medida que se iba poniendo cada prenda, se dio cuenta de que había algo en el ritual y en el orden metódico que hizo que dejara de hacerlo. Algo acerca de estar en la habitación minimalista con la luz del sol colándose por la ventana y el sonido del canto de los pájaros de fondo. Centrándose en cada elemento de la túnica y en el tono de voz de Setsuko, deslizó un dedo por encima de una de las grullas que estaban bordadas en la tela del kimono.

Ya vestida, se recogió el pelo en un moño suelto y lo aseguró con unas pinzas hechas de bambú. Después, las dos mujeres bajaron despacio con el kimono puesto hasta la tetería. A pesar de lo elegante que era la prenda que llevaban, les limitaba el movimiento, así que caminaron con tranquilidad y en sincronía por el *engawa* —la terraza de madera— y bordearon el jardín hasta llegar al *chashitsu* donde iba a tener lugar la ceremonia. Fiona se preguntó si eso, como tantas otras cosas en la cultura japonesa, estaba pensado a conciencia para mantener la atención plena. Bajar el ritmo, tomarse el tiempo que uno necesita. No se podía ir rápido con un kimono puesto, eso estaba claro, y los pasos lentos que dieron mientras caminaban juntas por el jardín le habían aportado una sensación de paz. Se alegró de haberle dicho que sí a Setsuko cuando le había sugerido que se pusiera el kimono. ¿Se había dado percatado la otra mujer de lo enfadada y molesta que estaba?

Había una pareja occidental y otra mujer en la habitación y, para su sorpresa, también estaba Gabe. ¿Qué hacía allí? No le había comentado que iría. De hecho, lo último que le había dicho era: «¿Por qué no vienes al estudio más tarde para ver las fotos de Ken?».

Y esa simple pregunta le creó a Fiona un dilema. Una parte de ella se moría de ganas de ver el resultado de la sesión y de volver a disfrutar de esa complicidad profesional que habían compartido antes de que Yumi apareciera por la puerta. Sin embargo, la otra parte –la sensata– sabía que ir sería una idea horrible. Solo le serviría para aumentar el pesimismo y la angustia que ya de por sí sentía. Gabe nunca se fijaría en ella, al igual que no lo había hecho cuando tenía dieciocho años. Al menos en aquella época solo había sido un estúpido flechazo adolescente. No como en ese momento, que no podía dejar de pensar en cómo sería besarlo y le era imposible olvidarse de él. También le daba pavor que notara lo que sentía por él. En el tren había tenido que limitarse a observarlo de vez en cuando, por miedo a que se diera cuenta de que le estaba mirando los pómulos o los labios con deseo. Ayer, en un abrir y cerrar de ojos, había perdido la cordura y había sentido la necesidad de llamar su atención todo el rato. Había querido que se fijara en ella.

A pesar de que no le hacía ningún bien, se detuvo a mirarlo y él respondió con una inclinación de cabeza. Mientras Setsuko la guiaba por la habitación y la llevaba a uno de los tatamis, Haruka la saludó con una pequeña reverencia y, según ella, también con una ligera sonrisa de orgullo en la cara. Fiona se inclinó, saludó a las demás personas que estaban en la habitación y se sentó. Antes le habían advertido que no intentara ponerse de rodillas como estaba en ese momento Haruka porque al parecer conseguir ponerse en esa posición requería años de práctica.

Intentó ignorar a Gabe que, por desgracia, estaba justo enfrente de ella y se quedó sentada en el tapiz. Se concentró en Haruka, que estaba arrodillada detrás de un puestecito con los utensilios necesarios para elaborar el té. Se sorprendió al ver las pocas cosas que se necesitaban para llevar a cabo la ceremonia, pero, a esas alturas, ya tendría que haberse acostumbrado a la filosofía japonesa de que menos era más. En la habitación sencilla y despejada le fue fácil respirar hondo, como si sus emociones tuvieran vía libre para expandirse por todo el espacio. Le llamó la atención ver una tetera negra humeante encima de un pequeño hornillo de gas y estudió el resto de las teteras de diferentes tamaños que la japonesa había colocado de forma ordenada.

Debido a la anticipación, se produjo un silencio absoluto en la habitación que casi la dejó sin aliento. Se puso más cómoda y miró por la ventana abierta de par en par que había detrás de Haruka. Los colores verdes, rosas y rojos del jardín creaban el fondo perfecto para la ceremonia. Rezumando felicidad, se acarició la suave seda del kimono. Ya de por sí se alegraba de habérselo puesto, pero cuando captó un pequeño destello de aprobación en los ojos serios de Haruka, se alegró aún más. Ahora que estaba allí sentada, se dio cuenta de que la ceremonia significaba mucho para la mujer mayor. Mayu, quien estaba muy orgullosa de su abuela y de su madre, le había contado que para convertirse en una maestra del té se necesitaban años de estudio y práctica.

Inconscientemente, se encontró con los ojos de Gabe y deseó con todas sus fuerzas que no se diera cuenta de la oleada de calor que estaba sintiendo. Era como si todos sus sentidos se hubiesen puesto en alerta al verlo, aunque tenía que reconocer que seguía muy enfadada. Gabe le estudió el rostro con muchísima intensidad, lo que hizo que ella notase un cosquilleo por todo el cuerpo, casi como si él la estuviera tocando. «Respira», se dijo a sí misma. Luego se volvió a concentrar en Haruka y se sintió aliviada al ver que todo ese hormigueo que había notado antes estaba empezando a desaparecer.

Haruka cogió una pequeña servilleta roja que se había guardado en el *obi* y al sacarla hizo un ruido perceptible para indicar que la ceremonia había comenzado. Con dedos largos y finos, la mujer mayor alisó la tela antes de doblarla con movimientos precisos y cuidadosos. Estaba claro que hasta el más mínimo detalle había sido coreografiado a conciencia y con precisión, lo que hacía que todo fluyera con facilidad.

Fiona fue observando cada uno de los movimientos, totalmente absorta en los minuciosos detalles del ritual. Gracias al silencio que reinaba en la habitación fue consciente de la manera en que la sangre le iba fluyendo por todo el cuerpo, del peso de sus extremidades en contacto con el suelo y del ritmo de su respiración.

Todos le prestaban atención a Haruka mientras llenaba de agua caliente una taza de bambú que tenía un mango largo, la vertía en el *chawan* y colocaba el recipiente en un ángulo muy concreto. Después, la japonesa limpió con delicadeza el utensilio largo que había usado para coger el polvo del matcha y depositarlo dentro del *chawan*. Ya con el agua caliente en el recipiente, Haruka lo mezcló todo con el delicado batidor de bambú de cerdas largas y giró el *chawan* varias veces antes de ofrecérselo a su hija para que se lo alcanzara a la mujer que tenía más cerca. Antes de entregárselo, Setsuko lo giró varias veces y la mujer lo aceptó con una inclinación de cabeza.

Todos cogieron aire a la vez cuando la mujer agarró el recipiente, se lo llevó a la boca y se bebió el líquido. Luego, cuando asintió agradecida, todos soltaron el aire.

Después, Haruka volvió a hacer todo el minucioso proceso

de nuevo. Fiona observaba cada paso deliberado y se quedó asombrada al ver la paciencia infinita de la japonesa y el cuidado que le ponía hasta al más mínimo detalle. Los movimientos eran precisos y ordenados, como los de un bailarín de *ballet*. En ese momento, Fiona sintió que las preocupaciones que la habían estado atormentando habían dejado de vagar por su mente y que ahora tenía toda su atención puesta en el lugar en el que se encontraba. La resignación, el enfado y la desesperación habían desaparecido, y ahora veía las cosas con más claridad, como si el entorno tranquilo hubiese conseguido filtrar y reorganizar sus pensamientos.

El humo del agua caliente flotaba suavemente por el aire y se imaginó su dolor desapareciendo de la misma forma. Ya no podía cambiar lo que sentía por Gabe, pero sí que podía guardar sus sentimientos a buen recaudo. Debía aprovechar al máximo el poco tiempo que le quedaba con él y, también, disfrutar de las cosas que le encantaban de él: el profundo respeto que le tenía a Haruka y a su familia, lo bien que se había portado con ella en aquel restaurante especializado en tempura, el trato profesional que tuvieron en la sesión de Ken y su pasión por la fotografía que, aunque parecía haberla perdido, ella sabía que seguía ahí. Lo que se despertaba en ella cuando él la tocaba y la comprensión con la que había tratado el tema de su madre. Cómo la había hecho sentirse guapa aquella noche en el estudio y le había subido la autoestima. Si Gabe no era capaz de ver que Yumi lo estaba manipulando, eso era problema de él.

El sonido incesante del batidor en el té hizo que Fiona volviera a centrarse en Haruka, que estaba mezclando el agua hasta convertirla en una espuma de color verde oscuro con movimientos firmes y dinámicos. «Cambio», pensó Fiona. A veces es necesario cambiar la perspectiva de las cosas. Le quedaba una semana en Japón e iba a aprovechar cada segundo.

Setsuko se acercó a ella con pasitos lentos, giró el cuenco y con una inclinación de cabeza, se lo tendió. Y, justo en ese momento, a Fiona le vino un pensamiento a la mente. Al coger el recipiente, estaba aceptando lo que se le ofrecía y, aunque tenía una pequeña grieta en el corazón –le iba a hacer falta algo más que un pegamento de oro para repararlo–, no pudo evitar sonreír. Se conocía mejor que nunca. Sabía quién era y de lo que era capaz. A los dieciocho años había creído que estaba enamorada, pero no era más que una fantasía. A los dieciocho años había perdido la autoestima y se había olvidado de todo lo que valía. Ahora, poco a poco iba mejorando y eso era algo de lo que debería estar orgullosa.

Le dio un sorbo al té y asintió, haciendo un brindis dentro de su cabeza. Una sensación de bienestar se le instaló en el pecho, como si hubiera cerrado un círculo. Estaba decidido, esa noche iría al estudio de Gabe.

Gabe se quedó cautivado al descubrir el torrente de emociones que bailaba en el rostro de Fiona, que estaba sentada justo en una zona en la que le daba la luz del sol. Se la veía tan elegante y espléndida con ese suntuoso kimono. Ese pelo precioso... Recordaba a la perfección lo suave que era, cómo se le había deslizado entre los dedos y el cosquilleo que había sentido en el estómago cuando había estado a punto de besarla. Joder, ojalá hubiese traído la cámara. Podría haberle hecho una docena de fotos –con tan solo unos segundos de diferencia entre una y otra– y todas habrían salido distintas. Se arrepentía tanto de no haberla besado, al igual que de no haber traído la cámara. Hacía mucho tiempo que no se sentía así.

También hacía mucho tiempo que no asistía a una ceremonia del té y lo único que recordaba de cuando había asistido en su día era que le había parecido un aburrimiento. Había ido con Yumi y un par de personas más –ahora ni siquiera se acordaba de sus nombres, a pesar de haber salido varias veces de fiesta con ellos–, y no habían estado cómodos; de hecho, se pasaron toda la ceremonia susurrando en voz baja y tirándose de la ropa. Hoy había venido por un impulso; tal vez porque quería demostrarle a Fiona que tenía más cosas que ofrecerle de lo que ella pensaba. Que no era el típico superficial que se acostaba con las mujeres de otros.

Un poco avergonzado por la forma en que se había comportado, observó cómo Haruka volvía a colocar con cuidado la taza de bambú exactamente en el mismo ángulo que las otras veces. Se notaba que estaba orgullosa de lo que hacía; había siglos de aprendizaje detrás y era algo que merecía todo el respeto del mundo.

Gabe no estaba particularmente orgulloso de la persona en que se había convertido tras empezar a salir con Yumi. Su madre y su padre seguramente tampoco lo estarían si se enterasen de la forma en que su hijo estaba viviendo su vida. Sally y Jim: una pareja de clase media que vivía en Esher y que tenía un matrimonio tan duradero y seguro como un recipiente de Tupperware. A diferencia de ellos, él había ido por ahí presumiendo de una carrera profesional fascinante, emocionante y llena de *glamour*. Había sido fácil impresionarlos con su éxito y con sus primeros logros, pero en algún momento del camino él se había olvidado de los valores con los que lo habían criado. Les restaba importancia a las cosas y en las continuas llamadas que se hacían solo les hablaba del trabajo y de la última estrella de cine a la que había fotografiado. Sin embargo, nunca les decía que había perdido la ilusión por su profesión ni les comentaba lo cansado y aburrido que estaba de la vida en general. Habían sentido lástima por él cuando se separó de Yumi, pero nunca les llegó a contar lo hundido que había estado en aquella época. La optimista y alegre Sally y el pragmático Jim no cuajaban con la actitud de su hijo. No llegaron a conocer a Yumi en persona, pero Gabe sabía en lo más profundo de su corazón que, aunque nunca le hubiesen comentado nada, no habrían aprobado la relación que tenían. Y hasta ahora, nunca se había dado cuenta de lo geniales que eran los táperes.

Haruka seguía sujetando el mango largo de la taza de bambú y sirviendo la cantidad exacta de té matcha. Había una intención clara en cada uno de sus movimientos. Había practicado para eso durante años y se notaba que tenía el control absoluto de la situación. Sabía perfectamente qué elemento tenía que usar en cada momento y qué era lo que venía después. Gabe se sintió bastante tranquilo al notar toda esa seguridad que desprendía la japonesa.

Y eso le hizo preguntarse cuál era su propósito en la vida.

¿Qué estaba haciendo? La cena con Yumi había sido un auténtico desastre. A ella le había molestado que Ken no hubiese querido acompañarlos y él enseguida entendió que esa había sido la verdadera razón por la que ella había viajado hasta Kioto. ¿Cuándo iba a dejar de ir tras ella? ¿Seguía enamorado? Cuidaba de ella y se preocupaba por ella. Sin embargo, a pesar de que ahora estaba casada con otro hombre, la veía muy infeliz. Mostraba su cara valiente en público, pero cuando estaba a solas con él..., dejaba que la verdad saliera a la luz. Se quejaba de lo sola que estaba, de que Meiko nunca le dedicaba tiempo y de lo tacaño que era con el dinero.

Al otro lado de la habitación, Fiona aceptó el té que le ofrecía Setsuko y su rostro, que hasta ese momento estaba teñido de una concentración absoluta, se iluminó con una tierna sonrisa. Y fue entonces cuando Gabe se percató de algo. En los últimos días que había pasado con ella, él se había sentido más... humano. Como si hubiese vuelto a la vida. Ella lo desafiaba, le hacía enfadar, reír, pensar. Era consciente de que hacía casi un año que no sacaba unos retratos tan buenos como los que le había conseguido hacer a Ken Akito. ¿Lo había logrado gracias a ella? Se moría de ganas de ver las fotos que le había hecho a ella. Había algo en el rostro expresivo de Fiona que lo atraía.

Cuando volvió a fijarse en ella, no soportó ver que había cierta tristeza y resignación en sus ojos. ¿Qué había hecho que estuviese así? ¿Qué demonios pensaría ella si supiera la inexplicable necesidad que tenía de abrazarla y de asegurarle que todo iba a ir bien?

—Hola, pasa. —Gabe se levantó de un salto, con ganas de complacerla, y sintió cierto alivio cuando la oyó dando unos golpecitos en la puerta *shoji* de su zona de trabajo. Se había pasado la última hora mirando el reloj, preocupado por si al final no aparecía.

—Vengo a ver las fotos de Ken —dijo ella, y se sentó en la silla que había al lado de él.

Ese movimiento sorprendió un poco a Gabe; Fiona se había pasado la mayor parte del trayecto en tren mirando por la ventanilla y a él le había dado la impresión de que prefería sentarse con una mofeta antes que hacerlo con él.

—Hemos conseguido algunas bastante buenas —añadió él al tiempo que se inclinaba hacia la pantalla para hacer clic con el ratón y enseñárselas.

—¿Hemos?

A Gabe se le quedó la mano congelada en el ratón. «Hemos». Lo había dicho sin pensar.

—Sí. Trabajo en equipo, ya sabes. Es la primera vez que tengo una asistenta y me has sido de gran ayuda. —Quería olvidar el desliz que acababa de cometer, así que cambió de tema con rapidez, y añadió—: ¿Qué te parecen las fotos?

Fiona examinó las imágenes y él estudió su rostro, con la extraña necesidad de saber su opinión. Para él estaba claro que la mejor foto de Ken era en la que salía con los codos sobre las rodillas, las manos en la cara y la boca abierta de par en par, soltando una carcajada despreocupada. Había sido uno de esos momentos inusuales y naturales que Gabe no se habría perdonado nunca si no hubiese sido capaz de capturarlo.

—Esa. —Señaló la pantalla con el dedo, pero inmediatamente lo bajó—. Sé que es de mala educación señalar, pero sin duda es esa —añadió muy segura de sí misma, algo poco habitual en ella.

A él se le llenó el pecho de orgullo. Fiona tenía muy buen ojo y entendía perfectamente lo que debía tener una foto, lo que la convertía en algo especial.

—Opino lo mismo. Y creo que a Ken le encantará. También estoy pensando en enviar estas.

Seleccionó un par de fotos más. En una, aparecía Ken sonriendo a la cámara en la misma posición, aunque un poco más serio que en la otra imagen, pero con sus característicos ojos llenos de personalidad, simpatía y complicidad, mirando directamente al objetivo. En otra, salía recostado con el brazo sobre el respaldo del sofá, relajado y cómodo, como si estuviera esperando a que viniera un amigo.

—Son geniales.

—Creo que sí. Igual me has servido de inspiración.

Aunque Gabe lo soltó con una sonrisa burlona, iba en serio. El constante interés que había mostrado ella mientras estaban en la *suite* y lo sencillo que había sido convencerla para que posara le habían dado el chute de energía que necesitaba. En realidad, quería hacer un trabajo impecable. Sí, ayudaba el hecho de que Ken siempre se lo ponía todo muy fácil, pero el interés de Fiona había hecho que se esforzara más. Gabe se sobresaltó al darse cuenta de que hacía mucho tiempo que no le dedicaba a su trabajo la atención que merecía, aunque siempre tuvo la suerte de tener talento suficiente como para que no se notase. ¿Era vergüenza lo que se enredaba entre sus pensamientos?

—Sí, claro... —dijo ella con desconfianza.

—No, lo digo en serio. —Alargó la mano y la puso encima de su antebrazo, por alguna razón necesitaba ese contacto, sin saber muy bien si lo estaba haciendo para tranquilizarla a ella o a sí mismo—. Son los mejores retratos que he hecho en mucho tiempo. —Hizo clic en la imagen y la amplió para que se viera en toda la pantalla—. ¿Ves? ¿No es Ken la típica persona con la que querrías forjar una amistad?

Fiona asintió a modo de respuesta.

—Pues eso es exactamente lo que quería reflejar. Y encima han acabado saliendo mejor de lo que esperaba. Fíjate en esta. La forma en que nos está mirando. Sincero, afable, con dulzura.

—Seguramente porque toda esa gente no andaba por ahí cerca —confesó ella, apartando el brazo y acercándoselo al pecho, como si el mero contacto le hubiese quemado la piel.

—Siempre intento deshacerme de ellos –pronunció él, tratando de disimular la extraña sensación de decepción que sintió al ver que se había zafado de su agarre–. Si no, no se crea esa intimidad.

Recordó la breve media hora que había compartido con ella en la habitación antes de que llegara todo el mundo; ese vínculo que había surgido enseguida entre ellos. Cuando ella había posado para él y cuando él había sentido la necesidad de besarla. Ahora las cosas no eran como antes. ¿Qué habría dicho ella si la hubiera besado? ¿Habría reaccionado de la misma forma que a los dieciocho? Le observó el rostro. Los ojos azules en alerta, distantes. ¿Si la besara, se relajaría y le sonreiría como lo había hecho aquel día en la *suite*? Sintió una inusual y dolorosa sensación de anhelo en el estómago. Tuvo que luchar contra el impulso de tocarle la cara y pasar los dedos por esos peculiares labios anchos y atractivos. Fiona evitaba su mirada y él enseguida se percató de que tenía que parar si no quería terminar haciendo una estupidez.

¿De qué estaba hablando? Ah, sí. De los secuaces de Ken.

—Nueve de cada diez veces, no me puedo quitar de encima al responsable de relaciones públicas. Siempre están preparados para comerle la cabeza a uno –le explicó Gabe, y después siguió mirando algunas imágenes más y...

Oh, oh. Mierda. Por favor que no la haya visto. Pensaba que las había borrado todas, pero no. Como un perro de caza que es capaz de captar el olor de su presa, Fiona la vio.

—Vas a borrar eso, ¿verdad?

—¿Qué? –Gabe intentó sonar despreocupado, pero no la consiguió engañar.

—La foto. La mía.

—A ver, si de verdad quieres que lo haga...

—Sí quiero –soltó ella con un tono de voz severo.

—Pero es buena –insistió, volviéndose hacia ella, sorprendido por su actitud.

—No seas... –Fiona resopló.

—¿Que no sea qué?

—Estás siendo...

Gabe volvió a mirar la imagen y frunció el ceño. No era la mejor foto que había hecho, pero no veía nada malo en ella.

—Venga, suéltalo. Déjame adivinar... ¿Crees que tienes la nariz un poco torcida? ¿Un ojo más grande que el otro? ¿O es porque tienes un granito en la mejilla?

Fiona apretó los labios y, como de costumbre, levantó con orgullo la barbilla como si fuera una princesa guerrera, evitando mirarlo a los ojos. Gabe estuvo a punto de echarse a reír, pero al mismo tiempo sintió la necesidad de acariciarle el cuello con el dedo. Su entrepierna reaccionó. Había algo en ella, siempre lo había habido, pero la tensión en sus hombros y el lenguaje corporal gritaban a los cuatro vientos un «ni te acerques». Estaba claro que él se encontraba en ese momento en el puesto número uno de la lista de las personas a las que más detestaba Fiona.

—Siempre que hago retratos, la gente me pide que tenga en cuenta algún defecto que creen tener. Incluso el propio Ken quería que me asegurara de que no salía con papada —añadió Gabe, perplejo, y observó el movimiento de la garganta de Fiona cuando esta tragó saliva. Con un par de clics, amplió la imagen en la que salía ella, y le preguntó—: ¿Qué es lo que no te gusta?

En la foto salía con el pelo iluminado por el sol, los ojos cerrados, las extremidades extendidas de forma elegante y con una pequeña sonrisa en los labios. Parecía una diosa que escondía un secreto: las claves del saber. De hecho, Gabe le hubiese puesto a la imagen el nombre de *La diosa que guarda un secreto*.

Fiona le dedicó una mirada llena de dolor y contestó:

—Estoy ridícula y creo que te estás pasando.

—¿Qué? ¿Por qué? —preguntó él, incrédulo. ¿Estaban viendo la misma foto?

—Parezco un gigante, uno torpe y tonto. A mi lado el maldito sofá parece hasta pequeño.

–No digas eso –le exigió él.

Pero ¿qué narices estaba diciendo? Es verdad que era más alta que la mayoría de las mujeres, pero no parecía para nada un gigante. Para él, tenía el cuerpo perfecto.

–Larguirucha, una amazona... Ya estoy más que acostumbrada.

–A mí me recuerdas más a una vikinga con ese pelo –intervino Gabe, arrastrando las palabras, sin querer delatarse.

–¿Qué? –Fiona se giró hacia él, con los ojos brillosos, para ella él sí que parecía un vikingo–. Así que tú también piensas que soy grande.

–No, pienso que eres perfecta tal y como eres. Creo que sales guapísima en esa foto y creo que estás viendo complejos donde no los hay.

No tendría que haber sido tan duro con ella, pero le preocupaba soltar algo que no debía.

–Complejos donde no los hay... –repitió ella con desdén–. Para ti es fácil decirlo.

Gabe se quedó desconcertado y no supo qué contestar. El silencio y la tensión se extendieron entre ellos y él terminó alargando la mano, un tanto vacilante, para tocarle el hombro. Fiona no se movió. Él percibió la tensión en su rostro y enseguida le vino a la mente el adjetivo «estoica».

–No era mi intención ofenderte. Si de verdad es lo que quieres, la borraré ahora mismo. Mira. –Seleccionó la imagen y la envió a la papelera de reciclaje, siendo consciente de que ella le estaba echando un vistazo al resto de las miniaturas que había en la pantalla–. Ya está.

–Gracias –dijo ella con un tono de voz que denotaba tensión y con las manos apretadas en un puño encima de los muslos–. Seguro que piensas que soy idiota.

–Para nada pienso eso. Solo creo que es una pena que no puedas verte con los mismos ojos con los que yo te veo.

–Pues serás el único. –Había cierta amargura en la voz de Fiona–. Qué irónico.

–¿Por qué dices eso?

—Se reían de mí en el instituto. Imitaban mis zancadas largas y me llamaban la Gigante. Todo empeoró después de...

Gabe no dijo nada al ver que ella estaba luchando contra sus emociones.

—Después de que te besara —dijo ella finalmente.

—Joder, lo siento —admitió él, aunque ni siquiera estaba muy seguro de por qué se estaba disculpando.

—No fue culpa tuya. Evie nos vio. Se lo contó a todo el mundo. Y después de eso me convertí en el hazmerreír del instituto. Me fui al poco tiempo.

—Joder, Fiona. Lo...

—¿Por qué te disculpas? Fui yo la que te besó. No me lo pediste. De hecho, parecías aterrorizado —dijo ella tras darse la vuelta, con las mejillas sonrojadas por el enfado.

Esas palabras calaron en Gabe y el arrepentimiento se apoderó de él. Al ver la cara que se le había quedado a ella, sintió que merecía saber la verdad, así que añadió:

—No estaba aterrorizado. A ver, igual un poco sí, pero solo porque era tu profesor y era algo inapropiado. Lo que sí que me aterrorizó fue lo que me dediqué a hacer yo.

—¿Lo que te dedicaste a hacer tú? —Ella arrugó la frente, confundida.

—Joder, Fi... —Le debía la verdad—. Intenté llamar tu atención. Durante toda la semana. Eras preciosa. Y yo... Bueno, estaba acostumbrado a que las chicas siempre estuvieran interesadas en mí. Así que no era algo que me resultara difícil y encima tú eras tan... inocente. Pero es que era tu profesor, y te sacaba seis años. No estuvo bien y no debería haber...

¿Debería confesarle a Fiona que había sentido una conexión entre ellos? ¿O que incluso en aquella época su entusiasmo juvenil le había hecho ver las cosas de otra manera?

—¿Me estás diciendo que... no fueron imaginaciones mías? —preguntó Fiona, tocándose la boca de manera inconsciente.

Gabe se mordió los labios y se armó de valor para mirarla a los ojos.

–No. Y si Evie no nos hubiera visto…, ¿quién sabe cómo habría acabado ese beso? –confesó él, lo que hizo que ella abriera los ojos como platos.

–Quieres… quieres decir que tú sí que…

–Sí que te devolví el beso.

–Oh –soltó Fiona, y se quedó con la boca abierta.

Durante un segundo, a Gabe le fue imposible apartar los ojos de sus labios. Había besado a muchas mujeres, pero le había resultado imposible olvidarse de ese beso, no solo por el factor sorpresa –había surgido de la nada y había sido un movimiento brusco y un poco torpe–, sino también porque en el fondo había sentido un cosquilleo. Y ahora se moría de ganas de besarla, de volver a posar los labios en su boca…, pero no podía porque ella se merecía a alguien mucho mejor que él.

Capítulo 17

Las palabras de Gabe habían conseguido dejar a Fiona sin habla y habían cambiado por completo el recuerdo que ella tenía de aquel encuentro. Se quedó en la cama recordando el beso, diez años más tarde. Gabe le había confesado que él también la había besado a ella. Los roces casuales, el tono ronco que había utilizado con ella o los intercambios de mirada no habían sido fruto de su imaginación. Aunque para él, todo eso solo había sido un juego... Y ella había sido demasiado inocente como para darse cuenta. Le parecía tan atractivo, lo veía como un héroe... y como un hombre con mucha más experiencia que ella. A pesar de que ese beso no había significado mucho para él, ahora ella se sentía como si se hubiera quitado un peso de encima. Gabe le había devuelto el beso y no se había quedado aterrorizado.

¿Qué habría pasado si Evie no hubiese aparecido?

«Nada», pensó mientras recordaba la cara de vergüenza que se le había quedado a él cuando se separaron. Aunque igual la habría invitado a tomar algo...

«Si sigues así, te vas a volver loca», se advirtió a sí misma. Ese beso ya formaba parte del pasado. Una puerta cerrada que era mejor no abrir. Era evidente que Gabe seguía enamorado de Yumi y, a pesar de los cumplidos que le había hecho, ¿quién sería tan estúpido como para elegirla a ella antes que a una mujer tan pequeña y delicada como Yumi?

Al final, Fiona terminó durmiéndose y se despertó al día siguiente con una magnífica y soleada mañana de primavera. Sin embargo, vio los tres mensajes que le había enviado su madre y no le quedó más remedio que responder. Hoy iría a la tetería para hacerle algunas fotos a Setsuko trabajando.

Se miró en el espejo mientras se cepillaba el pelo enredado. La noche anterior se había sentido demasiado inquieta como para preocuparse por arreglarse la trenza antes de irse a dormir o seguir su rutina habitual. De hecho, ahora sentía la boca pastosa porque el día antes ni siquiera se había lavado los dientes. Observó el reflejo de su pelo en el espejo. El color era igual que el de su padre, aunque al parecer él había sido más bien pelirrojo por sus antepasados irlandeses. Su madre le había comentado en varias ocasiones que debería estar agradecida de no haber salido tan pelirroja, pero nunca nadie le había dicho lo bonito que lo tenía. Se lo echó por encima del hombro y, con el peine en la mano para hacerse la trenza que siempre llevaba, volvió a mirarse en el espejo. Se estudió con detenimiento y decidió que no se la haría. Por una vez, no estaría de más dejárselo suelto. Así que, antes de que pudiera cambiar de opinión, salió de su habitación y se fue a desayunar, siguiendo el olor familiar de la sopa de miso.

—Voy a echar de menos todo esto cuando vuelva a casa —le confesó Fiona a Haruka mientras se sentaba a desayunar, disfrutando del olorcito que desprendía la sopa y al que no le había costado mucho acostumbrarse.

—Puedes llevarte un poco. Es muy fácil de hacer. —La japonesa esbozó una sonrisa traviesa, y añadió—: Es de sobre.

—Entonces sí que puedo hacerla, aunque creo que me quedo con mi tostada de Marmite —añadió Fiona, riéndose.

—¿Marmite?

—Es una pasta salada que untamos en el pan. Algo muy típico en Gran Bretaña. Le mandaré algún bote. —Al decirlo en voz alta, se percató de que iba a echar mucho de menos a Haruka y a Setsuko, y también esa tranquilidad que las caracterizaba a las dos. Después, se metió la mano en el bolsillo y tocó su móvil, que no había parado de vibrar con nuevos mensajes desde que se había sentado a desayunar.

—Gracias —pronunció la mujer mayor, inclinando la cabeza.

Fiona le devolvió el gesto. Ya estaba más que acostumbrada a responder así. También había dejado de señalar las cosas con el dedo.

—Me encantaría hacerle fotos al jardín —le dijo a la japonesa.

Cuando volviese a su casa, tal vez podría cultivar uno como el de Haruka. Podría convertirse en un proyecto en común. A ambas les serviría de consuelo.

—Sería un honor para mí.

—Igual también podría hacer alguna en la que saliera usted con Setsuko —sugirió, aunque en el fondo sabía que le sería imposible volver a captar esa calidez que desprendía la foto en la que salían madre e hija junto a las flores de cerezo. Sin embargo, sí que podría hacerle a Haruka una foto con el kimono puesto bajo las sombras de los árboles. Una mujer llena de misterio y sabiduría. Se le escapó una sonrisa al imaginársela, y añadió—: Tal vez una en la que salga con el kimono puesto.

Hizo un gesto con la cabeza hacia la vestimenta tradicional que llevaba en ese momento la japonesa, que ya se había preparado para la ceremonia del té que se iba a celebrar en un rato.

—¿Ahora?

—Sí, ahora sería estupendo —contestó ella, sorprendida por la rapidez con la que la mujer había aceptado. Le había costado convencer a Setsuko, que al final había terminado accediendo porque Fiona le había explicado que no tendría que posar, sino que serían fotos de ella trabajando. Además, la luz que había ese día era perfecta y terminaría antes de que llegara el minibús con los turistas para la ceremonia—. Voy a por la cámara.

Haruka era la modelo que todo fotógrafo querría tener. Se dedicó a pasear por el jardín, a recortar el bonsái, a barrer las hojas... Y todo eso lo hizo como si no tuviera una cámara delante e ignorando el constante zumbido del móvil de Fiona. De hecho, la foto en la que salía con su esbelta figura inclinada hacia uno de los bonsáis, en contraste con la curva del tronco del delicado arce que tenía detrás, era perfecta. Quería que la gente viera esas imágenes para así poder transmitirles la felicidad que ella había conseguido encontrar en la inmensa variedad que ofrecía el país. Ya tenía un título en mente: *Gente de Japón.*

–Tengo que ir a prepararme para la ceremonia del té –mencionó Haruka con una de sus características inclinaciones de cabeza–. Tu pelo... se ve muy bonito cuando le da la luz del sol. –Se acercó a ella con una sonrisa cariñosa y se lo tocó–. Deberías animarte a llevarlo suelto más a menudo. Le da luz a tu mirada. Mejora tu espíritu. Es el *kintsugi* de tu alma, el pegamento de oro que repara una tetera rota.

Fiona la miró fijamente, un poco asustada por la perspicacia de la mujer. La confesión de Gabe la noche antes había conseguido reparar algo dentro de ella. Una pequeña parte que llevaba demasiado tiempo rota. Se echó el largo pelo hacia atrás. *Kintsugi*, el pegamento de oro. Le gustó que le dijera eso.

En lugar de volver al interior de la casa, se quedó en el jardín, sentada en el *engawa*, con los pies colgando en el borde y escuchando el sonido del agua cayendo y los acordes de la música que provenían de la tetería.

Y ahí mismo fue donde Gabe la encontró media hora más tarde. Sin abrir la boca, se sentó a su lado, también con las piernas colgando.

–¿Qué tal estás? –le preguntó él.

–Bien –contestó Fiona con cautela y con la esperanza de que no volviera a sacar el tema del beso.

–Ya envié las fotos de Ken y al equipo de fotografía le ha encantado el resultado. Pensé que te gustaría saberlo.

–Me alegro.

–Me han pedido que vaya con ellos a Los Ángeles para hacerle fotos a David Beckham –anunció, emocionado.

–¡Hala!

–Sí. Hacía mucho tiempo que no me ofrecían algo así. Gracias.

–¿Por qué me das las gracias?

–Por inspirarme.

–¿Cómo? ¿Sosteniendo un reflector de luz en el ángulo que me pedías?

–Exacto.

Fiona puso los ojos en blanco al escucharlo decir esa tontería. Ser amigos podría estar bien. Si es que podía ser amiga de Gabe. Le gustaba mucho más ahora que cuando llegó a Japón.

–Y también he venido a decirte que Kaito nos ha conseguido un billete para ir al monte Fuji. Pasado mañana; lo que está genial porque dicen que va a hacer sol los próximos días. Si hiciese mal tiempo, no podríamos ver el pico porque estaría cubierto de nubes. Vamos a quedarnos cerca del lago Kawaguchi. El paisaje es muy bonito, así que también podrás hacer fotos por allí –añadió Gabe de forma atropellada, algo que para nada era típico de él, y a Fiona le pareció muy mono.

–Estupendo. Creo que no sería capaz de dejar Fuji fuera de la exposición. Es un lugar emblemático.

–Sí, y también lo han fotografiado un millón de veces, pero tengo ganas de ver qué se le ocurre a una Hanning.

Fiona lo observó, recelosa.

–Lo digo en serio. Tienes buen ojo. Siempre lo has tenido.

–Gracias –contestó ella, frotándose la rodilla sobre la tela de los vaqueros.

Sabía que había algo más detrás de ese comentario y que tenía algo que ver con la conversación que habían tenido la noche anterior. Le estaba ofreciendo una tregua. Y agradeció que él hubiese decidido pasar página de forma sutil, sin tener que volver a mencionar el tema.

–Vendré a buscarte. Mañana tengo cosas que hacer. No te importa, ¿verdad?

Contenta de que se hubiese molestado en preguntar, Fiona negó con la cabeza y añadió:

–No, le prometí a Mayu que iría con ella al Robot Restaurant. Además, quiero hacerle algunas fotos a Setsuko en la tetería. Así que yo también tengo cosas que hacer.

–Genial. Pasado mañana vendré a recogerte a las nueve. El viaje en tren durará unas dos horas. Ah, y haz las maletas porque Kaito nos ha reservado dos noches en un hotel de Fujiyoshida.

Está cerca del lago. Hace tiempo que no voy por allí. Tengo muchas ganas. Y... no sé por qué he dicho eso.

—Dios mío, ¿estás enfermo? –le preguntó ella, sin estar todavía acostumbrada a esa especie de tregua entre ellos. Ni a la idea de pasar página.

—Creo que igual sí –contestó Gabe con una sonrisa, y a ella le resultó imposible no devolvérsela–. Pero tampoco te acostumbres.

—No pensaba hacerlo. Estoy segura de que muy pronto volverás a ser el viejo cascarrabias de siempre.

—¿Viejo? Venga ya, no soy tan viejo. Solo tengo treinta y cuatro. ¿De verdad me ves tan mayor?

—No, la verdad es que no. Hasta yo me siento más mayor que mi propia madre y te saca más de diez años.

—¿Cómo está hoy?

—Tiene ardor en el pecho. Al final tuve que decirle que se tomara unas pastillas para la indigestión.

—Uf, se pasa mal.

—Anoche pidió comida india. Nunca le sienta bien. No ha parado de mandarme mensajes desde las siete de la mañana. Pero no me di cuenta hasta hace poco –confesó ella, y se sacó el móvil del bolsillo y comprobó que, efectivamente, tenía dos nuevas notificaciones–. ¿Algún consejo?

—Es demasiado persistente, así que igual deberías ignorarla.

—No es tan fácil. Soy su hija.

—Ya, pero no es que sea tampoco una persona muy mayor o que esté enferma.

—Gabe, no sigas. No quiero hablar de esto ahora.

—De acuerdo. Veo que hoy te has dejado el pelo suelto. Te queda genial.

Ese comentario repentino la cogió por sorpresa e hizo que se sonrojara. Sin embargo, cuando Gabe le cogió un mechón y se lo acarició con los dedos, el rubor que hasta ahora solo tenía en las mejillas le llegó hasta las raíces del pelo.

—Con la luz parece de un color bronce brillante.

—Haruka comentó que era como el oro. *Kintsugi*, dijo.

Gabe alzó una ceja y recorrió el rostro de Fiona con la mirada, con una pequeña sonrisa en los labios.

—Haruka tiene una forma de decir las cosas... Es capaz de saber lo que te pasa. Es... muy especial. A pesar de que es una mujer muy mandona, le tengo mucho cariño. Ella... ella me salvó. Más bien a mi cuerpo. Según ella, todavía tengo que trabajar en mi alma —añadió él.

—Te ayudó cuando cortaste con Yumi.

Gabe hizo una mueca.

—No estaba en mi mejor momento. Pero ¿cuántas personas son capaces de soportar una humillación y una traición como esa en público? Y sí, debería haberle dicho a Yumi que ahora le tocaba a ella cargar con las consecuencias, pero es que la veo tan sola y... me da tanta pena. Es una persona muy vulnerable. No es tan fuerte como la gente cree. Siempre me dice que soy el único que la entiende de verdad. Así que, en cierto modo, eso hace que me siga sintiendo responsable de cuidarla.

«Pero ahora eso es cosa de su marido», pensó Fiona. Se le encogió el corazón al verlo con la mirada perdida. Así parecía que el que estaba triste y solo era él. Sin saber muy bien por qué, colocó una mano sobre la de Gabe para ofrecerle consuelo y, cuando él giró la mano y entrelazó los dedos con los suyos, el corazón le dio un vuelco.

No sabía por qué Gabe lo había hecho ni por qué ella no pudo apartarse. Sin embargo, sí que sabía que le resultaba agradable. De la noche a la mañana, esa parte de ella que había permanecido rota durante muchísimo tiempo se había reparado.

—No me acosté con ella —dijo Gabe en voz baja, con la necesidad de recordárselo.

—Lo sé. —Fiona tragó saliva, sorprendida por la repentina y cálida sensación de alivio que le recorrió el cuerpo.

—A veces me provoca, pero sé que si lo hiciera... me odiaría aún más.

Al percibir el dolor en su voz, Fiona le apretó la mano, sintiéndose como si ella fuese la mayor de los dos, y le entraron ganas de darle un abrazo. Quería decirle que él también merecía que alguien lo quisiera. Pero, en el fondo, sabía que él no se creería sus palabras.

Capítulo 18

—Joder, estoy hecho polvo —murmuró Gabe con un enorme bostezo mientras los dos se acomodaban en los asientos del tren que los llevaría a Fujiyoshida—. Me he pasado la mitad de la noche negociando con *The Sunday Times* y organizando lo de la sesión con Beckham. Al final sí que lo voy a hacer —añadió mientras sacaba la cámara de la funda y toqueteaba algunos botones antes de dejarla en el asiento de al lado.

—Qué bien —susurró Fiona—. Me alegro. Y deja de bostezar porque vas a acabar pegándomelo. Después de lo de ayer, ya no soy la misma.

—¿Cómo os fue en el Robot Restaurant? —preguntó Gabe con una sonrisa.

—Bueno, Mayu se lo pasó mejor que nunca —murmuró ella, y después hizo una mueca—. Pero a mí me acabaron doliendo los ojos con tanto neón y tantas luces parpadeando. Creo que mis pobres retinas no lograrán recuperarse nunca. ¿Tú has visto todas esas cosas? Algunas me parecieron francamente aterradoras.

—¿Por qué crees que no te llevé yo? —preguntó él, y se echó a reír.

La visita al restaurante había sido sin duda una de las experiencias más extrañas que había vivido Fiona en su vida. Había robots enormes de samuráis montados en caballos de cristal. También se encontró con unas bailarinas que llevaban un atuendo ajustado y brillante de color plateado y turquesa —al estilo de la heroína Barbarella—, y que se dedicaron a bailar encima de un *Tyrannosaurus rex* gigante. Además, también tuvo que ver a personas montadas encima de unos monstruos que parecían de *Pokémon* y que lanzaban chorros de luces láser. No era algo que Fiona pudiese quitarse de la cabeza con tanta facilidad.

–Igual incluyo alguna foto del restaurante en la exposición...,
para mostrar el contraste entre el Japón moderno y el tradicional. Además, conseguí hacerle unas fotos geniales a Mayu
y quiero enseñárselas a Setsuko y Haruka. Esa niña es una
auténtica rebelde. Siempre pensé que los niños japoneses se
comportaban de manera ejemplar.

–Creo que Mayu se suelta la melena cuando no está con sus
padres, pero, como la mayoría de los niños japoneses, es muy
educada y respeta mucho a su familia.

–Bueno, también tengo algunas fotos de ella en las que no
parece tan rebelde. Si no te importa, me encantaría volver al
estudio para hacer un álbum de fotos y dárselo a la familia
como muestra de agradecimiento cuando me vaya.

–Qué pelota eres –dijo Gabe, disimulando un bostezo–. Les
va a encantar. Con razón tienes a Haruka en el bote...

–Creo que tú sigues siendo su favorito.

–Y no sé por qué –confesó él, y se dejó caer en el asiento,
frotándose las ojeras.

–Pues porque la adoras.

–Es una viejecilla gruñona y exigente.

–¡Pero Gabe! –protestó Fiona, elevando la voz, y, al darse
cuenta, se quedó en silencio, observando a los demás pasajeros.
Por suerte, nadie en el vagón silencioso parecía haber notado
su metedura de pata–. No es para nada así.

–Eso lo dices porque solo has visto su lado bueno –gruñó él
en un susurro.

A pesar de eso, Fiona no pasó por alto el brillo que había en
sus ojos.

–Pues será porque soy la invitada perfecta –dijo ella con una
sonrisa.

–¿De dónde has sacado eso?

–Me lo dijo Setsuko.

–¿Ves? Si es que sabía que eras una pelota.

Se cruzó de brazos y apoyó la cabeza en el respaldo. Fiona
puso los ojos en blanco y sacó su guía de Japón.

–Y una empollona –añadió Gabe con los ojos cerrados mientras le daba un codazo en el brazo.

–Me gusta saber adónde voy, ¿a ti no?

–Pues no, yo prefiero que sea una sorpresa. Además, no es la primera vez que voy.

–¿Al lago Kawaguchi?

–No, al monte Fuji. De hecho, he subido hasta arriba, pero solo se puede en julio y en agosto. Tendrás que volver a Japón.

–¿Sabes..? Igual sí que vuelvo. Siento que todavía me quedan muchas cosas por descubrir. Cada vez que hablo con Setsuko o con Haruka me cuentan algo nuevo y fascinante sobre la filosofía o la cultura del país. Hay tantas cosas que no sé..., es un sitio increíble.

Gabe abrió los ojos y giró la cabeza para estudiar el rostro de Fiona. Poco a poco sus labios fueron esbozando una sonrisa, como si el sueño que tenía hubiera adormecido sus sentidos. Cuando Fiona descubrió la expresión somnolienta y tierna de Gabe, el corazón le dio un brinco.

De repente, él cogió su cámara y, antes de que ella pudiera protestar, le hizo un par de fotos rápidas.

–¡Gabe! –se quejó.

–Perdón, es que acabo de tener una idea para una foto... en un tren. Quería comprobar si quedaba bien. Con el fondo desenfocado y todo eso. Una foto un poco más... artística.

–Ah –soltó ella, apoyándose en el respaldo del asiento y mirándolo con desconfianza.

Gabe le dedicó una sonrisa, con cara de cansado y un poco de atontado.

–¿Qué pasa? –preguntó Fiona.

–Eres increíble –dijo él sin dejar de sonreír, lo que hizo que el corazón de Fiona se contrajera con una sacudida–. Sabes cómo hacer que recuerde cosas que ya daba por olvidadas. Cosas que he dejado de valorar.

Volvió a cerrar los ojos y, por un momento, ella pensó que se había quedado dormido.

De repente, Fiona sintió un roce en la mano y bajó la mirada. Gabe había entrelazado los dedos con los suyos.

–Se me había olvidado lo especial que es Japón –siguió hablando él–. Haruka. Ella siempre ha hecho todo lo posible por... por hacer que yo lo recuerde. Dejé de fijarme en ese tipo de cosas. Cuando llegué aquí por primera vez, me quedé fascinado con los contrastes del país, con la espiritualidad. Pero al final me acabé perdiendo.

–¿Y ahora cómo te sientes? –Fiona le estudió el rostro y percibió cierto arrepentimiento en su expresión.

–*Tupperware* –murmuró él, o al menos eso entendió Fiona.

Seguramente se trataba de alguna palabra japonesa que sonaba parecida a la marca de táperes.

Esperó a que él diera más detalles, pero lo único que hizo fue sonreírle con dulzura y darle un apretón en la mano. Después, apoyó la cabeza en el respaldo del asiento y se durmió.

Mirar a alguien mientras dormía era un tanto siniestro y ella sabía que en cierta forma estaba invadiendo su privacidad, aunque estaba bastante segura de que a Gabe no le molestaría que lo hiciera. Además, si fuera al revés, él probablemente le estaría haciendo fotos. Aun así, eso no era excusa..., pero le fue inevitable disfrutar de ese momento extraño y genuino. Gabe era, y siempre había sido, un hombre atractivo con el pelo grueso, oscuro y ondulado, siempre peinado hacia atrás. Lo llevaba un poco largo, pero no parecía molestarle y nunca le había visto toqueteándoselo. El color de sus cejas era más claro y siempre las llevaba despeinadas. Tenía unos rasgos pronunciados y varoniles, pero sus ojos profundos e intensos le suavizaban el rostro. Fiona suspiró. Estaba guapo incluso con ojeras. Además, tenía unas pestañas gruesas y largas que parecían patas de araña. Al estar tan cerca el uno del otro, Fiona descubrió que le estaban empezando a crecer los pelos negros de la barbilla y que tenía pecas claras en la piel bronceada –una de ellas en la comisura de la boca–, y, casi por un impulso, deseó saborear la piel de esa zona... Un comportamiento para nada habitual en ella. Gabe le provocaba cosas. Un deseo completamente diferente al que había sentido cuando tenía dieciocho años.

¿Y a qué había venido lo de entrelazar las manos? No le molestaba..., pero ¿qué significaba? Joder, esto era algo nuevo para ella. Había tenido un par de citas antes... Había perdido la virginidad porque se había sentido obligada a hacerlo para así poder quitarse esa presión de encima. Había salido con un chico que se llamaba Olly, que le había pedido que se mudara con él, pero no había sido para nada lo que ella quería. Desde entonces, ni siquiera había sido amiga de un hombre; bueno, aparte de los amigos que había hecho en Copenhague, pero en realidad no contaban porque uno tenía novia, otro era gay y el otro tenía edad para ser su padre. Nunca había tenido demasiadas figuras masculinas en su vida. Quizá esa fuera la razón por la que se había enamorado tanto de Gabe desde la primera vez que lo vio. Al final, él había sido el primer hombre que de verdad había mostrado interés por ella. Si su padre no hubiera fallecido, tal vez las cosas habrían sido diferentes, o si su madre se hubiera vuelto a casar. De forma automática, metió la mano en el bolsillo y tocó el pequeño *netsuke*.

Ostras, su madre. Dejó de juguetear con la figurita y empezó a buscar el móvil en la mochila. Habían salido con tanta prisa que no le había dado tiempo a enviarle a su madre el mensaje que siempre le mandaba por las mañanas. A esas alturas, seguramente se encontraría con una docena de notificaciones. Joder. El bolsillo interior en el que solía guardar el teléfono estaba vacío. Rebuscó por toda la mochila y revisó el resto de los bolsillos. ¿Dónde lo había puesto? Estaba segura de que por la mañana lo había guardado ahí. Debía de estar en casa de Haruka porque no lo había sacado ni lo había usado en el tren.

Se quedó preocupada, pero enseguida comprendió que no podía hacer nada, no mientras Gabe siguiese durmiendo. Cuando se despertara, le preguntaría si podía coger prestado el suyo y le mandaría un mensaje a su madre para explicarle que se había olvidado el teléfono en casa de su anfitriona.

De un modo u otro, ella también terminó quedándose dormida y, cuando despertó, tuvo que parpadear varias veces seguidas. La luz del sol que entraba por la ventana iluminaba todo el vagón y ella se giró con la intención de buscar las gafas de sol que guardaba en la mochila, pero, de repente, Gabe cogió la cámara, se levantó del asiento y se quedó de pie en el pasillo.

—Quédate así. No te muevas —le dijo a Fiona.

Antes de que ella pudiera siquiera pensar en moverse, escuchó los inconfundibles clic, clic, clic de la cámara.

—¿Qué haces? —inquirió ella, horrorizada, y mirando a su alrededor. Por suerte, el vagón se había vaciado en la última parada que había hecho el tren.

—Sacarte fotos. —Gabe sonrió, con los ojos llenos de picardía.

Fiona levantó ligeramente la barbilla y puso los ojos en blanco.

—No me digas. Pero es que...

—Sí, así. Perfecto.

Y, una vez más, ella escuchó el ruido que hacía la cámara al pulsar el botón.

—Gabe, para ya —soltó, a la vez que alargaba la mano para tapar el objetivo.

—Pero ¿por qué?

—Ya sabes que no me hace gracia que me hagan fotos. Salgo fatal en...

—Pensé que ya habíamos aclarado todo eso, mi querida valquiria.

Balbucear la habría hecho quedar en ridículo, así que Fiona se limitó a mirarlo.

—Así me gusta. —Gabe esbozó una sonrisa, volvió a levantar la cámara y, mientras disparaba una vez más, añadió—: Voy a ignorar lo que ibas a decir. Además, en mis fotos vas a salir bien.

Inclinó la cabeza con arrogancia. Ella torció el gesto. Tal vez él no consideraba que saliera fatal porque estaba más interesado en las líneas, los planos, los ángulos y las sombras. Fiona no era tan ingenua como para pensar que era guapísima ni nada que se le acercase, pero verse en fotos siempre hacía que recordara que no tenía nada especial. En internet podía tener miles de seguidores y publicar artículos interesantes, pero la realidad era que detrás de su blog *Media hora con Hanning* había una chica de lo más aburrida y normal.

Se percató de que Gabe la estaba estudiando con los ojos entrecerrados. Lo hacía con tanta intensidad que a Fiona le dio la sensación de que era capaz de ver más allá de ella y de descubrir las inseguridades que la carcomían por dentro. Hizo todo lo que pudo para que no se le notara que tenía el estómago revuelto y para no encogerse como una tortuga en su caparazón.

–Gira la cabeza otra vez y levanta un poquitín más la barbilla.

–No, por favor. Para ya.

–Hazme caso –espetó Gabe.

–¿Por qué? –Se volvió hacia él, enfadada.

–Porque podríamos estar ante una obra maestra, pero si no colaboras... nunca lo sabremos.

A Fiona le habían inculcado que la fotografía consistía en capturar momentos únicos que igual nunca se repetirían, así que, a pesar de que por dentro le pesaba, giró la cabeza y levantó la barbilla.

–Fiona –la llamó Gabe con dulzura.

Ella lo miró a los ojos, conmovida por la comprensión que desprendía su tono de voz. Hubo un momento en el que podría haber jurado que la expresión en el rostro de Gabe se suavizó, justo antes de que levantara la cámara e hiciera un par de fotos más.

–Mira hacia allí.

Indignada, suspiró con desdén e hizo lo que él le había pedido.

–Ahí está mi valquiria –añadió él.

–Deja de llamarme así –farfulló ella con indignación–. Nadie me había llamado así antes.

–Será porque nadie más puede verte como te veo yo –confesó Gabe con voz suave, bajando la cámara–. Bájate un poco el top.

–¿¡Qué!?

Gabe ignoró el pánico que se escondía tras la pregunta de Fiona y se inclinó hacia delante para hacerlo él mismo, tirando un poco más de las mangas del top de hombros descubiertos que llevaba puesto, pero sin dejar que se le viera nada.

–¡Gabe!

Demasiado tarde, ahora sí que se le veía bien la clavícula.

–Así mejor, te resalta los hombros.

–Tengo el cuello larguísimo. Soy demasiado alta –le recordó Fiona, con la piel erizada al sentirse expuesta, y añadió–: Mi madre dice que parezco una jirafa.

Gabe bajó la cámara y la dejó en el asiento de al lado. Lo hizo con suma delicadeza, pero aun así sus movimientos denotaron enfado. Se inclinó hacia delante y sus ojos se encontraron con los de ella, lo que provocó que Fiona casi se estremeciera al percibir la ira que se había acumulado en ellos.

–Pues se equivoca. Eres... –Gabe levantó la mano y le acarició la clavícula.

Tenía la yema del dedo callosa, como un papel de lija, y todas las terminaciones nerviosas de Fiona cobraron vida. Ella levantó la barbilla y tragó saliva cuando se encontró con sus ojos, insegura, pero incapaz de dejar de mirarlo.

Gabe sonrió.

–Perfecta. El otro día me arrepentí de no haberte hecho fotos en la ceremonia del té.

En ese momento, sus miradas conectaron. Y, al estar tan cerca, Fiona descubrió unas líneas de un azul mucho más oscuro en sus ojos.

–Y también me arrepentí de... no haberte besado –volvió a hablar él.

Fiona contuvo la respiración cuando Gabe le deslizó los dedos por el cuello con una lentitud infinita: le exploró la piel y los tendones con adoración, y le ejerció cierta presión en la garganta como si no quisiera dejar ningún rincón por tocar. Incapaz de evitarlo, ella inclinó la cabeza aún más para darle mejor acceso. Se le escapó un suspiro cuando él le tocó la parte inferior de la barbilla. Entreabrió la boca, ansiosa, al sentir que le rozaba los labios con el nudillo. Eso hizo que el calor se le acumulara entre las piernas y el roce le resultó más íntimo que un mísero beso. Gabe respiraba con dificultad mientras mantenían el contacto visual y ella comprobó que él estaba igual de afectado que ella. Sintió una oleada de placer y se preguntó si la iba a besar. La esperanza y la inquietud se empezaron a abrir paso en su interior. Gabe dejó la mano en su barbilla y le acarició el labio inferior con el pulgar. Por instinto, Fiona sintió el deseo de tocarlo y de averiguar a qué sabía su piel.

Se estremeció. Quería que Gabe la besara, la cogiera, la abrazara y la acercara a su pecho. No era la primera vez que se sentía así. La fuerte oleada de pasión y anhelo hizo que sus recuerdos cayeran en picado como una avalancha que se abría paso montaña abajo. Oh, oh. Sí, ya había pasado por eso antes. Pero esta vez era diferente; ahora sabía que no había hecho el ridículo con dieciocho años. Gabe le había devuelto el beso. Él también había querido besarla.

–¿Fi?

Sintió la voz de Gabe muy lejos y vio la preocupación en las arrugas que se le formaban alrededor de los ojos mientras le seguía recorriendo los labios con los dedos.

–¿Sí? –logró decir ella, levantando la barbilla y armándose de valor, como la princesa guerrera que era.

Gabe no dejó de mirarla con los ojos azules cargados de deseo, y añadió:

–No estoy del todo seguro..., pero creo que ahora me toca a mí besarte.

Con el dedo, rozó el labio inferior de Fiona y luego se inclinó. Ella percibió el leve olor a café en su aliento y el corazón amenazó con salírsele del pecho cuando, con un suave roce como el de una pluma, Gabe le rozó los labios. Estaba pasando de verdad y ella apenas pudo respirar cuando volvió a sentir que la esperanza y la anticipación se abrían paso en su cuerpo. Se quedó inmóvil al sentir cómo los labios de Gabe se estrellaban contra los suyos y oyó el leve jadeo de satisfacción que emitió él. Fiona entreabrió los labios aún más y soltó un pequeño suspiro.

Era como si se hubiese pasado los últimos diez años esperando ese momento. Los labios de Gabe, cálidos y firmes, exploraron los de ella, provocándola e incitándola a seguir. No estaba segura de quién estaba gimiendo –seguramente ella–, pero era el mejor beso que le habían dado en su vida y no iba a renunciar a él. Esta vez no. Se atrevió a devolverle el beso y le pasó un brazo por el cuello. Sintió que el resto del mundo se desvanecía y que solo quedaba su boca sobre la de ella. Cuando por fin Gabe se apartó, apoyó la frente en la suya y le deslizó los dedos por el pómulo.

–Valquiria –murmuró él–. Merecía la pena la espera.

–Creo que esto sigue siendo un poco inapropiado –anunció ella, aturdida, e intentó relajarse para evitar caer en una fantasía de cuento de hadas–. Si a los japoneses no les gusta que la gente hable en el tren, no estoy segura de que les parezca bien el tema de los besos.

–Pues menos mal que esta parte del vagón está vacía –habló Gabe, robándole otro beso–. Porque este es el mejor viaje en tren que he hecho en mucho tiempo.

–No podemos pasarnos todo el trayecto besándonos. Todavía queda media hora para llegar a Fujiyoshida.

–¿Por qué no? Hace diez años que no te beso, necesitaré darte muchos besos si quiero compensar el tiempo perdido.

Al escuchar sus palabras, a Fiona no se le ocurrió ni una sola razón para llevarle la contraria.

De hecho, solo podía pensar en que el mismísimo Gabe Burnett la estaba besando de nuevo y que las mariposas que se le habían instalado en el estómago se habían echado a volar y habían acabado girando alrededor de su cabeza, como si estuviera viviendo un sueño. Acalorada y con las mejillas encendidas, sintió alivio. Su inexperiencia no la había echado para atrás. Volver a besar a Gabe fue tan maravilloso como se había imaginado. Era como si cada uno de sus órganos se hubiera llenado de placer y eso la hiciese sentirse como si estuviese en las nubes. ¡Ella, Fiona Hanning, estaba besando a Gabe Burnett! Profundizó el beso y disfrutó del contacto suave, firme y, sobre todo, agradable de sus labios. Y, entonces, casi se le estalló el corazón cuando él le agarró con ternura la cara con las dos manos, justo como sucedía en las comedias románticas.

No se pasaron todo el trayecto besándose, pero casi.

Cuando el tren disminuyó la velocidad para detenerse en la estación, recogieron las maletas con rapidez y se dedicaron una sonrisa tímida mientras caminaban hacia las puertas. Y fue entonces cuando Fiona de repente se sintió culpable.

—Gabe, he olvidado el móvil. —Con esa frase parecía que lo hubiese perdido, pero antes de que pudiera explicarse mejor, las puertas se abrieron y Gabe le quitó la mochila y la ayudó a bajar, como si no hubiese oído lo que acababa de decirle—. Creo que me lo dejé en casa de Haruka —insistió Fiona.

Él miró a un lado y al otro del andén, buscando la salida.

—Bueno, al menos sabes que no lo has perdido —dijo él finalmente—. Ah, por aquí —añadió, y empezó a caminar hacia la derecha tras fijarse en las señales en japonés.

A Fiona le fue mucho más difícil entenderlas porque la traducción al inglés estaba escrita en un tipo de letra mucho más pequeño. Además, le dio la sensación de que a Gabe no le importaba lo más mínimo lo que acababa de decirle.

—¿Me prestarías tu móvil para mandarle un mensaje a mi madre?

—Vamos a buscar un taxi —anunció él, ignorándola.

Cuando consiguieron un taxi y se sentaron en la parte de atrás, Fiona se colocó la mochila en el regazo y volvió a preguntar:

—Tu móvil. ¿Me lo prestas, porfa?

—No —espetó Gabe.

—¿Por qué? —Se quedó de piedra ante esa respuesta rotunda—. Te pagaré el coste del mensaje —añadió ella, un poco indignada.

—No, no es por el dinero —aclaró él, esta vez con más suavidad.

—¿Y entonces por qué es?

Gabe se volvió hacia ella y contestó:

—Pues porque entonces tu madre tendrá mi número y se dedicará a enviarme mensajes cada cinco minutos en vez de mandártelos a ti y eso es lo último que quiero.

—Ella no haría eso —la defendió, aunque en el fondo sabía que sí que lo haría.

Aun así..., Gabe podría haber puesto un poco más de su parte. Bueno, si iba a empezar con esas... A Fiona le costó horrores no cruzarse de brazos y hacer un puchero. En lugar de eso, levantó la cabeza, frunció los labios y se puso a mirar por la ventanilla.

—La princesa guerrera ha vuelto —habló Gabe, acariciándole la parte inferior de la barbilla con los dedos—. No te pongas así. Si de verdad está preocupada por ti, llamará a Haruka. Y Haruka me llamará a mí.

Ella lo miró por debajo de las pestañas y vio la severidad que transmitían sus ojos.

—Venga, Fi. Tú misma me dijiste que hacía el paripé todo el rato. Así podrás descansar. Dos días enteros sin tener que soportar sus continuos mensajes.

Ella dejó escapar un suspiro, le lanzó una mirada arisca y le dijo:

—Supongo que tienes razón.

—Además, ahora sé cómo distraerte... —añadió Gabe, guiñándole un ojo.

A Fiona le resultó imposible no reaccionar al oír sus palabras y acabó sintiendo calor en lugares que no debía, lo que hizo que se intensificara el cosquilleo que le había estado recorriendo el cuerpo desde el primer beso que se habían dado en el tren. Además, al igual que le había pasado cuando estaban recogiendo las maletas, empezó a rondarle una pregunta por la cabeza: ¿debería acostarse con él o...?

A ver, tampoco es que él hubiese dicho nada al respecto.

Capítulo 19

—Pues... esta es mi habitación.

Fiona dejó caer su mochila y agarró con torpeza la tarjeta para poder entrar mientras Gabe esperaba con paciencia.

La puerta se abrió y ella se quedó allí debatiéndose entre invitarlo a pasar o dejar que se fuera caminando por el pasillo hasta su habitación, que, según sus cálculos, estaba a unas siete puertas de la de ella.

Una habitación de hotel era solo una habitación de hotel, ¿no?

—¿Quieres verla?

—Estoy seguro de que la mía será prácticamente igual —dijo él con una sonrisa cómplice en el rostro.

—Sí. Claro. Pues entonces...

Como si supiera lo que estaba pasando por la mente de Fiona, Gabe se quedó allí sin moverse.

Ella lo observó, cogió su equipaje y cuando dio tres pasos hacia el interior de la habitación, oyó que la puerta se cerraba. Se dio la vuelta y ahí estaba él, que debía de haberse movido con una especie de velocidad sobrenatural como la de un vampiro porque estaba a tan solo unos centímetros de ella. Gabe alargó la mano para acariciarle la cara y dijo:

—Eres tan adorable cuando estás confundida. Me gusta.

Y tras ese cumplido, posó los labios sobre los suyos y la besó hasta que a ella se le empezaron a aflojar las rodillas y tuvo que soltar la mochila, que hizo un ruido sordo al caer, justo cuando parecía que el corazón le iba a explotar.

—Joder —jadeó Fiona cuando se separaron.

—Lo mismo digo. Creo que besarte se está convirtiendo en una adicción.

—Mmm —murmuró ella sin poder apartar la vista de sus labios.

—Y vas a tener que dejar de hacer eso.

—¿El qué? —preguntó ella con inocencia, y subió la mirada hasta sus ojos, aunque por dentro sintió cierta satisfacción al ver el poder que tenía sobre él.

Después, volvió a mirarle la boca a propósito.

—Eso. Cuando me miras como si... Me pone.

Vaya. No se andaba con rodeos. Era hora de sacar su lado de princesa guerrera. Así que levantó la barbilla, lo volvió a mirar fijamente a los ojos y le dijo:

—A mí también.

Ahí estaba. Con las cartas sobre la mesa y con una sonrisa seductora. Gabe levantó una ceja. El silencio se extendió por todo el espacio. Aún seguían de pie en el pasillo de la habitación, justo al lado de los armarios.

—Todavía no has visto las vistas —anunció él, mirando por encima del hombro de Fiona.

La picardía volvió a apoderarse de ella.

—Estoy muy contenta con estas —coqueteó ella con seguridad, y, por primera vez en su vida, se sintió sexi. Después, se puso de puntillas y lo besó con suavidad.

—Me estás matando. Te estaba dando la oportunidad de ir despacio.

—¿Quién ha dicho que quiera ir despacio? Diez años, ¿recuerdas?

—No hace falta ir rápido para que nos lo pasemos bien... —confesó él, alzando las cejas.

En ese momento, Fiona pensó que ese gesto debería considerarse un crimen y se le revolvió el estómago. ¿A quién coño le resultaban sexis unas cejas? Pues a ella.

Gabe la agarró por los hombros y la giró con delicadeza.

—Oh, guau. Es... —intentó decir ella.

Él se colocó detrás y la rodeó con los brazos, acercándola a su pecho, y luego hizo que avanzara hasta las enormes puertas de cristal que daban a un balcón.

—Qué vistas, ¿eh? —le dijo él mientras le acariciaba el cuello con la nariz, antes de volver a subir la cabeza y quedarse mejilla con mejilla.

Por una vez, Fiona se alegró de ser alta y de poder estar así. Él tuvo que agacharse un poco, pero fue agradable estar así juntos mientras observaban el perfecto pico nevado de la montaña.

—Supongo que es parte de su encanto —añadió ella, después de haber estado un rato de pie, contemplando las vistas en silencio—. Es exactamente como la dibujaría un niño. Ya sabes, como cuando siempre hacen las casas cuadradas con una puerta en el medio. Pues lo mismo, pero con el pico puntiagudo de nieve.

Gabe la acercó más a su cuerpo y soltó una risita.

—Tienes la maravillosa costumbre de hacerme ver las cosas de manera diferente. He venido a Fuji cientos de veces y nunca me había percatado de eso.

—Creo que al final voy a tener que conformarme con la típica foto de la montaña —suspiró ella.

Ese era el problema que había con los paisajes simbólicos de un país; no era tarea fácil encontrar una nueva perspectiva.

—No te rindas tan rápido. Todavía tienes un par de días por delante. ¿Qué te apetece hacer? Pensé que igual esta noche podríamos cenar en un *izakaya*.

—¿Qué es un *izzi*...?

—*Izakaya* —pronunció él con lentitud—. Es una especie de *pub* japonés en el que sirven comida. Es parecido a un bar de tapas.

—Vale. Me parece bien.

—¿Qué te parece si primero deshacemos las maletas y después salimos a dar una vuelta? Así estiramos las piernas un poco.

—Buena idea —coincidió ella, un poco más tranquila al comprobar que ya no había tanta tensión sexual entre ellos y que podían comportarse con normalidad.

Gabe le dio un beso y caminó hasta la puerta.

—Mañana te preparé una sorpresa —añadió él, y se le oscurecieron los ojos con aire travieso y con algo más que hizo que a ella se le encogiera el corazón.

—Anda, ¿y me va a gustar?

–Sin duda. –Gabe sonrió y salió de la habitación.

Cuando la puerta se cerró detrás de él, Fiona se dejó caer sobre la cama y, con un cosquilleo de nervios en la boca del estómago, se peinó con los dedos el mechón de la punta de la trenza.

Después, se acercó al balcón y contempló el volcán inactivo. Había permanecido allí durante miles de años mientras la endeble especie humana iba y venía. La vida era efímera, pero también había belleza en lo pasajero, justo como Haruka le había enseñado.

Ladeó la cabeza para estirar el nudo que se le había formado en el cuello. «A lo hecho, pecho», pensó. Estaba en Japón y estaba con Gabe. Era una experiencia que solo iba a vivir una vez en la vida. No esperaba que él se acabara enamorando de ella ni nada por el estilo y, además, esta vez iba a ser precavida. Cuando se acabara la semana, seguramente nunca lo volvería a ver. Si tenía eso claro desde el principio, iba a ser complicado que acabara con el corazón roto, ¿a que sí?

Los senderos y los escalones, en concreto trescientos noventa y ocho hasta llegar a la pagoda Chureito, estaban rodeados de flores de cerezo. El característico aroma de los árboles flotaba en el aire, lo que hizo que Fiona se olvidara del dolor que sentía en los muslos... y en otras zonas del cuerpo. A veces notaba un hormigueo cuando pensaba en lo que podría acabar sucediendo entre ellos después. Así que para ella fue un alivio sentir el aire fresco, aunque Gabe seguía dándole la mano y acariciándole la piel con el pulgar.

–Menuda subida –confesó él cuando se pararon delante de la pagoda con el canto de los pájaros llenando el ambiente primaveral.

–Pero ha merecido la pena –añadió ella, tras haberse detenido varias veces por el camino y haber conseguido unas cincuenta fotos.

Desde donde estaban, se veían las flores de cerezo y el monte Fuji de fondo, con el cielo azul claro y algunas nubes blancas.

Las vistas eran absolutamente impresionantes. Fiona tenía una docena de imágenes que podrían servirle para la exposición, aunque no había conseguido que ninguna de ellas tuviera algo especial. Le había sacado una a Gabe sin que se diera cuenta en la que salía con los brazos en alto mientras se quitaba el jersey. Había sentido la necesidad de hacérsela cuando recordó que, en unos días, tendría que volver a Inglaterra. Además, esa foto podría ser el único recuerdo que le quedaría de él.

Se giraron para observar la pagoda de cinco niveles: era de color rojo y tenía unos techos de tejas verdes que se inclinaban hacia arriba, en concreto, al norte, al sur, al este y al oeste. Parecía un árbol de Navidad decorado con esmero. Además, las campanas que había en cada esquina tintineaban con el viento.

–¿A que es preciosa? –le preguntó ella.

Gabe arrugó la nariz.

–Venga ya. Si es muy bonita –añadió ella.

–Es muy japonesa.

–Y por eso estamos aquí. Mira esas campanas, son monísimas. ¡Y mira las puntas del techo!

–Mmm.

–Admítelo, las vistas son alucinantes. No me voy a mover hasta que te oiga decirlo –le exigió, dándole un codazo.

Gabe torció los labios en una pequeña sonrisa, y después, se acercó a Fiona y alargó la mano para tocarle la trenza.

–Deberías dejarte el pelo suelto. Se te vería espectacular con el sol que hace hoy. La luz capta todos los matices de los colores: ámbar, dorado, pardo oscuro, ocre, siena.

–Vale, fotógrafo –pronunció ella, y le apartó la mano para que dejara de tocarle el pelo–. Pero se me enredaría enseguida. –A pesar de que prefería llevarlo recogido, no pudo evitar soltar un pequeño suspiro al oír el comentario de Gabe.

–¿Quieres agua? –le preguntó él, quitándole la tapa a la botella para ofrecérsela.

A Fiona le goteó un poco de agua por la barbilla y, antes de que pudiera limpiarse, él ya había levantado el pulgar para hacerlo por ella, rozándole el labio sin dejar de mirarla. Ella volvió a sentir que el calor le recorría el cuerpo y rehuyó su contacto. ¿Lo estaba haciendo a propósito? ¿Y por qué siempre aprovechaba cualquier momento para tocarla? Si seguía por esa línea, Fiona iba a acabar muy pero que muy mal. Con firmeza, se llevó la mano a la boca e intentó borrar todo rastro de su roce.

—Venga, sigamos subiendo —exigió ella.

—A sus órdenes —bromeó él, cogiéndole de nuevo la mano y tirando de ella para robarle otro beso.

Con una valentía insólita, Fiona levantó la barbilla y se giró hacia él para preguntarle:

—¿Qué te ha hecho cambiar?

—El efecto Haruka, supongo. Y tú. En la ceremonia del té llegué a la conclusión de que llevo demasiado tiempo atrapado en un callejón sin salida. Además, compartir tiempo contigo me ha ayudado a recordar por qué amo la fotografía. Es como si se me hubiera encendido una bombilla y me hubiera dado cuenta de que hay muchos motivos por los que vale la pena vivir. Creo que ya es hora de que deje de hundirme en la miseria. ¿Responde eso a tu pregunta?

Ella ladeó la cabeza, sopesando la respuesta, y finalmente dijo:

—Sí.

Cuando llegaron a la cima, Fiona tuvo la magnífica oportunidad de sacar fotos en las que se viera la pagoda y la montaña, lo que le sirvió un poco de distracción, aunque aun así se dio cuenta de que Gabe nunca se separaba de ella. Muchos disparos habían sido simplemente una excusa para tratar de mantener la mente ocupada en el trabajo y así no pensar en lo que podría acabar sucediendo entre los dos por la noche. A pesar de la cantidad de fotos que había hecho del pico nevado del monte Fuji con el cielo azul y las nubes de fondo, cuando se puso a revisarlas en un banco que había cerca y desde el que se podía seguir admirando las vistas, ninguna de ellas le pareció lo suficientemente buena.

—Son como las típicas imágenes que aparecen en una postal —murmuró Fiona mientras miraba la pantalla con cara de decepción.

—No te vuelvas loca. —Gabe se sentó en el banco junto a ella y puso el brazo a lo largo del respaldo de madera con aire despreocupado. Después, cruzó las piernas, inclinó la cabeza para que le diera el sol en la cara, y añadió—: Deja de preocuparte y disfruta de lo que tienes delante.

—Ya —suspiró ella, embelesada por las impresionantes vistas—. Tienes razón.

No podía seguir así. Gabe llevaba toda la razón. Debía aprovechar cada oportunidad que se le presentara porque al final del viaje no le quedaría otra que enfrentarse a la realidad.

—Pues claro que la tengo. Soy tu mentor, ¿o es que ya no te acuerdas? —Los ojos le brillaron traviesos.

Ella se metió las manos en los bolsillos con los puños apretados. Joder, él tenía mucha más experiencia que ella. Se estaba metiendo ella solita en la boca del lobo. Era evidente que no estaba para nada a su nivel.

—Tú... —A Fiona se le atascaron las palabras en la garganta, y, de repente, notó que se le calentaban las mejillas, así que tuvo que apartar la mirada.

—¿Fi? —Gabe le agarró la cara con delicadeza, y ella tragó saliva. A él se le oscurecieron los ojos azules—. Lo siento. No me estaba burlando de ti. —Le dio un beso suave en la boca—. Para mí eres como un soplo de aire fresco.

—Exacto. Sigo siendo una novata en esto. Y estoy segura de que has tenido un montón de... de... amantes —expresó ella, casi sollozando.

¿De verdad había soltado eso en voz alta? Parecía hasta más torpe de lo normal. Pero, como era de esperar, a él no le ofendió el comentario. «Amantes». Fiona se retorció por dentro de solo pensarlo. Pero ¿por qué no hacía lo que le había dicho Gabe? Podía disfrutar del tiempo que le quedaba en Japón. Aprovechar todas las oportunidades que se le presentaran.

Exprimir la vida al máximo mientras estuviera allí. Con una sonrisa en la cara, decidió que, en adelante, eso sería exactamente lo que haría.

Gabe sacudió la cabeza, con una sonrisa triste, y dijo:

—Yo no diría que he tenido «un montón». Me estás haciendo sentir viejo. Además, en los últimos años, he sido bastante selectivo. Después... después de lo de Yumi, no ha habido ninguna mujer que yo... con la que haya querido estar. No de esa manera, al menos. Sí ha habido alguna. Pero nada serio. —Hizo una mueca—. Y la actitud de Yumi no ayuda; sigue siendo muy posesiva conmigo, aunque lo hace de manera inconsciente. Creo que es una costumbre. Solía tratarme como si fuera de su propiedad. Y al final dejé de sentir la necesidad de besar a alguien cada cinco minutos... Bueno..., hasta que apareció una princesa guerrera de ojos azules. —Levantó la mano y le apartó los mechones de pelo que tenía en la frente por culpa de la ligera brisa que corría—. Aunque al principio no eras santo de mi devoción.

—No hace falta que lo jures. —Fiona sonrió de forma maliciosa—. Me lo dejaste claro desde el primer momento.

—No era nada personal. Simplemente no quería ser el mentor de... nadie. Era una responsabilidad y un lastre. Estaba tan absorto en mi pequeño mundo..., hasta que me plantaste cara y me gritaste que no le llegaba a Araki ni a la suela de los zapatos. Y después volvimos a Shibuya y dejaste a todos los jóvenes japoneses embobados con tus piernas y, lo que es peor, me amenazaste con decírselo a Haruka.

Fiona soltó una risita, alegre y despreocupada.

—Ahora que lo pienso, ¿debería seguir besándote? No sé yo, ¿eh? Te recuerdo que soy tu mentor. Es decir que soy tu superior —añadió él.

—Qué tontería —soltó ella con brusquedad, aunque por dentro el corazón le daba brincos sin parar, dejándole una pequeña sensación de inquietud en el resto del cuerpo—. Ya no soy una cría.

Él se echó a reír y dijo:

–Sabes cómo cargarte un momento romántico. Sueltas que estoy diciendo tonterías cuando te estoy confesando que eres la primera persona a la que he querido... besar. –Le dedicó una mirada que hizo que a Fiona le ardieran las mejillas–. Desde hace más de un año.

–Ay, sí. Cierto. –Se golpeó la frente con la palma de la mano–. ¿Ves? Te lo dije. No se me dan muy bien estas cosas.

–No te preocupes. Es una de las cosas que más me gustan de ti. Tu sinceridad. La vida es demasiado corta como para andarse con rodeos. Y también para preocuparse por unas fotos. Tenemos todo el día de mañana y parte del siguiente. Además, si crees que es necesario, siempre podemos quedarnos unos días más. Es un buen hotel.

–Vale –cedió ella, y curvó los labios en una sonrisa al entender lo que escondían las palabras de Gabe.

–Se me ocurre que igual mañana podríamos subir en el teleférico hasta el parque Kawaguchiko Tenjo-zan. Desde el mirador se verán bien las vistas y luego, por la tarde, podríamos coger el autobús o el tren e ir hasta el lago Kawaguchi. Quizá también podríamos dar un paseo en barco.

–Lo del lago y el barco me parece buena idea. Pero lo del teleférico... Mmm, no me genera mucha confianza.

–Son cabinas con cables grandes de acero.

–Ah, ya veo.

–No están sujetas por una cuerda ni nada de eso, estarás segura.

–Tal vez pueda conseguir una foto en la que se mezcle la industria con la naturaleza –musitó ella, y Gabe la besó.

–Deja de pensar en la exposición. Ya se te ocurrirá algo. Y ya verás que te surgirán muchas oportunidades. Bueno, cambiando de tema, ¿te conté que conseguí una reserva para la sorpresa de mañana por la noche? Te va a encantar, ya verás –comentó él, y los ojos le volvieron a brillar–. Sí. A las nueve. Mañana por la noche –añadió al ver la expresión de sorpresa de Fiona.

–Pero... –Seguía sin poder pronunciar palabra, y él volvió a besarla.

–Me portaré bien contigo. Te lo prometo.

Fiona levantó la barbilla. No iba a permitir que él fuese el único que llevara las riendas. Puede que no tuviera mucha experiencia, pero sabía cuándo atacar. Después de todo, Gabe había dicho que era como una valquiria.

–Lo que pasa es que... no sé si yo me portaré bien contigo –soltó ella al final.

Capítulo 20

Fiona nunca se había preocupado mucho por su aspecto, pero, en esa ocasión, le entró el pánico al darse cuenta de que no tenía ni idea de lo que iba a ponerse para ir a cenar. A las cinco, Gabe la había acompañado hasta la puerta de su habitación y, antes de marcharse con una sonrisa provocadora, le había dado otro de esos besos largos que a ella le resultaban tan sexis.

Ella no quiso ver cómo se marchaba por el pasillo; era un hombre que desprendía tanta seguridad. Y el muy puñetero era consciente de lo guapo que era. Y también de lo solicitado que estaba. Tenía una reunión telefónica con una revista de Tokio para ponerse de acuerdo acerca de algunas sesiones de fotos de las que querían que él se hiciera cargo. Y fue entonces cuando ella recordó que Gabe era un fotógrafo prestigioso y, en cierta manera, también una celebridad. Estaba acostumbrado a codearse con gente rica, famosa y muy atractiva.

Joder, ¿qué demonios se iba a poner? Se quedó mirando las prendas que había traído y que dejaban mucho que desear, como si por arte de magia fuese a aparecer algo apropiado.

Rebuscó entre la ropa, mientras trataba de recordar todo lo que había metido en la maleta, y sacó una blusa lencera de color azul pastel. «Avril», pensó. Se le escapó una sonrisa. Su amiga había insistido en ir de compras antes de que se marchara a Japón y había colocado las prendas nuevas en el fondo de la maleta. Fiona no se acordaba para nada de que se las había traído, tal vez porque eran cosas que ella no solía ponerse.

También estaba el mono de lino azul marino que se ceñía a la cintura y que a ella le había parecido de fontanera. Sin embargo, Avril le había dicho que, si se lo ponía con una blusa debajo y se desabrochaba algunos botones, y luego le añadía la chaqueta de cuero suave de color caqui, se veía como una mujer *ninja* irresistible. A Fiona le encantaba esa chaqueta, pero nunca se había atrevido a usarla porque era lo típico que se ponían las chicas que solían tener citas con buenorros como Gabe.

Sacudió el mono y lo colgó en una percha en el baño. Tampoco es que estuviera demasiado arrugado, pero con el calor de la ducha quedaría mejor. Después, cogió la chaqueta de cuero, se la probó y miró por encima del hombro su reflejo en el espejo, en un intento de sentirse sexi. La chaqueta era preciosa, pero no se sentía cómoda con ella, aunque en el fondo quería parecerse un poco más a las mujeres con las que se relacionaba Gabe.

Tras darse una ducha rápida, se sintió más animada y, antes de vestirse, se secó el pelo. Sentía como si un montón de mariposas se hubieran congregado en su pecho, como lo hacían las golondrinas al atardecer, y, cuando por fin se atrevió a mirarse en el espejo, sintió el desesperado batir de sus alas. Esbozó una sonrisa y asintió con la cabeza. Por primera vez, parecía el tipo de chica que usaba chaquetas de cuero. Con la ayuda del cepillo y el secador, había logrado hacerse unas ondas en el pelo. También se había hecho un ahumado en los ojos, se había puesto rímel y se había pintado los labios de color rosa. Aunque su arsenal de maquillaje fuera limitado, el resultado hizo que se sintiera..., bueno, deslumbrante. Las mariposas empezaron a volverse locas. ¿Por fin iba a atreverse a salir así?

En ese momento, Gabe llamó a la puerta, y Fiona dio un brinco al oír el fuerte golpe.

—Tú puedes, princesa guerrera. Eres una valquiria —murmuró con la barbilla levantada mientras se echaba un último vistazo en el espejo.

Después, se dio la vuelta y cogió el bolso y la chaqueta de cuero.

Gabe acababa de terminar la última reunión telefónica del día; los publicistas y los clientes neuróticos sabían cómo volverlo loco. A pesar de que la habitación del hotel en la que se hospedaba tenía un buen tamaño, sintió claustrofobia y le entraron ganas de golpear a alguien. Se pegó diez minutos en la ducha, algo que necesitaba sí o sí para quitarse parte del cabreo que tenía encima. ¿Por qué los publicistas se empeñaban en hacer siempre las sesiones de fotos en las malditas habitaciones o *suites* de un hotel? ¿Ya nadie buscaba ser original o qué? Se había pasado la última media hora intentando convencer a la responsable de relaciones públicas de los estudios que estaban produciendo por enésima vez una nueva versión de *Lobezno* de que el zoológico de Londres era el escenario perfecto para la sesión. A ver, tampoco es que le estuviera pidiendo que el actor se metiera en el recinto de los leones o que posara junto a un tigre.

Toda esa paz que había sentido por la mañana con el aire fresco y las vistas a la montaña había desaparecido por completo y ahora se sentía enfadado e irascible. No era justo para Fiona. De repente se detuvo y recordó lo bien que se lo habían pasado por la mañana. Era una chica encantadora y no se merecía que él estuviera de un humor de perros. De hecho, no se merecía a alguien como él y punto. Era demasiado simpática e inocente, y estaba llena de vida. Se merecía tener al lado a alguien decente que todavía viera las cosas con los mismos ojos que ella.

Y debería llevarla a un buen restaurante, donde sirvieran un buen vino y unos buenos platos de comida, pero estaba harto de ir a ese tipo de sitios. De las conversaciones refinadas y de cuidar los modales. Siendo sincero, la cena con Yumi en Kikunoi le había parecido un auténtico tostón, aunque lo que comido estaba buenísimo. Era un restaurante increíble. Pero no se lo había pasado bien. La noche no había avanzado con naturalidad. Se había visto obligado a guardar las apariencias.

Hoy le apetecía cenar en un *izakaya*: disfrutar de la música a todo volumen, de la cerveza y de las tapas. Algo casual e informal. En el fondo, no se imaginaba a Fiona en un restaurante fino. Repasó mentalmente lo que sabía de ella y lo que había descubierto al observarla –algo que se había dedicado a hacer bastante, ahora que lo pensaba– durante los últimos diez días. Si la llevaba a cenar a un sitio así, acabaría sintiéndose incómoda y fuera de lugar; se había dado cuenta de que a veces se encogía cuando estaba insegura o dejaba caer el peso en una pierna, distraída, y se frotaba la pantorrilla con la otra cuando se sentía un poco perdida o vulnerable. O levantaba la barbilla cuando quería ser valiente, que era la mayoría de las veces. En realidad, había descubierto muchísimas cosas de ella, casi como si las hubiese estado clasificando junto con las numerosas fotos que había logrado hacerle sin que se diera cuenta.

Y fue en ese momento cuando le entraron ganas de salir a buscarla, de ir a verla. Se miró en el espejo y sonrió. «Fiona». Madre mía, tenía cara de bobo. Como si de un milagro se tratase, pensar en ella había servido para que dejara de estar de mal humor y para convertirlo en la viva imagen de un idiota enamorado hasta las trancas. Volvió a mirarse en el espejo y cogió la tarjeta de la habitación. Un idiota enamorado hasta las trancas, sin duda. A los hombres de su edad ya no les pasaba eso, aunque, en su caso, lo de ser idiota sí que podía ser verdad. O al menos eso era lo que Haruka le decía a menudo.

Llamó a la puerta de la habitación de Fiona y sintió que un escalofrío agradable le recorría el cuerpo por la anticipación. Le apetecía muchísimo pasar la noche con ella... ¡Joder! El corazón casi se le salió del pecho cuando ella le abrió la puerta. Las ondas que se había hecho en el pelo le caían sobre el hombro y le resaltaban los ojos azules y, de alguna manera, también los labios, que se había pintado de rosa. Era preciosa, una mujer sencilla, pero que a su vez parecía una diosa del sexo.

Y como un idiota –ves, Haruka tenía razón– lo único que hizo fue admirarla como si se hubiera tragado la lengua, algo que estuvo a punto de hacer.

—Es... estás... –tartamudeó.

—Gracias. –Fiona esbozó una sonrisa.

Agradeció que fuese ella la que tomara la iniciativa y saliera por la puerta para ponerse a su lado porque, en ese preciso instante, él parecía un chico de dieciséis años en su primera cita.

Cuando llegaron al ascensor, había recuperado un poco la compostura. No, no lo había hecho. Lo único que había conseguido hacer era cogerle un suave mechón de pelo dorado y enredar los dedos en él, inhalando el suave olor a manzana de su champú.

Cogió una bocanada de aire y ella sonrió al ver su reflejo en el espejo, divertida y perpleja a partes iguales. Gabe puso los ojos en blanco; no cabía duda, tenía cara de idiota.

—Lo siento, no he podido mantener mi fachada de tío duro. Me gusta fingir que no me pone nervioso todo esto, pero... estás impresionante. Me encanta que te dejes el pelo suelto. Cuando te he visto, me he quedado literalmente sin palabras.

—Ya... Al principio pensaba que te estaba dando algo –confesó Fiona, y se echó a reír.

Gabe soltó un quejido y se puso la mano en la frente.

—Qué cruel. No deberías decirme esas cosas. Me estás dejando la autoestima por los suelos.

—No volverá a ocurrir. –Los ojos de Fiona brillaron traviesos.

Él tuvo la necesidad de besarla. ¿Desde cuándo su corazón sabía hacer tantas acrobacias seguidas?

—Más le vale, señorita. Uno no debe burlarse de los mayores con experiencia.

—Perdón, viejecito.

—Tampoco te pases con lo de viejo –gruñó, y le tiró del pelo.

El ascensor se detuvo y entró una pareja japonesa de mediana edad. Gabe se acercó un poco más a Fiona para hacerles espacio y le agarró la muñeca para que supiera que él seguía ahí. No sabía por qué, pero no podía dejar de tocarla o acercarse a ella para oler esa fragancia a manzana fresca. «Y esto es lo que pasa cuando te dejas llevar por las partes menos racionales de tu cuerpo», pensó.

Por suerte, aunque el *izakaya* estaba a rebosar cuando llegaron, consiguieron sentarse uno frente al otro, justo en la esquina de un asiento alargado lleno de gente. A ver si así podía dejar de pensar en cosas inapropiadas como quitarle el mono a Fiona; algo que no le resultaba fácil, porque los botones y la tela de encaje azul que llevaba debajo lo incitaban a caer en la tentación.

–Me gusta este sitio –anunció ella, dándole un trago a la Sapporo, una cerveza típica japonesa, que Gabe había pedido después de haber conseguido llegar hasta la barra en la que no cabía ni un alfiler. Había mucho ambiente y era justo lo que Fiona necesitaba–. Es como una mezcla entre un restaurante de comida asiática y un *pub* de Londres.

Gabe le dio un trago largo a la cerveza fría y le supo a gloria. Después, dejó escapar un suspiro de satisfacción, y Fiona le sonrió.

–¿Una tarde movidita? –le preguntó ella.

Él se quedó mirándola un momento, sorprendido por su perspicacia.

–¿Tanto se me nota?

–No paras de fruncir el ceño. Esta mañana cuando estábamos en la pagoda, parecías mucho más relajado.

–Las reuniones fueron un auténtico aburrimiento y encima tuve que lidiar con personas sin creatividad ni visión artística.

–Supongo que el que pone el dinero pone las reglas. –Ella le dedicó una sonrisa comprensiva.

–Ya, pero ¿para qué querrían gastarse el dinero en un buen fotógrafo si luego no van a seguir sus consejos? Si inviertes en algo, qué menos que conseguir un resultado de calidad. Se creen que saben de todo, pero no entienden de nada.

–Al menos te pagan y tienes trabajo. Ojalá me salga algo a mí después de la exposición, pero sé que es difícil. Seguiré siendo una fotógrafa desconocida.

–Qué manera más sutil de pedirme que deje de quejarme porque hay gente que está peor que yo.

Ella se tapó la boca con una mano, y él se echó a reír al ver la cara de horror que se le había quedado.

—Para nada te estaba pidiendo eso.

—Lo sé —añadió él—. Era una broma, pero... —Sacudió la cabeza—. Tienes razón. No debería quejarme tanto.

Fiona pasó la yema del dedo por el vaso frío y se concentró en el líquido dorado.

—Tienes una forma peculiar de hacerme ver las cosas de manera diferente. Y has hecho que me dé cuenta de que a veces me comporto como un capullo.

—No era mi intención —dijo ella con los ojos muy abiertos.

Gabe volvió a reírse.

—Lo sé, y eso es lo que más me sorprende.

—No paras de decirme eso. —Fiona arrugó la frente y levantó la barbilla, como hacía siempre—. Que te sorprendo, que soy un soplo de aire fresco..., como si fuera una especie de bicho raro con el que nunca te has topado.

—Lo siento. No quería que lo interpretaras así. Lo que quiero decir es que tienes la magnífica costumbre de conseguir que vea las cosas con otros ojos. En el buen sentido. Hacía muchísimo tiempo que nadie me plantaba cara. —Le dedicó una sonrisa triste—. Me he portado como un mocoso consentido... que siempre busca salirse con la suya o llevar la razón. —Tanto él como la publicista con la que había hablado antes eran conscientes de que, si hubiese insistido más, habría conseguido hacer la sesión en el zoológico. Pero, por alguna razón, le había dado pereza seguir presionándola.

—Entiendo. —Ella le dirigió una sonrisa alegre y, como de costumbre, confió en que estaba siendo sincero.

A Gabe le costaba reconocerlo en voz alta, pero le resultaba muy fácil estar con ella, sin complicaciones y sin mentiras.

—¿Qué te apetece comer? —le preguntó él tras haberse hecho con un par de menús en inglés.

Como en ese lugar solo servían tapas para compartir, se pusieron de acuerdo para elegir los diferentes platos.

—Esto tiene buena pinta y sé lo que es —dijo Fiona, señalando la carne *teriyaki*—. Y tenemos que pedir las gambas en tempura. Las que nos comimos en Tokio estaban riquísimas.

Era genial estar con alguien que se emocionaba con la comida y que no tenía reparo en probar cosas nuevas. Gabe ya estaba más que acostumbrado a la gastronomía japonesa, pero nunca se olvidaría de la primera vez que probó la masa crujiente de tempura ni de la explosión de sabores que sintió cuando se le derritió en la boca. Y ahora, se quedaría con el recuerdo de haber llevado a Fiona a que la probara.

—También me llaman la atención los pinchos de pollo *yakitori*, aunque no tengo ni idea de lo que es el *yakitori* ni a qué sabrá la mayonesa *yuzu*.

—El *yakitori* es una salsa dulce y salada que lleva salsa de soja, azúcar, jengibre y *mirin*, que es un vino de arroz con un toque ácido. Está muy bueno.

—Me has convencido. ¿Y el *yuzu*?

—El *yuzu* es una fruta cítrica. Tiene un sabor peculiar. Hay gente que dice que es una mezcla entre el pomelo y la lima.

—Ah, sí. ¡Ya sé! Es uno de esos sabores que se utilizan mucho en los programas de cocina como *Bake Off* o *Masterchef*.

—Pues no sé porque no los veo.

—¿No has visto *Bake Off*? —Fiona negó con la cabeza—. Lo que te estás perdiendo.

—No tengo tiempo para ver esas cosas. Cuando voy a Londres, la mayoría de las veces es por trabajo.

Gabe cruzó la mirada con una de las camareras y esta se acercó para anotar lo que querían. Fiona insistió en que debían pedir el ramen y al final terminó contándole lo que había comido aquel día en el restaurante de Kioto. Gabe sonrió al verla tan entusiasmada y no pudo evitar pensar que aquel día él había ido a uno de los mejores restaurantes de la ciudad y no había disfrutado de un solo bocado.

—¿Vas a Londres a menudo? —quiso saber ella, con cierta timidez.

–Tengo un piso en el centro. Mi hermano se queda allí bastante. Y le va echando un vistazo por mí.

–No sabía que tenías un hermano.

–Se llama Fraser. Mi madre lo tuvo mucho más tarde que a mí. Siempre me burlo de ellos porque... poco más y no llega. Es un buen tío. Ha venido a verme a Japón un par de veces. Haruka lo adora –le explicó él con una pequeña sonrisa.

–Y a ti también.

–Pero cree que Fraser tiene mejor gusto que yo.

–¿Por qué? –Fiona frunció el ceño e intuyó que detrás de ese comentario había una historia, tal vez porque Gabe parecía dispuesto a seguir hablando.

–A Fraser no le cae bien Yumi. No entiende la amistad que tenemos. No le parece bien que sigamos quedando. Piensa que soy..., bueno, no lo soy. Solo somos amigos.

Ella asintió y, con la misma calma de siempre, se limitó a procesar la información.

–¿Y te llevas bien con él? –le preguntó ella.

¿Cómo lo hacía? Siempre daba justo en el clavo.

–Me fastidia un poco que piense eso, pero seguimos hablando. Diría que ahora mismo tenemos una relación en la que los dos andamos con pies de plomo.

–Siempre quise tener un hermano. Uno que me protegiera en el instituto y me defendiera cuando las chicas se metían conmigo –confesó ella, y, por un instante, su mirada se perdió en un punto por encima del hombro de Gabe antes de dedicarle una sonrisa forzada.

Él alargó el brazo, le puso una mano en la muñeca y le acarició la piel suave, como si así pudiese quitarle todo el dolor que le producían los recuerdos.

–Suelo ir a Londres con frecuencia. Tal vez podríamos quedar –soltó Gabe.

Justo en ese momento, la camarera colocó en la mesa unos platos y los palillos en sus envoltorios de papel blanco.

–Me encantaría ir a tu exposición –añadió él.

–Ya te habré enseñado todas las fotos antes.

–Pero no es lo mismo... y lo sabes. Se hará una inauguración oficial y sé que es algo muy importante para ti.

–Estás consiguiendo que me ponga nerviosa –admitió ella, e hizo una mueca.

–Seguro que los del Japan Centre querrán hacer algo especial.

–Madre mía. ¿En serio?

–Querrán sacar algo. Tiene que rentabilizar tu viaje a Japón.

–Ya, pero... pensé que igual sería algo más... –Puso los ojos en blanco–. ¿A quién intento engañar? Mi amiga, Avril, ¿recuerdas que te hablé de ella? Bueno, sé que acabará convirtiéndolo en un gran evento. Si no se presenta con un equipo de cámaras, se encargará de pedirle a uno de sus amigos que publiquen la noticia en algún periódico o en alguna revista o algo así.

–Parece una buena amiga.

–Mmm –murmuró ella, y bajó la vista–. Sí que lo es. No debería quejarme. Aunque estoy segura de que la mayoría de la gente piensa que es un poco superficial y caprichosa. Es verdad que siempre va elegante y perfecta, pero en el fondo es un trocito de pan. Siempre está dispuesta a ayudar. Así que sí, es una buena amiga.

Gabe sonrió.

–¿Qué pasa? –quiso saber ella.

–Creo que tú eres igual, Fiona Hanning. Serías una buena amiga.

–Tampoco es que sea tan difícil.

Gabe enarcó una ceja. No quería pensar demasiado en la amistad y lo que esa palabra significaba. Sabía que la dirección de sus pensamientos no lo llevarían a buen puerto.

Justo en ese momento, Fiona se sonrojó y eso hizo que él dejara de preocuparse.

Llegó la primera tapa humeante y, aunque no estuvieran en un restaurante fino, la presentación seguía siendo impecable y los platos ovalados de color azul y blanco eran muy bonitos.

—Madre mía. Sigo siendo un desastre con los palillos –dijo Fiona, mirando las enormes gambas rosadas rebozadas con la fina capa de masa crujiente.

—Deja que te ayude.

A él le dio pena, así que sacó los palillos del envoltorio, cogió una gamba y se la acercó a los labios para que abriera la boca.

Como un pajarito, Fiona le dio un pequeño mordisco al crujiente. Él la observó y después se arrepintió de haberlo hecho.

—Dios, está para chuparse los dedos –soltó ella con un gemido, cerrando los ojos como si estuviera en la gloria.

Probablemente lo había soltado de manera inconsciente, pero para Gabe supuso una prueba de autocontrol.

—Ajá –murmuró él, moviéndose incómodo en el asiento. Le encantaba que Fiona fuera tan expresiva y, aunque sonara a cliché, sí que había conseguido hacer que cambiara.

—Ven, prueba tú ahora –dijo ella, tras coger una gamba en tempura con las manos y acercársela a la boca, rozándole los labios con los dedos. Lo miró emocionada y con cierta inocencia mientras esperaba su reacción.

El roce y la mirada ingenua que le dedicó hicieron que a Gabe le recorriera un escalofrío por el cuerpo. Ya no aguantaba más, así que se lanzó. Le lamió el nudillo del pulgar, rozándole un poco la piel con los dientes antes de morder la gamba. Fiona jadeó, sorprendida, y, con eso, Gabe supo que había merecido la pena.

—Sí que lo está, sí –añadió él con una sonrisa.

Qué pena que la camarera llegara justo en ese momento con el *yakitori* y la jugosa carne *teriyaki*.

—Gracias –le dijo Fiona como si la mujer se hubiese acercado exclusivamente para rescatarla del momento que acababan de vivir.

La camarera le dio las gracias a ella.

—Prueba el pollo –se apresuró a decir Fiona, casi clavándole el pinchito en el ojo a Gabe.

Él le agarró la mano para evitar un accidente y le sonrió.

—Deja de hacer eso —le exigió ella.

—¿El qué?

—Ya sabes a qué me refiero —gruñó, y lo fulminó con la mirada, lo que hizo que Gabe se entristeciera un poco.

—Lo siento —dijo él mientras le soltaba la mano.

—Es que no quiero ponerme más nerviosa de lo que ya estoy.

—Joder, Fi. Quiero que te sientas cómoda conmigo. Y dejar que las cosas vayan fluyendo.

—Lo sé, pero es que tú eres tan... sofisticado y sabes cómo provocarme y yo... solo soy yo.

—Y ya solo tú eres... —Hizo una pausa, y paseó la mirada por sus ojos azules llenos de preocupación, por su pelo dorado y por la piel pálida de su cuello—. Eres perfecta.

—Ah —soltó ella, aún más nerviosa—. Pues igual deberíamos... volver al hotel y...

—Fiona Hanning, ¿por qué pretendes saltarte la parte romántica de la historia? Estoy intentando seducirte y tú vas y dices que quieres volver ya al hotel para terminar con esto —la interrumpió él, fingiendo estar indignado.

Ella hizo una mueca. Luego se tapó la boca con la mano y agachó la cabeza, lo que hizo que el pelo le ocultara el rostro. Le tembló un poco el cuerpo y, al principio, Gabe pensó que la había hecho llorar.

—Hey, Fi. Lo siento.

Ella levantó la vista por debajo de las pestañas y, en lugar de lágrimas, Gabe vio unos ojos azules que rebosaban de alegría. Y entonces Fiona soltó una carcajada y ya no pudo parar.

—Lo... lo siento —intentó decir ella mientras seguía riéndose—. Se me da fatal.

—Pues yo creo que no ibas mal. Sigue hablándome del blog.

Charlaron tranquilamente y pidieron otra cerveza. Hacía mucho tiempo que Gabe no se sentía tan a gusto con alguien.

Capítulo 21

Cuando salieron del bar, se encontraron con el frío de una noche de primavera, aunque el cielo estaba despejado e iluminado por una media luna. Eso le daba al monte Fuji un aire fantasmal, con unas pocas nubes plateadas amontonadas alrededor del pico nevado.

–Bonita chaqueta –comentó Gabe al ver a Fiona deslizando los brazos por las mangas de cuero.

–Sí, pero no es muy abrigada. Aunque al parecer gusta más que mi otro abrigo.

–Ah, sí. Esa cosa peluda. –Se rio.

–No empieces.

–Perdón. –La rodeó con el brazo para acercarla más a él y empezaron a caminar de vuelta al hotel–. ¿Quién más se ha metido con tu abrigo?

–Avril, por supuesto. Dice que parece un mono.

–Qué ganas de conocerla –exclamó él.

Opinaba lo mismo que Avril, pero decidió quedarse callado.

–Mmm, sería interesante. Cuando la conozcas, sabrás lo que es que te planten cara.

–¿Es que no lo sé ya? Sigo teniendo esperanzas de que dejes de ser tan mala conmigo.

Ella le dio un codazo tímido con una pequeña sonrisa en los labios, pero no dijo nada más mientras andaban por una calle llena de restaurantes y bares iluminados, todos ellos repletos de gente. Al parecer, muchos turistas habían venido al país para disfrutar de la época de las flores de cerezo. Eran las ocho y media. Seguía siendo temprano.

–¿Quieres ir a otro sitio típico de Japón?

–¿Adónde? –preguntó ella con desconfianza.

—Al karaoke. Hay un bar por aquí –respondió él, e hizo un gesto con la cabeza hacia el letrero de neón–. Si no te apetece cantar, podemos ir solo a tomar algo. O si lo prefieres, podemos ir al bar del hotel.

Fiona se enderezó y, para sorpresa de Gabe, no dudó en pronunciar un «sí».

—¿Sí?

—¡Al karaoke! –exclamó Fiona entusiasmada, y él se rio.

—Vale, pues al karaoke entonces. ¿Has estado alguna vez en uno?

—No. Nunca. ¿Y tú?

—Vivo en Japón. Es raro no acabar en uno, sobre todo después de una noche de fiesta. A los japoneses les encanta. Deberías ver a Haruka en uno.

—¿¡Haruka!? No es posible, tienes que estar de coña.

—Palabra de *boy scout* –juró Gabe, haciendo el saludo con la mano en la frente–. Fuimos a uno por el cumpleaños de Mayu. –Se le escapó la risa–. Y cantó *Like a Virgin* de Madonna. Mayu, no Haruka.

Fiona soltó una risita.

—¿Y qué cantó Haruka?

—*I Will Always Love You* de Whitney Houston –le contó él con una sonrisa.

—Interesante elección.

—Sí, sí que lo fue –coincidió, e hizo una mueca.

—¿Y tú lo de cantar cómo lo llevas?

—Bueno…, sé seguir la melodía. Pero cuando me bebo un par de cervezas, soy lo más parecido a Robbie Williams que encontrarás. –Esbozó una sonrisa–. ¿Y a ti se te da bien?

—Me defiendo –contestó Fiona, encogiéndose de hombros.

Para entrar en el bar, tuvieron que abrirse paso entre una multitud de jóvenes japoneses contentísimos que estaban abandonando el local. Estaba abarrotado de gente, y había un grupo de turistas alemanes dándolo todo en el escenario, o más bien esforzándose al máximo por destrozar una canción de Mariah Carey, mientras que el resto –la mayoría turistas– disfrutaba del espectáculo.

–¿Qué quieres tomar? –le gritó Gabe al oído, para hacerse oír por encima del ruido de los aplausos y los vítores.

Fiona, que estaba observándolo todo con interés, hizo una mueca y contestó:

–No sé. Suelo beber vino, pero... ¿qué pide la gente aquí?

–Normalmente jaibol o cerveza.

–No me apetece beber más cerveza. ¿Qué es el jaibol?

–Es un trago largo con *whisky* japonés y soda, aunque algunas personas lo mezclan con Coca-Cola o limonada.

–Pues uno de esos. Con limonada, por favor.

Gabe avanzó como pudo hasta la barra y llamó a la camarera que estaba cantando la canción que sonaba lo bastante alto como para reventar los tímpanos. Ya con las bebidas en la mano, pasó entre sillas y mesas, y llegó hasta donde estaba sentada Fiona, que había encontrado dos asientos vacíos en la esquina de una mesa larga ocupada por otros dos grupos.

–*Kanpai* –exclamó él, levantando el vaso para brindar.

–*Kanpai* –repitió ella–. Supongo que eso quiere decir «salud».

–Algo así. La traducción literal es «vacía tu vaso».

Fiona le dio un par de sorbos a la bebida y luego echó el cuello hacia atrás y se la bebió de golpe.

–Vaya. Pues sí que tenías sed. No pensé que te lo fueras a tomar al pie de la letra. ¿Quieres que te pida otro?

–Sí, porfi –respondió ella con dulzura y tranquilidad, como si no acabara de beberse un *whisky* doble.

–Vale. ¿Estás segura?

–Sí.

Cuando Gabe llegó con la segunda ronda, le dijo a Fiona:

–No te lo tomes tan rápido. Este *whisky* es bastante fuerte.

–Está bien –dijo ella, echándose el pelo por encima del hombro y observando con ansia lo que sucedía a su alrededor mientras los cantantes alemanes se bajaban del escenario y otra pareja se adueñaba del micrófono.

—Este es un bar de karaoke bastante tradicional. Hoy en día, las cadenas más importantes de Tokio y de otras ciudades grandes suelen tener salas privadas de diferentes tamaños que se pueden reservar por horas. Muchas de ellas son temáticas y algunas incluso cuentan con disfraces para darle más vida a la interpretación.

—Guau. Es una idea un tanto... peculiar. ¡Ay! —Fiona volvió a mirar al escenario, y añadió—: ¡Me encanta esta canción!

—Cómo no —bromeó él mientras comenzaban a sonar los primeros acordes de *Island in the Stream* de Dolly Parton y Kenny Rogers—. ¿Qué canción elegirías si tuviésemos que cantar juntos?

—*Don't Go Breaking My Heart* de Elton John y Kiki Dee —soltó Fiona, y luego hizo una mueca—. No... no era una indirecta. Fue la primera canción a dúo que me ha venido a la cabeza. —Observó a Gabe con aire serio y siguió hablando—: Aunque sí que es verdad que podrías acabar rompiéndome el corazón.

A él esas palabras le sentaron como un puñetazo en el estómago y tuvo que tragar saliva. Y, de repente, sintió el peso de la responsabilidad sobre sus hombros y acabó siendo un poco presa del pánico.

Fiona frunció los labios, como si pudiera oír los pensamientos que le estaban rondando a él por la cabeza.

—Si te dejo, claro —aclaró ella, sorbiendo por la nariz y echándose el pelo por encima del hombro—. Cosa que no voy a hacer, así que puedes estar tranquilo.

Bueno, por ese lado bien, pero... ¿y si ella le rompía el corazón a él?

Después de unas cuantas canciones más y una tercera ronda de bebidas, Fiona se sentía más segura que nunca. Gabe se había quedado bastante intrigado cuando los alemanes se habían bajado del escenario y ella se había acercado para apuntarse en la lista de los que querían participar en el karaoke. Consecuencias del primer *whisky*, supuso.

Mientras Fiona esperaba su turno, empezó a saborear lo que era sentir pánico escénico. Tan solo la idea de subir los escalones hasta el escenario hacía que se le revolviera la tripa y el *whisky* no le había servido de mucha ayuda o al menos no tanto como ella esperaba, pero algo en su interior la animaba a no tirar la toalla; por una vez, quería ser ella la que impresionara a Gabe. Él siempre lo hacía todo tan bien y con tanta seguridad... Quería demostrarle que ella también era buena en algo.

Un grupo de japonesas se estaba cargando el *Wannabe* de las Spice Girls, pero, a pesar de los berridos, parecía que se lo estaban pasando en grande. Al resto de la gente no parecía importarle; de hecho, también estaban disfrutando. Después del siguiente, llegaría su turno, así que rezó para que quien iba delante de ella no se viniera muy arriba, porque si no le sería difícil subir al escenario y seguirle el ritmo.

—¿Estás segura de lo que vas a hacer? —le preguntó Gabe mientras ella apuraba el tercer jaibol.

—Segurísima. —Le dedicó lo que esperaba que fuera una sonrisa convincente e hizo todo lo posible para que no se le notase el revoltijo de nervios que se le había instalado en el estómago.

«Venga, Fiona. Tú puedes. ¡Quieres acostarte con él! Al lado de eso, esto será pan comido», se dijo a sí misma. Sí, se iba a acostar con él y lo decidió justo en ese momento. Tal vez sería como estar en el escenario: una vez que subes, todo va sobre ruedas. Sin embargo, era el hecho de tener que subir lo que hacía que le temblaran tanto las rodillas.

—¿Me vas a decir lo que vas a cantar? —insistió Gabe por décima o tal vez undécima vez.

—No, ya te he dicho que no. —Negó con el dedo—. Espera y verás.

—Pues... creo que la espera ha terminado —dijo él, y asintió con la cabeza mientras un adolescente daba las últimas notas altas de la canción y el público aplaudía.

Fiona se puso en pie. ¿Por qué se había metido ella sola en ese lío? ¿Por qué? Pero ya era demasiado tarde para echarse atrás. Se enderezó. Desde el día que conoció a Gabe, se había sentido como una niña pequeña que trataba de seguirle el ritmo a un adulto. A pesar de los nervios, sabía que era capaz de hacerlo. Era su oportunidad de brillar, de mostrarle otra versión suya a Gabe. De espaldas al público, caminó hasta el escenario y se desabrochó algunos botones del mono que llevaba. Podía hacerlo.

Tenía que dar cuatro pasos más. Los contó. «Uno. Dos. Tres. Cuatro». Respiró hondo. Agarró el micrófono. Volvió a coger una bocanada de aire; una respiración profunda del diafragma. Podía hacerlo.

Sonaron los primeros acordes de guitarra y sin tener que comprobar la letra de la canción en la pantalla, en el quinto tono, abrió la boca y se sintió más valiente que nunca. Y empezó a cantar:

–*Everybody screamed...* –Se le iluminó el rostro con una sonrisa cuando miró a Gabe–. *When I kissed the teacher...*

Ojalá hubiese podido sacar la cámara y capturar la cara de Gabe. Mientras cantaba la siguiente estrofa, y sin dejar de mirarlo a los ojos, se bajó un poco el mono para dejarse un hombro al descubierto e hizo un movimiento sugerente. A medida que el ritmo aumentaba, comenzó a dar vueltas y a bailar por el escenario. Todos empezaron a aplaudir y a gritar.

Fiona no dejaba de sonreír y sacó su Lily James interior, siendo consciente de todo lo que valía. *Mamma Mia!: Una y otra vez* era una de sus películas favoritas. Imitar los movimientos de la actriz y cantar la canción le habían servido de terapia en varias ocasiones. Y en ese preciso instante, bajo la mirada perpleja de Gabe, lo dio todo, disfrutando de la música y de la canción. Por alguna extraña razón que nunca había logrado comprender, cuando cantaba, se sentía más segura que nunca. Tal vez porque así podía fingir ser otra persona. Se sentía como pez en el agua y eso la fascinaba, pero nunca había tenido la suficiente confianza como para explotar ese talento.

El resto de la gente se unió a ella en el estribillo, aplaudiendo, y Gabe, al igual que la mayoría de los turistas, se puso de pie.

Fiona le hizo señas a dos chicas que estaban sentadas en primera fila, que parecían estar viviendo el mejor momento de sus vidas, y las invitó a subir al escenario. Sin pensárselo dos veces y sin parar de reír, subieron los escalones, le hicieron los coros y copiaron los pasos de baile de Fiona: dos pasos a la derecha, pierna arriba, dos pasos a la izquierda.

Cuando la canción llegó a su fin, todo el local estalló en aplausos, vítores y gritos. Con una sonrisa bobalicona, Fiona hizo una reverencia y bajó las escaleras, sacudiendo la cabeza mientras los demás silbaban y gritaban: «Otra, otra». Caminó hasta donde estaba Gabe y, cuando se acercó a él, este la abrazó y le dio un beso.

—Ha sido alucinante —exclamó Gabe con los ojos brillantes—. Y muy sexi. Creo que el público te adora.

—Gracias. —Fiona se echó a reír.

—En serio, Fi. Ha sido alucinante.

—Gracias —repitió, pero esta vez un poco cohibida y ruborizada. Agachó la cabeza, aunque fue incapaz de dejar de sonreír.

—Oh, no, no, no. Ahora no te hagas la modesta y la tímida.

Volvió a besarla y habría seguido haciéndolo si no se hubiesen visto interrumpidos por un «ejem» educado, o más bien el equivalente en japonés.

Una camarera con una bandeja de bebidas se detuvo a su lado y en un inglés vacilante dijo:

—Cortesía de la casa.

—Muchísimas gracias —dijo Fiona, con el corazón todavía martilleándole el pecho. Y se le subió aún más el color a las mejillas cuando la chica dejó las bebidas en la mesa.

—¡Menudo espectáculo! —exclamó la camarera con una sonrisa antes de retirarse.

—Bueno, si un poco de alcohol te ha llevado a hacer eso... Creo que ya es suficiente por hoy. A este paso, no sé si seré capaz de seguirte el ritmo –bromeó Gabe, cubriendo los vasos con la mano con actitud protectora.

El corazón desbocado de Fiona latía cada vez más rápido y, antes de que perdiera la confianza que acababa de ganar, levantó la mano con cierto temblor y la entrelazó con la de Gabe.

–Volvamos al hotel –dijo ella cuando sus miradas se encontraron.

Capítulo 22

Fiona, animada por Gabe, se pasó todo el camino de regreso al hotel cantando. Cuando llegaron al ascensor, no pudieron evitarlo y estallaron en carcajadas. Ya no quedaba rastro de todas las preocupaciones y los nervios que había sentido ella antes.

A ver, sí que estaba un poco achispada y posiblemente muy embobada por los cumplidos que había recibido tras bajarse del escenario, así que cuando llegaron a la puerta de su habitación, tiró de la mano de Gabe y lo arrastró dentro. Alguien había entrado para hacer la cama y había encendido las lámparas que había en la mesita de noche, lo que hacía que la luz le diera un aire acogedor a la habitación. Como un ángel de la guarda, el monte Fuji brillaba bajo la luz de la luna.

Gabe la estrechó contra su cuerpo y ella levantó la barbilla para darle un beso. Se puso un poco nerviosa, pero enseguida la curiosidad y el deseo hicieron que dejara de temblar. Empezó a quitarle la chaqueta a Gabe, deslizándole las mangas por los brazos, y le clavó los dedos en los bíceps. Sonrió entre besos mientras él se hacía cargo de forma hábil de su chaqueta de cuero.

—Me gusta cómo te queda el mono —murmuró él contra su cuello mientras le desabrochaba los botones despacio, con mucho cuidado.

Ella se estremeció al sentir su aliento en la piel sensible y le deslizó los dedos por debajo de la camiseta, descubriendo el tacto suave de los músculos de su espalda.

Gabe dio un paso hacia atrás y, con un movimiento rápido, se sacó la camiseta por la cabeza y dejó a la vista un pecho bronceado con pelo oscuro. Fiona se estremeció al verlo con la piel iluminada por la tenue luz de las lámparas.

–No estás nada mal –suspiró ella, alargando la mano para tocarlo.

Él esbozó una sonrisa ladeada y le deslizó el dedo por el encaje de la blusa, rozándole ligeramente la piel a su paso, lo que hizo que ella sintiera un torrente de calor en la entrepierna.

Le quitó la tela de lino del hombro y acercó los labios a la piel desnuda; los besos eran lentos y Fiona notó que los escalofríos se le extendían por todo el cuerpo.

–Estaba deseando hacer esto desde que me miraste por encima del hombro en el escenario –pronunció Gabe.

Ella tragó saliva, un poco aturdida por las sensaciones que le recorrían el cuerpo: deseo en algunas zonas y calidez en otras. Él le dejó un rastro de besos por la piel sensible, pasando por el cuello y llegando hasta sus labios. Cuando su lengua encontró la de Fiona, pasaron de cero a cien en cuestión de segundos. Se batían en duelo, bailaban al compás y se provocaban la una a la otra, y ella sintió que se le aceleraba la respiración a medida que aumentaba el calor entre sus piernas. Desesperada, y un poco sorprendida por la fuerte necesidad que sentía de moverse, se acercó más a él y sintió su erección, queriendo más. El calor era cada vez más intenso y los besos más profundos. Sin poder contenerse más, Gabe le puso una mano detrás de la cabeza y con la otra, le deslizó el mono hacia abajo. Sus manos encontraron sus pechos y se le escapó un gruñido. La delicadeza con la que le tocó el pezón desentonaba con los besos insaciables que estaban dejando a Fiona sin aliento, llena de deseo y un poco insatisfecha. No era suficiente, quería más. Se había pasado mucho tiempo imaginándose ese momento.

Ella le devolvió el beso, un poco insegura al principio al ver que él la estaba dejando tomar el control para que así fuera ella la que marcara el ritmo.

Deslizó las manos hasta el botón de los vaqueros de Gabe y, por un instante, le resultó imposible desabrochárselos porque no podía dejar de sentir sus dedos rozándole la piel mientras le tocaba el otro pecho y le dejaba una sensación de hormigueo en el pezón, una mezcla punzante de anhelo y necesidad.

Sin saber muy bien cómo, él todavía en vaqueros y ella con el mono por los muslos, se tambalearon y, cuando Fiona sintió las sábanas de la cama en la parte posterior de las rodillas, se dejó caer hacia atrás y lo arrastró a él con ella. Entre risas y con las piernas y los brazos enredados, lograron deshacerse de los pantalones y del mono con cierta torpeza. Él se colocó encima de ella y eso hizo que Fiona se acalorara aún más. Los besos se volvieron más desesperados y ella alzó las caderas para frotarse contra Gabe mientras que él le hundía las manos en el pelo. El tacto firme y agradable de sus dedos rozándole el cuero cabelludo la hizo suspirar de placer, y él aprovechó el momento para dejarle un reguero de besos por la cara y después hacer lo mismo con su cuello y sus pezones.

—Mmm —gimió ella mientras él le levantaba la blusa y le quitaba el sujetador. El roce de la boca de Gabe hizo que levantara las caderas aún más—. Joder —pronunció con voz ahogada, desesperada por seguir.

Daba la sensación de que Gabe no tenía ninguna prisa y las cosas se ralentizaron todavía más cuando decidió tomarse su tiempo en saborear y mordisquearle los pezones, dejándola una vez más sin aliento y soltando gemidos involuntarios, con los puños apretados contra las sábanas.

—Para. Para —jadeó Fiona. Sentía que iba a explotar en cualquier momento. Era demasiado. Le ardía todo el cuerpo—. No puedo. No puedo. —Hizo un gesto con la mano y tragó saliva, casi no podía ni respirar.

Gabe levantó la cabeza y le puso una mano en la barbilla para acariciarle la cara.

—¿Quieres que vayamos más despacio?

—Ajá. —Fiona asintió con la cabeza, aliviada por su comprensión—. Necesito... Lo siento. Necesito un minuto.

Gabe se apartó de ella y la estrechó entre sus brazos, besándola suavemente en la frente. Fiona notó los movimientos del pecho de Gabe, subiendo y bajando. Inmediatamente sintió que le faltaba algo, pero al menos consiguió relajarse un poco.

–¡Uf! –jadeó Gabe–. Pensé que me iba a dar un infarto.

Cogió la mano de Fiona y la colocó sobre su pecho. El corazón le iba a mil, y Fiona sonrió.

–Pensé que solo lo estaba sintiendo yo.

–¿El qué?

–El descontrol y el corazón desbocado.

Él se echó a reír y le dio un beso firme en la boca.

–No, yo también me uno al club.

–Menos mal –susurró ella, y le dio un beso en el cuello con delicadeza, saboreando con la punta de la lengua la piel de su clavícula.

Con un gruñido, Gabe hundió la cara en su pelo y se quedó quieto, sus respiraciones pesadas llenaban el silencio de la habitación.

Con vacilación, Fiona le pasó una mano por el pecho y enseguida supo que él estaba haciendo un esfuerzo por contenerse, así que le volvió a pedir perdón.

–No tienes por qué disculparte –soltó él con brusquedad–. Esto es algo de dos. Aunque, por si no te habías dado cuenta, me estás matando.

Ella esbozó una sonrisa y le dio otro beso, rodeándolo con los brazos y volviendo a hacer que se colocara encima de ella.

–Ya podemos seguir –susurró Fiona.

–¿Estás segura? No tenemos que hacer nada si no quieres –dijo él, acariciándole el costado con la mano.

Ella asintió con seguridad.

Gabe se acercó al borde de la cama, sacó algo de la cartera que llevaba en los vaqueros y dijo con una sonrisa provocativa:

–Tendremos que hacer que valga la pena porque no tengo más.

–Creo que por ahora ibas bien –añadió ella con una sonrisa tímida.

Cuando el cuerpo de Gabe encajó con el de ella, Fiona se dio cuenta de que todo iba mejor que bien.

Fiona se fue despertando poco a poco y se encontró con la habitación iluminada por la luz de la luna. Un hormigueo le recorrió el cuerpo y le dejó una sensación cálida y saciante. Se llevó los dedos a los labios al ser consciente de que se le escapaba una sonrisa. Madre mía, lo que se había estado perdiendo. Gabe le demostró sin lugar a duda que sabía lo que hacía y... ella volvió a sonreír. Él tampoco se había quejado de lo que había hecho ella. Sintió que el corazón le daba un pequeño brinco al recordar el gruñido de placer que había soltado él al correrse... en dos ocasiones. A su lado, Gabe respiraba de forma lenta y constante, y ella sintió el calor que emitía su cuerpo.

Se quedó observándolo: tenía una expresión relajada en el rostro y el pelo despeinado le caía sobre la almohada. Notó que el corazón se le llenaba de amor. Pues sí, había acabado enamorándose de cada centímetro de él, incluso de su lado imbécil y arrogante. O de ese momento, acostada a su lado. Joder, se sentía tan tentada de alargar la mano y tocarlo –acariciarle el pelo, la clavícula–, pero, en vez de eso, se limitó a estudiarle el rostro, mordiéndose el labio. Gabe Burnett. Atractivo. Generoso en la cama. La noche anterior había supuesto un antes y un después. Fiona casi soltó una carcajada al recordarlo, pero enseguida la invadió la tristeza. Así que tragó saliva y le recorrió el cuello con la mirada. Se había acostado con él, con el Gabe Burnett de carne y hueso, ya no era solo fruto de su imaginación. Además, no se había sentido inferior a él. Ahora era una mujer. Había conseguido dejar atrás a esa adolescente ingenua que seguía atormentándola por dentro. Las lágrimas le nublaron la vista. Podían irse por donde habían venido. «No te derrumbes, Fi», se dijo a sí misma. Esto era la vida real, no estaban en una comedia romántica en la que él se daría la vuelta y acabaría confesándole que ella era el amor de su vida. Los hombres como Gabe no hacían eso..., bueno, al menos no con mujeres como ella. Y lo sabía. ¿Qué sentido tenía ponerse triste y venirse abajo? Cuando volviera a Londres, solo le quedaría un recuerdo bonito de lo que habían compartido. Como se prometió en su día, iba a aprovechar al máximo los días que le quedaban en Japón.

Se apoyó sobre los codos y contempló el monte Fuji a lo lejos, ahora con la luna detrás, dándole un aire místico y mágico. Sería una buena foto. Se levantó con cuidado de la cama y le lanzó una mirada rápida a Gabe. No se despertó.

Todavía desnuda, cogió la cámara y abrió las puertas del balcón. El aire frío de la noche le erizó la piel suave y tersa. Con una sonrisa, saboreó el escalofrío de placer que le recorrió el cuerpo y que avivó los recuerdos. El horizonte estaba salpicado de tonos azules, blancos y plateados mientras que la luna se encargaba de iluminar la nieve que brillaba encima del pico de la montaña, dejando una luz azulada y etérea que se distinguía en la oscuridad de la noche. Unas cuantas nubes aparecieron en escena. Con la esperanza de lograr captar la espiritualidad que emanaba el paisaje, hizo varias fotos. Estaba tan concentrada que no oyó el ruido de las puertas del balcón al abrirse detrás de ella.

—Una foto a la luz de la luna —susurró Gabe de repente.

Fiona se giró un poco para mirarlo y se le dibujó una sonrisa en la cara cuando él acercó su cuerpo cálido al de ella y le dejó un beso en el hombro.

—Es precioso. Pensé que igual podría conseguir la foto definitiva.

—¿Y? —preguntó él, rodeándole la cintura con los brazos y apoyando la barbilla en su hombro.

Fiona sintió un cosquilleo al notar los pelos de la barba de Gabe en contacto con su piel. Después, arrugó la cara, negó con la cabeza y respondió:

—Todavía no, pero esas nubes se moverán en un minuto. Quiero una foto en la que no aparezcan.

—Todavía tenemos el día de mañana..., aunque creo que igual ya es hoy.

Fiona volvió a estremecerse al darse cuenta de que estaba

desnuda. Al menos él sí que había sido previsor y se había puesto los calzoncillos antes de salir.

–¿Quieres que te traiga el albornoz?

–No, ya voy yo.

Pasó junto a él, se metió en el cuarto de baño y cogió el albornoz que el personal del hotel le había dejado detrás de la puerta. Se detuvo al ver su reflejo en el espejo: tenía los labios un poco hinchados, el pelo revuelto alrededor de la cara y los ojos brillantes de felicidad. Asintió con la cabeza, satisfecha con lo que vio y se puso el albornoz.

Gabe estaba apoyado en la barandilla del balcón: su silueta era una sombra oscura y detrás de su hombro ancho se veía la montaña. Una estampa con cierto aire fantasmal bajo el resplandor de la luz de la luna.

Con el corazón en la garganta, Fiona hizo varias fotos rápidas e inmortalizó la escena antes de que Gabe se diera la vuelta con un movimiento lento.

–¿Así mejor? –le preguntó él, alargando la mano.

–Sí –contestó ella, todavía con el pulso desbocado por la adrenalina, sin saber si enseñarle o no la foto que acababa de hacerle. Aunque seguramente pensó que estaba haciendo fotos del monte Fuji, no de él en primer plano y la montaña al fondo.

Al final, no se atrevió a compartirla con él; lo haría más tarde.

Se quedaron un rato contemplando cómo la luna aparecía y desaparecía entre las nubes hasta que Gabe bostezó y dijo:

–A dormir.

Luego, se inclinó, la cogió en brazos y entraron otra vez en la habitación. La dejó en el suelo, le quitó el albornoz, la metió en la cama y se deslizó detrás de ella bajo las sábanas.

–Mmm –murmuró Fiona mientras él le pasaba el brazo por encima y colocaba una pierna entre las suyas.

–Ni se te ocurra –bromeó él, dejándole un beso en el hombro–. Ha sido una noche agotadora.

Ella sonrió y le acarició la piel suave del brazo con el que le estaba rodeando la cintura, sintiendo la calidez de la tela de algodón de las sábanas, del cuerpo de Gabe y de sus respiraciones lentas, que le movían los mechones de pelo que tenía cerca del cuello.

Al poco rato, él se durmió y ella se quedó sonriendo en la oscuridad, escuchándolo respirar, pero, al final, también terminó cayendo en un sueño profundo.

Capítulo 23

Fiona se despertó con la luz del sol colándose por la ventana y lo primero que vio fue la amplia sonrisa de Gabe: tenía la cabeza apoyada en la almohada y las sábanas suaves de algodón blanco contrastaban a la perfección con su piel bronceada y su barba oscura.

–Buenos días, Bella Durmiente.

–Buenos días –dijo ella con una sonrisa tímida, algo que era ridículo después de lo que habían hecho la noche anterior, pero no estaba acostumbrada a despertarse con un hombre al lado y mucho menos con uno tan atractivo.

Gabe extendió el brazo, tiró de ella para que se apoyara en su pecho y le dio un beso en la cabeza. Fiona le rozó el pezón con los dedos y él se estremeció.

–¿No estarás intentando que me vuelva a acostar contigo? –gruñó él con un brillo burlón en los ojos.

–¿Quién? ¿Yo?

Gabe le acarició el pecho, relajado, y le deslizó la nariz por la mejilla hasta encontrar sus labios.

Pasaron unos minutos hasta que lograron meterse en el baño. Gabe entró en la ducha con ella, con la excusa de que quería ayudarla a que quedara bien limpia.

–¿Pasa algo si salgo al pasillo solo con la toalla puesta? –preguntó él, echándole una ojeada al montón de ropa que había acabado a los pies de la cama tras la noche anterior.

–¡No puedes hacer eso! Asustarás al personal del hotel. O igual les alegras la mañana de trabajo.

Él esbozó una sonrisa alegre.

–¿Por qué no? Mi habitación solo está a un par de puertas de la tuya. Puedes vigilar que no venga nadie.

Fiona entrecerró los ojos.

—O podría vestirme e ir buscarte lo que necesites.

—Qué aguafiestas.

—Eso no es lo que me has dicho en la ducha —le recordó ella, alzando las cejas con gesto provocador.

Gabe la estrechó contra su cuerpo, los dos todavía con la toalla puesta, y le dijo:

—Eres... —Bajó la mirada y luego, sacudió la cabeza, incrédulo, y la besó con tanta intensidad que Fiona se tuvo que aferrar a él porque las rodillas empezaron a fallarle—. ¿Me traes el móvil? Lo dejé enchufado en la habitación.

—Sí, claro. ¿Algo más? —Ella le sonrió con picardía.

—A menos que quieras que hoy vaya por ahí como mi madre me trajo al mundo... —Levantó las cejas, provocándola—. Necesito ropa interior. Está toda en el primer cajón. Y una camisa limpia. Traje dos..., elige la que quieras —añadió, sacando la tarjeta del hotel del bolsillo de los vaqueros para dársela.

La habitación de Gabe era idéntica a la de ella, con el mismo balcón que daba a la montaña. Cogió unos calzoncillos y unos calcetines, y tardó un rato en decidir qué camisa elegir. Le pareció un gesto íntimo y guardó el recuerdo para el futuro. Finalmente, se decidió por una camisa Oxford de color azul claro y buscó el móvil de Gabe por la habitación.

Vislumbró el teléfono en la mesita de noche y, decidida, se dirigió hacia allí, pero no vio el par de zapatillas de correr que sobresalía por debajo de la cama, así que acabó tropezándose con una de ellas. Consiguió atrapar el teléfono con la mano con un movimiento torpe y eso hizo que la pantalla del móvil se encendiera de repente. Fiona la miró sin querer y vio que tenía tres llamadas perdidas de Yumi. Fue como una advertencia desagradable que hizo que recordara que Yumi seguiría formando parte de la vida de Gabe cuando ella regresara a Londres.

—Pero sabías perfectamente dónde te estabas metiendo —se recordó en voz alta a la vez que se guardaba el móvil en el bolsillo–. Lo tuyo con Gabe tiene fecha de caducidad. Cuando te subas al avión que te llevará de vuelta al aeropuerto de Heathrow, todo habrá terminado.

Las preocupaciones de Fiona se desvanecieron como si nada cuando bajaron a desayunar y se empezó a poner de buen humor. A Gabe parecía gustarle mucho la idea de ir cogidos de la mano y de darle besos a escondidas cada vez que encontraban un rincón tranquilo. Después de un desayuno con comida típica occidental –Fiona no había podido resistirse a probar las tortitas–, cogieron el tren que los llevaría a Kawaguchi y luego se montaron en el teleférico –bastante empinado– que tardó tres minutos en subir doscientos metros hasta llegar al parque Tenjo-zan.

–¿Te apetece ir caminando hasta el lago? –sugirió Gabe después de que se hubiesen pasado casi cuarenta minutos admirando de lejos las vistas del monte Fuji y el lago Kawaguchi.

–Sí, creo que ya lo he visto todo y tengo suficientes fotos del monte Fuji. No voy a hacer más –contestó ella.

De madrugada, Fiona les había echado un vistazo rápido a las fotos y había llegado a la conclusión de que tenía lo que necesitaba. Solo ella sabría que la persona que salía en la imagen era Gabe, así que decidió con total seguridad que la usaría en la exposición. A pesar de todas las promesas que le había hecho él, no se lo imaginaba viajando a Londres y, en realidad, tampoco esperaba que lo hiciera.

–Genial. ¿Por qué no guardas la cámara un rato y así disfrutas?

–¿Estás celoso o qué? –bromeó ella, quitándose la correa de la cámara del cuello y guardándola en la funda acolchada que llevaba colgada del hombro.

–Y tanto. Quiero que me prestes atención a mí durante el resto del día –respondió él con un puchero, y a Fiona se le escapó una carcajada.

–Vaaale. Pues sigamos caminando.

La ruta de bajada era de unos cinco kilómetros. Los senderos y los escalones por los que iban estaban rodeados de arbustos densos y hojas anchas; Gabe le explicó que eran hortensias.

—Es todo tan bonito. No sé si quiero volver a la ciudad —se sinceró Fiona cuando se detuvieron en lo alto de un tramo de escaleras, con el canto dulce y nítido de los pájaros de fondo y el soplo de una ligera brisa que movía las ramas de los árboles.

A lo lejos se divisaba el color azul del lago, parecido al del zafiro, gracias a la luz del sol y al día despejado que hacía.

—Yo tampoco. Aunque no le cuentes a Haruka lo que acabo de decir.

—¿Por qué no?

—Porque es de las que cree en el *shinrin-yoku*. Un «baño de bosque». Una práctica japonesa que consiste en ir caminando por el bosque para reponer fuerzas. Se supone que es bueno para el alma. Hace que aprecies lo increíble que es la naturaleza, las flores, las hojas, pero también sus imperfecciones.

—Me habló del *wabi-sabi* —intervino ella, pensativa.

—Pues esto también forma parte del *wabi-sabi*. —Se rio, un poco incrédulo—. Y, ahora que estoy aquí, casi siento que puedo llegar a creérmelo.

Fiona juntó las cejas y puso una mano en el brazo de Gabe, preocupada al ver que volvía a adoptar una actitud cínica, y lo hizo caminar hasta el banco que tenían más cerca.

—No me gusta que digas esas cosas —le confesó ella en voz baja, y se sorprendió al notar lo valiente que había sido al decírselo.

—¿Por qué?

—Porque las dices como... como si no hubiese nada en la vida que te hiciera ilusión. Como si ya hubieses tirado la toalla.

Gabe se encogió de hombros, con la vista perdida en algo a lo lejos y con la cabeza un poco girada para no mirarla a ella a los ojos.

—A veces me siento así. Llevo en este mundo más tiempo que tú, aunque me estoy esforzando por cambiar.

Fiona le dio un toquecito con la rodilla en el muslo y añadió:

—Tampoco nos llevamos tantos años de diferencia y no nací

ayer, Gabe. Es verdad que vivo en un pueblo, pero he salido varias veces y he estado en otros muchos países. Y eso no ha hecho que deje de ilusionarme por las cosas. Pero tú sí que has permitido que eso te pase a ti.

—Vaya —dijo él en voz baja, como si en realidad esas palabras no le hubieran afectado, y se recostó en el banco con los brazos extendidos en el respaldo, indiferente.

—Lo siento, Gabe —soltó Fiona con brusquedad, molesta por su reacción—. Pero odio que tengas esa actitud. Porque sé que en el fondo no eres así. —Hizo una pausa para observarlo y vio que estaba apretando los labios con fuerza.

—¿No soy así? —preguntó él, distante.

—No. No lo eres. Creo que es como... una máscara que te pones para que nadie se dé cuenta.

—¿Para que nadie se dé cuenta de qué?

—De que tienes sentimientos. De que no te dan igual las cosas. —Ella supo que había dado en el clavo cuando vio cómo él apretó la mandíbula y suspiró, molesto—. Como con Haruka. La adoras de verdad, pero eres incapaz de decirlo en voz alta, y siempre tienes que soltar cosas como «es una viejecilla gruñona y exigente». Y ayer me dijiste que habías olvidado lo especial que era Japón.

Gabe aflojó un poco la mandíbula y deslizó una mano hasta el regazo de Fiona para poder entrelazar los dedos con los de ella.

—Cuando estoy contigo, siempre consigues que lo vea todo de manera diferente. Pero... me han pasado una serie de cosas que no soy capaz de olvidar —admitió él.

Fiona hizo una mueca de dolor al notar el cansancio en su voz.

—Y lo entiendo —pronunció ella, dándole un apretón en la mano—. Después del acoso que sufrí en el instituto, me cerré en banda y estuve mucho tiempo sin querer saber nada de nadie. Pero todo cambió cuando decidí que tenía que empezar a vivir de nuevo. De hecho, acabé conociendo a personas maravillosas que de verdad se preocupan por mí.

—¿Te estás ofreciendo voluntaria?

–No me hubiese acostado contigo si no me importases de verdad –contestó ella con aspereza, y volvió a apretarle la mano con cierta tristeza.

Gabe se giró para mirarla y sus ojos azules se suavizaron.

–Lo sé. Prométeme una cosa: no te preocupes demasiado por mí. No merezco la pena. –Fiona negó con la cabeza, pero él siguió hablando–: Lo siento. Igual ya es hora de que me marche de Tokio y deje de aferrarme a los recuerdos. Y tienes razón, tengo que pasar página y ahora mismo debería estar disfrutando del increíble sol que hace y de esta mujer tan guapa que tengo a mi lado. –Le dio un beso en la mejilla–. Venga, vamos a probar lo del baño de bosque. Y después te llevaré a almorzar junto al lago.

Fiona siguió a Gabe por el sendero y observó su espalda ancha con una sonrisa afligida. No le quitó los ojos de encima, ni cuando él se dio la vuelta e hizo una foto del paisaje que había detrás de ella. Menos mal que no le había confesado la noche anterior que se había enamorado de él. ¿Significaba eso que se estaba preocupando demasiado? Lo que sí sabía con seguridad era que, si se lo hubiese dicho, habría acabado haciendo el ridículo.

Después de andar un largo rato, encontraron un restaurante encantador y caro –el precio incluía una mesa con vistas al lago–, aunque Gabe insistió en pagar.

–No tienes por qué –protestó ella–. Vamos a medias. O yo pago la cena.

Gabe se detuvo y la miró fijamente, como si la estuviera viendo por primera vez. Ya la había mirado así un par de veces desde que salieron de Tokio, pero, en esa ocasión, Fiona sintió que era capaz de ver lo que le rondaba por la cabeza. Se le puso la piel de gallina mientras él le recorría el rostro con la mirada.

–Eres buena persona. Es la primera vez en mucho tiempo que alguien se ofrece a invitarme a algo. Lo que me parece aún más tierno y hace que me entren más ganas de pagar por alguien que no se lo espera. Pero, muy a mi pesar, en esta ocasión no puedo hacerme el caballero porque esto es parte del premio del concurso. –Gabe hizo una mueca, y añadió–: Sabes que, oficialmente, sigo siendo tu mentor. Algo irónico, teniendo en cuenta que no creo que a Kaito le parezca bien lo que aprendimos juntos anoche... Estoy bastante seguro de que eso no era lo que tenía en mente cuando nos organizó el viaje. Ya sabes..., que sedujera a la ganadora del premio.

–Dicho así parece que solo me sedujiste tú a mí. Ya soy mayorcita.

–Cierto. De hecho, lo de ayer demuestra que no puedo atribuirme todo el mérito...

Con tan solo una frase, era capaz de hacer que Fiona se sonrojara y recordara la rapidez y la torpeza con la que se habían deshecho de la ropa anoche.

–Y... –Gabe torció los labios–. Esta noche nos vamos a cenar. Pensé que igual sería buena idea llevarte a un restaurante en el que sirven comida al vapor.

–¿Y eso?

–Espera y verás, pero creo que te va a encantar –dijo él, y Fiona puso los ojos en blanco–. Y después... –Oh, mierda, lo estaba haciendo otra vez. Estaba siendo un poquitín cruel, pero es que era incapaz de evitarlo, y a ella se le seguía acumulando el calor en las mejillas–. Tengo una sorpresa, aunque tendrás que desnudarte.

–¿Qué?

–No tendrás algún tatuaje escondido que se me haya escapado, ¿verdad?

Fiona casi se atragantó con el agua que se estaba bebiendo al notar que a Gabe le brillaban los ojos con picardía.

–No –contestó.

–Ya sabía yo. Si es que me fijé bastante bien cuando estábamos en la ducha.

–¡Gabe! –siseó, y las mejillas se le pusieron aún más rojas.

La sonrisa de Gabe no tenía remedio.

—Los tatuajes están prohibidos en el lugar al que vamos. Aquí los asocian con la *Yakuza*, la mafia japonesa.

—No tengo tatuajes —afirmó ella con timidez, y se sentó en el borde de la silla, juntando las rodillas y esforzándose por no pensar en la cara que había puesto él por la mañana mientras se duchaban juntos ni en los besos que le había dado en esa zona que justo ahora le latía al recordarlo.

—Uf, pues qué alivio. Me preocupaba que me hubiera perdido algo y no me quedara otra que volver a inspeccionarte minuciosamente.

—¡Gabe! —siseó ella de nuevo, mirando a su alrededor.

—Anoche no parabas de decir eso —soltó él, inclinándose hacia delante.

—Compórtate —le ordenó Fiona, después de haberle dado una patada por debajo de la mesa.

—¿Por qué? Provocarte me parece más divertido.

Y eso fue lo que hizo durante el resto del día.

—¿Cuándo vas a dejar esa manía sexi que tienes de darme de comer? —preguntó Fiona cuando Gabe le acercó los palillos a la boca por tercera vez durante la cena.

—No quiero que te quedes con hambre. Creo que nunca he visto a nadie tan negado para los palillos.

—Tú has tenido años para practicar. Además, ¿cómo se supone que voy a mejorar si no dejas de hacer eso?

Gabe cogió un trozo de cerdo ibérico al vapor del caldo hirviendo que tenían delante.

—Cada vez que pienso que tengo un plato favorito, viene otro y me sorprende. Esto está increíble —suspiró ella.

Desde el momento en que pisaron el restaurante, Fiona se había quedado asombrada al ver que eran los propios comensales los que se cocinaban la comida al vapor y ahora, por fin, había llegado su turno. En la mesa les habían dejado una olla grande de acero inoxidable, que contenía un caldo de pollo, y la habían colocado encima de un hornillo. A Fiona le recordaba a una *fondue* salada con diferentes sabores, ya que uno podía elegir entre varios caldos –de carne de vaca, pollo, cerdo, pescado o marisco– y después cocinarse sus propios trozos de carne, gambas crudas y verduras picadas. Y, como era de esperar, todos los alimentos venían bien presentados en una bandeja circular. Por un lado, habían cortado pimientos rojos, amarillos e incluso de color morado en tiras finas; mientras que, por otro lado, habían conseguido que las zanahorias tuvieran forma de flor de cerezo y el brócoli de arbolito, con un grabado en el tallo.

–Madre mía. Está tan bonito que no sé si quiero comérmelo –dijo Fiona, impresionada con el trabajo tan minucioso.

–Pues si no lo haces vas a ofender al chef. Los japoneses se toman muy en serio la hospitalidad y consideran que cortar la verdura así es un arte. Ya te habrás dado cuenta de que les encanta celebrar las estaciones y admirar las flores, como con el *hanami* en primavera. También pasa lo mismo con los lirios, el follaje otoñal... Cada estación está asociada con diferentes flores y no solo lo verás reflejado en el arte, sino también en otras partes de la cultura, sobre todo en la comida. Valoran mucho los primeros frutos de la temporada, como las primeras fresas, y a menudo los cortes coinciden con las estaciones. Por ejemplo, lo más normal es que en otoño las zanahorias las corten con forma de hojas de arce.

–Me parece asombroso. Mira estos de aquí, son preciosos –comentó Fiona, sosteniendo entre los dedos un rabanito en forma de flor de loto; conociéndose, si hubiese intentado cogerlo con los palillos, el rabanito hubiese acabado por los aires–. Ojalá tuviese el móvil. Le habría enviado una foto a Sophie; es escritora culinaria y le encanta probar cosas nuevas. Siempre se empeña en que todos lo hagan porque asegura que es algo fundamental para la educación alimentaria de cada uno.

–Está claro que comer en Japón es toda una experiencia y un aprendizaje. Yo todavía sigo sin saber qué es la mitad de lo que hay aquí.

—Yo sí sé qué es esto. —Toqueteó con uno de los palillos las pequeñas setas blancas que parecían haber salido de un claro de hadas—. *Enoki*. Las probamos en un restaurante estupendo que había en Copenhague. La comida estaba para chuparse los dedos. —Sonrió al recordarlo—. Todos pensábamos que Sophie iba a tener un orgasmo en la mesa.

—Esa sí que es una buena idea. ¿No hay una escena así en la película *Cuando Harry encontró a Sally*?

Fiona puso los ojos en blanco. Gabe no tenía remedio, y ella no recordaba cuándo había sido la última vez que se había divertido tanto con alguien.

Después de la cena, se levantaron y Gabe la ayudó a ponerse la chaqueta de cuero.

—¿Me vas a decir ya adónde vamos? —preguntó Fiona.

—En un rato —contestó él.

Gabe entrelazó el brazo con el de ella y caminaron por varias calles, mientras que la fresca brisa de la noche alborotaba el pelo de Fiona.

—¿Qué es lo que se hace exactamente en un *onsen*? —le preguntó a Gabe una vez que la recepcionista del mostrador les entregó la llave sin apenas pestañear.

Fiona se sorprendió al ver que, aunque ya eran las nueve de la noche, el sitio estaba bastante lleno de familias y adolescentes.

—Relajarse. Es algo muy típico en Japón. Es básicamente bañarse en aguas termales que contienen minerales naturales, así que cada *onsen* tiene diferentes propiedades. Pero en general se supone que todos son muy buenos para la piel, y a los japoneses les encanta venir. Este lugar en concreto es famoso porque te puedes bañar con vistas. Vamos, tenemos que subir hasta la última planta.

Cuando llegaron arriba, Gabe abrió una puerta con la llave que les habían dado, y se encontraron con una terraza privada al aire libre.

—Qué maravilla —exclamó Fiona mientras miraba alrededor

del precioso jardín que contaba con su propio laguito de agua caliente y desde el que se reflejaba la cima nevada del monte Fuji.

El sol se había puesto hacía varias horas y, a lo largo del camino empedrado, había plantaciones de bambú con lucecitas que iluminaban la pequeña terraza.

—Primero tenemos que ducharnos. Hay que estar limpio antes de entrar en el agua termal. Y vas a tener que recogerte ese pelo tan bonito que tienes.

Como no les habían mencionado nada acerca de los trajes de baño, Fiona supuso que tenía que quedarse desnuda y, a pesar de haber visto a Gabe muy de cerca durante las últimas veinticuatro horas, le dio reparo quitarse la ropa. Una cosa era desnudarse cuando estaban compartiendo un momento de pasión y otra muy distinta era hacerlo allí, a sangre fría, como si nada.

Sin embargo, como si tuviera un sexto sentido para detectar su habitual falta de confianza, Gabe se acercó a ella y le hizo un masaje en los hombros para que se tranquilizara.

—¿Quieres ducharte tú primero? Yo me quedaré mirando el paisaje —le sugirió él, e hizo un gesto con la cabeza hacia la valla de madera que había al otro lado de la terraza y que ofrecía una vista perfecta a la montaña.

—Me... Me parece buena idea —contestó Fiona, y, avergonzada, casi salió corriendo hasta el pequeño vestuario que también tenía una sauna. No se veía metiéndose en una sin nada de ropa.

Se duchó en un santiamén, antes de que Gabe cambiara de opinión, y procuró lavarse bien, siguiendo religiosamente las instrucciones que había en la pared. Después, salió por la puerta, siendo consciente de que era ridículo que estuviese tan cohibida, y se encontró a Gabe de espaldas a ella, contemplando las vistas, tal y como le había prometido.

—Ya estoy —anunció Fiona una vez que se sentó en una repisa que había bajo el agua termal, de forma que quedó sumergida hasta el cuello.

—Y ¿qué te parece? —quiso saber Gabe.

—Es como estar en el paraíso —suspiró ella, y se echó hacia atrás, estirando los brazos a ambos lados para ganar algo de apoyo e intentar que no se le viera nada. El agua la hacía flotar más de lo normal.

—¿Te parece bien que después me meta en el agua contigo?

Ella asintió, con un pequeño nudo en la garganta. ¿Por qué diablos le afectaba tanto? Hizo todo lo posible por relajarse y no pensar en el cuerpo largo y delgado de Gabe en la ducha, y echó la cabeza hacia atrás para mirar el cielo. A medida que sus ojos se iban acostumbrando a la oscuridad, comenzó a ver pequeños destellos de luz, miles de estrellitas a millones de años de distancia. Las observó y pensó en lo insignificante que era la vida humana en comparación con la inmensidad del universo. Eso hizo que se diera cuenta de que el temor que le daba estar desnuda, enamorarse de Gabe o no ser suficiente era un sentimiento que carecía de sentido. Todo lo que estaba viviendo era un regalo y sería una estupidez desperdiciarlo preocupándose por la forma de su cuerpo o lo mucho que le dolería tener que despedirse de él. La noche anterior había aprovechado al máximo el momento que compartieron juntos, y estaba segura de que la alegría y el placer la acompañarían durante mucho tiempo. Seguramente de eso trataba la vida, de centrarse en las cosas buenas en vez de en las malas. No como hacía su madre...

Cuando Gabe salió del vestuario moviendo las caderas sin reparo alguno, Fiona se quedó sin aliento y todos sus esfuerzos por mirar hacia otro lado fueron en vano. En un intento de respirar con normalidad, se le escapó un pequeño chillido, como si fuera un ratón, lo que hizo que se muriera de vergüenza.

Gabe sonrió y sacudió la cabeza mientras se metía en el agua con toda tranquilidad.

Lo único que pudo hacer ella fue asentir; tenía la boca demasiado seca para hablar. La vida era tan injusta; el cuerpo de Gabe parecía salido del gimnasio, aunque, por lo que ella sabía, no hacía ejercicio. Pero justo en ese momento se acordó de las zapatillas de correr con las que se había tropezado por la mañana en la habitación.

—¿Sales a correr o algo de eso? —le preguntó ella de repente.

Como si supiera exactamente lo que ella estaba pensando, Gabe alzó las cejas y esbozó una sonrisa ladeada y traviesa.

—Sí, corro y hago pesas de vez en cuando. ¿Por qué?

—Por curiosidad —contestó ella, intentando sonar indiferente, aunque no lo consiguió porque la voz le sonó aguda y chillona.

Gabe se echó a reír y se sentó enfrente de ella. Para alivio de Fiona, así solo se le veía el pelo oscuro que le cubría el pecho.

Se quedaron sentados en silencio durante un rato, y ella volvió a contemplar las estrellas.

—Debería hacer esto más a menudo —admitió Gabe, distraído, mientras sacaba los dedos de los pies del agua y echaba los hombros hacia atrás—. No me apetece volver a Tokio mañana.

Fiona suspiró, a ella tampoco le apetecía.

—Podríamos pedirle a Kaito que nos consiga otra noche más de hotel. —Gabe la miró mientras lo decía, con expresión inquisitiva.

—Me encantaría, pero creo que es mejor que volvamos. Le dije a Setsuko que mañana le haría fotos en la tetería. No quiero dejarla plantada.

—Tienes razón, yo también tengo cosas que hacer. Parece que a *The Sunday Times* le ha gustado trabajar conmigo; me han ofrecido un par de encargos más. También he llegado a un acuerdo con un estudio de Los Ángeles. Espero poder organizarlo todo bien para no tener que estar volando todo el rato de un lado a otro. Cuando voy a Los Ángeles, el *jet lag* es mortal.

—Nunca he estado en Los Ángeles —soltó Fiona, aunque le parecía un lugar fascinante y con mucho *glamour*.

—Podrías acompañarme y convertirte en mi asistenta otra vez.

Sobresaltada, lo miró a la cara, y se sorprendió al notar la sinceridad que transmitían sus ojos.

—Creo que podrías trabajar en cualquier lugar —añadió él.

—Pero... en breve vuelvo a Londres.

—Pero puedes coger un vuelo a Los Ángeles desde allí.

Ante las palabras tranquilas y sinceras de Gabe, Fiona sintió que el corazón le daba brincos como si fuera un saltamontes. Era muy probable que se le estuvieran formando ondas de agua alrededor del pecho.

—Sí, podría —reconoció ella. Aunque seguramente los billetes serían caros, pero eso parecía lo de menos cuando él... él estaba admitiendo que quería volver a verla.

—Suelo ir bastante a Londres. Mi agente no deja de darme la brasa con que pase más tiempo allí. De hecho, una galería de Dover Street me ha ofrecido hacer una exposición. Han estado haciendo reformas en el edificio y al parecer tienen espacio libre. Me lo estoy pensando. Bueno, llevo tiempo considerándolo, pero no creo que tenga material decente para hacerla. Mi intención era hacer una exposición retrospectiva —dijo Gabe de forma atropellada.

A Fiona le pareció mono, así que no quiso interrumpirlo.

—Y, por supuesto, también iré a Londres para tu exposición. Puedes quedarte en mi piso si quieres. Si te apetece, claro... —añadió él, y se quedó en silencio.

—Me apetece —pronunció Fiona en voz baja, divertida y conmovida por la inusual timidez de Gabe. Después, se acercó a él. Con tan solo dos brazadas cortas se puso delante de él y le acarició la cara con las manos mojadas—. Me encantaría volver a verte.

Gabe le agarró la cintura y la estrechó contra su cuerpo para darle un beso.

—Pues eso haremos —dijo él como si todo estuviera solucionado.

Ella sintió que en el fondo sí que lo estaba, teniendo en cuenta que eran dos personas que vivían en países diferentes. Al final, le estaba ofreciendo mucho más de lo que ella hubiera esperado.

Capítulo 24

El camino de regreso a Tokio los trajo de vuelta a la cruda realidad. El teléfono de Gabe no paraba de sonar y se pasó la mayor parte del viaje de aquí para allá entre los vagones. Al parecer las cuatro de la tarde en Los Ángeles era una buena hora para hacer negocios. Gabe le había explicado que, con una diferencia de diecisiete horas, era difícil encontrar mejor momento que ese para hablar.

Fiona lamentó haber perdido el móvil y rezó por que estuviera en casa de Haruka, porque, si no, no tenía ni idea de dónde podría estar, a menos que algún carterista se lo hubiera robado, pero, por lo que había leído antes del viaje, la tasa de criminalidad en Japón era baja en comparación con Gran Bretaña.

Después de haberse pasado todas las fotos que había hecho en Fuji con la cámara, encendió el portátil. Empezó a seleccionar algunas de las más recientes y las fue metiendo en la carpeta titulada «Posibles opciones para la exposición». Una vez que decidiera qué imágenes le gustaban más, le entregaría el archivo a Kaito y a su equipo, que se encargarían de la decoración de la sala para la exposición. Esperaba compartir opiniones con Gabe antes de hacer la selección final. Si no estaba demasiado ocupado, claro.

Gabe se pasó más tiempo hablando por teléfono que en el asiento. De hecho, no apareció cuando el tren finalmente hizo una parada en Shinjuku.

–Gracias. Creo que ya he trabajado suficiente por hoy –dijo él, reapareciendo en el último momento mientras ella bajaba las maletas del estante superior–. Siento haberte dejado sola.

–No te preocupes. Estabas trabajando. Además, he aprovechado para adelantar un par de cosas.

–¿Te vienes al estudio? –le preguntó, poniéndole una mano en la parte baja de la espalda.

Fiona se apoyó un poco en él, aliviada por el pequeño contacto íntimo. Mentiría si no admitiera que empezaba a sentirse abrumada por tener que volver a la vida real. Como si supiera cómo se sentía, Gabe le dio un beso fugaz en la boca y añadió:

–A trabajar me refiero, aunque no voy a negar que hay un sofá que nos podría resultar muy útil...

–Sí, pero primero tengo que pasar por casa de Haruka a dejar mis cosas. –Y buscar su móvil; tenía que estar por allí, en alguna parte.

–Sí, tranquila. Podríamos pillar un par de cajas *bento* y así almorzamos mientras le echamos un vistazo a las fotos –sugirió Gabe, y echaron a andar por la abarrotada estación de Shinjuku agarrados de la mano para dirigirse a la línea Yamanote.

Con la mano de Gabe aún sosteniendo la suya y apoyada ligeramente sobre su muslo, Fiona sintió que el viaje a casa en metro estaba siendo muy diferente al de ida.

Cuando vieron la tetería a lo lejos, Fiona le soltó la mano a Gabe, y él le hizo un gesto comprensivo con la cabeza; no les hizo falta decir nada para que los dos acordaran que era mejor así. Fuesen lo que fuesen ahora, sentían que era demasiado íntimo como para compartirlo. Además, ella no estaba lista para hablar de ello ni para que los demás hablaran de ello, sobre todo las personas que conocían a Gabe mucho mejor que ella.

Setsuko los saludó con alegría desde la puerta de la tetería mientras se acercaban desde la estación.

–¿Qué tal en Fuji? –preguntó la japonesa.

–Genial –contestó Fiona, y sintió el breve roce del dorso de la mano de Gabe contra la suya–. Es una auténtica preciosidad.

–Y estaba repleto de turistas –añadió él con su habitual sonrisa burlona.

–No le hagas caso, en realidad le encantó.

–¿Sacaste muchas fotos?

–Unas cuantas. Voy a dejar mis cosas dentro y luego nos vamos al estudio. Volveré más tarde. ¿Te parece bien?

–Sí, claro. *Haha* no está, pero la puerta está abierta –contestó Setsuko, e inclinó la cabeza–. Tengo que preparar la tienda para una visita que tenemos hoy y para las fotos, claro –añadió con una de sus sonrisas relajadas.

–Vale, volveré en un rato.

Fiona era incapaz de comprender qué tenía que preparar la japonesa si la tienda estaba siempre como los chorros del oro.

–Es parte del ritual y la preparación –le susurró Gabe al oído.

–A veces pienso que puedes leerme la mente.

–Digamos que soy muy observador. Además, en tu caso no es muy difícil, me encanta que seas tan expresiva.

–¿Quieres decir que nunca seré capaz de ganar una partida de póquer?

–Pues también –dijo él cuando llegaron a la puerta de la casa de Haruka–. Ven al estudio cuando termines.

–Vale, no tardaré mucho.

–Enseguida nos vemos –se despidió, y antes de que ella pudiera dar un paso hacia el *genkan*, él le pasó la mano por el brazo–. ¿No se te olvida algo? –preguntó con el ceño fruncido y señalándose el labio.

–No sé de qué hablas... –respondió ella, y se echó a reír; era bastante mono.

Gabe no tardó en acercarse para robarle un beso y soltó un gruñido exagerado.

El móvil de Fiona no estaba en su habitación, lo cual era bastante extraño y un poco preocupante. Se devanó los sesos. ¿Dónde lo había visto por última vez? Repasó mentalmente lo que había hecho antes de irse a Fuji. Aquella mañana había ido con prisas. Recordó haberlo metido en el bolsillo de su mochila con la intención de enviarle un mensaje a su madre cuando estuvieran sentados en el tren. Joder. Cada vez parecía más probable que se lo hubieran robado. Tenía la pequeña esperanza de que Haruka lo hubiera encontrado y guardado en un lugar seguro, pero en ese caso se lo habría dejado en su habitación, ¿no?

Qué desastre. Todas sus cosas estaban guardadas en la nube, pero el teléfono estaba bajo contrato y solo había pagado la mitad del periodo de dieciocho meses. Ahora tendría que ir a la policía a denunciar el robo y tratar de reclamar el seguro, aunque sabía que no conseguiría nada si no podía demostrar que se lo habían robado, y no tenía ni idea de cómo hacer nada de eso. En ese momento deseó que al ladrón le saliera urticaria o gusanos o algo peor.

A esas alturas, su madre ya estaría al borde del colapso. Probablemente ya habría llamado a la embajada británica o habría denunciado su desaparición. Fiona se tapó la cara con las manos. Necesitaba sí o sí convencer a Gabe para que le dejara usar su móvil. Seguro que habría alguna manera de bloquear el número después de llamar a su madre. O podía mentir y decirle que la estaba llamando desde una cabina telefónica pública; eso podría funcionar.

Todavía dándole vueltas a la cabeza, en busca de una posible solución para enfrentarse a su madre, caminó hasta el edificio de Gabe y subió por los escalones anchos que conducían al estudio. A la luz del día, el espacio se veía precioso y aireado, con una luz clara y brillante que se filtraba por las puertas *shoji*.

Canturreando un poco e imaginándose la suave sonrisa que esbozaría Gabe cuando volviera a verla, cruzó la sala principal para dirigirse a su zona de trabajo. De repente, Fiona se paró en seco, con la cara desencajada. Gabe estaba sentado en el escritorio y a su lado estaba Yumi, apoyada en la mesa y dándole un masaje en los hombros. Yumi dijo algo con voz dulce, y a Gabe se le dibujó una sonrisa enigmática en el rostro. A Fiona le faltó poco para derrumbarse tras notar la oleada de celos que se le instaló en el estómago. Fue como si le hubieran dado una patada e inmediatamente empezó a encontrarse mal.

–Hola, Fi –la saludó él.

Joder. Ya era demasiado tarde para salir corriendo.

Yumi llevaba un vestido cruzado de color verde caqui que resaltaba su delicada figura y unos botines de tacón de aguja en sus pies diminutos. Parecía una bonita muñeca de porcelana con esa piel perfecta y los labios pintados de rojo.

Se apartó del escritorio sin dejar de sonreírle a Gabe y le dijo a Fiona:

—Gabriel me ha contado que habéis estado en el monte Fuji —lo dijo con un tono de voz aburrido, dando a entender que sentía pena por él.

—Sí... —Fiona cambió la cara e intentó ser educada—. Fue interesante.

Gabe se dio la vuelta y ella se sintió aún peor. Yumi la estudiaba con desdén y de lo único que podía alegrarse Fiona era de que se había dejado el pelo suelto. Parecía que su pelo era el punto débil de Gabe, nunca podía resistirse a tocarlo; de hecho, cuando iban en el tren de camino a casa esa mañana, le había apartado un mechón de la cara y había enredado los dedos en él con suavidad.

Yumi no paraba de dar pequeños golpes con la punta del pie en el suelo, haciendo evidente lo mucho que la molestaba la situación. Gabe estaba absorto en algo que tenía en la pantalla del ordenador, pero levantó la cabeza cuando Fiona hizo un movimiento inseguro, sin saber si quedarse o marcharse.

—¿Has traído la tarjeta de memoria? —le preguntó él con energía, pero con un tono profesional a la vez que extendía la mano.

—Sí.

Fiona se enderezó, cambiando el peso del cuerpo de un pie a otro. Y durante un segundo se debatió entre quedarse o irse.

Tal vez podía poner alguna excusa y marcharse. Se le erizó la piel al sentir que Yumi la seguía examinando con los ojos entrecerrados y resoplando, como si la considerara un ser inferior. A pesar de que en el fondo tenía ganas de irse, acabó levantando la barbilla y pasándose el pelo ondulado por la espalda. Era con ella con quien Gabe había pasado la noche anterior.

Gabe se dio cuenta del movimiento y su expresión se suavizó. Con una pequeña sonrisa en los labios, le hizo señas a Fiona para que se acercara y se sentara en el asiento de al lado.

—Ven, vamos a ver lo que tenemos.

—¿Vas a pasarte la tarde trabajando? —Yumi soltó un resoplido, impaciente.

—Sí —contestó él con calma—. Pero solo hasta las cuatro.

—¿Y después me vas a llevar al Albatross?

—Y después te llevaré al Albatross —repitió él con una sonrisa compasiva, como si estuviera intentando apaciguar a una niña, aunque no sirvió de mucho porque Yumi no parecía estar del todo satisfecha con la respuesta.

—Supongo que puedo ir de compras para hacer tiempo —comentó la japonesa, alisándose la tela del vestido que se le ajustaba a su envidiable cintura de avispa.

Fiona se percató de que, a menos que la observaras de cerca, el rostro de Yumi era inexpresivo, pero había algo en él que le recordaba al retrato que había visto en el Museo Metropolitano de Fotografía; en concreto, la imagen en la que aparecía con un vestido de seda blanca y la expresión de triunfo en la cara. Justo ahí, en la pequeña mueca que estaba haciendo con los labios, en la mirada de complicidad que le estaba dedicando a Gabe.

—Te veo después —dijo finalmente, y cogió su bolso Mulberry antes de salir por la puerta.

Los pasos de Yumi resonaron en los escalones de madera, pero Gabe no dijo nada. En lugar de eso, volvió a extender la mano para coger la tarjeta de memoria. De repente, Fiona se sintió un poco más ligera. Puede que le dijera que quería volver a verla en Londres, pero al final seguía atado a Yumi, y Fiona sabía que nada ni nadie iba a poder romper ese vínculo que se había creado entre los dos.

—¿Quieres un café o alguna otra cosa? —le ofreció él mientras las fotos se cargaban en el ordenador e iban apareciendo en la pantalla una a una como soldaditos que se van poniendo en formación.

–Sí, ¿puedo servirme? –le preguntó ella, arrepintiéndose de inmediato del tono rígido con el que había pronunciado esas palabras.

Gabe levantó la cabeza de la pantalla, alargó una mano para hacer que se acercara y añadió:

–Lo siento. No sabía que Yumi estaba en Tokio. Llegó justo antes de que vinieras tú.

–No pasa nada. –Aunque intentó sonar indiferente, era consciente de que su sonrisa era forzada.

Montar una escena, que de todas maneras no era su estilo, la haría parecer mezquina y exigente.

–No significa nada, te lo prometo. –Gabe se levantó y la abrazó, acariciándole con los dedos la parte superior del brazo, lo que en realidad hizo que ella se sintiera aún peor, como si necesitara que la tranquilizaran–. Solo vamos a ir un rato a tomar algo. Dijiste que querías hacerle más fotos a Setsuko y a la tetería. Volveré antes de la hora de la cena. Su marido se ha vuelto a ir y se siente sola. No tiene a nadie más. –Fiona advirtió que hablaba con cautela, como si no estuviera muy seguro de cómo iba a reaccionar ella–. Cuando terminemos, puedes volver a pasarte por aquí. Te mandaré un mensaje.

Fiona lo miró fijamente. Gabe de verdad se creía lo que estaba diciendo, y ella se preguntó si era consciente de cómo sonaban sus palabras.

«Las sobras», pensó. Era lo único que podía ser ella para Gabe.

–No te preocupes –dijo ella, fingiendo alegría. ¿Qué sentido tenía armar un escándalo? Sería inútil y egoísta. Gabe no la veía a ella como la única opción y nunca lo haría–. Ahora, si no te importa, me gustaría trabajar un poco en los álbumes que quiero hacer para Haruka y Setsuko.

–Buena idea. Puedes imprimir las fotos aquí. Tengo un par de álbumes que puedes usar. –Gabe se levantó, sacó dos de la estantería y los dejó sobre el escritorio–. Siempre guardo algunos. A veces me sirven para enseñarles mi trabajo a los clientes.

—Gracias. Son geniales –le dijo Fiona, y decidió ir a buscar la cafetera, sin dejar de observar a Gabe, incrédula al verlo tan absorto en la pantalla–. ¿Quieres café?

—Sí, por favor. –Se impulsó con la silla hasta el otro escritorio y cogió un bloc de notas–. Boli y papel: lo mejor para apuntar los números de las imágenes.

Fiona movió la cabeza y se dirigió a la pequeña cocina. Sin embargo, enseguida tropezó con el asa de la bolsa que Gabe se había llevado a Fuji y que había dejado en el suelo al llegar. Algo salió rodando. Joder, el móvil de Gabe. Dejó de girar cuando chocó con la nevera que había en la esquina.

—Lo siento –dijo ella, apresurándose a recoger el teléfono que se había metido debajo de la nevera, con la esperanza de no haberlo roto.

—¿Qué? –Gabe seguía concentrado mientras copiaba algo en el bloc de notas.

Fiona cruzó los dedos. «Por favor, que no se haya roto», pensó. El móvil estaba en perfectas condiciones, pero no era el teléfono de Gabe.

Cuando lo recogió del suelo, la pantalla se iluminó con el fondo de la Ópera de Copenhague que tan bien conocía.

Alternó la mirada entre la pantalla y Gabe.

—¿Gabe?

—Vaya, hay algunas fotos que son bastante buenas.

—¡Gabe! –repitió esta vez con más brusquedad.

Él alzó la cabeza y la miró a los ojos. Ella levantó el móvil, intentando, sin mucho éxito, buscarle el sentido a lo que estaba pasando. Su teléfono estaba en la bolsa de viaje de Gabe. Justo en la parte de arriba. Era evidente que él sabía perfectamente que estaba ahí. Lo había sabido desde el principio.

En ese momento, a Gabe le cruzaron varias emociones por el rostro: incomodidad, sorpresa y culpabilidad hasta llegar a la consternación.

—Este es mi móvil –le reprochó ella.

—Ya... –soltó él, y tragó saliva–. Tu móvil.

–¿Por qué estaba mi móvil en tu bolsa?

Gabe torció el gesto y se puso de pie. Cuando dio unos pasos hacia Fiona, ella volvió a levantar el móvil como si fuera una espada, aunque una muy débil y patética, advirtiéndole que mantuviera las distancias, pero él hizo caso omiso y siguió acercándose.

–No, quédate ahí –le ordenó ella, negando con la cabeza.

Él suspiró y levantó las manos en señal de rendición.

Fiona lo miró con el ceño fruncido. ¿De verdad pensaba que ese gesto iba a hacer que ella dejara el tema, así como si nada?

–Lo siento, pero lo hice por tu bien.

Ella levantó una ceja, incrédula, dejándole claro lo lamentable que le parecía la excusa que acababa de soltar.

–¿Por mi bien?

–Lo siento. A ver, dicho así en voz alta, parece una idea un tanto estúpida.

–Igual porque es una auténtica estupidez.

–Quería que te lo pasaras bien... y que no tuvieras que estar preocupándote por tu madre cada cinco minutos.

Cada palabra que soltaba hacía que a Fiona le hirviera la sangre aún más. Si en ese instante alguien la hubiese mirado a través de una cámara termográfica, seguramente su cuerpo hubiese parecido el centro de un volcán a punto de entrar en erupción.

–Así que te pareció buena idea esconderme el teléfono.

Él asintió con la cabeza, metiéndose las manos en los bolsillos traseros del pantalón, y se inclinó ligeramente hacia atrás.

–Sí. Pero al final sí que nos lo pasamos bien... –comentó él antes de hacer una pausa.

¿Qué esperaba? ¿Qué ella le diera la razón? ¿Qué se lo perdonara todo por haber tenido una maldita noche de sexo increíble?

–Y no tuviste que preocuparte por ella –añadió Gabe, esta vez con vacilación.

–¿Y te parece bien? ¿Y si a mi madre le hubiese pasado algo

grave? ¿Y si hubiese necesitado mi ayuda? —Fiona sintió que la cabeza le iba a estallar.

—Fi, si de verdad le hubiese pasado algo grave, habría buscado la forma de contactar contigo. Y lo sabes.

—No lo entiendes.

—Sí que lo entiendo. Te envía mensajes todo el rato. Hasta tú misma dijiste que en realidad nunca le pasa nada. Sabe cómo manipularte.

—Sí. —Fiona echó los hombros hacia atrás con todo el desdén que le fue posible. Estaba decepcionada con él, pero lo que más sentía era enfado—. Sabe cómo hacerlo. Pero sé cómo manejar la situación. Ya no soy una niña por si no te habías dado cuenta. Llevo años encargándome de mi madre. Soy plenamente consciente de cómo es. —Lo miró a los ojos y vio cómo él se estremeció. Genial. Con actitud fría, entrecerró los ojos, dio un paso hacia él y agregó—: ¿No te has planteado que igual mis mensajes la tranquilizan? Que son su refugio y le dan seguridad; a prueba de fallos, como una válvula de presión. Mi madre sabe perfectamente que no voy a ir corriendo detrás de ella. Este es mi pan de cada día y sé lo que tengo que hacer. Es una mujer que está sola y no tiene a nadie más en su vida; solo me tiene a mí.

—Y a lo mejor saber eso te gusta —le recriminó él, enderezándose y cruzando los brazos, con ganas de seguir discutiendo.

—¿Perdón? —soltó Fiona sin dejar de mirarlo.

Él hizo una mueca con los labios antes de hablar, dirigiéndole una mirada inquisitiva:

—Todos queremos sentir que nos necesitan y que somos imprescindibles en la vida de otra persona. Solo digo que tal vez eso te guste. Te hace sentirte un poco mejor contigo misma. Menos culpable por no tomarte en serio lo que le pasa.

—¿¡Qué!? ¿Cómo te atreves a decirme eso? No eres el más indicado para hablarme de manipulación. Eres el perrito faldero de Yumi y solo hace falta que tire un poco de la correa para que salgas corriendo detrás de ella —le echó en cara Fiona, indignada.

—No metas a Yumi en esto.

—¿Y por qué coño no iba a hacerlo? Me acabas de decir que me están manipulando, pero soy plenamente consciente de las intenciones de mi madre. Yo al menos sé gestionarlo. Pero tú… tú no tienes ni idea. Y que sepas que eres un necio. Te maneja a su antojo.

Gabe apretó los puños y tensó la mandíbula con agresividad, como lo haría un boxeador en el *ring*. Fiona supo de inmediato que le había tocado la fibra sensible.

—Estás celosa —escupió él con cierto rencor.

Él también había conseguido darle a ella donde más le dolía porque, en el fondo, sí que lo estaba y, en ese momento, se dio cuenta de que fuera lo que fuese lo que había entre ellos dos se había hecho trizas. Gabe siempre estaría ligado a Yumi.

Fiona levantó la barbilla, con la intención de ser completamente sincera porque ya no tenía absolutamente nada que perder.

—Sí, sí que lo estoy. Ella es todo lo que yo nunca seré, y tú eres incapaz de pasar página. Estás enamorado de la idea de estar enamorado de ella. Y seguramente eso nunca va a cambiar.

Fiona no se sintió satisfecha al ver la cara que se le quedó a Gabe. Así que se guardó el móvil en el bolsillo y salió del estudio sin decir ni una palabra más.

Fiona no volvió directamente a casa de Haruka. En lugar de eso, se paseó por el vecindario dando zancadas, intentando que se le pasara el enfado, y sin poder quitarse las palabras de Gabe de la cabeza. Él no tenía razón. No la conocía ni a ella ni a su madre. Y no era el más indicado para… para decir absolutamente nada. Yumi no hacía más que jugar con él. Bueno, se lo merecía. Si no era capaz de ver que lo estaba manipulando, ese era su problema.

Al final, cuando consideró que podía actuar con normalidad y no como un dragón que escupía fuego, regresó a casa de Haruka. Y, agradecida de que los japoneses dejaran siempre las puertas abiertas, consiguió entrar sin cruzarse con nadie, aunque la casa parecía estar vacía. Aun así, con el sigilo de un ladrón, intentó no hacer ruido y cerró las puertas *shoji* de su habitación.

Le quedaba un uno por ciento de batería en el teléfono, así que lo enchufó para cargarlo y aprovechó para echarles un vistazo a las notificaciones. Aunque le molestara, Gabe tenía razón. Su madre había dejado de mandarle mensajes una vez que se dio cuenta de que no respondía.

> Estaba preocupadísima por ti, pero llamé al número de emergencia que me diste y hablé con una señora encantadora que me dijo que te habías ido a una zona donde no había cobertura, pero que Japón era un país muy seguro y que no tenía de qué preocuparme. Me quedé mucho más tranquila.

«Gracias, Haruka», pensó. Luego, se acostó en el colchón y se quedó mirando el techo con el teléfono todavía en la mano.

Por un momento, su dedo vagó por la conversación de WhatsApp, pero al final soltó el móvil. Sintió alivio. Como si le hubieran quitado un peso de encima. No tenía por qué mandarle un mensaje a su madre, al menos no por ahora. Podía seguir disfrutando de la carta «Quedas libre de la cárcel» un poco más. Quién lo diría, tal vez le vendría bien a su madre sobrevivir sin ella durante un tiempo. Llevaba dos días sin hablar con ella. Tampoco era para tanto. Y no, no iba a volver a pensar en las palabras desagradables que le había soltado Gabe. A ella no le gustaba para nada sentir que la necesitaban…, ¿o sí?

No era el más indicado para hablar. Su aventura, o lo que sea que hubiesen compartido juntos, no había significado nada para él. Un poco de diversión. Algo efímero. La única persona que a él realmente le importaba era Yumi. Y sí, eso a Fiona le dolía. Nunca había esperado que él se enamorara de ella, pero ver que era capaz de querer a alguien que no se lo merecía… Bueno, eso sí que le hacía daño. Muchísimo, como si fuera una molestia física que se le clavaba debajo de las costillas.

Se hizo un ovillo, intentando contener las lágrimas. Nunca había tenido una oportunidad con Gabe, en el fondo siempre lo supo, pero darse de bruces con la realidad de esa forma lo hacía todo más difícil.

Oyó ruido en la planta de abajo y se levantó, secándose una lágrima que se había tomado la libertad de escaparse de uno de sus ojos.

Capítulo 25

Setsuko extendió la mano –su piel pálida contrastaba a la perfección con la cajita negra mate con caligrafía dorada en la que guardaban el té– y Fiona supo de inmediato que la imagen era perfecta. Cogió aire, presionó el botón de la cámara con lentitud y sintió que su enfado se iba disipando al ver la seguridad y la tranquilidad con la que se movía la japonesa.

La furia y la rabia habían conseguido que se pasara los primeros quince minutos disparando la cámara a diestro y siniestro, intentando captar con avidez todos los movimientos de los turistas que analizaban con atención la tetería: levantaban y tocaban el *chawan*, comentaban en susurros los diferentes aromas y cómo se habían sentido tras la ceremonia del té. Fiona estaba tan agitada que se vio deseando que toda esa gente se fuera. Sin embargo, ahora, que la tetería se había quedado vacía, el peso del silencio, la cultura y la historia comenzaron a tranquilizarla. Sin decir nada, Setsuko preparó una pequeña tetera, la colocó en una bandeja con tres cuencos de matcha y se sentó en una de las mesas.

–Ven, siéntate –le dijo a Fiona a la vez que daba unas palmaditas en el asiento que había a su lado.

Fiona dejó la cámara y observó cómo la japonesa servía el té con aroma a jazmín y empujaba una taza hacia ella. Setsuko no dijo nada, simplemente se limitó a darle un sorbo a la taza, esperando a que ella se sentara. Una vez a su lado, Fiona sintió una vez más la absoluta calma que transmitía la japonesa.

Tragó saliva, tratando de deshacerse del nudo que se le había formado en la garganta. Miró fijamente uno de los faroles de papel que colgaban del techo: el largo adorno rojo bailaba con la suave brisa que se colaba por la ventana abierta.

Setsuko colocó una de sus delicadas manos sobre la de Fiona y le dedicó una sonrisa amable, pero triste.

–¿Qué te pasa?

A Fiona se le escapó un ruidito: una mezcla entre una risa y un resoplido. Después, habló:

—Me he vuelto a enamorar de Gabe. Soy una estúpida, ¿verdad?

–¿Y eso no te hace feliz?

Como un fantasma silencioso, Haruka apareció y se sentó con ellas, haciéndose un hueco al lado de Fiona. A pesar de que en realidad no tenía ganas de sonreír, las comisuras de la boca de Fiona se curvaron hacia arriba. Eran como dos guardaespaldas protegiéndola. El amor que sentía por esas dos mujeres japonesas se avivó dentro de ella.

—Sí, pero sigue enamorado de Yumi.

A su lado, la mujer mayor gruñó y eso provocó que Fiona soltara una pequeña risa. Luego, entrelazó los brazos con los de las dos mujeres; un gesto que no recordaba haber hecho nunca con su madre. Que Haruka estuviera presente la tranquilizó y le puso los pies en la tierra. Además, estar en la tetería siempre le hacía pensar con más claridad.

—Tennyson, un famoso poeta británico, decía: «Es mejor haber amado y perdido que nunca haber amado». Pero ahora mismo me cuesta mucho creerlo –añadió Fiona, llevándose una mano al pecho.

Haruka asintió antes de decir:

—*Mono no aware*. Es el dolor que uno siente cuando está feliz y enamorado, pero acaba perdiendo ese amor. La alegría cuando llega la temporada de los cerezos y la tristeza de saber que no estarán ahí por mucho tiempo.

Las tres mujeres se quedaron sentadas en silencio, bebiendo té y mirando por la ventana que daba al jardín. Fiona se fijó en los cerezos y vio cómo los pétalos flotaban en el aire y caían al suelo como si fueran copos de nieve. También se percató de que las hojas de los arces se movían agitados por la ligera brisa.

A pesar de que sentía el corazón pesado, como si llevara un trozo de piedra en el pecho, le resultó imposible no apreciar la belleza del jardín. Después de la tormenta, siempre venía la calma; después de las lágrimas, las risas; después de la tristeza, la felicidad. A su lado, sentía el calor corporal de Setsuko y Haruka; dos pequeñas mujeres indomables que le estaban ofreciendo todo su apoyo.

—Los pétalos están cayendo —intervino Haruka—, pero siempre nos quedará el recuerdo.

Fiona pensó en ello y casi esbozó otra sonrisa. Tenía buenos recuerdos con Gabe. Debería conservarlos como oro en paño.

La mujer mayor le dio unas palmaditas en la mano y añadió:

—Pero como sucede con las flores de cerezo, tú también volverás a enamorarte.

—Eso espero.

—Pero si uno no entra en la cueva del tigre, nunca podrá atrapar al cachorro —dijo Haruka, y se giró hacia ella, dedicándole una de esas miradas impasibles que ya le resultaban familiares.

—Es decir que quien no arriesga, no gana. —Fiona miró a las dos mujeres con tristeza—. Yo me arriesgué y gané, pero creo que ya es hora de volver a casa.

—Si te caes siete veces, te levantas ocho —la interrumpió Haruka, negando con la cabeza.

—Sé cuáles son mis límites… Eso sí, quiero darles las gracias por todo lo que han hecho por mí —comentó Fiona, respirando hondo.

Lo suyo con Gabe solo había sido una parte del viaje. Siempre supo que él estaba fuera de su alcance y, si hubiera sido más honesta consigo misma, se habría dado cuenta de que a él le pegaba muchísimo más estar con chicas sofisticadas como Yumi que con ella. Sin embargo, no quería quedarse con un regusto amargo al recordar ese viaje, así que añadió:

—No he podido recibir mejor trato. He aprendido muchísimo y hay algunas cosas que nunca olvidaré. Como la solemnidad y la elegancia que transmiten las dos. O lo generosas que han sido al dejar que me quedara aquí. O todo lo que me han enseñado acerca del *wabi-sabi*, el *kintsugi*, la paz de la naturaleza, entre otras muchas cosas. Ya estoy lista para volver a casa. Y para poner en práctica algunos de esos conceptos. Y para tener una conversación con mi madre.

—Me llamó.

—Lo sé.

—Se siente sola.

—Lo sé, pero no puedo seguir siendo la única solución para ella. Las dos tenemos que aprender a vivir nuestras vidas por separado —admitió.

Después, Fiona buscó a tientas el móvil que se había metido en el bolsillo. Lo cogió, alargó el brazo y se hicieron un selfi las tres juntas.

—¿Dónde está Gabe, a todo esto?

—Tomando algo con Yumi.

—Será idiota.

—Eso fue justo lo que le dije yo —soltó Fiona con una sonrisa amarga.

—No te creo —dijo Setsuko con los ojos abiertos de par en par.

Haruka, por su parte, esbozó una sonrisa y sus ojos marrones transmitieron aprobación.

—Sí. Le dije que era un necio. Y no le hizo mucha gracia que le dijera que parecía el perrito faldero de Yumi ni que seguía enamorado de ella y que seguramente nunca dejaría de estarlo.

Las dos mujeres japonesas se sorprendieron.

—¿Y qué te dijo cuando le soltaste todo eso? —preguntó Haruka con mucho interés.

—No le di la oportunidad de responder. Me fui.

—Bravo —exclamó la mujer mayor, y aplaudió—. Llevo tiempo intentando que entre en razón, pero ¿tú has visto que me haya hecho caso? Igual a ti sí que te escucha.

—Bueno, puede que sí, pero ya no quiero saber nada más de él. No quiero verlo. Ojalá pudiera conseguir un vuelo para irme antes —admitió Fiona.

¿Eso era huir o solo estaba intentando que el viaje tuviera un buen final?

—Me parece una gran idea —intervino Haruka, lo que hizo que Fiona se sorprendiera—. Si quieres, puedo pedirle a Kaito que te cambie el billete. Tiene un buen amigo que trabaja en Japan Travel. Podrías irte mañana en lugar de pasado mañana.

—Eh..., pues... —Se quedó indecisa, pero cuanto más pensaba en ello, más le gustaba la idea. En realidad, ya había visto todo lo que quería y había hecho suficientes fotos para montar diez exposiciones. Las cosas con Gabe, por mucho que ella lo deseara, no iban a cambiar. Además, así se desharía del problema de un plumazo. No volver a verlo le haría la vida mucho más fácil. Había cruzado la línea sabiendo perfectamente que lo que había entre ellos era temporal, así que no tenía sentido seguir alargando el viaje—. Se lo agradecería mucho —dijo finalmente.

Fiona ya tenía una idea bastante clara de qué fotos incluiría en la exposición y podría enviarle sin problema los archivos a Kaito desde Londres. Solo necesitaba recuperar la tarjeta de memoria que se había dejado en el estudio e imprimir las fotos para Haruka y Setsuko antes de que Gabe regresara.

Cuando volvió del estudio de Gabe con los dos álbumes bajo el brazo, se sintió orgullosa. Había conseguido una selección de fotos maravillosa, sin duda el mejor regalo que les podría hacer para agradecerles lo bien que se habían portado con ella. La primera foto que había colocado en los dos álbumes era aquella en la que salían madre e hija juntas en el parque de Ueno. También había fotos de Haruka en el jardín y de Setsuko en la tetería, además de la imagen que había conseguido inmortalizar de las tres generaciones juntas. No se había olvidado de Mayu, de hecho, había incluido las fotos que le había sacado en el Robot Restaurant y otras un poco más formales en las que salía mirando las flores de cerezo, pensativa.

Por impulso, en vez de entrar directamente en la casa, se metió en la tetería con la intención de hacerle más fotos y con la esperanza de poder capturar el misterio y la magia que desprendía el lugar. Cuando entró, se oyó un estruendo y Mayu se giró bruscamente, apretando una de las cajitas en las que guardaban el té contra su pecho.

—Qué susto —dijo la adolescente, agachándose para recoger la tapa que se le había caído.

—Perdón... Quería hacer un par de fotos más... —Le enseñó la cámara—. ¿Qué haces?

Mayu se quedó con la vista clavada en un punto detrás de Fiona y fue casi cómico verla intentando buscar una excusa.

—Limpiar y eso.

Fiona miró a su alrededor, el lugar estaba igual de inmaculado que siempre.

—¿Puedo hacerte una foto?

—¡Pues claro! ¿Qué quieres que haga? —le preguntó Mayu, recuperando el entusiasmo.

—Lo que quieras —contestó Fiona, levantando los hombros.

—Puedes sacarme una mientras hago las mezclas de té —se apresuró a decir la adolescente—. He visto a mi madre haciéndolo. Se le da genial.

Se prepararon para la foto y Fiona sonrió al ver que Mayu no paraba de explicarle todo lo que hacía y por qué. De hecho, las fotos que logró hacerle mientras lo organizaba todo quedaron mucho mejor que aquellas en las que posaba, pero no se lo dijo.

—Creo que puedo sacar cosas interesantes de aquí, gracias —comentó Fiona cuando terminaron.

—Guay.

—Me encanta este sitio —admitió, observando con cariño lo que tenía alrededor—. Hay algo...

—Sí que lo hay..., pero no sé qué es —le aseguró Mayu antes de añadir con ilusión—: Y algún día será mía.

A Fiona casi se le escaparon las lágrimas al notar el ligero tono de orgullo en la voz de la adolescente.

—Y algún día también seré una maestra del té como mi *jiji*.

—Estoy segura de que sí. –Fiona le dio un abrazo rápido–. Y tu abuela estará muy orgullosa de ti.

—Aunque primero quiero probar como bailarina en el Robot Restaurant, por supuesto.

—Por supuesto... Pero lo de ser maestra del té..., eso sí que la va a hacer muy feliz.

—Sí, pero no se lo digas todavía –dijo Mayu, guiñándole un ojo.

Fiona siguió el sonido de las voces y se encontró a Setsuko y a Haruka en la cocina.

—El amigo de Kaito te ha conseguido un vuelo para mañana por la mañana. En primera clase –anunció la mujer mayor con una sonrisa orgullosa.

—Oh, vaya. Eso es... –¿Estaban tan desesperadas por que se fuera?

Debió de notársele el disgusto en la cara porque Setsuko le dio una palmadita en el hombro y añadió:

—Era el único vuelo disponible con Japan Airlines y en un asiento decente. Pensó que te haría ilusión. Nos da mucha pena que te vayas.

—Pero volveremos a vernos –dijo Haruka, como si fuera más una realidad que una petición.

—Gra... gracias. No sé qué decir.

La había cogido por sorpresa, pero ahora que la oferta estaba en pie, de repente le entraron unas ganas inmensas de irse a casa. De dormir en su cama y de comer tostadas con Marmite. Le había encantado probar comida nueva y explorar la cultura japonesa, pero le apetecía muchísimo volver a tomarse una taza de té inglés con galletas, tener calefacción central y las paredes insonorizadas, aunque no le importaría llevarse a casa una mesa *kotatsu*.

—Tengo un regalo para las dos –añadió finalmente, y le entregó a cada una su álbum.

Las dos mujeres abrieron la primera página. Setsuko suspiró y se llevó una mano al pecho. Haruka solo asintió. Y entonces las dos se pusieron de acuerdo y, con una tranquila inclinación de cabeza, insistieron en ir a sentarse en el *kotatsu* para poder mirar bien las fotos.

Pasaron las páginas en silencio, asintiendo de vez en cuando. Fiona aguantó la respiración mientras esperaba una reacción, pero la verdad es que no estaba nerviosa. Era uno de los mejores trabajos que había hecho hasta la fecha. El respeto y la admiración que sentía por la familia Kobashi se reflejaba en cada una de las fotografías. Al igual que lo hacía el amor que les tenía a las dos mujeres. Antes de que llegaran a la última página, las dos ya habían alargado el brazo y habían puesto una mano sobre la de Fiona.

—Muchísimas gracias —susurró Setsuko, apoyando la otra mano en el álbum—. Es precioso.

Haruka no dijo nada, pero le cayó una lágrima por la mejilla, abriéndose paso por su habitual rostro impasible, e inclinó la cabeza a modo de agradecimiento. Se quedaron sentadas en silencio unos minutos más, y Fiona se sintió más orgullosa que nunca.

Con la misma amabilidad que siempre le habían mostrado, las dos mujeres la ayudaron a hacer las maletas. Enrollaron toda la ropa y se quedaron alucinadas con la chaqueta de cuero que había traído y que Fiona había decidido ponerse para el viaje de vuelta a casa.

—¿Les importaría deshacerse de esto por mí? —preguntó ella, levantando el abrigo peludo del que debería de haberse deshecho hacía mucho tiempo. Además, ya estaba bastante viejo como para donarlo.

—¿Me lo puedo quedar? —Se oyó un grito repentino desde otra habitación y Mayu apareció al abrir las puertas *shoji*.

Sí, sin duda Fiona estaba deseando volver a estar rodeada de paredes más resistentes.

—Si quieres...

La adolescente no tardó ni un segundo en ponerse el abrigo

y empezó a hacer poses con él puesto, lo que hizo que Fiona se echara a reír. Acabaría siendo una maestra del té, pero, por el momento, seguía siendo una adolescente rebelde.

—¡Qué pasada! —exclamó Mayu.

—Es horrendo —la corrigió Haruka, sin importarle que Fiona estuviese delante—. No tienes remedio —añadió con el ceño fruncido, negando con la cabeza.

—Me lo puse mucho en su día —intervino Fiona—. Pero me alegro de que seas ahora tú la que le dé uso.

Deshacerse de esa prenda era como pasar página. Es verdad que Gabe le había roto el corazón, pero también le había dicho que la encontraba atractiva y había hecho que dejara de sentir esa horrible sensación de fracaso y humillación que, en muchas ocasiones, la había limitado a la hora de tomar decisiones. Puede que no hubiera hueco para ella en el corazón de Gabe, pero había conseguido algo mucho más importante: aprender a quererse a sí misma. Se había convertido en una de esas chicas que llevaban chaqueta de cuero.

Capítulo 26

Gabe se despertó al día siguiente con dolor de cabeza tras haberse pasado toda la noche pensando, pero, aun así, se levantó de la cama con un objetivo en mente. Bajó las escaleras hasta el estudio y se planteó renunciar al café de por la mañana para ir directamente a casa de Haruka. Al final, no pudo resistirse, así que, mientras esperaba a que se hiciera el café, encendió el ordenador. Se quedó de pie y les echó un vistazo a las fotos que había hecho en las últimas dos semanas. Eran buenas; en realidad, eran muy buenas. Había recuperado la motivación. Además, sabía que las fotos de Ken habían tenido buena acogida y eso había hecho que no pararan de lloverle ofertas de revistas que querían trabajar con él. Se moría de ganas de empezar con los nuevos encargos.

Mientras le daba un sorbo al café, estudió las últimas imágenes en las que había estado trabajando la noche anterior –las había recortado para asegurarse de que el sujeto y todos los elementos que aparecían en la foto quedaran centrados– y se sintió orgulloso. Las fotos transmitían energía y naturalidad, algo que no conseguía inmortalizar desde hacía bastante tiempo. Había llamado a Fiona «Bella Durmiente», pero era él el que llevaba los últimos tres años viviendo como si fuera sonámbulo.

Hizo una mueca. Era curioso lo rápido que una discusión podía hacer que uno se replantease las cosas. En realidad, Yumi no amaba a nadie más que a sí misma y, aunque le doliera, Gabe se dio cuenta de que ella nunca lo había querido tanto como él la quería a ella. Estar juntos les había venido bien a los dos, sobre todo, por sus carreras y sus estilos de vida. Pero terminó convirtiéndose en una costumbre y después, cuando Yumi se casó, el orgullo había hecho que Gabe se aferrase a la amistad que tenían para demostrarles a los más curiosos que era lo suficientemente fuerte como para aceptar un rechazo así. Tenían una amistad falsa, vacía.

A pesar de todos esos pensamientos negativos que se le pasaron por la cabeza –y de llegar a la conclusión de que se había comportado como un auténtico imbécil durante la mayor parte de su vida–, se había despertado con la sensación de que se sentía más vivo que nunca. La carga que llevaba en los hombros era mucho más ligera. Paseó la mirada por la superficie del escritorio. La tarjeta de memoria. Ya no estaba allí. Suspiró. No era culpa de Fiona; era él el que le había recriminado cosas cuando, en realidad, ella era la mujer con la que quería estar. En las últimas dos semanas había abierto los ojos. Era hora de aclarar lo ocurrido.

Dejó el café en el escritorio y analizó el estudio desde una nueva perspectiva, recordando la primera vez que Fiona se había parado a ver las fotos de Yumi. Su pelo se había vuelto dorado con la luz del sol y se había quedado con la boca abierta, fascinada. Las imágenes eran buenas; siempre estaría orgulloso de ellas, pero ya era hora de quitarlas de allí. Tal vez podría pedirle a Fiona que eligiera algunas fotos para sustituirlas. Solo de pensarlo, las comisuras de los labios se le curvaron hacia arriba. Podrían trabajar juntos. La idea le provocó una sensación agradable en el pecho. Tiró los restos del café, se quitó las zapatillas y bajó las escaleras para ponerse los zapatos.

–¿Hola? –saludó Gabe al llegar a la puerta de la casa de Haruka.

Nadie contestó, pero había una tetera al fuego y había visto los zapatos de la mujer mayor en el *genkan*. Siguió caminando hasta el *engawa* y se encontró a Haruka apoyada en la barandilla superior de madera. La japonesa lo miró de reojo con una expresión seria y esquiva en el rostro y después siguió contemplando el jardín en silencio.

Por una vez, Gabe se detuvo a observar todos los pequeños

detalles del jardín: las rocas llenas de musgo alrededor del estanque, el toque de verdín en las macetas de bronce y las sombras imponentes y robustas de los bonsáis, que contrastaban con su tamaño real, pero que apenas se movían con la ligera brisa que soplaba entre los árboles más grandes. Haruka había hecho un trabajo extraordinario. Le empezó a correr por las venas la necesidad de hacerle una foto a la japonesa; un primer plano de su rostro terso e impasible con las sombras de los cerezos, o con las flores en el fondo, o en otoño entre los diferentes tonos rojizos de los árboles exóticos. Sus ojos recorrieron su perfil, su nariz pequeña y su barbilla recta. A pesar de no ser muy alta, imponía y desprendía una intensidad y una espiritualidad que Gabe no había sentido con nadie más.

–¿Sabe dónde está Fiona? –le preguntó a la mujer mayor.

–Sí.

Una respuesta escueta, pero no era la primera vez que Haruka le mostraba su desaprobación, así que esperó a que dijera algo más, pero no lo hizo.

–¿Y dónde está? –añadió él.

–En el aeropuerto –contestó ella tras haber mirado el reloj que llevaba en la muñeca con un movimiento lento.

–¿En el aeropuerto? ¿Por qué? –Se le empezó a acelerar el pulso.

–Porque va a coger un avión.

–Pero su vuelo no sale hasta mañana. –Gabe la miró, incrédulo, y sintió que se le revolvía el estómago.

–Kaito ha conseguido cambiarle el vuelo –dijo la japonesa con un tono de voz más inocente y suave de lo normal, como si estuviera satisfecha con la decisión que había tomado Fiona.

–Pero... –La fulminó con la mirada e inmediatamente llegó a la conclusión de que Haruka había tenido algo que ver en todo eso.

–Dejaste que se fuera –le reprochó ella.

–Me equivoqué –confesó Gabe, elevando la voz, cuando la realidad lo golpeó.

—Hasta los monos se caen de los árboles —pronunció Haruka, levantando los hombros con desdén.

Es verdad que todo el mundo cometía errores. Sin embargo, Gabe se sentía como si le hubiesen golpeado con una bola de demolición. Eso no solo había sido un error, había sido... No sabía ni cómo explicarlo con el pánico que se le había instalado en la boca del estómago.

—Necesito hablar con Fiona, necesito verla.

—Demasiado tarde —dijo la japonesa con firmeza y con un triunfo engreído que se hizo evidente por la forma en que se frotaba las manos.

No podía ser. Tenía demasiadas cosas que decirle. Tenía que disculparse. Tenía que confesarle... cosas...; todo eso que no podía quitarse de la cabeza. Era incapaz de elegir una cosa en particular, pero sí que sabía que necesitaba verla. Cuando la mirara a los ojos, sabría que todo iría bien. Y entonces le saldrían las palabras. Las encontraría. Si no, buscaría la manera de hacérselo saber. Ella lo entendería.

—Necesito hablar con ella, decirle que... —dijo encogiendo los hombros, desesperado.

—No, tienes que demostrárselo —le reprendió Haruka—. Tienes que ir a Londres. Tienes que luchar por ella. Solo con palabras no basta.

—He sido un imbécil —confesó él, alzando las manos.

Haruka levantó una ceja para hacerle saber que estaba de acuerdo. Él la miró con recelo. No era tan estúpido como para acusarla de haberlo organizado todo, pero sabía a ciencia cierta que la japonesa había estado moviendo algunos hilos.

—Se marchó hace veinte minutos —le dijo a Gabe.

A Gabe nunca le habían gustado esas películas en las que el protagonista corría como un loco hacia el aeropuerto para evitar que el amor de su vida subiese a un avión y para demostrarle lo mucho que le importaba, sintiéndose estúpido por no habérselo dicho antes. Sin embargo, en ese instante, mientras se

314

abría paso a empujones para ponerse en la cola del monorraíl que lo llevaría hasta el aeropuerto internacional de Haneda, deseó que sucediera como en las películas y que acabara llegando a tiempo. También le parecía ridícula la escena en la que enfocaban el móvil y al protagonista saliendo por la puerta sin cogerlo. ¿Por qué no le había mandado a Fiona un mensaje antes de ir a buscarla? Podría haberle pedido que lo esperara. El hecho de no haber sido más espabilado le irritó y empezó a ponerse nervioso, cambiando el peso del cuerpo de un pie a otro, mientras la mujer que tenía enfrente lo fulminaba con la mirada, molesta. Cuando Gabe se puso a murmurar en voz baja, la mujer se dio la vuelta y lo miró con el ceño fruncido. Joder, ¿no se daba cuenta de que tenía prisa? Tenía que encontrar a Fiona antes de que pasara por el control de seguridad y..., bueno, todavía no tenía muy claro lo que quería decirle. En ese momento, el cerebro le funcionaba en modo automático y su objetivo principal era llegar al aeropuerto y encontrarla en la zona de facturación. Lo importante era verla.

Llegó a la terminal del aeropuerto y se acercó corriendo a las pantallas para buscar un vuelo de Japan Airlines con destino a Heathrow. «No me jodas», pensó. Ni siquiera le había preguntado a Haruka el número de vuelo antes de marcharse de su casa. Eso sí, le había dicho que creía que salía a eso de las 12:30 h, es decir que podía facturar hasta las 10:30 h, y ahora eran... las 10:10 h.

Ahí, ahí estaba. «Mostrador de facturación G», aunque también podría ser el N, dependiendo de la clase en la que volara. Mierda, no tenía ni la más remota idea. Salió corriendo y se dirigió a la zona en la que estaban los mostradores. Tanto en el G como en el N, las colas eran larguísimas. Había demasiada gente, la mayoría occidentales, así que ni siquiera podía distinguirla por el pelo. «El abrigo peludo», pensó. Solo Fiona se pondría algo así; era imposible que alguien tuviera uno igual. Examinó la cola una y otra vez. Ni rastro de ella. Corrió al otro mostrador, el de primera clase. Fiona tampoco estaba allí. Se obligó a tranquilizarse y volvió a mirar para asegurarse. ¿Dónde estaba? No podía haber entrado ya. Todavía no.

Desesperado, volvió a escudriñar a la multitud, uno a uno. Le temblaba la mano y las gotas de sudor le caían por la espalda. Quizá todavía no había llegado al aeropuerto.

Caminó de un lado a otro. Miró el reloj. La cola se iba haciendo cada vez más corta hasta que solo quedaron dos personas.

Ya eran las 10:30 h. La azafata se levantó y apagó la pantalla que había encima del mostrador.

Gabe se quedó allí parado, sin poder moverse ni apartar la mirada de la pantalla oscura.

Fiona se había marchado.

Con la desesperación desgarrándole las entrañas, se dio la vuelta y, después, como si de un milagro se tratase, vio a lo lejos la manga de un abrigo que le resultaba familiar. El corazón le dio un vuelco. El abrigo peludo de Fiona se movía entre la marea de gente que caminaba por la explanada. Sintió una oleada de alivio que casi hizo que se le acelerara el pulso. Salió corriendo y bajó por la explanada.

–¡Fiona! ¡Fiona! –gritó.

El abrigo dejó de moverse y una figura se separó del grupo.

De inmediato, sintió una punzada aguda de decepción.

–¿Mayu?

–¡Gabe! Pero ¿qué estás haciendo aquí?

–¿Y Fiona?

–Oh, ya se ha ido. Hace rato, de hecho; pero me gusta pasar el tiempo aquí. Me parece un sitio guay.

Incapaz de decir nada, Gabe hizo un gesto con la cabeza hacia el abrigo.

–Es una pasada, ¿verdad? Me lo regaló Fiona –añadió la adolescente a la vez que agarraba las solapas del abrigo y se pavoneaba, moviendo los hombros de un lado a otro.

Él torció el gesto y pronunció una especie de «sí» con los labios apretados. Después, miró hacia las puertas de embarque y le preguntó:

–¿Tienes tu móvil ahí?

–Sí.

–Lo necesito. Me he olvidado el mío. Tengo que llamar a Fiona.

–Ah, pero si el móvil se le quedó sin batería. Sin cargador. Sin enchufe. Lo metió en la maleta. Pero vamos que nos dijo que no nos preocupáramos porque, de todos modos, no se puede usar dentro del avión –le explicó Mayu con una sonrisa alegre.

Gabe se pasó las manos por el pelo. Aunque comprara un billete de avión, no podría pasar porque no llevaba el pasaporte encima. Echó la cabeza hacia atrás y suspiró.

–¿Qué haces exactamente aquí, Gabe? –le preguntó la adolescente, arrugando la frente.

–Ya da igual –admitió él.

–¿Ibas a despedirte de Fiona? ¿Te gusta? Porfi, dime que ya no estás colgado por Yumi. Fiona es mucho más simpática.

–Sí, sí que lo es –confesó Gabe con una sonrisa reacia.

Mayu se detuvo de repente y se le abrieron los ojos como platos.

–Has venido a buscarla. Como en las pelis. El gran gesto.

–El gran gesto... –murmuró él.

–Tienes que ir a Londres. En el siguiente avión.

–Sí, tengo que ir a Londres. Tienes razón. Pero no voy a coger el siguiente avión –decidió él.

No, esta vez iba a hacer las cosas bien. Ahora sí que sabía cómo demostrarle lo que sentía por ella.

Capítulo 27

Fiona dejó el móvil con un ruido sordo en el tocador y observó por la ventana de su habitación las flores de espino que habían crecido antes de tiempo. Cogió el pequeño *netsuke* y lo sujetó con fuerza, con la parte plana de la figura rozándole la palma de la mano. Habían pasado dos semanas y seguía sin saber nada de Gabe. Tampoco es que esperara tener noticias suyas. En absoluto.

Pero es que ese día se iba a inaugurar su exposición. En tan solo unas horas. En el fondo, tenía la esperanza de que apareciera por allí. O que al menos le mandara un mensaje deseándole suerte. Pero por ahora nada. Además, ¿qué sentido tenía que lo hiciera? Estaba enamorado de Yumi.

Se suponía que no tenía que dolerle tanto. Los recuerdos que habían compartido esos dos días en el hotel no se le deberían de haber grabado a fuego en la mente. Aunque también se suponía que no iba a enamorarse de él...

Miró hacia el móvil y, justo en ese momento, sonó un pitido.

Sabía perfectamente que no era Gabe, pero, aun así, fue corriendo a por él. Un mensaje de Avril.

Nos vemos en un rato. Mucha mierda. Besos.

Madre mía, estaba nerviosísima. Avril la había vuelto loca con la ropa para la inauguración. Después de tanta insistencia por parte de su amiga, había decidido que se pondría el mono de lino con unas botas de tacón de aguja de ante en color azul marino que se había comprado. Eso sí, esta vez no se pondría una blusa debajo, dejaría que se le viera un poco de escote y se pondría un collar de diseño de oro grueso.

No hacía falta ser muy espabilado para darse cuenta de que

esperaba que Gabe apareciera o de cuál era el mensaje que quería transmitirle al llevar ese maldito conjunto puesto.

De pie en ropa interior, cogió el mono con una mezcla de emociones en el estómago. ¿Por qué no se ponía otra cosa? Le era imposible borrar la imagen de Gabe desabrochándole los botones o acariciándole la piel sobre el encaje de la blusa. Contuvo la respiración y se imaginó los dedos de Gabe deslizándose por su escote.

—¡Fiona! —gritó su madre desde la planta de abajo—. Fiona, ¿estás arriba?

Cerró los ojos con un suspiro y se contuvo para no soltarle un «no».

Por suerte, su madre no había notado que ya apenas tenía apetito y que se pasaba todo el rato mirando por la ventana, perdida en sus pensamientos. De hecho, su madre parecía estar ocupada. Para sorpresa de Fiona, se había unido a la Asociación de Mujeres que había en el pueblo; una decisión muy valiente e inesperada. Sin embargo, cuando le había preguntado el porqué, su madre se había limitado a encogerse de hombros y se había hecho la loca.

—Ahora bajo, mamá —gritó, y le echó un vistazo al reloj para volver a comprobar la hora.

Cogerían el tren de las 16:30 h. Llegarían a la estación de Waterloo a las 17:20 h. Después tardarían media hora en llegar a Kensington y llegarían media hora antes de que empezara la inauguración. Sabía perfectamente lo que iban a tardar porque ya había ido varias veces a la galería de paredes blancas, suelo negro y ventanas de estilo *shoji* para supervisar la disposición final de los cuadros y para ver cómo el director de la galería, el señor Morimoto, los colocaba todos. Era un hombre bajito y elegante que inclinaba la cabeza todo el rato como un petirrojo y tenía los ojos brillantes. También parecía ser de los que se preocupaban hasta del más mínimo detalle, lo que hizo que ella se quedara tranquila, ya que estaba completamente segura de que lo tenía todo bajo control. Ella solo tendría que presentarse allí y, gracias a la inmensa lista de contactos de Avril, sabía que asistirían muchas personas; además de sus amigos Kate y Ben, David y su marido Reece, Conrad y Christophe, el marido de Avril.

—Estás muy guapa, mamá —dijo Fiona cuando se encontró con su madre al pie de la escalera.

Judy Hanning siempre iba impecable, pero ese día, con un vestido recto de color azul celeste, parecía mucho más joven y guapa de lo habitual. Normalmente se ponía faldas poco favorecedoras que le llegaban por las rodillas con chaquetas de punto que la hacían parecer mucho más mayor de lo que era.

—Gracias, cariño. Tú también. Te queda muy bien el pelo suelto. Había olvidado lo bonito que era el color —confesó su madre, extendiendo una mano para apartarle un mechón rizado de la cara.

Fiona tragó saliva y apretó los labios con fuerza; no quería echarse a llorar.

—¿No te molestarán esos tacones? Yo me he puesto unas bailarinas porque sé que a veces hay que caminar un buen trozo desde el andén de la estación hasta el metro —le comentó su madre a la vez que extendía una pierna y movía el pie, enseñándole el cómodo calzado de color negro.

—No, estaré bien. He hecho el viaje un par de veces; no hay que caminar mucho —le hizo saber a su madre.

Además, si hubiesen tenido que hacerlo, se los habría puesto de todas formas por orgullo. El zapato de tacón le favorecía: se le ajustaba perfectamente al cuerpo y hacía que las piernas se le vieran mucho más largas. Por una vez en su vida, no se sentía como una cigüeña torpe.

—Si estás tan segura, cariño... Aunque supongo que no querrás torcerte el tobillo ni nada de eso. En fin, ¿crees que debería llevarme un paraguas?

—Se supone que no va a llover, pero si tienes espacio en el bolso, supongo que podrías llevártelo. —Fiona sabía que, si le decía que no, su madre le daría la lata y acabaría enumerándole los pros y los contras de no llevárselo–. Dentro de un minuto tenemos que salir de casa. –Estaban a tan solo cinco minutos en coche de la estación, pero no quería tentar a la suerte.

–Sí. Pero como vamos a volver tarde, primero quiero dejarle algo de comida a Daisy. Se pasa todo el día con la nariz pegada en la ventana observando a los pajaritos que hay en el nido del seto. Me preocupa que alguno se caiga del nido y Daisy termine abalanzándose sobre él.

Fiona no se rio, aunque se le dibujó una sonrisa irónica en el rostro. Los polluelos no tenían de qué preocuparse porque esa gata era la criatura más vaga que había sobre la faz de la Tierra. Además, sabía que, mientras tuviera el cuenco de comida al lado, Daisy no se iba a mover. Esperó en la puerta de la cocina, intentando no perder la paciencia, mientras su madre sacaba un cuenco limpio del armario, recogía el sucio, lo ponía en el fregadero y empezaba a lavarlo. Pero ¿por qué se ponía justo ahora a fregar? Contó hasta diez tan despacio como pudo para tranquilizarse. Iban con tiempo de sobra.

–¿Quieres que vaya revisando que las puertas y las ventanas estén cerradas? –le preguntó a su madre, consciente de que eso era algo que también podría retrasarlas.

–No, cariño –contestó ella, y Fiona parpadeó, sorprendida. Eso sí que era nuevo–. Peter dice que, si un ladrón quiere entrar, siempre encontrará la forma de hacerlo. Así que, teniendo alarma en casa, no es necesario que las revises.

–Vale.

¿Peter? ¿Qué Peter? ¿El hombre que llevaba un año y medio viviendo en la casa de al lado?

Su madre finalmente sacó la comida para gatos del armario y la empezó a sacudir con energía, lo que hizo que Daisy entrara corriendo a la cocina; al parecer, cenar temprano no le daba pereza. Pero, por desgracia, llegó justo en el momento en que su madre se giraba para llenar el cuenco que había dejado al lado de la gatera. Daisy emitió un maullido de dolor y la comida salió volando por los aires cuando su madre se tropezó con ella y cayó al suelo de forma brusca, con un ruido sordo. Daisy no tardó en salir corriendo por donde había venido.

–¡Mamá! ¿Estás bien? –Fiona corrió a su lado.

–El tobillo. ¡Ay! –se quejó su madre a la vez que parpadeaba para contener las lágrimas.

Con el corazón en un puño, Fiona se agachó y añadió:

–Pues al final no te han servido de mucho las bailarinas...

–Qué torpe soy. –A su madre se le escapó una risita.

–Venga, vamos a levantarte. Tienes que poner el pie en alto.

Su madre no opuso resistencia cuando la ayudó a ponerse de pie. Después, fue dando saltitos hasta la mesa de la cocina y acabó desplomándose en una silla. Fiona cogió una segunda silla y le apoyó el pie en ella. Hizo una mueca. Estaba empezando a hincharse.

–Qué caída más tonta –murmuró su madre.

–¿Crees que es un esguince o una fractura?

–Tampoco ha sido para tanto. Solo será un esguince.

Fiona, un poco desconcertada por esa respuesta tan poco habitual en su madre, se limitó a asentir. ¿No iba a armar un escándalo? Pero si a su madre normalmente le encantaba hacer una montaña de un grano de arena.

–Tienes que ponerte hielo –dijo Fiona tras recordar que en el curso de primeros auxilios le habían explicado que en esos casos había que levantar el pie, ponerle hielo y apretar.

Después, se acercó al congelador para buscar la compresa fría. Su madre, como buena hipocondríaca, había llenado la casa con todos los elementos de primeros auxilios que había podido conseguir.

El tobillo ya estaba hinchado y empezaba a ponerse un poco morado. No tenía buena pinta la verdad.

–¿Cómo lo ves? –le preguntó Fiona sin saber muy bien qué hacer.

–Creo que tendré que ir a urgencias.

Fiona asintió. Pensaba lo mismo. Todo apuntaba a que se iba a perder su propia exposición.

En ese momento sí que le entraron ganas de llorar. Aunque estaba nerviosa, seguía queriendo ver con sus propios ojos la reacción de la gente. Esas fotos eran el mejor trabajo que había hecho hasta la fecha. Se suponía que ese iba a ser su día. ¿Y si al final Gabe aparecía y ella no estaba?

—Voy a hacer un par de llamadas. Tengo que avisar al señor Morimoto, el director de la galería. Tiene que saber que no estaré allí. Después iremos a urgencias —le comentó Fiona a su madre.

—¿Iremos? Tú no vas a ir a ninguna parte, jovencita. Bueno, aparte de a Londres, claro. Tienes que ir a una exposición.

—No puedo irme y dejarte aquí sola.

Su madre resopló.

—Fiona, sé que todo este tiempo he sido una carga para ti. —Ella intentó replicar, pero su madre siguió hablando—: Sí, lo he sido. Me di cuenta el día que no logré ponerme en contacto contigo cuando estabas en Japón... Si hasta estuve a punto de llamar a la embajada británica.

Fiona casi se echó a reír al recordar que había pensado que su madre acabaría haciendo exactamente eso.

—Pero después hablé con esa simpática señora japonesa...

—¿Te refieres a Haruka? —la interrumpió Fiona, sonriendo.

Echaba de menos a esa mujer más de lo que nunca hubiera imaginado. Y a Setsuko. Y a Gabe.

—¿Se llama así? Pues fue muy amable conmigo, y fue entonces cuando llegué a la conclusión de que era ridículo que me preocupara. No tendría que haberte mandado mensajes continuamente. Tienes todo el derecho a vivir tu vida.

Fiona se mordió el labio. Qué ironía. Al final iba a tener que darle la razón a Gabe.

—Y después cuando se lo comenté a Peter...

—¿A Peter?

—Sí, a Peter. Me apoyó mucho durante las semanas que estuviste en Japón. Y me hizo ver las cosas desde otra perspectiva. Sé que no he sido la mejor madre.

–No digas tonterías –protestó Fiona.

Su madre tampoco era tan mala. Se preocupaba por pequeñeces y era hipocondríaca, pero, tal y como le había recriminado Gabe, puede que fuese ella la que había permitido que su madre la tratara así.

–Pero sé que podría haberme comportado mucho mejor. Cuando murió tu padre, estaba tan enfadada con él por haberme dejado aquí sola contigo... Te cuidé lo mejor que pude, pero cuando creciste y te volviste más independiente, sobre todo en estos últimos años, comprendí que mi trabajo ya estaba hecho. Así que intentaba recurrir a ti... siempre que podía. Pero, bueno, Peter y yo tuvimos una charla bastante seria sobre el tema. Me dijo que me quedaba mucha vida por delante y que no podía seguir encerrándome en casa, que tenía que disfrutar y aprender a hacer las cosas por mi cuenta. De hecho, fue él quien me animó a unirme a la asociación.

–Ya decía yo... –dijo Fiona, dándole un apretón en la mano a su madre.

–¡Ay, pero mira la hora que es! Tienes que irte ya. Habrás perdido el primer tren, pero sale otro en cuarenta minutos. Llegarás un poco tarde, pero bueno.

–Mamá, no puedo dejarte aquí sola. Deberías ir a que te miren el tobillo.

–Le pediré a Peter que me acompañe. Tengo el móvil en el bolso. ¿Puedes traérmelo, por favor?

Capítulo 28

Por desgracia, el tren tuvo que detenerse en Vauxhall por una avería. Fiona no podía parar de darse toquecitos con los dedos en la palma de la mano y se preguntó si debía o no volver a ponerse en contacto con el señor Morimoto para informarle de que estaba teniendo otro contratiempo. El pobre hombre se había quedado muy preocupado cuando le había llamado para contarle lo de su madre.

Al final, llegó una hora tarde a su propia exposición. Se quedó de pie en el pequeño vestíbulo, debatiéndose entre si era buena idea o no dar media vuelta. La sala contigua estaba llena de gente que observaba las fotografías enmarcadas en grande. La emoción le revolvió el estómago. Sus fotografías. En una exposición. Y la gente las miraba, las estudiaba con detenimiento. Madre mía, ¿y si no les gustaban? Se le puso la piel de gallina. Había mucha gente dentro. Se movió hasta la entrada de la sala y se quedó en el marco de la puerta. Sin que nadie se diera cuenta y con el corazón en la garganta, escudriñó los rostros de la gente, buscando a una persona en particular.

No estaba. Se le retorció todo el cuerpo por la decepción, como lo hacían los bordes de un papel en llamas. No se había presentado. Respiró hondo y soltó algo parecido a un suspiro. «No llores, Fiona. No llores», se advirtió a sí misma. Por mucho que quisiera, ya era demasiado tarde para darse la vuelta y marcharse, aunque lo habría hecho si una mujer de pelo largo, oscuro y brillante no la hubiese visto. Con una sonrisa deslumbrante, la mujer caminó directamente hacia ella con sus piernas largas y unas botas de tacón de infarto y, aun así, se movía como si nada.

—Llegas tarde, pero estas guapísima, cielo —le dijo Avril, pasándole un brazo por el hombro y guiándola hacia la multitud.

—¿Y toda esta gente? —susurró Fiona, mirando la sala abarrotada—. Está llenísima. ¿Ese es... el presentador Dan Snow? ¿Y esa, Kay Burleigh?

—Creo que sí —le contestó su amiga, moviendo la mano, despreocupada—. Ahora mueve el culo y pídete una copa de vino para que puedas venir a contarnos la historia que hay detrás de estas fotos. Sobre todo, de la del monte Fuji —añadió, dándole un apretón en el hombro a Fiona.

Avril no tardó en hacerle señas al camarero para que se acercara y le puso a Fiona en la mano una copa antes de guiarla hasta la foto del niño pequeño al lado de la puerta *torii*: justo donde estaba el resto del grupo.

—¡Mirad quién ha venido por fin! —exclamó su amiga, dándole un empujoncito hacia delante.

De repente Fiona se vio rodeada de sus amigos. Sonrió. Estaban todos allí, menos Sophie, que se encontraba en Estados Unidos con su encantador novio norteamericano del que estaba muy enamorada.

Inmediatamente se produjo una ronda rápida de besos y abrazos.

—Esta foto es brutal —confesó Ben, señalando al niño del anorak rojo—. Bueno, todas lo son.

—Pues a mí me ha encantado la del hombre en la oscuridad con el monte Fuji de fondo —intervino Kate, con un destello de curiosidad en los ojos.

—Cómo no... —añadió Ben con una sonrisa burlona—. Estaba tratando de felicitar a Fiona por su talento y su técnica, y tú vas y saltas con eso.

—Gracias —dijo Fiona con una sonrisa tímida.

Ben siempre había sido amable con ella, pero a pesar de que se había ablandado desde que se había ido a vivir con Katie, siempre le había parecido un poco intimidante, lo cual era extraño porque Gabe imponía mucho más que él en muchos sentidos.

–Conseguiste un buen ángulo. ¿Qué hiciste? ¿El pino? –le preguntó él.

De repente, Fiona soltó una carcajada demasiado aguda en un intento de ocultar la tristeza que sentía. El recuerdo de Gabe sugiriéndole que se pusiera boca abajo hizo que se le encogiera el corazón.

–Sufrí un poco haciendo esa foto. Tuve que tumbarme en la hierba mojada. Pero... –Le echó un rápido vistazo a la imagen, orgullosa. La verdad es que había quedado bastante bien–. Mereció la pena.

–Fiona, tienes muchísimo talento. Las fotos son impresionantes. De hecho, has conseguido que me entren ganas de coger un vuelo e irme a Japón –le confesó Katie, rodeándola con los brazos.

Ese abrazo lleno de cariño hizo que a Fiona se le apretara aún más el nudo que tenía en la garganta.

–Esa era la intención –comentó ella con una sonrisa triste, pero nadie pareció darse cuenta del gesto–. Creo que debería ir a saludar a los organizadores. Les llamé por teléfono y les dije que iba a llegar tarde, pero sé que, si no me acerco, le estaría faltando al respeto a Kaito, mi anfitrión en Japón.

–Pueden esperar un poquitín más –pronunció el hombre canoso que llevaba una elegante chaqueta de *tweed* y una pajarita de color burdeos–. Has hecho un trabajo impecable y, si me lo pudiera permitir, te compraría esa foto de las personas mirando hacia arriba en el cruce de Shibuya –añadió Conrad, guiñándole un ojo.

–Creo que no están a la venta. Te puedo dar una copia.

–Eres muy generosa, jovencita, pero estoy seguro de que no tardarán mucho en revalorizarse. Esta exposición te va a abrir muchas puertas, ya lo verás.

–Ya me encargaré yo de que sea así –intervino Avril, lo que hizo que su marido Christophe se riera.

–En ese caso, me sentaré y disfrutaré del espectáculo; ya sabes cómo es Avril –le susurró Conrad a Fiona.

Ni la maternidad había conseguido frenar a su amiga; su hijo Dylan ya casi tenía dos años y ella seguía con la misma energía de siempre.

–Son preciosas, Fi –dijo David en voz baja–. Deberías estar muy orgullosa de lo que has conseguido. Te has esforzado mucho para llegar hasta aquí.

–Muchas gracias, David –contestó ella, conmovida por sus palabras–. Estuve a punto de no venir –añadió, tratando de restarle importancia al asunto y ocultando el horrible pánico que había sentido antes de que Peter se hubiese ofrecido a ayudar a su madre–. Mi madre tuvo un percance y pensé que tendría que llevarla a urgencias, pero, por suerte, a nuestro atractivo vecino viudo se le da bien hacer el papel de caballero con brillante armadura.

–Ah, por eso has llegado tarde –llegó a la conclusión Katie–. Pues qué lástima; antes vino un hombre guapísimo que estaba desesperado por hablar contigo, pero al final tuvo que irse porque tenía que coger un avión.

Fiona se dio la vuelta, con el corazón martilleándole el pecho.

–¿Quién? –le preguntó.

Katie abrió los ojos de par en par y dio un paso atrás antes de contestar:

–Pues... no sé. ¿Un hombre? –dijo con esperanza–. Uno muy atractivo.

–¿Cómo era?

–Sexi –intervino Avril, dándole un apretón en el brazo a su marido–. Y me resultó familiar, estoy segura de que no es la primera vez que lo veo.

–Color de pelo. Ojos –soltó Fiona, a punto de sacudir a su amiga.

–Pelo oscuro. A la altura del cuello y peinado hacia atrás. Ojos bonitos, casi de color azul marino. Bien vestido. La verdad es que estaba cañón.

–Gabe. –A Fiona se le hundieron los hombros.

–¿Gabe Burnett? –Avril se enderezó–. Joder, qué tonta. ¡Pues claro! Se conserva bien, sabía que me sonaba de algo.

–¿Adónde se fue?

–No tengo ni idea –confesó su amiga–. Me puse a hablar con la directora del programa de arte de Radio 4. Me dijo que le encantaría conocerte.

Fiona intentó esbozar una sonrisa, pero por dentro estaba destrozada. Gabe había estado allí y ella se lo había perdido. ¿Por qué no la había esperado?

–Se marchó unos cinco minutos antes de que tú llegaras. Estuvo un rato caminando de un lado a otro, pero luego habló con la mujer del mostrador y se fue –le aclaró Reece en apenas un susurro, como si se hubiera dado cuenta de su angustia, e hizo una mueca–. Se le veía nervioso. Y, al final, cogió su abrigo del perchero y salió por la puerta con paso airado. No parecía estar de muy buen humor, la verdad.

Fiona levantó la cabeza y miró el mostrador con los ojos entrecerrados, justo donde estaba una bonita mujer japonesa con traje negro repartiendo los programas de la exposición.

–Disculpadme un momento –dijo ella, y sintió que todas las miradas la seguían mientras caminaba hacia la mujer.

–Hola, ¿puedo ayudarla en algo?

–Sí. Soy Fiona Hanning.

–Señorita Hanning. ¿Sabe el señor Morimoto que está aquí? Todos están encantados con la exposición. He visto muchas caras de emoción. Es un placer para nosotros poder tener sus fotos aquí. –Se inclinó como muestra de agradecimiento–. Son muy buenas.

–Gracias. Antes pasó un hombre por aquí, pero tuvo que irse. Pelo oscuro. Ojos azules.

–Ah, sí. Me preguntó si sabía cuándo llegaría usted, ya que tenía que coger un vuelo. El señor Morimoto le contó que su madre se había caído y antes de que pudiera terminar de hablar y explicarle que usted estaba en camino, se inclinó, le dio las gracias y le dijo que tenía que irse porque iba a perder el avión. Se marchó apurado.

Fiona torció el gesto, incómoda, al recordar la cara de enfado que había puesto Gabe la última vez que se vieron.

—Gracias —pronunció.

Bueno, pues nada. Gabe había venido a verla, y ella no había llegado a tiempo. Se dio la vuelta para alejarse y le dio la sensación de que, en vez de botas, llevaba bloques de hormigón en los pies.

—¡Ay, espere! El hombre dejó algo antes de marcharse. Es un poco... —La mujer levantó un folleto que estaba arrugado—. No sé si se lo quería dar a usted. Pero lo arrugó y lo dejó sobre el mostrador —añadió la japonesa mientras le entregaba el trozo de papel.

Cartas de amor
Una exposición de Gabe Burnett.
The Castille Gallery, Dover Street.
25 de abril - 15 de junio

Fiona se metió el folleto en el bolsillo. No era para ella. Él le había contado algo sobre una exposición retrospectiva. Tampoco quería fustigarse. Esas fotos de Yumi eran increíbles, estaban bien hechas e inspirarían a cualquiera, pero ya tenía suficiente con lo que había visto de Yumi para el resto de su vida.

¿Qué sentido tenía que hubiese ido a verla? ¿Era porque estaba en Londres y le pillaba cerca? ¿O por respeto a Haruka y a Kaito? Seguro que ellos esperaban que lo hiciera. Y si de verdad hubiese ido a verla por su propia voluntad, al menos se habría puesto en contacto con ella primero. La habría avisado de que iría. O al menos de que estaba en Inglaterra. Además, si tenía que coger un vuelo, eso significaba que su intención no era quedarse por la capital mucho tiempo. ¿Por qué no le había mandado un mensaje ni la había llamado? Si de verdad hubiese querido verla, podría haberlo conseguido si hubiese hecho alguna de esas dos cosas.

–Señorita Hanning. ¡Ya está usted aquí! –El señor Morimoto se interpuso en su camino e inclinó la cabeza a modo de saludo–. Bienvenida.

–Hola. Siento haber llegado tan tarde.

El hombre volvió a inclinarse e hizo un gesto con las manos para hacerle saber que no tenía por qué disculparse.

–Me comentó que su madre tuvo un accidente. Lo siento mucho. ¿Cómo está?

–Está bien. No es nada grave o al menos eso espero. Se cayó. –Era mejor decirle eso y no que se había tropezado con la estúpida gata–. Pero está en el hospital con un amigo para que le miren el tobillo.

El japonés volvió a inclinarse.

–Me alegro de que la hayan podido acompañar. Espero que tenga una recuperación buena y rápida. ¿Puedo presentarle a algunas personas?

El resto de la tarde se resumió en una mezcla de inclinaciones de cabeza, apretones de manos y nombres que Fiona nunca más iba a recordar, bueno, excepto los de algunos famosos que andaban por allí. ¿Cómo iba a olvidarse de haber conocido al cantante y fotógrafo Bryan Adams y de haber mantenido una conversación sobre técnicas fotográficas con él? Y si lo hacía, solo tendría que mirar el aluvión de fotos que le había hecho su amiga Katie con su teléfono mientras le mostraba el pulgar hacia arriba. Si hasta vio a lo lejos a Brian May con su mujer.

Aun así, nada de eso alivió la sensación de decepción que le estaba estrujando el corazón sin piedad.

Al final, cuando ya los asistentes comenzaron a marcharse, no le quedó otra que volver con los demás y enfrentarse al interrogatorio de su amiga Avril.

–Bueno, creo que ya puedo decir oficialmente que has causado sensación, jovencita –declaró Conrad.

–Eso parece –dijo Fiona, un poco perpleja.

Había estado hablando con el director artístico de un periódico nacional que le había asegurado que iba a incluir la exposición en la lista de lugares que uno no debería perderse en Londres.

—Buen trabajo, Fi —añadió David.

Por fin Avril dejó de hablar por teléfono y añadió:

—Cielo, he estado hablando con mi productor y ha accedido a que grabemos aquí una entrevista. Al parecer, después de los Juegos Olímpicos de Tokio el turismo en Japón se ha disparado. Queremos comentarlo en el programa y aprovecharemos para hablar un poco sobre tu exposición y en qué te has inspirado. Mañana me pondré en contacto con el equipo, pero me gustaría grabarlo pasado mañana. ¿Te viene bien?

—Eh…, pues, supongo que…

—Tienes que responderme: «Claro que sí, Avril. Será un placer, eres una amiga increíble. Muchísimas gracias». ¿Sabes que hay gente que mataría por venir a mi programa?

—No todo el mundo quiere esos cinco minutos de fama, Avril —dijo Ben, alargando las palabras.

—¡Cómo que no! Además, Fiona necesita promocionarse. Le vendrá bien para el blog, para su perfil de *influencer* y para su carrera profesional como fotógrafa.

—Ya veo que lo tienes todo pensado —soltó Ben.

—No me subestimes, querido —le dijo Avril a la vez que le daba unas palmaditas en la mejilla.

Fiona estaba empezando a relajarse al ver que no habían mencionado nada del otro tema, pero…

—En fin, ahora. Gabriel Burnett. ¿Qué escondes? —le preguntó Avril.

—No… no escondo nada —tartamudeó ella, delatándose.

—¡Lo sabía! ¿Qué pasó? ¿Te reconoció? Por favor, dime que os reísteis al recordar aquello.

—Sí. Me reconoció. Y nos fue bien.

—Aquí donde la veis, nuestra pequeña Fiona fue y le plantó un beso en toda la boca a Gabriel Burnett cuando era una adolescente. Él era su profesor —explicó Avril, girándose hacia el resto del grupo.

–¡Qué me dices! –exclamó Katie, mirando a Fiona con asombro.

–Fue una tontería de críos. Y sí que se acordaba del beso y se lo tomó bien.

Se sonrojó al ver que todo el mundo le prestaba atención.

–¿Cómo de bien? –indagó Avril.

–Bueno...

–Antes parecía bastante nervioso –intervino David.

–Al parecer no podía perder el vuelo; solo pasó a saludar.

–Mmm, interesante –soltó Avril.

–No te creas.

Fiona volvió a ruborizarse bajo la mirada del grupo.

–Pero no sabías que iba a venir... –añadió Avril con una sonrisa cómplice.

–No.

«Por favor, que deje de hacer preguntas», pensó Fiona. Si no zanjaban ya el tema, se acabaría derrumbando allí mismo.

–Así que vino hasta aquí para darte una sorpresa... –volvió a hablar su amiga.

Fiona cerró los ojos, incómoda, y enseguida se percató de que estaba poniendo su habitual pose de cigüeña, así que soltó:

–La verdad es que no me apetece seguir hablando de esto.

De repente, todos a su alrededor se pusieron tensos.

–Vale, cielo –dijo Avril; era la única que no parecía estar incómoda con la situación. Entrelazó el brazo con el de su marido y añadió–: Tenemos que marcharnos ya. Le prometimos a la niñera que volveríamos a las once. Mañana hablamos, Fi.

Fiona le dedicó una sonrisa tensa, molesta por haber conseguido que todo el mundo se diera cuenta de que había algo entre Gabe y ella. Sabía que Avril no pararía hasta conocer toda la historia. Y contársela la haría sufrir aún más. Katie le dio un ligero apretón en el codo para animarla.

Tras una ronda de besos, su amiga arrastró a su pobre y paciente marido hasta la salida, dejando al grupo en un silencio un tanto cómico, pero incómodo.

—Nunca va a cambiar, ¿verdad? —habló Conrad.

—Nunca —coincidió Kate con una sonrisa.

—Pero tiene un corazón que no le cabe en el pecho —añadió él.

Todos asintieron a la vez. Gracias a ella, Conrad hacía una sección mensual en la televisión hablando sobre muebles y diseño de interiores. Y, sin duda, eso había impulsado su carrera y le había aportado nuevas oportunidades de trabajo. Avril se había convertido en su salvavidas al darle con sesenta años la solución a los problemas económicos que estaba atravesando.

Fiona sonrió. No sabía qué sería de ella sin sus amigos, pero si les contaba lo de Gabe ahora, se pondría a llorar y no sabía si sería capaz de parar.

—Debería irme. Necesito saber cómo está mi madre. —Les hizo un gesto con el móvil, y añadió—: En el último mensaje que me mandó me dijo que seguía esperando a que la atendieran. Espero que no sea nada grave. Debería llamarla.

Capítulo 29

—Pues ya estaría —dijo Avril dos días después, cuando el cámara comenzó a guardar todo el equipo—. Todo listo. Y deja de preocuparte, estás guapísima. —Le puso el pelo a Fiona por encima del hombro—. Ya no pareces Heidi y me alegro de que te hayas deshecho de ese horrible abrigo peludo que parecía un orangután. Por favor, dime que lo tiraste a la basura.

—Se lo regalé a una persona. Pero estoy segura de que su madre piensa lo mismo que tú del abrigo. —Fiona torció la boca, divertida.

—¿Cómo pudiste hacer algo así? La policía de la moda va a venir a por ti —exclamó su amiga, tan exagerada como de costumbre.

Fiona se limitó a sonreír y, después, añadió:

—Gracias por la entrevista. Espero no fastidiarles el desayuno a los espectadores.

—Cielo, si yo no lo he conseguido todavía, tú tampoco. Estoy cansada de repetírtelo, pero eres preciosa. A ver si empiezas a creértelo de una vez —le contestó, poniendo los ojos en blanco.

Fiona esbozó una sonrisa y se le escapó un «Te quiero, Avril» de los labios.

—Lo sé. Bueno, lo siento, pero tengo que irme. La entrevista se emitirá mañana. Y tenemos que ponernos al día; sigues sin contarme lo que pasó entre el buenorro de Gabe Burnett y tú. De hecho, vamos a ir ahora a hacer una toma rápida en The Castille Gallery en Dover Street. Al parecer tiene una exposición temporal allí y mi productor lo conoce desde hace mucho tiempo. ¿Quieres venir con nosotros?

—No. No, gracias.

Se le revolvió el estómago solo de pensar en volver a ver

aquellas fotos en las que Yumi salía perfecta. Nunca olvidaría ese destello de triunfo en los ojos de la japonesa que le hicieron saber que era ella la que había ganado.

—Como quieras. Por cierto, ¿cómo está tu madre?

—Al final solo era un pequeño esguince..., aunque Peter, el vecino, insiste en llevarla a todas partes. No sabía que necesitaba ir al supermercado tantas veces a la semana. De hecho, fueron dos veces ayer.

—Uuuh, ¿nuevo romance a la vista?

—Te mantendré informada.

La verdad es que Fiona nunca había visto a su madre tan feliz.

—Estupendo. ¿Qué vas a hacer ahora?

—Tengo una reunión. Quieren hablarme sobre un proyecto fotográfico.

—¡Qué bien!

—A ver qué tal. Se me ha acercado mucha gente en las últimas veinticuatro horas para pedirme que les haga fotos, pero no quieren pagarme. Quieren que se las haga gratis.

—Pues diles que no. Ni se te ocurra rebajarte a ese nivel. Habla conmigo antes de aceptar nada. De hecho, ¿por qué no les dices que soy tu representante? O que lo es Christophe. —Se le iluminaron los ojos al pensarlo—. En fin, me voy. La niñera termina a la una. Pero llámame.

Dicho eso, Avril se marchó, lo que hizo que Fiona se sintiera aliviada al ver lo comprometida que estaba su amiga con el trabajo.

A Fiona se le desencajó la cara cuando media hora más tarde le sonó el móvil y el nombre de Avril apareció en la pantalla.

—Perdón, debería haberlo apagado. Lo siento, de verdad.

Fiona presionó el botón rojo para ignorar la llamada; todavía seguía en la reunión, aunque estaba a punto de acabar.

Ya no tenía excusas: su madre había cambiado de la noche a la mañana y ya no se dedicaba a llamarla constantemente, así que ya no tenía por qué estar todo el rato pendiente del móvil.

—Tranquila –dijo la mujer que representaba a una organización benéfica medioambiental.

Querían organizar una exposición para concienciar a la población acerca de la contaminación de los plásticos en los ríos y canales británicos. Le habían dejado claro a Fiona desde el principio que tenían un presupuesto limitado, pero, aun así, ella estaba interesada en el proyecto.

La mujer empezó a hablar de nuevo, explicándole más cosas acerca del encargo, y Fiona la escuchó con detenimiento.

Casi de inmediato, le volvió a sonar el teléfono. Se disculpó por segunda vez y volvió a rechazar la llamada, pero, antes de que le diese tiempo a apagar el móvil –algo que debería haber hecho desde el principio–, volvió a sonar.

—Parece importante –comentó la mujer–. Casi estamos terminando. Puede cogerlo si quiere.

—Gracias. Debe serlo, aunque no sé qué puede necesitar. Nos vimos hace media hora –aclaró Fiona, y, después, respondió a la llamada–. Hola, Avril.

—Tienes que venir. Dover Street. La exposición. Ahora. Ya.

—¿Qué?

—La exposición de Gabriel Burnett. Tienes que verla.

—¿Por qué?

—Lo sabrás cuando vengas. Confía en mí. No puedo quedarme más tiempo aquí, pero llámame más tarde.

Fiona miró el móvil, desconcertada. La mujer hizo todo lo posible por ocultar su interés en la conversación, pero no cabía duda de que lo había oído todo perfectamente.

—No sé a qué ha venido eso –le dijo Fiona.

—Parecía bastante insistente.

—Lo es. –Fiona se echó a reír.

—Bueno, espero que tenga mucha suerte. Le mandaré un correo electrónico para confirmar algunos detalles.

Terminaron de despedirse, aunque la curiosidad que se había despertado en Fiona hizo que le fuera imposible concentrarse en las últimas palabras que le dedicó la mujer.

Fiona esperó impaciente en South Kensington a que se oyera el familiar traqueteo de los rieles que anunciaban la llegada del metro de la línea Piccadilly. Cuando lo hizo, vio que los vagones estaban repletos de gente, aunque nada comparado con lo que había visto en Tokio. Todas las personas que estaban esperando en el andén se acercaron a las diminutas puertas y se abrieron paso a empujones para entrar. Fiona terminó con la nariz pegada a un abrigo de lana gris que olía a comida para llevar y a perro mojado. Eso hizo que recordara el día en que casi había aplastado a Gabe; habían estado tan cerca que le había resultado fácil ver los pelitos que le estaban saliendo en la barba. Cerró los ojos, luchando una vez más contra ese dolor permanente que era incapaz de determinar desde qué parte del cuerpo lo sentía.

Cuando el metro se detuvo en Green Park, la agitación y la incertidumbre hicieron que se sintiera nerviosa e impaciente, sobre todo, al ver la cantidad de turistas indecisos que había delante del hotel Ritz. ¿Por qué Avril quería que fuera a la galería? No tenía sentido.

–Quita –gruñó Fiona, aunque le salió mucho más brusco de lo que pretendía. Pero, joder, ¿por qué se quedaban todos parados en medio de la acera? ¿Por qué no se hacían a un lado como lo haría cualquier persona sensata?

Oyó una bocina y un taxi tuvo que esquivarla mientras cruzaba la calle, ignorando el semáforo que estaba a punto de ponerse en rojo. Ahí estaba. Dover Street.

Siguió los números de los edificios, buscando el letrero de la galería. Los nervios incesantes la obligaron a aflojar el paso. ¿Qué se iba a encontrar cuando cruzara la puerta? ¿Por qué Avril había insistido tanto en que fuera? No debería haberlo hecho.

Al ver el edificio, cruzó la calle y, sin pensárselo dos veces, empujó la puerta para abrirla.

En el mostrador de la recepción había un joven que llevaba

un traje y con un corte de pelo pulido y una impresionante barba *hipster*.

–¿Puedo ayudarla en...? –El recepcionista se quedó callado y miró a Fiona fijamente, con la boca abierta.

–Estoy buscando la...

–La exposición de Gabe Burnett –intervino, recuperándose rápido del asombro–. Claro, cómo no. Vaya por esa sala y luego gire a la izquierda.

–Muchas gracias.

–No hay de qué –exclamó el joven, y, de repente, una sonrisa se adueñó de su rostro serio.

¿Qué? ¿Acaso estaba cubierta de polvos de hadas o algo así? La gente estaba fatal. Desconcertada, empezó a caminar y miró por encima de su hombro; el recepcionista seguía observándola fijamente con una sonrisa en la cara.

Siguió las indicaciones que le había dado y caminó por el piso de madera pulido. Se oía el eco de sus pasos en el espacio de techos altos del antiguo edificio construido durante la época de la Regencia, aunque lo habían modernizado un poco. El silencio que reinaba era absoluto, como si estuviera en una biblioteca, y se dio cuenta de que un par de personas examinaban algunos cuadros que había al otro lado de la galería. Giró a la izquierda y, de repente, le dejaron de funcionar las piernas y tuvo que pararse en seco.

Se sobresaltó y la conmoción se apoderó de ella como lo hacían las gotas de lluvia en abril.

Se sentía como si se hubiera dado de bruces con una pared. El corazón, que hasta ahora le latía desbocado, se le paró.

Observó con atención. Y observó. Y volvió a observar. Después, el corazón le volvió a latir, pero esta vez lo hizo con mucha más fuerza, tanto que pensó que se iba a desmayar.

Enfrente de ella, justo en una pared que dividía la sala, su propio rostro le devolvía la mirada. Tenía los labios un poco entreabiertos; el pelo suelto, ondulado y brillante a la luz del sol; y una sonrisa tímida que hacía que se le iluminaran los ojos.

Movió la boca, pero solo le salían palabras ininteligibles. «¿Cómo? ¿Qué? ¿Por qué?», se preguntó. Volvió a fijarse en los detalles y se tapó la boca con la mano cuando comprendió lo que estaba pasando. «Madre mía», pensó.

Estaba claro; era evidente a ojos de cualquiera. Tenía delante a una mujer enamorada. Y, por si eso no fuera suficiente, había una cartela debajo del cuadro en la que se leía que el título de la fotografía era exactamente ese.

Parpadeó varias veces, como si eso fuese a cambiar lo que estaban viendo sus ojos. No había duda de lo que esa mujer estaba pensando o sintiendo, y Fiona tuvo que tragar saliva para contener las lágrimas que estaba a punto de derramar.

Era la foto que Gabe le había hecho en la *suite* de Kioto, justo en el momento en que comprendió que se había vuelto a enamorar de él.

Aturdida, siguió caminando por la galería. A medida que avanzaba, se percató de que había una pequeña sala cuadrada al fondo con un sencillo banco de madera justo en el centro. En las paredes había seis fotografías más. El corazón le volvió a dar un vuelco cuando contuvo la respiración.

Salía en todas las fotos.

Sin apenas atreverse a coger aire, se acercó a la primera. Una imagen de su cara a tamaño póster. En ella salía acostada en el sofá: la luz del sol le iluminaba el pelo que le caía sobre el brazo, como si fuera una cascada de oro fundido; tenía una expresión serena y feliz en el rostro, y los labios se le curvaban en una sonrisa.

Después, pasó a la siguiente, todavía estupefacta. Ella bajo las flores de cerezo en la pagoda Chureito, riéndose del fotógrafo, con los ojos llenos de calidez y ternura.

Fue asimilando las fotos una a una.

Allí estaba: empapada de pies a cabeza en el santuario Meiji, pero con la barbilla levantada y una expresión de orgullo.

Rezumando elegancia mientras caminaba por el cruce de Shibuya, con las piernas largas y la falda moviéndose al compás.

En el tren, con el fondo difuminado y los ojos abiertos de par en par por la emoción que hacían evidente la pasión que sentía por su trabajo.

De pie encima del carrito del vendedor ambulante en Shibuya, impresionada y eufórica. Le había puesto el título: *Sorpresa en Shibuya*.

Abrumada, se dejó caer en el banco, justo delante de la última imagen, y casi se le salió el corazón del pecho.

Gabe la había hecho en el parque Tenjo-zan, la mañana después de la primera vez que se acostaron, cuando le había pedido que no se preocupara demasiado por él. Ella lo miraba con ojos tristes, pero con la barbilla levantada y los labios apretados con determinación.

Se le encogió el corazón; la foto transmitía tanta ternura que volvió a sentir ganas de llorar.

Con los ojos llenos de lágrimas, se quedó mirando la imagen. Todavía seguía asombrada y conmovida por todo lo que acababa de ver. Por el talento innegable de Gabe y por todas las emociones que había conseguido reflejar en cada una de las fotos. Había sido capaz de ver cada fibra del alma de Fiona.

Y se lo había hecho saber.

«Cartas de amor». El nombre de la exposición. Algo hizo clic dentro de la cabeza de Fiona. Cada fotografía era una carta de amor. Para ella.

Le cayeron unas lágrimas silenciosas por las mejillas y se sintió con el corazón tan lleno que no le habría extrañado si le hubiese estallado de alegría.

Notó que alguien se sentaba a su lado y se deslizaba cada vez más cerca, hasta estar rodilla con rodilla. Después, le cogió la mano y entrelazó los dedos con los suyos.

–Son preciosas –susurró Fiona.

Él le dio un apretón en la mano.

–Pero no están ahí para hacerte llorar –dijo Gabe, ronco.

Y entonces Fiona lloró a moco tendido, con pequeños sollozos, y él la estrechó contra su cuerpo, abrazándola fuerte con los dos brazos, como si no pudiera soportar la idea de volver a dejar que se marchara.

Al final, Fiona se atrevió a mirarlo a los ojos. Parpadeó varias veces mientras se fijaba en el rostro familiar y atractivo de Gabe, y le puso una mano en la mejilla.

–Te he echado de menos –admitió él, mirándola, y sus ojos azules se suavizaron.

–Yo también.

Fiona logró esbozar una pequeña sonrisa.

Y después él la besó.

Un beso suave, lleno de deseo reprimido, mientras Gabe le acariciaba la cara como si estuviera desesperado por volver a memorizar cada uno de sus rasgos. La ternura del gesto hizo que Fiona derramara aún más lágrimas y él las besó una por una.

–Por favor, no llores. Siento no haberte venido a buscar antes.

–¿Por qué no lo hiciste? –preguntó ella, sin poder olvidar el tremendo vacío que había sentido en el pecho durante las dos últimas semanas.

–Joder, lo siento mucho. –La sonrisa de Gabe era sincera, pero Fiona notó la preocupación en sus ojos cuando sus miradas se encontraron–. Quería hacerlo. Fui... fui al aeropuerto a buscarte, pero lo hice demasiado tarde.

–¿Fuiste al aeropuerto? No lo sabía –confesó ella, aunque en el fondo sabía que, si Gabe hubiese llegado a tiempo, ella habría subido a aquel avión igualmente.

–Estuve a punto de coger el siguiente avión rumbo a Londres, pero...

–No te habría escuchado... ni te habría creído –dijo ella, sintiendo lástima por él.

Gabe también merecía saber la verdad.

Con algo parecido a una risa, volvió a cogerle la mano a Fiona, entrelazando los dedos con los de ella.

–Mi buena amiga Haruka... No te creas que no me advirtió de lo que iba a pasar. Viejecilla entrometida... –añadió Gabe con los ojos brillantes.

Eso hizo que Fiona se acordara de la conversación que mantuvieron cuando él le sacó la foto que tenían delante en ese momento. Aquel día precioso bajo la sombra del monte Fuji, junto al lago.

—Ahora entiendo por qué tenía tantas ganas de que me marchara —soltó Fiona.

—Me estaba poniendo a prueba. Un pequeño castigo por haberme pasado tanto tiempo comportándome como un idiota.

Fiona alzó la barbilla con un ligero aire de picardía.

—No te voy a defender; lo sabes, ¿no? Estoy de acuerdo con Haruka. ¿Qué te ha hecho cambiar?

—Tú. Conseguiste quitarme la venda de los ojos —aclaró Gabe, parpadeando con lentitud y tristeza.

Fiona notó el disgusto detrás de ese gesto y no necesitó saber más detalles. Así que negó con la cabeza, le apretó la mano para hacerle saber que lo comprendía y añadió:

—Eras el único que no se daba cuenta de que la llevabas.

—Lo siento. Esa misma noche entendí que no estaba enamorado de Yumi. De hecho, no estoy seguro de si alguna vez llegué a estarlo. No era amor verdadero. No como... —Le agarró la cara a Fiona con las manos y le dio un beso en los labios antes de añadir—: Fui a buscarte al día siguiente por la mañana, pero ya te habías ido. Y fue entonces cuando me di cuenta de que necesitaba demostrártelo. Enseñarte lo que veo en ti cuando te miro. La Fiona de la que me enamoré incluso mucho antes de saberlo. —Hizo un gesto con la cabeza hacia la foto—. Me preocupaba que las palabras no fueran suficientes para demostrártelo.

—Una imagen vale más que mil palabras —intervino ella, mirando la foto, sin poder asimilar todavía lo que él le estaba regalando. No había ni una foto que no fuera increíble—. Son geniales.

—Lo son gracias a ti.

—No lo creo. Tienes un talento innato. Me alegro de que vuelvas a aprovecharlo.

–Y yo.

Por un momento, los dos se quedaron mirando la imagen; cada uno perdido en sus propios pensamientos.

–¿Cuándo te diste cuenta? –preguntó Fiona en voz baja.

–¿De qué?

–De que me había enamorado de ti. ¿Antes o después de que vieras las fotos que habías hecho?

–Ahí –dijo él, señalando la última foto, la de Tenjo-zan–. Cuando te pedí que me prometieras que no ibas a preocuparte demasiado por mí y levantaste la barbilla, como si estuvieras dispuesta a luchar por lo nuestro. Y fue entonces cuando yo también me enamoré un poco de ti porque vi que te importaba a pesar de que te había advertido que no lo hicieras.

Se quedaron en silencio.

–¿Puedo hacerte una pregunta? –dijo ella de repente.

–Dime.

–¿Por qué le pusiste a la foto del tren el título *Tupperware*?

–¿Conoces la marca? –le preguntó él.

Los ojos le brillaron, divertidos.

Fiona frunció el ceño y respondió:

–Sí, hacen recipientes herméticos que duran para siempre. –Hizo un gesto con las manos, confusa–. ¿Qué tiene que ver eso con...?

–Me gustaría tener algún día una relación como la que tienen mis padres. Un matrimonio duradero y seguro..., como lo que consigue Tupperware. Algo que no he logrado con ninguna de las relaciones que he tenido hasta ahora. Durante la ceremonia del té, empecé a pensar en los valores que me habían inculcado y en qué cosas me había equivocado.

Fiona volvió a mirar la foto y él le apretó la mano.

–Sé que no es muy romántico, pero en ese momento hiciste que me percatara de todas las cosas que había perdido en el camino. Que había dedicado mi tiempo a perseguir las metas equivocadas. Que ya no me parecía para nada al Gabe que llegó por primera vez a Japón. Y tú lo vivías todo con tanta ilusión y asombro que acabaste contagiándomelo. –Sonrió–. Así que, de alguna manera, *Tupperware* me pareció el título adecuado.

Fiona puso los ojos en blanco.

–Lo sé..., pero hay una palabra japonesa, *shibui*, que sirve para explicar la belleza simple y sutil. Se podría decir que los recipientes de Tupperware son así: hay algo en su durabilidad y fiabilidad que los convierte en algo bonito.

Con una risita –una mezcla de la felicidad que sentía y la gracia que le hacía la comparación con Tupperware–, Fiona recordó que Setsuko ya la había descrito a ella con la palabra *shibui*. Se lo contaría más tarde a Gabe.

–Me será difícil volver a mirar la foto sin acordarme de esto –admitió ella.

–Bueno, pues espero que cuando lo hagas, te des cuenta... –Le puso las manos en la mejilla y frotó su nariz contra la de ella antes de apartar la cara y decir–: De lo mucho que te quiero.

Con una sonrisa de oreja a oreja, Fiona le dio un beso y disfrutó del roce de sus labios. Madre mía, pues sí que lo había echado de menos. Quizá habrían acabado perdiendo el control, pero se vieron interrumpidos por una tos discreta que se oyó a sus espaldas. Los dos se dieron la vuelta y se encontraron con el joven de la recepción.

–Solo quería comprobar que todo estaba bien.

De repente, otros dos miembros del personal se asomaron por encima del hombro del chico con el rostro lleno de curiosidad y empezaron a susurrarse cosas entre ellos. En el espacio silencioso y lleno de eco, Fiona logró captar un «Es ella».

–Todo en orden. Gracias, Jay.

–De acuerdo. Bueno, pues avísennos si necesitan algo –dijo el joven antes de darse la vuelta y llevarse a sus otras dos compañeras con él.

Fiona volvió a mirar a Gabe con el ceño fruncido, y le preguntó:

–¿Cómo supiste que estaba aquí?

Gabe volvió a reírse.

—Te he estado esperando todos los días en la cafetería que está al otro lado de la calle. Además, di órdenes estrictas a todo el personal, así que sabían perfectamente que, si aparecías, tenían que llamarme.

—¿Y si no hubiera venido?

—Entonces habría buscado la manera de llegar hasta ti, pero sabía que vendrías.

—¿Por qué?

—Porque eres de las que se enfrentan a las cosas. Da igual lo difícil que sea, nunca tiras la toalla. Te atreves a hacer cosas nuevas. Te pones a prueba, aunque sé que no te consideras una persona atrevida. Eres mi *kintsugi*: el pegamento de oro que acabó reparando a un idiota desmotivado y cínico, y que le hizo volver a creer en el amor.

—Haruka me dijo algo parecido —dijo Fiona, tocándose el pelo.

—Haruka es una mujer muy sabia.

—Sí, sí que lo es.

—Tenemos que mandarle un mensaje. Quiero que sepa que a partir de ahora todo va a ir bien.

Y con eso, Gabe levantó el teléfono, rodeó a Fiona con el brazo y se hicieron un selfi. Los dos estuvieron de acuerdo en que no necesitaban añadir nada más porque, después de todo, una imagen valía más que mil palabras.

Agradecimientos

Uno podría pasarse toda la vida descubriendo Japón y, aun así, le seguirían quedando muchas cosas por aprender sobre la cultura, la historia y la gente. Es un lugar fascinante y siempre estaré en deuda con las personas que me ayudaron con la investigación y compartieron conmigo sus experiencias al haber vivido, trabajado o viajado por el país.

Harley Cyster-White, gracias por haberme explicado cómo es el día a día en una casa japonesa, en los *pubs* y en el transporte público. Mi querida amiga, Alison Cyster-White, gracias por habérmelo contado todo acerca del Museo de Arte Digital y el funcionamiento del sistema de trenes para poder viajar por todo el país (y acerca de los macacos japoneses, aunque al final no pude mencionarlos en el libro). También quiero darle las gracias a Alan Garner: sin tus consejos no habría sido capaz de moverme por Tokio ni por la línea Yamanote. Y a Claire Doherty, una veterana de la embajada de Japón: gracias por haberme dado información útil acerca de las costumbres y la gastronomía japonesa, además de contarme alguna que otra anécdota muy divertida, aunque demasiado difamatoria como para incluirla en la historia.

Gracias a mi fabulosa editora, Charlotte Ledger, que acabó contagiándome su amor por Japón y se convirtió en una fuente de inspiración para este libro; y a mi representante, Broo Doherty, por no perder nunca la paciencia y por apoyarme incondicionalmente, sobre todo, cuando estaba convencida de que este era el segundo peor libro que había escrito. (El peor libro que escribí acabó recibiendo una nominación para un premio a la Novela Romántica del Año, lo que demuestra que no tengo ni idea de lo que digo).

Y no podría haber terminado ningún libro sin mis amigas escritoras: Donna Ashcroft, Phillipa Ashley, Sarah Bennett, Darcie Boleyn y Bella Osborne. Gracias por animarme y hacerme entrar en razón cuando las cosas se ponen difíciles. Un agradecimiento especial también a mi amiga Paulene Le Floche por haberme ayudado a corregir las pruebas y por su apoyo constante.

Por último, pero no por ello menos importante, gracias a todos los lectores y blogueros encantadores; todavía me sorprendo al ver todo el apoyo que me dais y cada uno de vuestros mensajes de cariño me llenan de alegría. Tengo mucha suerte de teneros.

Índice